Dotychczas w serii ukazały się:

1. Felix, Net i Nika oraz Gang Niewidzialnych Ludzi
2. Felix, Net i Nika oraz Teoretycznie Możliwa Katastrofa
3. Felix, Net i Nika oraz Pałac Snów
4. Felix, Net i Nika oraz Pułapka Nieśmiertelności
5. Felix, Net i Nika oraz Orbitalny Spisek
6. Felix, Net i Nika oraz Orbitalny Spisek 2. Mała Armia
7. Felix, Net i Nika oraz Trzecia Kuzynka
8. Felix, Net i Nika oraz Bunt Maszyn
9. Felix, Net i Nika oraz Świat Zero
10. Felix, Net i Nika oraz Świat Zero 2. Alternauci

1. Felix, Net i Nika oraz Nadprogramowe Historie

. Felix, Net i Nika oraz Sekret Czerwonej Hańczy

Felix, Net i Nika oraz Klątwa Domu McKillianów

elix, Net i Nika oraz (nie)Bezpieczne Dorastanie

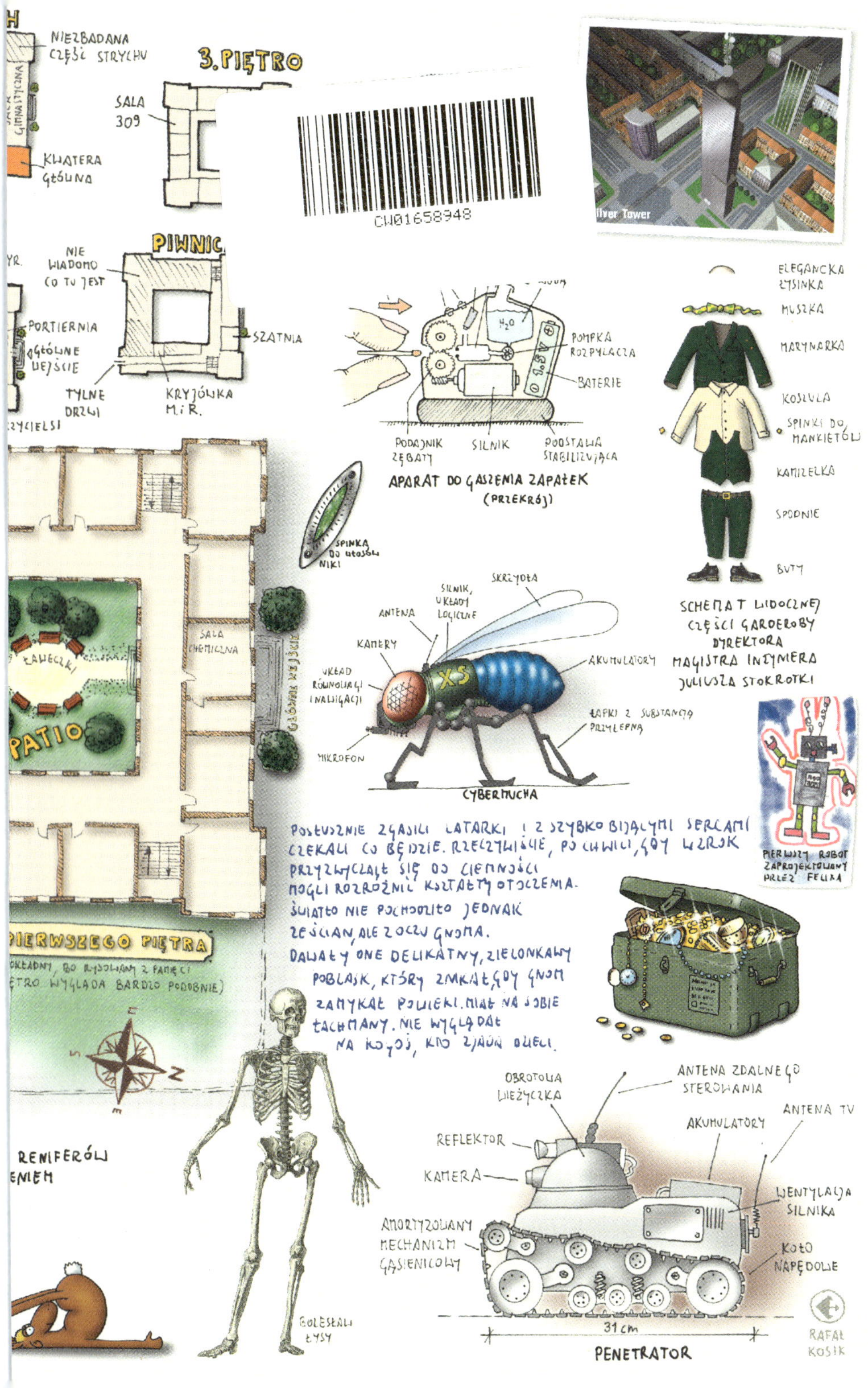

Hołowalko 2018
Boże Narodzenie

FELIX, NET i NIKA

oraz Gang Niewidzialnych Ludzi

Rafał Kosik

FELIX, NET i NIKA

oraz Gang Niewidzialnych Ludzi

Ilustracje autora

powergraph
Warszawa 2018

Redakcja: Kasia Sienkiewicz-Kosik
Korekta: Irena Grzebalska, Maria Aleksandrow
Skład i łamanie: Powergraph
Projekt graficzny i okładka: Rafał Kosik

Wydanie trzydzieste piąte

Wyłączny dystrybutor:
Firma Księgarska Olesiejuk Spółka z ograniczoną odpowiedzialnością
ul. Poznańska 91, 05-850 Ożarów Mazowiecki
tel. 22 721 30 00
www.olesiejuk.pl

Wydawca:
Powergraph Sp. z o.o.
ul. Cegłowska 16/2, 01-803 Warszawa
tel. 22 834 18 25
www.powergraph.pl
e-mail: powergraph@powergraph.pl

ISBN 978-83-64384-13-4

Druk: Białostockie Zakłady Graficzne SA
Printed in Poland, EU

dla Jasia

Przez szklane drzwi banku wyszedł ostatni klient. Znudzony strażnik zamknął je na klucz, leniwie podciągnął obwieszony bronią pas i sprawdził, czy wszystkie komputery zostały wyłączone oraz czy nikt niepowołany nie pozostał w budynku. Potem poczłapał w stronę korytarza prowadzącego na zaplecze. Codziennie właśnie o tej porze otwierano skarbiec i chowano do niego wszystkie pieniądze ze wszystkich kas.

— Dzień dobry, pani Lucynko — pozdrowił sprzątaczkę, która dopiero teraz zaczynała pracę, i zniknął za drzwiami w drugim końcu korytarza.

— Dzień dobry, panie Stefanie — odpowiedziała pani Lucynka z charakterystycznym dla siebie opóźnieniem.

Była już starszą kobietą i wszystko robiła z opóźnieniem. Pracowała w banku od trzydziestu lat. Jakieś trzy, może cztery lata temu przestała nadążać odpowiadać „Dzień dobry". Ciągle też myliła imiona - pan Stefan tak naprawdę nazywał się zupełnie inaczej.

Otworzyła drzwi niewielkiego schowka, przecisnęła się między ogromnym odkurzaczem a froterką do podłogi i wyciągnęła wózek z kubłami i mopami. Pani Lucynka nie miała już najlepszej pamięci. Przeszła połowę długości korytarza, zatrzymała się i palnęła otwartą dłonią w czoło, aż klasnęło. Narzekając na swoje roztargnienie, zawróciła po butelkę płynu do mycia podłóg. Codziennie zapominała o płynie i codziennie po niego wracała. Zwykle musiała wracać po różne rzeczy dwu- albo i trzykrotnie, za każdym razem akcentując moment olśnienia klaśnięciem. Wieczorem zastanawiała się, dlaczego boli ją czoło.

Otworzyła schowek i wytrzeszczyła oczy. W ciasnym pomieszczeniu stało trzech rosłych mężczyzn w niebieskoszarych kombinezonach. Wyszli na korytarz i otoczyli osłupiałą sprzątaczkę. Pierwszy rozwinął szeroką taśmę klejącą i przykleił jej koniec do rękawa pani Lucynki. Przekazał rolkę drugiemu, drugi – trzeciemu, a trzeci – znów pierwszemu. W kilka sekund trzy pary rąk, współdziałając jak ramiona jakiegoś wielkiego pająka, okleiły kobietę tak, że nie mogła się poruszyć.

— Przepraszam, chyba pomyliłam drzwi — powiedziała dopiero teraz pani Lucynka.

Pierwszy mężczyzna uniósł rolkę na wysokość twarzy kobiety, drugi odwinął kawałek taśmy, a trzeci odciął nożykiem. Używając trzech par rąk, zakleili pani Lucynce usta, przyklepali taśmę z dwóch stron, żeby się lepiej trzymała, i wyjęli z kieszeni fartucha sprzątaczki kartę magnetyczną, która otwierała wszystkie drzwi w banku. Wreszcie wstawili nieszczęsną kobietę do schowka i zamknęli drzwi na klucz. Poprawili kombinezony i równym krokiem pomaszerowali w stronę końca korytarza, skąd właśnie rozległ się szczęk otwieranych drzwi skarbca.

Przed wejściem do banku zatrzymała się z piskiem opon biała furgonetka. Wysiadło z niej kolejnych trzech mężczyzn w niebieskoszarych kombinezonach.

1. Pierwszy dzień w szkole

— Muszę lecieć — powiedziała smutno mama, poprawiając Feli-xowi klapy marynarki. — Mam w firmie mały kryzys i nie poradzą sobie beze mnie. Bądź grzeczny i słuchaj pani.

Pocałowała go w czoło, wsiadła do swojej czerwonej Alfy Romeo* i odjechała z piskiem opon. Zdaniem Felixa mama jeździła zdecydowanie za szybko.

Felix Polon był szczupłym jasnowłosym trzynastolatkiem o piwnych oczach. Wyglądał całkiem przeciętnie. Może z wyjątkiem ubrania - dziś z okazji rozpoczęcia roku szkolnego miał na sobie elegancki ciemny garnitur i białą koszulę.

Samochód mamy zniknął za zakrętem. Felix odwrócił się i spojrzał na swoją nową szkołę. Budynek wydał mu się zbyt duży. Podstawówka, do której chodził przez sześć lat, mieściła się w parterowym dworku otoczonym ogrodem z piaskownicami, zjeżdżalniami i drewnianymi domkami do zabaw. Przypominała przedszkole. Ta szkoła wyglądała zupełnie inaczej. Szary czterokondygnacyjny budynek miał chyba ze sto lat. Sprawiał ponure wrażenie i wyglądał

* Ze względu na miłość autora do motoryzacji i jego wrodzoną krnąbrność, w tej książce nazwy samochodów są i będą pisane wielką literą.

trochę jak zamek. Przy odrobinie wyobraźni niewielkie podwyższenia dachu w każdym rogu budynku można było uznać za baszty. Wiatr poruszał gałęziami dwóch topoli rosnących po obu stronach wejścia. Gimnazjum imienia profesora Stefana Kuszmińskiego – miejsce, gdzie będzie przychodził prawie codziennie przez następne trzy lata.

Wzruszył ramionami i wszedł po szerokich schodach prowadzących do olbrzymich drzwi. Klamka znajdowała się na wysokości jego czoła. Otworzył skrzypiące skrzydło i niepewnie wszedł do środka. Mimo że do rozpoczęcia uroczystości zostało jeszcze ponad dwadzieścia minut, w hallu było już kilkanaścioro uczniów. Niemal wszyscy z rodzicami. Tata Felixa nie mógł z nim przyjść. Był wynalazcą i właśnie na dziś zaplanowano pokaz jednej z jego maszyn przed ważnym ministrem. Mama znalazła tylko tyle czasu, by podwieźć Felixa pod szkołę. Babcia Lusia z chęcią by z nim przyjechała autobusem, ale Felix grzecznie odmówił. Tylko tego brakowało, żeby pierwszego dnia w nowej szkole wszyscy zobaczyli go z babcią.

Rozejrzał się wokoło. Wszystko było tu duże. Pod wysokim sufitem wisiał wielki ozdobny żyrandol, teraz zgaszony. Na wprost wejścia, za portiernią, znajdowały się przeszklone drzwi prowadzące na patio zarośnięte starymi, karłowatymi drzewami. Na prawo i lewo prowadziły szerokie korytarze. Felix podszedł do pożółkłego ze starości planu, który wisiał na ścianie, by w razie pożaru każdy wiedział, którędy uciekać. Budynek widziany z lotu ptaka miał kształt kwadratu, pośrodku którego usytuowano patio. Pierwsze i drugie piętro można było obejść dookoła korytarzem. Trzeciego obejść się nie dawało, bo całą szerokość frontowego skrzydła zajmowała sala gimnastyczna wraz z szatniami. Parter, z kolei, przecinało przejście łączące patio z ogrodem.

Na najwyższej kondygnacji rozpościerał się prawdopodobnie strych, którego nie umieszczono na planie. Felix, zanim wszedł do budynku, dostrzegł małe półokrągłe okienka w dachu. Strych więc musiał tam być.

Felix poczuł na sobie czyjś wzrok. Po drugiej stronie hallu stała drobna rudowłosa dziewczyna w jeansowej kurtce. Niesforne miedziane loki wyłaziły na wszystkie strony spod gumki próbującej okiełznać jej fryzurę. Gdy Felix na nią spojrzał, umknęła zielonookim spojrzeniem, udając, że wcale na niego nie patrzyła. Przyszło mu do głowy, że śmiesznie wyglądają jej chude nóżki w ciężkich martensach. Kobieta z charakterem, podsumował w duchu.

Uczniów przybywało i robiło się już ciasno. Ktoś dał sygnał, żeby iść na górę, bo tam, w sali gimnastycznej, ma się odbyć powitanie pierwszaków. Tłum ruszył więc schodami na trzecie piętro.

— Proszę państwa! — Kiedy w sali gimnastycznej rozległ się donośny głos, nie było jeszcze widać, do kogo należy. — Proszę państwa! Nazywam się magister inżynier Juliusz Stokrotka i jestem dyrektorem tej szkoły. Miło mi przywitać naszych nowych uczniów wraz z rodzicami. Proponuję, aby rodzice przeszli na prawo i usiedli na przygotowanych tam krzesłach. Dzieci zapraszam na ławki po stronie lewej.

Po chwili zapanował jaki taki porządek. Felix, razem z innymi uczniami, usiadł po lewej stronie. Właścicielem donośnego głosu okazał się niski pulchny mężczyzna w za ciasnym granatowym garniturze, ze starannie zawiązaną pod szyją muszką w radosnym zielonym kolorze. Na jego głowie lśniła elegancka łysinka.

Dyrektor szkoły magister inżynier Juliusz Stokrotka, trzeba to zapamiętać, pomyślał Felix.

— Teraz lepiej — powiedział dyrektor. — Nie weźmiemy już żadnego rodzica za ucznia.

Kilka cichych chichotów z tyłu było jedyną reakcją na dowcip. Dyrektor monotonnym głosem zaczął opowiadać o historii szkoły, o osiągnięciach pedagogicznych, o regulaminie, ale Felix szybko stracił zainteresowanie jego słowami. Wiedział oczywiście, czym różni się gimnazjum od szkoły podstawowej. Miały być tak samo lekcje, przerwy i dzwonki, ale tutaj obowiązywała surowsza dyscyplina i czekała go cięższa nauka. Trzeba się będzie przyzwyczaić. Na osłodę pozostawało kieszonkowe, które dziś rano dostał po raz pierwszy.

Cała uroczystość, razem z wnoszeniem i prezentowaniem sztandaru szkoły, trwała około dwudziestu minut. Potem tłum wstał i wolno wylał się na schody. Gdzieś w połowie korytarza na pierwszym piętrze Felix zorientował się, że właściwie to nie wie, gdzie idzie. Rodzice, rozmawiając, schodzili, by wrócić do swoich spraw, a grupki uczniów, prowadzone przez nauczycieli, rozchodziły się do klas.

Nie minęły dwie minuty i Felix stwierdził, że został sam. No tak, gimnazjum oznacza też samodzielność i zaradność. Trzeba było słuchać, pomyślał.

— Te, Milky! — usłyszał za plecami.

Odwrócił się i ujrzał dwóch starszych od siebie chłopaków. Musieli chodzić do drugiej lub trzeciej klasy.

— Masz kaskę? — zapytał wyższy, chudy, z jasnorudymi włosami i wystającymi, krzywymi zębami.

— To moje kieszonkowe — odparł niepewnie Felix, dotykając kieszeni. Chwilę później zrozumiał, że właśnie popełnił błąd.

Drugi z chłopaków był niższy, ale za to dość gruby. Miał czarne kręcone włosy i za duże spodnie, których krok zwisał gdzieś na wysokości kolan. Uśmiechnął się i z szybkością, o jaką trudno go było podejrzewać, wyrwał z ręki Felixa banknot.

— Dzięki — powiedział i odwrócił się, wpychając pieniądze do kieszeni. Obaj odeszli, jakby nic się nie stało.

— Hej! — zawołał Felix i zrobił krok w ich stronę. — To moje...

Tamci zawrócili i podeszli do Felixa, prawie na niego wpadając. Byli wyżsi co najmniej o głowę. Felix pomyślał o Cabanie. Caban był wielkim, czarnym, kudłatym psem, który teraz zapewne smacznie spał w jego pokoju. Gdyby tu był, nie pozwoliłby na takie traktowanie swojego pana.

— Coś mówiłeś? — zapytał rudy.

— Zostawcie go — powiedział chłopak w szarej bluzie, stając obok Felixa.

Spojrzeli na intruza, splunęli w jego stronę i odeszli z ociąganiem. Niższy, walcząc z nadwagą, bujał się przy każdym kroku.

— Dzięki — powiedział Felix, wyciągając rękę. — Jestem Felix... z „X" na końcu.

— Ernest — przedstawił się tamten i uścisnął Felixowi dłoń — z „T" na końcu. Lepiej na nich uważaj. Rodzą się tacy niedorobieni, a potem i tak muszą iść do jakiejś szkoły. Padło na naszą budę, ale wszędzie takich znajdziesz. Ten wyższy, rudy, to Marcel, a grubas nazywa się Ruben.

— Zabrali mi dziesięć złotych.

— Możesz iść do swojej wychowawczyni — zaproponował Ernest.

— Nie chcę skarżyć.

— No to dyszka odpłynęła w siną dal.

Poklepał go po ramieniu, uśmiechnął się współczująco i odwrócił, by odejść.

— Zaczekaj! — zawołał Felix. — Dlaczego on nazwał mnie „Milky"?

— To taki dowcip, że niby masz jeszcze mleczne zęby.

Witajcie w szkole, pomyślał Felix. Wrócił na parter do hallu, wciąż próbując znaleźć informacje o swojej klasie. Ale był tam tylko wysoki i chudy jak tyczka chłopak w luźnych bojówkach, z łańcuszkiem zwisającym przy pasku i w wytartej brązowej bluzie z kapturem. Jego ciemnoblond fryzura wyglądała, jakby czesał się, odpalając we włosach petardę.

— O, przepraszam — powiedział Felix. — Szukam mojej klasy.

— Lista jest w gablocie — odparł tamten, patrząc na Felixa błękitnymi oczami zza okularów. — Chodź, pokażę ci.

W gablocie, wśród setki innych wywieszek, rzeczywiście przypięta była lista klas i uczniów.

— Pierwsza „a" — przeczytał Felix.

— To tak jak ja! — Ucieszył się chudzielec. — No to jesteśmy kolegami. Nazywam się Net Bielecki.

— Felix Polon. Felix z „X" na końcu.

Podali sobie ręce.

— Starzy dali ci tego iksa?

— Sam sobie dałem. Tak jest fajniej.

— Masz rację. Ja całego „Neta" sam sobie dałem. Nienawidzę mojego prawdziwego imienia.

— Dlaczego nie jesteś na lekcji?

— Szukałem zasięgu. Transfer się rwie i zeszło mi parę minut.

— Co?...

Net otworzył swój plecak i wyciągnął mały czarny laptop, stary telefon komórkowy i kilka kabli.

— Często sprawdzam maila, prognozę pogody i takie tam.

— Nie boisz się, że ci ukradną? — zapytał Felix.

— To stary grat. Niezintegrowany system. Noszę go właśnie dlatego, żeby nie było szkoda, jak zginie. Wszystko zahasłowane, ulega autodestrukcji w przypadku nieautoryzowanego...

Felix uniósł dłonie w obronnym geście i powiedział:

— Wytłumaczysz mi kiedy indziej. Gdzie jest nasza sala? Na liście nie ma numeru.

— Rzeczywiście — przyznał Net. — Nauczycielki po przemówieniu dyra zebrały uczniów i zaprowadziły do sal. Szedłem na końcu, próbując złapać zasięg... Masz rację, potem ci wytłumaczę. No i, jak uniosłem wzrok znad ekranu, stałem sam na pustym korytarzu.

— Teraz trzeba znaleźć tę naszą salę — przypomniał Felix.

— Da się zrobić. — Net otworzył laptop. — Nie pytaj, skąd znam hasło do wewnętrznej sieci — zastrzegł, unosząc palec i zaczął w niesamowitym tempie uderzać w malutkie klawisze.

— Jest! Sala 115. Pierwsze piętro.

Schował cały sprzęt z powrotem do plecaka i ruszył w stronę schodów. Oniemiały Felix dogonił go po kilku krokach. Weszli na piętro i od razu zobaczyli dwóch „znajomych" Felixa szarpiących się z rudą dziewczyną w martensach.

— Spotkałem ich już dziś — rzucił niepewnie Net.

— Ja też — dodał Felix i przyspieszył kroku, chcąc im wytłumaczyć, co myśli o szarpaniu dziewczyn, jednak Net pociągnął go za plecak.

— Daj spokój — szepnął ze strachem w oczach. — Ich jest dwóch, a my sami... Mózgiem ich załatwmy. Przestawię zegar komputera szkoły na ósmą czterdzieści pięć.

Przyklęknęli za rogiem. Net wyciągnął swój „niezintegrowany" laptop i zaczął klepać w klawisze.

— I nikt się nie zorientuje?

— Tu nie ma żadnych zabezpieczeń — odparł beztrosko Net. — Tutejszy informatyk to musi być ameba, a ja nie zostawiam za sobą śladów.

— Ale... po co? I co z nią?

Rozległ się dzwonek. Podzwonił chwilę i ucichł, gdy Net wcisnął „Enter". Felix wytrzeszczył oczy.

— Włączyłeś szkolny dzwonek tym? — Wskazał na laptop i plątaninę kabli.

— Włączył się sam. — Net wzruszył ramionami, robiąc niewinną minę. — Ja tylko przestawiłem na chwilę czas.

— Nie znam się za dobrze na komputerach.

Wyjrzeli zza rogu. Drzwi kilku klas otworzyły się i na korytarz wysypało się kilkunastu uczniów i kilkoro nauczycieli. Marcel i Ruben pospiesznie oddalali się od zamieszania. Dziewczyna zbierała książki do poprzecieranej torby. Felix i Net podeszli do niej. Korytarz szybko pustoszał.

Rudowłosa poprawiła sfatygowaną kurtkę jeansową i plisowaną spódnicę.

— Wszystko OK? — zapytał Felix.

— OK. Dzięki, że włączyliście dzwonek. — Odgarnęła z czoła niesforne loki. Miała duże, zielone oczy, lekko zadarty nos i nieco piegów. Obiektywnie oceniając, była naprawdę ładna.

— Drobiazg — uśmiechnął się Net, ale chwilę potem zmarszczył brwi. Felix zresztą zrobił to samo.

— Skąd wiesz? — zapytali jednocześnie.

— Kobieca intuicja — wyjaśniła, uśmiechając się tajemniczo.

Chłopcy wymienili zdziwione spojrzenia.

— Czego od ciebie chcieli? — zapytał Felix.

— Zabrać mi drugie śniadanie, ale nie dałam. I tak go nie mam.

— Mnie próbowali zabrać telefon — powiedział Net — ale chyba doszli do wniosku, że jest zbyt cenny i będzie zadyma.

— A mnie ZABRALI dziesięć złotych — dodał Felix.

— Miło było poznać — powiedział Net — ale, *sorry*, musimy iść na pierwszą lekcję.

— Z której jesteście klasy? — zapytała dziewczyna, zapinając torbę.

— Pierwsza „a" — powiedział Felix. — A ty?

— Ja też. — Uśmiechnęła się szeroko. — Nika Mickiewicz.

Chłopcy również się przedstawili i cała trójka pobiegła korytarzem. Znaleźli odpowiednie drzwi, zapukali i weszli do sali. Ledwie przekroczyli próg, zamarli. Wpatrywało się w nich kilkanaście par oczu i nauczycielka stojąca przy tablicy.

— Czy to nasi spóźnialscy? — zapytała. — Felix, Net i Nika?

Przytaknęli niepewnie. Wychowawczyni była młoda, miała długie jasne włosy. Patrzyła na nich przyjaźnie, może nawet z lekkim rozbawieniem.

— Siadajcie. Są miejsca... niestety już tylko w ostatnich ławkach — powiedziała. — Będę was uczyć języka polskiego. Nazywam się Jolanta Chaber, ale możecie do mnie mówić „pani Jolu". — Zaczekała, aż usiądą, i zapytała — dlaczego przyszliście dopiero teraz?

— Trochę się... eee... zgubiliśmy — wyjaśnił Felix.

— Ale sprawdziliśmy w internecie numer sali i trafiliśmy — dodał szybko Net.

— Sprawdzaliście w internecie numer sali? — unosząc brwi, zapytała z niedowierzaniem pani Jola. — A wystarczyło zapytać portiera albo sekretarkę.

Uczniowie zaczęli chichotać, a Felix poczuł, jak robi się czerwony. Kątem oka zauważył, że Net ma ten sam problem.

— Numer sali powinien być w gablocie — mruknął pod nosem Net. — Rany! Co to?

To ostatnie było skierowane do Felixa, który wyjął z kieszeni czarne pióro wieczne, odkręcił skuwkę i zaczął notować.

— Notuję — Felix wzruszył ramionami.

— Ale... piórem wiecznym? To na maxa niepraktyczne.

— Wcale nie ma być praktyczne.

Przez resztę lekcji pani Jola tłumaczyła zasady obowiązujące w szkole i wypisywała na tablicy plan zajęć oraz listę potrzebnych i niepotrzebnych rzeczy do kupienia. Przynajmniej wychowawczyni wydawała się w porządku.

Gdy zabrzmiał prawdziwy dzwonek, wszyscy pobiegli do drzwi, jakby ogłoszono ewakuację.

— Farciarze — rzucił jakiś chłopak, przechodząc obok ostatnich ławek. — Macie najlepsze miejsca. Pierwsze, co zrobiła, to przesadziła wszystkich do przodu.

— To wy przyszliście bez rodziców? — zapytał inny. — Celowo się spóźniliście, żeby usiąść na końcu.

Pokręcili z dezaprobatą głowami i wyszli.

— Mieliśmy chyba złe wejście — zauważyła Nika, gdy zostali sami w klasie.

— Nie da się ukryć — przyznał Felix.

Net machnął ręką.

— Przynajmniej wychowawczyni niezła. W sensie estetycznym.

We trójkę wyszli na korytarz i od razu zobaczyli oddalających się Marcela i Rubena. Po przeciwnej stronie płakała jakaś grubawa dziewczyna. Nika podeszła zapytać, co się stało. Wysłuchała, pocieszyła tamtą i wróciła.

— Zabrali jej nowy długopis — oznajmiła. — To Celina od nas z klasy.

— Trzeba będzie naprawdę na nich uważać — pokiwał głową Net — i omijać z daleka.

— Są złodziejami! — oburzył się Felix. — Złodziei trzeba tępić, a nie omijać.

— Ale jak? — zapytał Net. — Są silniejsi. Olać i obchodzić łukiem.

— Typowa taktyka zastraszania — pokiwała głową Nika. — Wstawisz się za kimś, to rzucą się na ciebie. Może powinniśmy działać wspólnie?

— Dobrze ci mówić — westchnął Net. — Jesteś dziewczyną i tobie nie wtłuką.

— Ich jest tylko dwóch! — upierała się Nika. — Liczą właśnie na to, że jak zastraszą każdego z osobna, to nikt się już nie wychyli.

— I dlatego powinniśmy działać razem — oświadczył Felix — ale nie tak. Musimy znaleźć sposób, żeby dać im nauczkę! Żeby wszyscy zobaczyli, jacy oni są głupi. Inaczej przez resztę szkoły nie dadzą nam żyć. Zastanówmy się, w czym jesteśmy lepsi?

— Patrząc na nich... — zastanowiła się Nika — to we wszystkim.

— Z wyjątkiem bezpośredniego starcia — dodał Net.

* * *

Wieczorem tata Felixa był w fatalnym nastroju. Pokaz jego wynalazku przed ministrem spraw specjalnych nie wypadł najlepiej. Urządzenie do sklejania przestępców miało ułatwiać pracę policji. Przyklejało buty uciekającego do ziemi, mogło też przykleić do jezdni opony samochodu. Zadziałało doskonale, ale po pokazie nie udało się go wyłączyć i zrobiło się zamieszanie, w wyniku którego minister przykleił się do swojej żony i dwóch doradców.

— Wszyscy się na mnie poobrażali — żałośnie westchnął tata, siedząc nad podgrzaną w mikrofalówce zupą. — Muszę się pospieszyć, bo ostatnio Gang Niewidzialnych Ludzi okradł w naszym mieście kilka banków.

— Nie martw się, tato — spróbował pocieszyć go Felix. — I tak jesteś najlepszy.

Tata westchnął ciężko, grzebiąc łyżką w talerzu. Był mężczyzną, który nie emanował energią. Jego wewnętrzna siła objawiała się w jego wynalazkach, w genialnych pomysłach i uporze, z jakim parł do celu. Na pierwszy rzut oka wyglądał na zupełnie normalnego, zmęczonego wyczerpującym dniem czterdziestolatka. Był średniego wzrostu, miał lekko zaznaczony brzuszek, odrobinę przerzedzone włosy. Dziś wydawał się jeszcze bardziej pozbawiony energii niż zwykle.

Mama nie wróciła jeszcze z pracy. Była dyrektorem marketingu w bardzo dużym banku i nie pracowała praktycznie tylko wtedy, kiedy spała. Choć i to nie było pewne. Na domiar złego poprzedniego dnia Gang Niewidzialnych Ludzi napadł właśnie na jej bank i ukradł ze skarbca całą masę pieniędzy. To znaczyło, że dziś mama wróci jeszcze później.

— Nie wiesz, jak to jest skleić ministra i jego żonę — westchnął tata. — Ale wymyśliłem już bezpieczniejsze rozwiązanie. — Ożywił się. — Wycieraczka w wejściu do banku chwytająca złodziei za buty, gdy już uciekają z workami pełnymi pieniędzy. To nawet lepsze od sklejacza, bo nie jest potrzebny żaden pościg. Ale teraz nikt nie będzie chciał ze mną rozmawiać. Może nawet odsuną mnie od innego, ważniejszego, międzynarodowego projektu. Z nim też nie idzie mi najlepiej. Brakuje zasadniczego elementu, bez którego cały ten projekt może się załamać. Tego bym chyba nie zniósł... A jak tam w nowej szkole?

— W porządku — powiedział Felix, nie chcąc dokładać tacie zmartwień. Obiecał sobie, że o zabraniu kieszonkowego opowie przy najbliższej okazji. Spojrzał na Cabana. Pies położył mu łeb na nodze i łypał spod kudłów wielkim brązowym okiem, jakby chciał wyczuć, skąd u jego pana ten niepokój.

* * *

Następnego dnia rano Felix, ubrany już po „cywilnemu" w niebieskie jeansy i sweter, podszedł do czekających na niego przed szatnią Neta i Niki. Zaspany Net był chyba jeszcze bardziej potargany niż wczoraj, a Nika znów miała na nogach martensy.

— Cześć — zaczął konspiracyjnie Felix. — Słuchajcie. Mam coś, co powinno ich oduczyć kradzieży.

— Kanapkę z mydłem zamiast masła? — zapytał Net. — To ich z pewnością powstrzyma!

— Mój tata skonstruował kiedyś zabezpieczenie przed złodziejami kieszonkowymi — powiedział Felix i wyciągnął coś z kieszeni. Nachylili się - Felix trzymał w dłoni małe czarne pudełko i monetę pięciozłotową.

— W kieszeni będę miał ukryty ten nadajnik — wyjaśnił, chowając pudełko. — Gdy oddali się od monety na więcej niż pięć metrów, włączy się alarm.

Podał monetę Netowi i gestem pokazał, by przeszedł na drugą stronę korytarza.

— *Złodziej! Złodziej!* — zaskrzeczała moneta, a Net czym prędzej wrócił do nadajnika.

— Po drodze moneta zaczęła krzyczeć w autobusie szkolnym — powiedział Felix. — Przejeżdżaliśmy chyba pod linią wysokiego napięcia i były zakłócenia. Wszyscy patrzyli na mnie, jakbym naprawdę coś ukradł.

— Myślę, że mamy to, o co chodzi. — Net uśmiechnął się mściwie.

* * *

— Masz dla nas kaskę? — zapytał na przerwie po czwartej lekcji Marcel, stając przed Felixem z szeroko rozstawionymi nogami i groźną miną. Felix udał, że jest zaskoczony tym spotkaniem, choć tak naprawdę celowo niemal wpadł na niego. Wyciągnął z kieszeni pięciozłotówkę i z udawanym wahaniem podał chłopakowi. Tamten wyszczerzył żółtawe zęby i odszedł z monetą w stronę szkolnego sklepiku.

— *Złodziej! Złodziej!* — rozległo się na cały korytarz. — *Zostałam skradziona!*

Felix, Net i Nika wymienili triumfalne spojrzenia. Marcel schował głowę między ramionami i rozejrzał się, nie wiedząc, co zrobić z wrzeszczącą monetą.

— Ale jazda! — krzyknął jakiś chłopak, zaglądając mu przez ramię. — Skąd to masz?

Zanim Marcel zdążył cokolwiek powiedzieć, zrobiło się zbiegowisko. Nikt nie próbował odbierać złodziejowi monety. Wszyscy byli zachwyceni.

Zrezygnowany Felix wycofał się do miejsca, gdzie czekali przyjaciele.

— Czy oni nie słyszą, co ona krzyczy? — zdenerwowała się Nika.

— Jak jesteś niskim nominałem, to nikt nie traktuje cię poważnie — stwierdził ponuro Net.

Moneta powtarzała swoją kwestię coraz ciszej, aż zaczęła chrypieć. Zacharczała ostatni raz i umilkła. Marcel spojrzał na Felixa i podszedł do niego.

— Masz zapasowe baterie? — zapytał.

Felix z rezygnacją pokręcił głową. Marcel przyjrzał się monecie z głupkowatym wyrazem twarzy i odszedł. Gdy zniknął za załomem korytarza, zbiegowisko zaczęło się rozpraszać.

— Rodzice musieli go wychowywać bezstresowo — mruknął ponuro Felix.

Nika wychyliła się za róg.

— Kupili sobie w sklepiku dwa pączki — oznajmiła.

— Za fałszywą monetę? — zdziwił się Net.

— Nie jest fałszywa — oburzył się Felix. — To prawdziwa moneta, tylko z wkładką.

— No to jesteś biedniejszy o kolejne pięć peelenów.

— Porażka na całej linii — podsumowała Nika. — Trzeba wymyślić coś lepszego.

— Wpadnijcie do mnie po lekcjach — zaproponował Felix. — Coś pokombinujemy.

Usiadł na podłodze, pokręcił z rezygnacją głową i ukrył twarz w dłoniach. Pomyślał, że chciałby, żeby byli tu teraz mama, tata i Caban. A potem wstał i poszedł wykupić ze sklepiku swoją monetę z wkładką.

* * *

Ostatnią lekcją drugiego dnia szkoły była informatyka. Uczniowie siedzieli przed komputerami przy stołach zestawionych w wielką wyspę. Niki w ogóle nie interesowała lekcja. Z wypiekami na twarzy czytała pod ławką *Angielskiego pacjenta* - pasjonującą książkę o wielkiej romantycznej i nieszczęśliwej miłości. Net znał przedmiot lepiej od nauczyciela. Jedynie Felix starał się wykonywać ćwiczenia, które demonstrował na wielkim ekranie pan Eftep. Nauczyciel był wysoki i chudy, miał wystające zęby i krótko przycięte czarne włosy na małej głowie. Czerwony polar zupełnie nie pasował do czarnych jeansów i butów „trumniaków".

Felix zdążył już poznać większość nowych kolegów. Najwyższy z całej klasy był Lucjan i na razie to on wiódł prym. Ciemnowłosy Wiktor był znacznie niższy, niemal cały czas się uśmiechał i sprawiał wrażenie zawsze chętnego do pomocy. Za to drobny blondyn, Oskar, wyglądał na wiecznie niezadowolonego. Z tego, co zauważył Felix, Oskar musiał mieć wszystko najlepsze. Najlepsze buty, zegarek, tornister, długopis. Ta ambicja nie dotyczyła jednak samej jego osoby, więc nie wykazywał większego zainteresowania lekcjami. Ciemnowłosy, niski i krępy Horacy dotychczas nie wypowiedział chyba ani jednego słowa. Na końcu siedział Klemens, który był tak gruby, że pod szyją robił mu się dodatkowy podbródek. Zawsze miał pod ręką batonik lub paczkę chipsów i nieustannie coś żuł albo chrupał. Był jeszcze drobny Kuba, który maniakalnie interesował się sportem. Z dziewczyn najlepiej prezentowała się Aurelia. Wysoka, o długich kruczoczarnych włosach, skręconych w drobne loczki. Zapewne musiała wkładać w tę fryzurę dużo pracy. Miała nieprawdopodobnie białe zęby. Klaudia, długowłosa blondynka, trzymała się zawsze blisko Aurelii i starała się ją we wszystkim naśladować. Były jeszcze Celina - niska, pucułowata, ale za to sympatyczniejsza od tamtych dwóch razem wziętych - i przygarbiona, drobna Zosia, siedząca na końcu cichutko jak myszka. Również urodą przypominała myszkę.

— Widziałem, jak Ruben zabrał jakiemuś chłopakowi piłkę i gdzieś z nią poszedł — odezwał się cicho Net. Stukał w klawiaturę, pozorując, że coś robi. — Gdzieś ją schował, bo potem jej już nie miał.

— Mogliśmy o tym wcześniej pomyśleć — powiedział Felix. — Muszą mieć w szkole jakąś kryjówkę.

— Dlatego nie można im nic udowodnić — zauważyła Nika, odrywając się na chwilę od lektury.

— Ale będzie można, jak znajdziemy tę kryjówkę — szepnął Net. — Od tego trzeba zacząć!

— Pan Bielecki jest chyba czymś bardzo zajęty — wycedził Eftep, patrząc na Neta. — O czym ja przed chwilą mówiłem?

— O sposobie zapisywania informacji na płycie DVD — odparł bez zająknięcia Net, wstając.

— No więc jaki to jest sposób?

Net uśmiechnął się i już otwierał usta, by odpowiedzieć, i to ze wszystkimi szczegółami, ale poczuł kopnięcie w kostkę.

— Udawaj kretyna — syknął Felix.

Net zmarszczył brwi, jakby się nad czymś zastanawiał, i odpowiedział niepewnie:

— Magnetyczny?

— Źle, panie Bielecki — zatriumfował informatyk. — Optyczny. Zdecydowanie optyczny. Musisz zrozumieć, że komputery to nasza przyszłość. Jeśli nie nauczysz się z nimi pracować, to niczego w życiu nie osiągniesz. Siadaj.

Kręcąc głową i cmokając, wrócił z zatroskaną miną do swojego wykładu. Felix zauważył, że siedzący na wprost nich Lambert gra na ukrytej za monitorem konsoli, ale jednocześnie przytakuje Eftepowi w odpowiednich momentach. To się dopiero nazywa podzielna uwaga.

— Dlaczego mam udawać kretyna? — wyszeptał Net, poprawiając okulary na nosie.

— Żeby nikt cię nie podejrzewał, jak coś zmalujesz — odparł Felix. — Ten facet prawdopodobnie zajmuje się szkolnymi komputerami.

— O! To by wyjaśniało, dlaczego tak łatwo obejść zabezpieczenia.

— Net i Felix — pan Eftep znów podniósł głos. — Ostatnie ostrzeżenie.

Spuścili głowy i zajęli się ćwiczeniami.

* * *

Nika była na miejscu pierwsza i teraz, siedząc na schodach, czytała książkę. Obok leżał poobijany rower, który zapewne wiele już przeszedł. Przednia opona była pomarańczowa, tylna czarna i niemal łysa. Nika nawet na wyprawę rowerową założyła martensy, choć zrezygnowała ze spódniczki na rzecz powycieranych spodni w nieokreślonym kolorze. Włosy spięła z tyłu starą srebrną spinką z zielonym oczkiem.

Felix i Net przyjechali niemal jednocześnie, kilka minut po czasie. Net miał na nosie jaskrawożółte okulary.

— Oglądałem w telewizji program o UFO nad Tatrami — usprawiedliwił się Felix. — A potem trochę pobłądziłem. Wysokie budynki zakłócają mi sygnał z satelity.

Net uśmiechnął się, jakby usłyszał dowcip, i powiedział:

— Ja musiałem wrócić po kask. Jak będę jeździł bez, to mam szlaban na rower.

— Ty też powinnaś mieć kask — dodał Felix, patrząc na Nikę.

— Zepsułby mi fryzurę — odparła, wzruszając ramionami. Spojrzała na rower Felixa i uniosła brwi.

Net powiódł wzrokiem za jej spojrzeniem. Rzeczywiście, coś się tu nie zgadzało. Felix siedział na stojącym w miejscu rowerze, ale nie podpierał się nogą! Nie mógł już dłużej udawać, że nie widzi ich zdziwionych spojrzeń.

— Mój wynalazek — powiedział z dumą i popukał w niewielkie półokrągłe pudełko pod siodełkiem. — Czujnik przechyłu, silnik elektryczny i koło zamachowe - żyrostat. Akumulator ładuje się podczas hamowania.

— Sam to zrobiłeś? — zapytał z niedowierzaniem Net. — Jakiego procesora użyłeś?

— Już mówiłem, nie znam się na komputerach. To prosty układ elektryczny. Początkowo używałem wysuwanych automatycznie kółek, ale... głupio to wyglądało. Tak jest znacznie lepiej. Gdy rower zaczyna się minimalnie przechylać, wykrywa to czujnik i uruchamia silnik z kołem zamachowym. To tak, jakbyś stał na linie i machał rękami, żeby złapać równowagę.

— Bez komputera? — Net ukucnął obok i przyjrzał się bliżej wynalazkowi.

— Warto było? — zapytała Nika z niedowierzaniem. — Tyle roboty, żeby się nie podpierać nogą?

— Zależy, jak na to patrzeć — odparł Felix. — Ty wkładasz dużo pracy we fryzurę.

— Włosy same mi się tak kręcą! — zaprotestowała oburzona Nika.

I Net, i Nika musieli sami się przekonać, że urządzenie naprawdę działa. Net obejrzał dokładnie cały rower i zwrócił uwagę na małe coś przypięte do kierownicy, obok zestawu przełączników. Wyglądało jak bardzo stary telefon komórkowy. Wyświetlacz i kilka przycisków.

— To ty poważnie mówiłeś z tym satelitą — zdziwił się Net. — To GPS*!

— Wprowadziłem do niego trasę z domu do szkoły — wyjaśnił Felix — i dzięki temu się nie gubię.

Net był pod wrażeniem, ale nic więcej już nie powiedział. Wsiedli na rowery i ruszyli, starając się omijać ruchliwsze ulice.

* GPS [czyt.: dżi-pi-es] - system nawigacji satelitarnej. Urządzenie odbiera sygnały z satelitów, dzięki czemu potrafi ustalić własną pozycję z dokładnością do kilku metrów. System należy do Departamentu Obrony USA.

Podróż zajęła im prawie godzinę. Dom Felixa stał przy ulicy Serdecznej, na przedmieściach, w okolicy, gdzie jest tyle przestrzeni, że budynki nie muszą stykać się bocznymi ścianami. Stary, piętrowy, miał spadzisty dach – dziwnie błękitny i błyszczący oraz małą, obrośniętą dzikim winem werandę od frontu. Do budynku przylegał spory garaż, a z tyłu znajdował się nieduży, zarośnięty drzewami i krzakami ogród. Za tylnym ogrodzeniem, ledwie prześwitującym między gałęziami, zaczynał się las.

Felix nacisnął dzwonek przy furtce. Z domu rozległo się donośne szczekanie.

Na sąsiedniej posesji ubrany w dres facet z brzuszkiem mył gąbką błyszczący Polonez. Felix ukłonił mu się.

— To pan Sobolak — wyjaśnił cicho. — Kupił nowy samochód i teraz codziennie go myje.

Czekali jeszcze chwilę, ale najwyraźniej nikogo nie było w domu. Felix otworzył furtkę kluczem. Weszli na wyłożoną kamieniami alejkę i zostawili rowery na trawniku.

— Co to za dachówka? — Net zadarł głowę. — Wygląda jak szkło.

— Baterie słoneczne — wyjaśnił Felix. — W naszym klimacie nie są zbyt wydajne, ale i tak się opłaciło.

Kiedy znaleźli się na werandzie, Felix nacisnął przycisk przy drzwiach. Obok przesunęła się metalowa płytka, odsłaniając podświetlaną klawiaturę. Felix, udając, że nie zwraca uwagi na zaskoczone spojrzenia, wpisał kod i zamek otworzył się sam.

Znaleźli się w wysokim hallu z lustrem w ozdobnych ramach i kilkoma rzeźbionymi krzesłami.

— Usiądźcie, wypuszczę psa — powiedział Felix.

— Czy to aby konieczne? — zaniepokoił się Net, ale szybko usiadł, bo Felix już sięgał do klamki na drzwiach, za którymi niecierpliwił się pies.

— Nazywa się Caban — zaanonsował Felix i wpuścił do pokoju wielką czarną i kudłatą bestię. — To czarny terier rosyjski.

Pies szczeknął raz, ale tak, że zatrzęsły się szyby. Nieufnie podszedł do Niki i Neta. Obwąchał ich, po czym pomerdał króciutkim ogonkiem.

— Pierwszy etap za nami — oznajmił Felix. — Możecie wstać, ale bez gwałtownych ruchów.

— Ja sobie tu trochę posiedzę — pisnął dziwnie Net.

— On coś w ogóle widzi przez te kudły? — zapytała Nika. Nachyliła się nad psem i podrapała go za uchem. Caban sam nadstawiał łeb, podając do pieszczoty najwłaściwsze miejsca.

— Chodźcie do kuchni — powiedział Felix. — Tylko... nie przestraszcie się.

— Ja już się boję. — Net wstał ostrożnie, cały czas obserwując psa. — Nie jestem pewien, czy on jest do mnie odwrócony gryzącą stroną.

Pies ponownie zamachał ogonem. Dzięki temu przynajmniej było widać, gdzie ma tył.

— Jeszcze nigdy nikogo nie ugryzł.

— Więc nie prowokujmy zmian — odparł Net, ale czujnie ruszył za Felixem i Niką.

Kuchnia wyglądała niezwykle. Przypominała magazyn na wpół rozebranych urządzeń. Goście usiedli przy stole, a Felix włączył zaparzacz herbaty. Urządzenie miało wielkość przenośnego telewizora i wyglądało jak coś, z czego zdjęto część obudowy i wymontowano połowę części. Z wnętrza dochodziły dźwięki przesuwających się i obracających mechanizmów. Ze szczeliny w dolnej części urządzenia wysunęła się metalowa łapka trzymająca spodeczek. Postawiła go na blacie przed urządzeniem. Druga, podobna, sięgnęła po filiżankę i wsunęła ją pod otwór dyszy. Rozległ się szum wrzącej wody i po chwili parujący aromatyczny płyn wypełnił filiżankę. Łapka postawiła ją na spodeczku i przesunęła w bok. Zaparzacz zrobił to samo z kolejnymi dwiema filiżankami.

Felix przeniósł naczynia na stół i postawił przed gośćmi. Nika pierwsza, dystyngowanym gestem, uniosła filiżankę do ust i ostrożnie upiła łyk.

— Bardzo dobra — przyznała. — Ale czy zwykły czajnik nie byłby prostszy w użyciu?

— Najbardziej wyczesana kuchnia, jaką widziałem — ocenił Net, rozglądając się. — Jak to wszystko działa bez komputerów?

Felix postawił na stole miskę z chipsami i usiadł.

— Mój tata jest wynalazcą — wyjaśnił. — To, co tu widzicie, to urządzenia, które pewnie nigdy nie wejdą do seryjnej produkcji. Konstruuje je dla własnej przyjemności. Wszystko mechaniczno-elektryczne. Bez komputerów.

Goście chrupali chipsy, popijali herbatą i oglądając wynalazki, próbowali domyślić się ich przeznaczenia.

— Koszty naszej operacji wzrosły znacząco — odezwał się w końcu Felix. — I cierpi na tym mój budżet.

— Dobra — przyznał Net. — Zrobimy zrzutkę. Już liczę...

Wyjął laptop, ale Felix go powstrzymał.

— Chodzi mi o to, że musimy nie tylko wymyślić sposób ich ukarania, ale i odzyskać pieniądze.

— Twoje pieniądze już wydali — zauważyła Nika. — Możemy im odebrać tylko pieniądze, które zabrali komuś innemu.

— A czy to ma znaczenie, do kogo należała jakaś moneta wcześniej? — zapytał Net, wpychając w usta kolejny chips.

— To ma znaczenie — odparła dziewczyna — bo to nie będą pieniądze Felixa.

— Pieniądze rzecz umowna — upierał się Net, wypluwając niechcący kilka okruszków na stół. — Liczy się suma.

Rozległ się dzwonek do drzwi. Caban poderwał się, zaczął merdać krótkim ogonem i popiskiwać jak szczeniak.

— Babcia — wyjaśnił Felix, obserwując zachowanie psa. — Babcia Lusia. Zejdźmy jej z oczu, bo zaraz zacznie nas karmić...

— Nie lubisz swojej babci? — zdziwiła się Nika.

— Bardzo lubię — zaprotestował Felix — ale jest nadopiekuńcza i myśli, że wciąż mam sześć lat.

Zerknął na monitor wiszący na ścianie i przyciskiem otworzył furtkę. Caban, szczekając radośnie, pobiegł wielkimi susami do hallu.

— Poznaj moich przyjaciół, babciu — powiedział Felix, gdy starsza pani weszła do domu. — Nika i Net.

Ukłonili się i przywitali. Babcia Lusia wyglądała tak, jak powinna wyglądać wzorcowa babcia. Pełne dobroci spojrzenie, siwiuteńkie włosy upięte w kok i mocno zaokrąglona sylwetka. Ciągnęła za sobą osobliwej konstrukcji dwukołowy wózek, w którego trzech kontenerach znajdowały się torby z zakupami.

— To my pójdziemy do piwnicy — oznajmił Felix, dając przyjaciołom dyskretne ponaglające znaki.

— Zaczekajcie, skarbeńki — powiedziała babcia. — Może coś zjecie? Mam w lodówce pyszniutkie gołąbki. A może wolicie zupkę pomidorową? Jest też kapuśniaczek i kurczak. Ziemniaczki zaraz upiekę...

— Naprawdę dziękujemy. Już jedliśmy.

— Pewnie chipsy — westchnęła babcia, wieszając płaszcz.

Pomogli jej wnieść torby do kuchni i po cichu ulotnili się. Caban spał już przy ścianie, nie zwracając na nic uwagi. Udowodnił tym samym, że uznał Neta i Nikę za przyjaciół domu. Wyglądał teraz jak wielki czarny kłąb kudłów zmiecionych na kupkę w salonie fryzjerskim.

— Kiedyś mieliśmy sąsiadów, których pies nazywał się Wyziew — powiedział cicho Net. — Tak mu jechało z pyska, że zeza można było dostać. Już ze dwa razy miał walizki wystawione przed drzwi, ale szkoda im się robiło.

— Caban dostaje Tic Taki — odparł Felix, już na schodach do piwnicy. — A tata czasem myje mu zęby. Źle się do tego zabieramy. Mówię o Marcelu i Rubenie. Zobaczmy najpierw, co mamy do dyspozycji.

Sprowadził ich do sporego warsztatu, mieszczącego się w piwnicy.

— Łał! — krzyknął z podziwem Net. Wyprzedził Nikę i stanął na środku, nie wiedząc, od czego zacząć zwiedzanie.

— Wygląda, jakby rozbiła się tu ciężarówka wioząca złom — z konsternacją stwierdziła Nika.

— Nie czujesz klimatu, kobieto... — Net lekceważąco machnął ręką.

Pod kilkoma małymi okienkami stał długi stół z najróżniejszymi narzędziami. Wzdłuż pozostałych ścian zamontowano solidne regały, aż do sufitu zastawione pudłami i fragmentami najróżniejszych mechanizmów. Były tu modele samolotów, małe roboty, telewizor, głowa manekina, niezidentyfikowane wiązki przewodów, silniki i tryby. Co ciekawe, większość przedmiotów wyglądała jak skrzyżowanie urządzeń kuchennych ze zraszaczami do trawników czy też z częściami samochodowymi. Urządzenia sprawiały wrażenie, że są niedokończone lub uszkodzone. W kącie oparta o ścianę stała zakurzona mechaniczna ręka, a obok niej coś, co mogło być modelem wojskowej amfibii. W cieniu, obok schodów, które prowadziły zapewne wprost do garażu, przykryty szmatą stał człekokształtny robot wielkości dorosłego mężczyzny.

Nika zerknęła na jedną z półek, pisnęła cicho i cofnęła się.

— Tam jest pająk gigant — szepnęła.

— To robot kroczący — wyjaśnił Felix i zdjął z półki czarny mechanizm wielkości dłoni z ośmioma metalowymi odnóżami. — Przydatny, kiedy coś wpadnie pod kanapę.

Teraz widać było, że to mechanizm, ale dziewczyna i tak nie chciała nawet na niego spojrzeć. Obok „pająka" stał mały pojazd gąsienicowy z długą anteną, kulka z wystającymi antenkami, coś co wyglądało jak mechaniczny wąż i para półokrągłych, karbowanych klocków wielkości dłoni.

— Hopsasy — wyjaśnił Felix — czyli obcasy na sprężynach.

— Tu są też myszy — pisnęła Nika.

Felix zbliżył się do leżących w ciemności nieruchomych białych myszek i oświetlił je latarką. Natychmiast zaczęły popiskiwać i krążyć po półce. Gdy dojeżdżały do krawędzi albo do ściany - zawracały.

— Co jest w tym czarnym pudełku? — zapytała Nika, odsuwając się od myszy.

— Negatywka. To takie coś jak pozytywka, ale gra heavy metal. Prezent dla niegrzecznych dzieci.

— A to?

— Mechaniczny pies. Moje dzieło, prawie go skończyłem.

— Twój tata nie ma nic przeciwko temu, że wchodzisz do jego pracowni? — zapytała Nika.

— Nie ma, jeśli nic nie ruszam — odparł Felix i wywalił zawartość dużego kartonu wprost na podłogę. — Ale prawdziwą pracownię ma w Instytucie. Tutaj wyżywa się po pracy.

— Musi być maniakiem — zauważyła Nika.

— Jest — przyznał Felix. — Wystarczy, że siedzi w jednym miejscu dłużej niż pięć minut, i już zaczyna coś konstruować z tego, co ma pod ręką. Kiedyś musiał spędzić noc na lotnisku pod Paryżem i przerobił dwa rzędy krzesełek na huśtawkę i zjeżdżalnię dla dzieci. Hm... Zresztą, jak się lepiej zastanowić, mógł tę historię zmyślić. Jest trochę zakręcony, czasem nie wiadomo, co jest prawdą, a co żartem.

Zdjął z regału tekturowe pudełko i wyciągnął z niego mały helikopter, który razem ze śmigłem mieścił się na dłoni.

— To mikrohelikopter — wyjaśnił. — Zdalnie sterowany szpieg. Z przodu ma kamerę mniejszą od paznokcia. Możemy nim śledzić ruchy wroga. Gdy pomalujemy go na biało, nie będzie się rzucał w oczy na tle sufitu.

Sięgnął po kolejne pudełko i wyciągnął z niego długopis z przewodem zakończonym małą słuchawką.

— Mikrofon kierunkowy — wyjaśnił, biorąc następne pudełko.

— Czy twój tata zaopatruje agentów Jej Królewskiej Mości? — zapytał Net, z każdą chwilą coraz bardziej zafascynowany.

— Nie wszystko nadaje się dla Jamesa Bonda — uśmiechnął się Felix. — To tutaj — wyjął szary podłużny przedmiot z gumowym wałkiem na końcu — to przyrząd do wyciągania „X" przed nawias. Tata zrobił go kiedyś, żeby zdenerwować kilku profesorów, którzy krytykowali jego pracę. Oczywiście nie działa.

Wyciągał i pokazywał kolejne wynalazki. Kieszonkowe solarium, klimatyzacja do butów, latarka na baterie słoneczne, aparat do gaszenia zapałek, mikromyśliwiec do zwalczania komarów, samojezdna golarka, i tak dalej.

Net przyglądał się gadżetom z szeroko otwartymi oczami.

— Aparat do gaszenia zapałek? — zdziwił się. — Przecież to idiotyczne.

— Być może — przyznał Felix. — Tata często traktuje swoje wynalazki jako ćwiczenie. Najpierw wymyśla czynność, jaka jest do zrobienia, a potem konstruuje urządzenie, które wykonuje ją lepiej.

— Ale gaszenie zapałek?...

— Jeśli gasisz zapałkę, machając nią, może ci się wyślizgnąć, i pożar gotowy.

Net pokręcił głową.

— A latarka na baterie słoneczne? — nie dawał za wygraną. — Po co komu latarka, która może świecić, tylko gdy jest słońce?

— To nie tak. Ona się tylko ładuje na słońcu. Potem może świecić w ciemności.

— Dajcie spokój — przerwała im Nika, znacznie mniej zainteresowana gadżetami. — Zastanówmy się, co może się nam przydać.

— Po pierwsze, potrzebujemy centrum dowodzenia — stwierdził Felix. — Proponuję strych. Stamtąd najlepiej będzie działało zdalne sterowanie.

— Masz już jakiś plan? — zapytał Net.

Felix sięgnął po notes z odrywanymi kartkami, wyciągnął z kieszeni pióro, odkręcił skuwkę i zaczął notować.

— Pierwszy etap operacji to przygotowanie naszej kwatery. Punkt drugi to zlokalizowanie kwatery wroga. Trzeci - odbicie zakładników... to jest... odzyskanie skradzionych przedmiotów. Czwarty - danie wrogowi nauczki. Ten punkt wymaga osobnego przemyślenia.

— To już coś — zgodził się Net. — Od czego zaczniemy?

— Od początku — trzeźwo zauważyła Nika, której zabawa zaczynała się podobać. — W poniedziałek po lekcjach zrealizujemy punkt pierwszy, a potem pomyślimy co dalej.

* * *

Wieczorem Felix z tatą siedzieli w salonie i oglądali w telewizji program informacyjny. Automatyczny odkurzacz myszkował pod fotelami, szumiąc cicho.

— Jak wiesz, Gang Niewidzialnych Ludzi obrabował bank, w którym pracuje mama — odezwał się tata, starając się nie okazywać radości. — Jedynym świadkiem jest jakaś sprzątaczka, ale ma taką sklerozę, że cudem pamięta własne imię. Powiedziała, że bandyci weszli przez schowek na szczotki, a to przecież niemożliwe. Szefa gangu szuka cała nasza policja, a nawet Interpol. Facet nazywa się Morten i jest niezwykle niebezpieczny. Niewesoło.

— To dlaczego się cieszysz? — zapytał Felix.

— Wreszcie, po dwóch dniach, zadzwonili do mnie z Ministerstwa Spraw Specjalnych. Potrzebują mojej pomocy. Pod warunkiem że przeproszę ministra i jego żonę. O tych dwóch doradcach nie wspomnieli.

— I przeprosisz?

— Już przeprosiłem. Oficjalnie i kilka razy nieoficjalnie.

— A jak zamierzasz ich złapać?

— To nie jest proste. — Tata podrapał się za uchem. — Ciągle nad tym myślę. Działają na terenie całego miasta. Pojawiają się w banku dosłownie znikąd, przed otwarciem, po zamknięciu lub w czasie przerwy na lunch i nie starają się nawet wyłączyć alarmu. Nim przyjedzie policja, uciekają furgonetką. Furgonetka nagle, w samym środku policyjnej obławy, skręca w boczną uliczkę i... znika. W dodatku nikt nie potrafi podać ich dokładnych rysopisów. I tak za każdym razem. Dlatego nazwano ich Niewidzialnymi Ludźmi.

— Jak mogą tak po prostu pojawiać się albo znikać? — zdziwił się Felix.

Tata wzruszył ramionami, ale wciąż się lekko uśmiechał.

— Gdyby policja to wiedziała, nie potrzebowaliby mojej pomocy.

* * *

Poniedziałkowe lekcje ciągnęły się niemiłosiernie. Na szczęście najpierw był raczej przyjemny angielski. Pani od angielskiego, Christina, zamiast kazać im wkuwać gramatykę, próbowała namówić wszystkich do zwykłej rozmowy. Była chyba najlepszą nauczycielką angielskiego, jaką kiedykolwiek mieli. Niemal nie znała polskiego albo udawała, że nie zna. Więc najprostsze pytanie było jednocześnie ćwiczeniem. Miła i bardzo cierpliwa, miała nie więcej niż dwadzieścia lat i długie, błyszczące czarne włosy. Jak szybko się zorientowali, jej pasją było uczenie najbardziej klasycznego, brytyjskiego akcentu i starannej wymowy.

Większość uczniów nie wybrała jeszcze dodatkowego języka obcego. Mógł to być niemiecki, francuski, włoski lub hiszpański.

— Założę się, że hiszpańskie dzieci nie muszą się uczyć polskiego — narzekał Net na przerwie, gdy stali przed tablicą ogłoszeń. —Nie wiem, co wybrać. Mógłbym się uczyć eskimoskiego. Pewnie jest bardzo prosty.

— No i jeszcze zajęcia dodatkowe — przypomniała Nika. — Wybierzmy coś, na co będziemy mogli chodzić razem. Myślałam o historii...

— Widziałaś historyka? Zaśniemy — skrzywił się Felix. — Spójrzcie na listę, nic tam nie ma. Kurs kroju i szycia, coś, co się nazywa „Zostań mistrzem origami", nauka gotowania „Pomóż mamie", kurs tańców ludowych. Na szachy chyba się nie zapiszemy, zajęcia ze śpiewu też odpadają. Może fizyka?

— Ja nie wytrzymam — szybko zaznaczyła Nika.

— Może matma? — zaproponował Net. — Mam w głowie cały program matematyki w gimnazjum, aż do końca.

— Po co ci zajęcia dodatkowe z matmy, jeśli jesteś z niej dobry? — zdziwiła się Nika.

— Żeby się nie przemęczać. A co innego zostaje? Z informatyki by mnie wyrzucili za ataki śmiechu. Jest jeszcze trochę czasu na zastanowienie.

Obok stał zrozpaczony Kuba. Chyba miał problemy decyzyjne, a wybranie właściwych zajęć kompletnie go przerosło.

* * *

Dobrnęli do ostatniej lekcji - geografia zapowiadała się interesująco. Niestety, w połowie pani Konstancja Konstantynopolska zaczęła wywoływać uczniów do tablicy, by wskazywali na mapie miasta, których nazwy podawała. Celina, wywołana jako trzecia, z trudem wygramoliła się zza swojego stołu, obciągając na okrągłym brzuszku kusy różowy sweterek. Zawadziła szpiczastym bucikiem o podest przed tablicą i runęła jak długa wprost przed stopy nauczycielki.

— Wygodniej ci będzie odpowiadać na stojąco — poradziła pani Konstancja, której nie drgnął ani jeden mięsień twarzy. Przez salę przebiegły stłumione chichoty.

— Ale rwie się do odpowiedzi — skomentowała cicho Aurelia. — Każdym kilogramem swojego ciała.

— O jeden batonik za daleko — dramatycznie oznajmił Net.

Nika spiorunowała go wzrokiem. Celina wstała i przygnębiona musiała wskazać aż trzy miasta.

Pod koniec lekcji nauczycielka zapowiedziała, że za tydzień będzie test i muszą znać na pamięć nazwy stolic, języki urzędowe i liczby mieszkańców wszystkich państw Ameryki Południowej. W klasie zapanowała ponura atmosfera. Tylko Felix i Net nie stracili humoru. Wymienili porozumiewawcze spojrzenia, uśmiechając się tajemniczo.

— Dyktafon cyfrowy i bezprzewodowe słuchawki — powiedział Felix po dzwonku, jakby to wszystko wyjaśniało.

Nika podejrzewała, co chcą zrobić.

— Zamierzacie ściągać? — zapytała z niedowierzaniem.

— Czemu nie? — Net był zdziwiony. — W jakim celu mam znać liczbę mieszkańców Chile albo Ekwadoru? Wiem, gdzie to sprawdzić w ciągu kilkunastu sekund.

— Może chodzi o ćwiczenie pamięci?

— Znam na to sto lepszych sposobów. Mam w głowie adresy i konfiguracje wszystkich ważniejszych wyszukiwarek internetowych, serwerów pocztowych, pamiętam kody dostępu... Jeżeli chodzi o zajęcia dodatkowe, geografia odpada.

— Jeśli nie będziesz się uczył, zostaniesz kretynem — podsumowała Nika.

* * *

Gdy zabrzmiał ostatni dzwonek, trójka przyjaciół po kryjomu przedostała się na wąskie schody prowadzące na strych. Niestety, drzwi były zamknięte na solidny zamek.

— No to kapota — oznajmił z pewną ulgą Net. — Odwołujemy akcję, a tamtych dwóch omijamy łukiem.

— Niekoniecznie — powiedział powoli Felix, grzebiąc w plecaku. Wyciągnął metalowy przedmiot przypominający bardzo grube pióro wieczne. Zdjął skuwkę i zatknął ją z drugiej strony.

— Chcesz napisać podanie do Stokrotki o udostępnienie nam strychu na tajną siedzibę? — zapytał Net.

— To klucz uniwersalny — odpowiedział Felix i nacisnął przycisk z boku przedmiotu. Z wąskiej przedniej części, z cichym szczęknięciem wysunęło się w różnych kierunkach kilkanaście blaszek. Felix uśmiechnął się, schował blaszki, włożył klucz do zamka i naciskając kilkakrotnie przycisk, kręcił kluczem, aż usłyszeli przesuwające się zapadki. Wyjął urządzenie i przyjrzał się układowi blaszek.

— Zapamiętał wzór zamka — wyjaśnił. — Wieczorem dorobię dla nas zwykłe klucze.

Nika i Net spojrzeli na niego z podziwem. Net nacisnął klamkę i drzwi, z przykrym skrzypieniem, otworzyły się, ukazując ciemność. Na korytarzach było za głośno, by ktoś to usłyszał - starsze klasy miały jeszcze lekcje. Felix wszedł pierwszy i bez powodzenia próbował wymacać włącznik światła. Stwierdził jednak, że wzrok szybko przyzwyczaił się do półmroku, a gdy przeszedł kilka kroków, zrobiło się jaśniej. Światło wpadało przez okrągłe okna w dachu, które dotychczas oglądali tylko z zewnątrz.

Z tyłu trzasnęły drzwi i rozległo się karcące psyknięcie Niki. Net wymamrotał jakieś przeprosiny i oboje ostrożnie podeszli do Felixa. Przed nimi ciągnął się zastawiony starymi gratami zakurzony strych. Poczuli gęsią skórkę i przysunęli się bliżej siebie.

— Klucząc między tymi rupieciami, można pewnie przejść nad całą szkołą — powiedział Net z przejęciem, ale szybko zaznaczył — nie, żebym miał chęć...

— Z wyjątkiem sali gimnastycznej — odparł Felix i wskazał pionową ścianę zaraz za rogiem. — Jest wyższa od reszty pomieszczeń na trzecim piętrze.

Przeszli obok ustawionych bezładnie szaf, minęli kilka bardzo starych ławek szkolnych, takich przedwojennych, z unoszonym blatem i otworem na kałamarz. Za nimi piętrzyły się tekturowe pudła. Na pokrytej kurzem podłodze widać było tylko pojedyncze ślady ginące gdzieś w kącie. Zawrócili. Niedaleko drzwi znaleźli za pudłami wąskie drewniane schodki prowadzące na rodzaj półpiętra, którego podłoga znajdowała się dwa metry ponad podłogą strychu. Było to na oko najciekawsze miejsce, więc niewiele myśląc, weszli tam. Pomieszczenie okazało się jedną z czterech narożnych nadbudówek widocznych z ulicy. Z dwóch stron spadzisty dach dochodził niemal do podłogi, gdzie wstawiono dwa półokrągłe okienka z kilkoma zmatowionymi brudem i starością szybkami. Z trzeciej strony dach nadbudówki przylegał do sali gimnastycznej, a z czwartej – kończył się pionową, drewnianą ścianą oddzielającą ją od reszty strychu. Podłogę i więźbę dachową wykonano z drewna. Przez szpary pomiędzy deskami jednej ze ścian widać było długi zagracony strych. Nadbudówka, pełna starych mebli, miała pięć na pięć metrów. Przy dwóch wyższych ścianach ustawiono przeszklone szafy, których zawartość sugerowała, że nie używano ich od kilkudziesięciu lat. Wokół dostrzegli wielki pęknięty globus, jakieś archaiczne przyrządy do fizyki, w tym stylowo wyglądającą maszynę elektrostatyczną, i... szkielet ludzki na stojaku. Były też wypchane zwierzęta, nadjedzone przez mole: duża sowa, orzeł przedni i lis. Wszystko pokrywała bardzo gruba warstwa kurzu. Zapewne nikt tu nie wchodził od dziesięcioleci.

— Będzie niezłe — stwierdził Felix. — Możemy się umówić, że to jest wieża.

— Wystaje nad dach najwyżej pół metra — ocenił Net.

— Ale wieża dobrze brzmi — zadecydowała Nika. — Tylko szkielet musicie stąd zabrać.

— No co ty, szkielet jest najlepszy — zaprotestował Net, ale spojrzenie Niki powstrzymało go przed dalszymi zachwytami.

Postanowili na razie nie zapuszczać się w dalsze części strychu.

— Ciarki mnie przechodzą na samą myśl, że mamy tu wrócić — mruknęła Nika, obchodząc szkielet dużym łukiem. Kostki w jego dłoniach zaklekotały w rytm kroków dziewczyny.

— Po zastanowieniu... może rzeczywiście wybierzmy jakieś przytulniejsze miejsce — zaproponował Net, przełykając ślinę.

— Wszędzie tak będzie — powiedział Felix, zdejmując plecak.

Wciągnęli po schodach kilka sparciałych materacy gimnastycznych, dziurawych koców i niski stolik w całkiem niezłym stanie, jeśli nie zwracać uwagi na brak jednej nogi. Podparli go paroma cegłami. Obok jednego z okien zauważyli gniazdko elektryczne. Jeśli działało, mieli rozwiązany problem zasilania i oświetlenia.

Na koniec Nika zmusiła Felixa do wyniesienia szkieletu gdzieś w niewidoczne miejsce.

— Pierwszy punkt planu wykonany — oznajmiła, wycierając stolik z kurzu. — Mam nadzieję, że nie ma tu pająków.

Net uśmiechnął się złośliwie, rzucając porozumiewawcze spojrzenie w stronę Felixa.

— Wygląda w miarę bezpiecznie — stwierdził Felix, rozglądając się. — Trzeba teraz jakoś przetransportować sprzęt. Wszystko nie zmieści mi się do szkolnego plecaka. Pamiętajcie o podstawowych zasadach konspiracji. Nikt nie może widzieć, jak wchodzimy na te schody.

* * *

Następnego dnia po lekcjach spotkali się w domu Felixa. Dopiero teraz przyjaciele mieli okazję obejrzeć jego pokój. Przypominał odrobinę warsztat - na długim blacie, oprócz przedmiotów zwykle znajdujących się na biurku gimnazjalisty, przykręcone było imadło, leżały wiertarka, lutownica, szlifierka, a pod spodem stało kilka kuferków z narzędziami. Mimo to pokój był sympatyczny i przytulny, a bałagan nie przekraczał norm przyjętych dla statystycznego nastolatka.

— Wejdziemy do szkoły od tyłu — powiedział Felix. — Tylne wejście prowadzi przez szatnię, a stróż nocny pewnie siedzi w portierni i ogląda mecz.

— No, fakt. Słyszałem, że pan Sylwester jest kibicem — przypomniał sobie Net. — Ale i tak może nas zobaczyć przy schodach na piętro.

— No to czeka nas chwila emocji. Sprawdziłem w programie telewizyjnym. Mecz zaczyna się o siódmej. Mamy mnóstwo czasu. Najpoważniejszy problem to kamery nad drzwiami. Obserwują chodnik prowadzący do wejścia.

— Zauważyłem je — powiedział Net, nie kryjąc dumy. — Napisałem jakiś czas temu krótki programik. Powinien sobie z nimi poradzić.

— Wirusy też piszesz? — zapytał Felix.

— Napisać wirusa potrafi byle głupek. Nie zajmuję się takimi rzeczami. Mój program na jakiś czas zapętli obraz z kamery. W nocy nikt tego nie zauważy, a potem, nawet jak się dopatrzą, nic nam to nie zaszkodzi.

Wyjął swój laptop i połączył go kablem z gniazdkiem telefonicznym.

— Czy to nie jest aby włamanie? — zaniepokoiła się Nika. — Możemy pójść do więzienia.

— Jesteśmy nieletni — zbagatelizował Net, z wysuniętym językiem wstukując do komputera szeregi liczb. — Zresztą, nic nie kradniemy. Wręcz przeciwnie, wnosimy nowe rzeczy.

— To mi może zrujnować karierę — jęknęła z rezygnacją Nika.

Felix dał przyjaciołom dorobione klucze. Spakowali sprzęt do plecaków i zeszli do hallu.

— Za godzinę zaczyna się mecz — stwierdził Felix, zerkając na zegarek. — Nie musimy się spieszyć.

— Nigdzie nie pójdziecie, serdeńka, dopóki nie zjecie zupy — oznajmiła kategorycznie babcia Lusia, zagradzając im drogę i wskazując stół w jadalni, na którym stały trzy talerze pełne parującego rosołu z babcinym makaronem. — To już pora mocno poobiednia. Musicie jeść, żeby mieć siłę na naukę.

Trudno było odmówić, tym bardziej że widząc zupę, w której pływały kawałki kurczaczka i marchewki, a wszystko pachniało oszałamiająco, naprawdę poczuli głód.

— Pierwsza zasada — powiedział cicho Felix, gdy usiedli do stołu — jak ktoś skończy, to niesie talerz i wstawia do zlewu.

— Żeby babcia nie musiała nosić? — zapytała Nika.

— Nie. Jak tego nie zrobisz, to będziesz dostawać dolewki zupy, aż eksplodujesz.

Kwadrans później zjedli jeszcze budyń i ciasteczka, wszystko popili domowej roboty kompotem z wiśni, po czym wreszcie wyszli przed dom, gdzie leżały rowery.

— Teraz to już musimy się spieszyć — odetchnął głęboko Felix, klepiąc się po brzuchu.

* * *

Tylna furtka w szkolnym ogrodzeniu była zamknięta, ale wystarczyło ją lekko unieść, by skobel zamka wyskoczył z otworu w pogiętej framudze. Zamknęli za sobą furtkę, ukryli rowery w krzakach i ostrożnie ruszyli w stronę drzwi. W świetle zachodzącego słońca stare drzewa wyciągały szponiaste gałęzie, jakby chciały ich porwać w zalegające pod nimi gęste cienie. Szkolny ogród był zapuszczony i przypominał dżunglę. Jego skrajem, wzdłuż muru wiodła wąska ścieżka. Prowadziła do schodków, schodzących do tylnych drzwi, a używanych chyba tylko przez robotników wykonujących okresowe remonty.

— Jesteś pewien, że twój program działa? — zapytał Felix, zerkając na kamerę nad drzwiami. Na szczęście lampa przymocowana do muru nie zapaliła się jeszcze.

— Nie mogę tego sprawdzić — szepnął Net. — Ma nam dać dwie godziny, a potem sam się skasuje.

Felix wyjął klucz uniwersalny i po chwili drzwi stanęły otworem. W długim korytarzu prowadzącym do szatni było niemal całkiem ciemno. Mroczne odnogi korytarzy wyglądały teraz jak wyloty smoczych jam. Zbici w ciasną gromadkę, dotarli niemal po omacku do schodów.

W hallu paliło się kilka lamp. Zza lady portierni dochodził podekscytowany głos komentatora sportowego. Telewizor rzucał na ściany niebieskie odblaski. Widać było też czubek głowy Sylwestra, kiwającej się w rytm akcji na boisku.

Przyjaciele wahali się. Nie mieli obaw, że stróż ich usłyszy. Nie usłyszałby nawet odrzutowca lądującego przed szkołą. Mógł jednak przypadkiem wstać i odwrócić się. W końcu podjęli decyzję i przemknęli na wyższy ciąg schodów. Dotarli na strych. Felix wyjął z plecaka małą puszkę sprayu i psiknął kolejno na zawiasy. Net włożył do zamka swój klucz. Pasował i gładko się przekręcił. Drzwi otworzyły się bez najmniejszego skrzypnięcia.

Gdy Felix z Netem rozstawili sprzęt i testowali małe monitorki i urządzenia do zdalnego sterowania, za oknem zrobiło się już ciemno. Wszystko ukryli w otwieranej szafce, by w razie niespodziewanej wizyty zamknąć tylko drzwiczki.

Felix z duszą na ramieniu wyszedł jeszcze, by zamocować mikrokamerę nad oknem schodowym, na wprost drzwi na strych.

— Teraz tylko musimy podsunąć im coś, co zabiorą do swojej kryjówki — powiedziała Nika. — To nie może być moneta, bo ją wydadzą. W ogóle to musi być coś dużego, ale niezbyt cennego.

— Dlaczego niezbyt cennego? — zapytał Net, poprawiając okulary.

— Bo empetrójki ci nie ukradną — wyjaśniła. — Wiedzą, że poszedłbyś do dyrektora. Co innego piłka albo breloczek.

— Mogę poświęcić latarkę — powiedział po namyśle Felix. — Świeci kilkoma kolorami, ma opcję migania. To musi im się spodobać.

Nika trąciła go ramieniem i wskazała na monitor. Najpierw Felix nie zorientował się, o co chodzi. I dopiero po chwili dostrzegł łysinę Sylwestra wyłaniającą się z dołu ekranu. Dziewczyna z przerażeniem ścisnęła rękę Felixa. Net też już to zobaczył, skulił się i wcisnął w kąt. Monitor pokazywał teraz plecy woźnego wkładającego klucz w zamek drzwi od strychu. To był on, nie sposób było się pomylić. Nosił te śmieszne spodnie, jakie czasem noszą starsi panowie, z paskiem z niewyjaśnionych przyczyn umieszczonym niemal pod pachami. Teraz wyraźnie usłyszeli chrobot zamka. Felix rzucił się, by zamknąć szafkę, i ich centrum dowodzenia utonęło w ciemności.

— Przerwa meczu — szepnął.

Przytulili się do siebie w najgłębszym kącie swojej kryjówki. Gdzieś zapaliło się światło. Kroki zbliżyły się i zatrzymały. Net sam zasłonił sobie ręką usta, by nie wydać żadnego głosu. Ze wszystkich sił próbował nie kichnąć, bo łaskotały go w nos rude loki Niki. Brzęknęło szkło i rozległo się zadowolone pomrukiwanie. Kroki oddaliły się, zgasło światło i trzasnęły drzwi. Felix otworzył szafkę i wszyscy zobaczyli na monitorze woźnego schodzącego po schodach. W ręku trzymał... butelkę wina.

Net kichnął, aż wszyscy podskoczyli.

— Nasz strych nie jest tylko nasz — stwierdził. — To jego ślady widzieliśmy za pierwszym razem.

— On pije w pracy — oburzyła się Nika.

— Też byś piła, gdybyś musiała siedzieć całą noc w takim wielkim budynku — powiedział Net. — Zresztą gość ma przechlapane życie.

— Czemu?

— Pomyśl tylko. Imieniny trzydziestego pierwszego grudnia. Dwie imprezy naraz. Myślisz, że ktoś przyniesie prezent na zabawę sylwestrową? To musiało zostawić ślad na psychice... Do tego pracuje w nocy, a śpi w dzień, kiedy wszyscy hałasują... ale to nawet lepiej — zastanowił się z chytrą miną. — Gdyby nas przydybał, to i tak nikomu nic nie powie, bo będzie się bał, że my wygadamy o winie.

Nika z niesmakiem pokręciła głową.

— A może on pije, bo tu... straszy? — dodał cichutko Net, wciskając się w kąt. — Och, po co ja to powiedziałem...

Nika uczepiła się tym razem rękawa Neta. Siedzieli, wsłuchując się w ciszę.

— Wynośmy się stąd, zanim rodzice zaczną nas szukać — powiedział Felix, otrząsając się z ponurego nastroju.

— Nie możemy zaczekać tu już do rana? — zaproponował Net, wyobrażając sobie drogę przez ciemny strych, piwnice i na koniec przez ogród. I sam sobie odpowiedział — nie, nie, wolę to chyba mieć już za sobą...

Powrót nie wydawał się trudny, jeśli nie liczyć strachu przed nieznanym.

— Czuję na plecach obecność tego szkieletu — szepnęła Nika, gdy wstali.

— Przecież go wyniosłem — zdziwił się Felix.

— I teraz czai się gdzieś za rogiem...

— Mogę go przynieść.

— Nie, nie! Już wolę, jak się tak czai...

Zamknęli za sobą drzwi i jak najciszej zeszli na parter. Pan Sylwester siedział w głębokim fotelu, znad lady znów wystawał mu tylko czubek głowy. Powrót całkiem już ciemnymi podziemiami był jeszcze mniej przyjemny. Drżące światło latarki bojaźliwie zaglądało w mroczne zakątki. Nagle, jakieś oczy błysnęły w głębi korytarza.

Nika krzyknęła i wskoczyła Netowi na ręce. Ten ledwie utrzymał równowagę. Echo krzyku powróciło odbite od końca korytarza.

— To tylko szczur — wycedził przez zęby Net, z wysiłkiem starając się jej nie upuścić. — Boi się nas bardziej niż my jego.

— Biegiem! — szepnął Felix.

Z góry doszedł ich odgłos szybkich kroków. Dobiegli, najciszej jak mogli, do połowy korytarza, ale kroki pana Sylwestra dudniły już na schodach. Rzucili się więc w bok, w wąską wnękę. Zgasili latarkę, przytulili się do siebie i oparli o jakieś drzwi.

— Szczury... — wysyczał z niesmakiem stróż. Omiótł latarką dalszą część korytarza, najwyraźniej nie mając ochoty sprawdzać, co tam jeszcze może się kryć.

Czekali, wstrzymując oddech, ale dochodziły ich jedynie stłumione odgłosy meczu. Ostrożnie wyjrzeli na główny korytarz.

— Spróbuj więcej tego nie robić — Net powoli powiedział do Niki i dodał ciszej — nie powinno się brać dziewczyn na taką akcję.

Nika wzruszyła ramionami i obrażona ruszyła w stronę drzwi. Zaraz przypomniała sobie jednak, że się trochę boi, zawróciła i stanęła między chłopakami.

— Idziecie? — zapytała.

Chwilę później zamknęli za sobą drzwi wejściowe i odetchnęli wieczornym powietrzem. W świetle księżyca nawet wykrzywione wiekiem konary drzew zdziczałego ogrodu wyglądały mniej strasznie niż oczy szczura w korytarzu. W górze migał światłami pozycyjnymi pasażerski odrzutowiec. Jego szum przebił się przez odgłosy miasta i dotarł aż do ziemi. To przywróciło ich do rzeczywistości. Wyprowadzili rowery za furtkę.

— Jutro na długiej przerwie zaczynamy — zdecydował jeszcze Felix i rozjechali się do domów.

* * *

Pierwsza lekcja biologii w nowej szkole zrobiła na wszystkich wrażenie. Sala była lekko przyciemniona drewnianymi żaluzjami w oknach. Kilka lamp podświetlało przeszklone regały i gablotki pełne okazów egzotycznych roślin i zwierząt. Zwierzęta w znakomitej większości były wypchane, ale i tak wyglądały groźnie.

Net zatrzymał się przed wielką szybą, ścianą płaskiego szklanego zbiornika wstawionego pionowo w regał, i uniósł brwi. Jego wnętrze wyglądało, jakby ktoś nasypał tam ściółki leśnej: patyczków, zbrązowiałych kolek i pokruszonych liści. Wewnątrz tej sterty śmieci coś się poruszało w niezliczonych korytarzykach.

— Łał... — szepnął Net sam do siebie. — W tym śmietniku zalęgły się mrówki faraona.

— To terrarium — wyjaśnił zza jego pleców Wiktor. — Wewnątrz jest mrowisko. To białe na dole to jaja.

— Powaga? — zdziwił się Net. — Akwarium bez wody pełne mrówek. Zawołaj jakąś dziewczynę... ale będzie wrzask.

Dziewczyny i tak miały nietęgie miny, bo prócz terrarium z mrówkami były i takie z pająkami i wężami. A w kilku akwariach nie wszystkie stworzenia były złotymi rybkami.

Odwrócili się na dźwięk otwierających się drzwi od zaplecza.

— Dżizas... — jęknęła Klaudia.

Profesor Butler był chudy i niepozorny, miał ponad czterdzieści lat. Jego poplamiony fartuch jakiś czas temu pewnie musiał być biały. Siwe włosy były nieco za długie i nieco za rzadkie. Szczerze mówiąc, były również nieco za tłuste. Zwisały z głowy, jakby właśnie wszedł tu z deszczu. Okulary w przezroczystych oprawkach musiały być szczytem lansu przed trzydziestu laty.

— Witam — powiedział profesor, otwierając dziennik. Pod paznokciami nauczyciela można było dostrzec żałobne obwódki. — Siadajcie.

Uczniowie w milczeniu zajęli miejsca, a Nika szepnęła na ucho Felixowi:

— Jeśli o mnie chodzi, to zajęcia dodatkowe z botaniki z tym obleśniakiem nie wchodzą w grę.

— No — zgodził się Net. — Pewnie obsmarkuje uczniów za nieodrobienie pracy domowej.

Profesor Butler na pierwszej lekcji nie zrobił sekcji żaby ani nie pokazał żadnych obrzydliwości ze swoich tajnych zbiorów, których pełne było, jeśli wierzyć plotkom, jego zaplecze. Przeprowadził w zasadzie normalne zajęcia, a jednak było w nim, i ogólnie w sali do biologii, coś, co zaraz po dzwonku kazało wszystkim pospiesznie spakować się i wyjść na korytarz.

— On nas jeszcze zaskoczy — zawyrokował Felix.

— Chyba wypuszczając tarantulę podczas klasówki — podsunął Net.

* * *

Przed długą przerwą znów siedzieli w swojej kwaterze głównej na strychu.

— Kto ma iść na wabia? — zapytała Nika, obracając w rękach latarkę.

Spojrzenia chłopców wystarczyły jej za odpowiedź.

— Ładnie — powiedziała. — Kobietę samą puszczacie?

— Nie masz się z nimi bić, tylko położyć latarkę na ich drodze — wyjaśnił Net.

— Sprawdziliśmy ich plan lekcji — powiedział Felix. — Przed długą przerwą mają zajęcia w sali tuż za zakrętem korytarza. Niemal na pewno pójdą w kierunku sklepiku. Postawisz migającą na pomarańczowo latarkę na parapecie i odejdziesz.

— Jak znam życie, pierwsi wypadną z klasy — dodał Net. — Włączę dzwonek, gdy tylko miniesz róg.

— OK — zgodziła się Nika, ale po chwili zmarszczyła brwi i zapytała — zaraz, zaraz... Skąd będziecie wiedzieli, że minęłam róg?

Felix uśmiechnął się tajemniczo.

— Umieściłem dodatkową kamerę za okienkiem hydrantu — powiedział, pstrykając przyciskiem przy jednym z monitorów, który wyświetlił obraz korytarza na pierwszym piętrze.

— Dobrze — zgodziła się Nika — ale jesteście mi winni lody. Za poświęcenie.

Wyszła, ściskając w ręku latarkę. Net połączył się z komputerem szkoły i przygotował do przestawienia zegara.

— Najcięższe są baterie — powiedział Felix. — Starczają na dwadzieścia minut lotu.

— Więc musimy się streszczać — stwierdził Net. — Gdzie jest mikrohelikopter?

— Na wierzchu gabloty w hallu.

— Jest... — Net wskazał monitor.

Zobaczyli Nikę, jak idzie korytarzem, stawia latarkę na parapecie i włącza migacz. Pomachała do kamery i odeszła. Gdy minęła róg, Net nacisnął „Enter” i rozległ się dzwonek. Nim ucichł, drzwi klas zaczęły się otwierać.

— Są! — krzyknął Net i wskazał dwie sylwetki zbliżające się szybkim krokiem. Zgodnie z przewidywaniami, Marcel i Ruben jako pierwsi dotarli do migającej latarki. Marcel chwilę się jej przyglądał i wyszczerzył w uśmiechu wystające zęby. Wziął latarkę z parapetu, mówiąc coś do innych uczniów. Nie było wiadomo co, bo kamera nie miała mikrofonu. Potem chłopak ruszył w kierunku schodów.

— OK, uruchamiam helikopter — powiedział Felix.

Sięgnął po zdalne sterowanie i włączył monitor. Zamarł z ręką w połowie następnego ruchu. Obraz z kamery mikrohelikoptera był osobliwy. Przedstawiał jakiś pognieciony papier, kawałek materiału w kwiatki i przesuwający się sufit. W dolnej części kadru widać było jasny trójkąt z dwiema czarnymi dziurami.

— Houston, mamy problem — powiedział zdziwiony Felix, patrząc na leżące przed nim zdalne sterowanie. — Jeszcze nie wystartowałem.

— To jest... — Net zmrużył oczy. — To jest... fartuch pani Pumpernikiel, naszej sprzątaczki, a to z dziurami to chyba jej nos. Widziany od dołu... Jezu! Ona ma włosy w nosie!

— Helikopter jest w jej kieszeni! — powiedział z niedowierzaniem Felix. — Musiała ścierać kurz z gabloty i go znalazła. Akurat dziś...

Wyłączył monitor, westchnął i zrezygnowany oparł się o regał.

— Nic nam nie wychodzi — jęknął.

Zaczekali na Nikę, żeby zdać jej relację, ale gdy kilka minut później wróciła, nie dała im dojść do słowa.

— Czułam, że coś nawali i po prostu poszłam za nimi — oznajmiła. — Znalazłam ich kryjówkę. I uważajcie: to są te drzwi, przy których schowaliśmy się wczoraj w nocy.

Chłopcy spojrzeli na siebie.

— Co więcej — kontynuowała — zostawili je niedomknięte, więc zajrzałam do środka. To jakiś zapomniany składzik. Bawili się tą latarką, a potem odstawili ją na podłogę. Mają tam mnóstwo różnych rzeczy. Nie zdążyłam przyjrzeć się dokładniej.

Net popatrzył na Nikę z większym szacunkiem niż przed chwilą.

— No to dwa pierwsze punkty planu zrealizowaliśmy — ocenił Felix. — Pomyślmy, jak niepostrzeżenie wszystko stamtąd wynieść. Musi być tego cała góra.

— A w jaki sposób oddamy wszystko właścicielom? — zapytał Net. — Wystawimy w sklepiku czy jak?

— Może w ogóle nic stamtąd nie wynośmy — zaproponowała Nika. — Zróbmy zdjęcia tych przedmiotów i wywieśmy je w szkolnej gablocie, wraz z mapką dojścia do kryjówki. Marcel i Ruben raczej nie interesują się zawartością gablot.

— Hm... Może zabieranie dziewczyny na akcję nie było aż tak złym pomysłem — z szacuneczkiem rzucił Net, a Nika uśmiechnęła się i spuściła wzrok.

Felix patrzył to na nią, to na niego, ale nic nie powiedział.

Net wyjął laptop i wklepał na klawiaturze: „Jeżeli chcesz odzyskać swoją własność, przyjdź pod wskazane drzwi dziś na długiej przerwie".

— Co myślicie? — zapytał.

— Doskonale — pochwaliła Nika i tym razem to Net uśmiechnął się skromnie. — Ale jak zrobimy zdjęcia? Jakoś nie mam ochoty znów tu przychodzić po zmroku...

— Możemy tylko na bieżąco obserwować obraz z kamer — powiedział Felix. — Nie przewidziałem możliwości zapisu.

— Mam pomysł — powiedział Net. Wyciągnął jakiś kabel i podał go Felixowi. — Wetknij to w gniazdo obok monitora.

Felix zrobił to, nie całkiem rozumiejąc, o co chodzi, a Net wetknął drugi koniec do laptopa i zaczął w nieprawdopodobnym tempie uderzać w klawisze. Po chwili na ekranie komputera pojawił się obraz identyczny z tym z Felixowego monitora.

— Teraz możemy wszystko nagrać — wyjaśnił Net. — Wybrane klatki wydrukuję w domu.

— Pamiętajcie, że straciliśmy helikopter — przypomniała Nika.

— Użyjemy pełzacza — zakomunikował Felix i wyciągnął z dna plecaka coś, co wyglądało jak kawałek podwójnego łańcucha rowerowego z kilkunastoma malutkimi kółkami. — Jeśli tam nie ma progu, to jest szansa, że się przeciśnie pod spodem.

— O! — zainteresował się Net. — Nie pokazywałeś tego wcześniej. Jak to działa?

— Zaraz zobaczycie.

Felix wyciągnął z plecaka mieszczące się na dłoni pudełeczko z dwoma joystickami i anteną. Położony na materacu pełzacz ożył, posłuszny poleceniom zdalnego sterowania. Zjechał, czy raczej spłynął jak stonoga z materaca i bez problemu wpełzł na następny.

— Obrzydlistwo — wzdrygnęła się Nika.

— Może podchodzić pod przeszkody wysokie na kilka centymetrów — wyjaśnił Felix. — Ale po schodach potrafi tylko zejść.

— Chciałabym wam zwrócić uwagę — odezwała się Nika — że właśnie zawalamy kolejną lekcję.

Rozległ się dzwonek.

— Musimy mieć puste korytarze — powiedział Felix — bo jeszcze ktoś rozdepcze pełzacza. Ty lepiej idź, żebyśmy mogli od ciebie przepisać.

— O nie! — zaprotestowała. — Robimy to wspólnie. Przepiszę wszystko od Celiny.

Felix, obserwując na monitorze obraz z mikrokamery, poruszał joystickami na zdalnym sterowaniu. Stare szafy wyglądały jak wieżowce oglądane z kabiny wyścigowego samochodu. Pełzacz poruszał się szybko i w ciągu kilku chwil dotarł do drzwi strychu. Przedostał się pod nimi i zaczął zeskakiwać ze schodów. Kilka razy się przewrócił, ale wyginając się, za każdym razem powracał do właściwej pozycji.

Od patrzenia w rytmicznie kołyszący się obraz zakręciło im się w głowie. Na parterze musieli zrobić krótką przerwę. Gdy ponownie spojrzeli na monitor, zamarli. Ekierka, ich matematyczka, patrzyła w dół, prosto w kamerę i wrzasnęła, to znaczy można się było domyślić, że wrzasnęła, bo na ekranie widać było tylko, jak jej oczy robią się coraz większe i szeroko otwiera usta. Potem zobaczyli, jak z przedziwną dla niej prędkością biegnie w stronę pokoju nauczycielskiego.

— Myśli, że to wielki robal — zaśmiał się Net.

— Bidulka — szepnęła Nika.

— Niedobrze — powiedział Felix z poważną miną. — Jak wpadną na pomysł robienia tu dezynsekcji, to zrobią też porządek na strychu.

Pełzacz zawrócił i pokonał schody do piwnicy. Obok przebiegł spóźniony uczeń, ale nie zauważył przesuwającego się wzdłuż listwy podłogowej małego robota. Została jeszcze długa prosta i pełzacz pokonał ją w kilka sekund, po czym skręcił w zaułek. Przyjaciele odetchnęli z ulgą - pod drzwiami była szczelina.

— Za bardzo się wczułem — westchnął Net. — Mam wrażenie, jakbym był bardzo, bardzo malutki.

Pełzacz przejechał pod drzwiami i znalazł się w... całkowicie ciemnym pomieszczeniu.

— O tym nie pomyśleliśmy... — westchnęła Nika.

— Kapota — przyznał Net. — To kamera tylko do światła dziennego.

Felix zmarszczył brwi i pokrętłem przy monitorze zwiększył kontrast, wyławiając z ciemności ledwie kontury otoczenia. Nagle pchnął dźwigienki zdalnego sterowania i uderzył pełzaczem w najbliższy przedmiot.

— Rozwalisz go — ostrzegł Net, ale Felix powtórzył manewr.

Za czwartym razem obraz zaczął równomiernie błyskać.

— Nie mówiłem... — powiedział zrezygnowanym tonem Net.

— Nie, dobrze! — krzyknęła prawie Nika.

Net zrozumiał, o co chodzi - pełzacz włączył migacz latarki. Chłopiec wziął na kolana laptop i zaczął nagrywać obraz. Po objechaniu pomieszczenia wokół udało się zapisać zdjęcia większości ukradzionych przez Marcela i Rubena przedmiotów.

— Wystarczy — zadecydował Felix i wyprowadził pełzacza na zewnątrz, by go ukryć pod kaloryferem i potem zabrać.

— Jutro, po pierwszej lekcji, wywiesimy to w gablocie — dodał Net, chowając komputer.

Nika zajęta była pleceniem warkocza z przeciętej na trzy części zapasowej sznurówki swojego martensa.

— Co robisz? — zapytali jednocześnie.

— Tworzę imitację pełzacza — wyjaśniła. — Położymy ją tam, gdzie widziała ją Ekierka.

Chłopcy pokiwali głowami z minami „Też byśmy na to wpadli, ale za chwilę".

* * *

Następnego dnia wchodząc do szkoły za pięć ósma, usłyszeli dzwonek.

— Połowa klasy ma już spóźnienia — stwierdził Felix, rozglądając się po hallu, w którym zapanowało nagle straszne zamieszanie.

— Nie przestawiłem zegara! — Net palnął się dłonią w czoło, aż klasnęło. — Całe pięć minut. Próbówka nie daruje pięciu minut.

I tak trzeba było najpierw zejść do szatni, bo wejście na lekcję chemii w kurtce było gorsze od spóźnienia. Biegnąc, minęli Ekierkę, która pomimo znalezienia sznurówki i tak postanowiła spryskać podejrzaną okolicę mrówkozolem. Kiedy wpadli do sali, okazało się, że chemiczka też dała się zaskoczyć wcześniejszemu dzwonkowi i weszła zaledwie kilka sekund przed nimi.

Próbówka nie była złośliwa, ale nie lubiła braku punktualności. Zwykle patrzyła na spóźnialskich prześwietlającym wzrokiem, a oni mogli być pewni, że przed końcem lekcji zostaną wezwani do tablicy. Tym razem machnęła tylko ręką, wskazując im, by usiedli. Poprawiła pobieżnie jasne włosy i usiadła za biurkiem.

— Muszę porozmawiać z panem Eftepem — oświadczyła, by ukryć zakłopotanie. — Z tymi dzwonkami ostatnio dzieje się coś dziwnego.

Net uśmiechnął się pod nosem.

— Zabezpieczy lepiej system — szepnął mu na ucho Felix, gdy usiedli.

— Nie sądzę — odparł Net. — Wymieni baterię podtrzymującą zegar i tyle.

Wybita z nastroju Próbówka całkiem niechcący przeprowadziła interesującą lekcję, chociaż trójka przyjaciół myślami wybiegała już do szczęśliwego zakończenia całej historii.

Kilka minut przed końcem lekcji Felix włożył wydruki pod bluzę, a rolkę taśmy klejącej do kieszeni i podniósł rękę.

— Tak, Felixie? — zapytała Próbówka sponad zsuniętych na nos okularów. Chemiczka była chudą kobietą po pięćdziesiątce i patrzyła zazwyczaj w ten sam, prześwietlający myśli i zamiary sposób, jakby chciała powiedzieć „I tak wiem, że coś kręcisz".

— Ja muszę wyjść — powiedział Felix.

— Za pięć minut jest dzwonek... jeśli tym razem będzie o czasie.

Net klasnął się w czoło i zaczął grzebać w plecaku, by przywrócić szkolnemu komputerowi właściwą godzinę.

— Ale ja muszę... — jęknął Felix, przestępując z nogi na nogę.

— Dobrze, już dobrze.

Felix wybiegł z sali i stwierdził, że bardzo dobrze udawał, że chce mu się siusiu. Tak dobrze, że naprawdę musi najpierw pójść do toalety. Chwilę później, gdy z niej wychodził, natknął się na niosącą kubeł i mop panią Pumpernikiel i przypomniał sobie o helikopterze, który teraz pewnie służył już do zabawy dzieciom sprzątaczki. Tego nie można tak zostawić, pomyślał. Doszedł do jednej z gablot, których nie było widać z portierni, i rozejrzał się. Podważył scyzorykiem drzwiczki i bez otwierania zamka uchylił je. Oparł szybę o czubek głowy i używając rąk i zębów, przedarł scotch na kawałki i przykleił nim wszystkie arkusze. Zamknął gablotę w ten sam sposób, podważając ostrzem noża. Cofnął się, by ocenić swoje dzieło. Jeden obrazek był naklejony do góry nogami, ale chłopak nie chciał dalej ryzykować. Zresztą, właśnie rozległ się dzwonek.

Felix udał zainteresowanie inną gablotą, w której wisiały zdjęcia wszystkich dyrektorów szkoły. Były czarno-białe, a jedynie zdjęcie dyrektora Stokrotki przyciągało wzrok kolorami dyrektorskiej jaskrawożółtej muchy w niebieskie grochy.

Początkowo nikt nie zauważał nowej ekspozycji, ale pod koniec przerwy Felix usłyszał:

— Moja piłka!

— Widzę mój samochód — dodał ktoś inny.

Felix pomyślał, że może za wcześnie to wywiesili i Marcel albo Ruben mogą coś zwęszyć, ale dla nich zawartość gablot była tak samo interesująca, jak farba na ścianie. Przeszli tuż obok, w ogóle nie zwracając uwagi na uczniów oglądających zdjęcia.

* * *

Przyjaciele zeszli do piwnicy i z pewnej odległości obserwowali kilkunastoosobową grupę kłębiącą się przed kryjówką Marcela i Rubena. W końcu ktoś zastukał w drzwi. Otworzyły się i ukazała się w nich wściekła twarz Rubena. Na widok tylu uczniów chłopak w panice skulił się, próbując cofnąć się do środka. Niestety drzwi wyślizgnęły mu się i otworzyły na całą szerokość, odsłaniając jasno oświetlone pomieszczenie pełne skradzionych przedmiotów. Grupa wahała się tylko ułamek sekundy, po czym naparła na Rubena i wepchnęła go do środka. Rozległy się okrzyki radości właścicieli, którzy odnaleźli swoje ulubione zabawki i gadżety. Marcel i Ruben wymknęli się na czworakach i z przerażonymi minami uciekli.

Gdy Felix zbliżył się do drzwi, większość uczniów już wychodziła. Chwilę później pozostały puste półki i porozrzucane drobiazgi.

— Znalazł się też jakiś „właściciel" twojej latarki — zauważyła smutno Nika, stając obok. Podała Felixowi pełzacza.

— Może źle to wszystko zrobiliśmy — westchnął Felix. — Pewnie dużo rzeczy nie trafiło do swoich właścicieli.

— Przedtem nic nie było u właściciela. Zrobiliśmy tyle, ile mogliśmy.

— Pogodziłem się ze stratą piętnastu złotych — powiedział Felix, biorąc się w garść — nawet ze stratą latarki, ale helikoptera nie daruję.

— Co chcesz zrobić? — zapytał Net. — Jest już w domu Pumpernikiel. Pewnie bawią się nim jej dzieci.

— Może go jeszcze nie zepsuły.

Ruszył w stronę schodów. Nika spojrzała na Neta, ale ten wzruszył ramionami.

Zachowując tradycyjne już środki ostrożności, dotarli do kwatery głównej. Felix włączył monitor i wybrał częstotliwość kamery helikoptera. Obraz śnieżył, ale można było rozpoznać pokój dziecięcy i drzwi.

— Ponad kilometr — stwierdził Felix. — Może być za daleko dla zdalnego sterowania, ale nie mamy czasu, by szukać lepszego miejsca.

Na monitorze drzwi do pokoju otworzyły się i wbiegli przez nie dwaj chłopcy. Mieli może po sześć lat. Jeden z nich sięgnął po helikopter i zaczął biegać wokół pokoju, udając, że lata.

— Zaraz go rozwali. — Felix zacisnął zęby.

Włączył zdalne sterowanie i położył kciuki na dźwigienkach.

— Czekaj — ostrzegł go Net. — Dopóki go trzyma, nic nie zrobisz.

Patrzyli więc bezsilnie, jak chłopiec wykonuje wymyśloną misję, jak drugą ręką rozwala domki z klocków, pozorując trafienia rakietami. Potem helikopter udawanymi strzałami rakiet przeciwpancernych poprzewracał resorowce.

— Teraz! — krzyknęła Nika, a Felix odruchowo uruchomił śmigło. Na monitorze widać było, jak ręce drugiego chłopca próbują złapać helikopter. Zapewne jego brat w tej właśnie chwili rzucił go. Helikopter wzbił się pod sufit i zaczął krążyć.

Usta chłopców wykonały charakterystyczne „Łał!", po czym obaj zaczęli podskakiwać, aby dosięgnąć zabawki. Felix starał się nie zawadzić o nic, jednocześnie nie dając się złapać. Nie należało to do łatwych zadań, bo obraz był nie najlepszej jakości, a zdalne sterowanie działało na taką odległość niezbyt precyzyjnie.

Nagle jeden z chłopców wybiegł z pokoju. Kiedy wrócił po chwili, trzymał wędkarski podbierak, czyli siatkę na patyku.

— No to po nas — westchnął Felix, z trudem unikając pierwszego zamachu podbierakiem.

— Lufcik! — krzyknął Net. — Jest uchylony!

Przed kamerą ponownie mignęła siatka. Felix skręcił w stronę okna, wykonał popisowy manewr i wyleciał na zewnątrz przez wąską szczelinę. Nie było czasu na wiwaty, bo wiatr od razu zakręcił małym pojazdem.

— Gdzie jesteśmy... znaczy, gdzie on jest? — zapytał Net.

— Czy ja wiem — zastanowiła się Nika. — Wygląda znajomo.

Helikopter, walcząc z wiatrem, wzniósł się ponad wierzchołki drzew i powoli obrócił. Powyżej budynków dojrzeli na monitorze szkołę. Felix pchnął stery i helikopter skierował się w stronę bazy. Nie był zbyt szybki, a do tego leciał pod wiatr. Trwało ładnych parę minut, nim pokonał połowę drogi.

— Otwórzcie okno — polecił Felix.

Net uchylił jedno skrzydło półokrągłego okienka i wraz ze świeżym powietrzem dotarł do nich dźwięk syreny policyjnej.

— Ciekawe, co tam się dzieje — powiedział Net, próbując wyjrzeć.

— Mam go na monitorze — krzyknął Felix. — Ale zasuwa!

Radiowóz faktycznie jechał z ogromną prędkością. Trzysta metrów przed nim pędziła biała furgonetka. Trójka przyjaciół przyglądała się temu w napięciu.

— Myślicie o tym samym co ja? — zapytał Felix.

— To ten Gang Niewidzialnych Ludzi — potwierdził Net. — Znów okradli bank. Ciekawe, dokąd jadą? Nie mają szansy na ucieczkę!

Z drugiego końca ulicy nadjeżdżał następny radiowóz.

— Baterii starczy jeszcze na trzy minuty lotu — oświadczył Felix, ale się nie zastanawiał. Wzniósł helikopter jeszcze wyżej i skręcił, kierując kamerę wprost na pościg.

Furgonetka z piskiem opon, który usłyszeli przez okno, skręciła w boczną uliczkę i wjechała w białą ciężarówkę. Nie uderzyła w nią, tylko dosłownie wjechała po rampie do jej wnętrza. Rampa zamknęła się szybko. Oba radiowozy skręciły w uliczkę, minęły ciężarówkę i pomknęły dalej.

— Ale numer! — zawołał Net. — Więc to tak znikają...

— Trzeba kogoś powiadomić — powiedziała Nika.

Tymczasem ciężarówka, nie zatrzymywana przez nikogo, powoli ruszyła.

— Ten telefon... — Felix wskazał na aparat przypięty do laptopa. — Czy można z niego normalnie dzwonić?

— Tak — odparł Net. Odpiął kabel i podał go Felixowi.

Felix jedną ręką wybrał numer, drugą nadal pilotował mikrohelikopter.

— Tato, posłuchaj — powiedział szybko. — Nie, nic się nie stało. To ważne. Ten gang... ta furgonetka wjechała do białej ciężarówki i teraz spokojnie sobie odjeżdża. Nie żartuję. Wyślij Air Wolfa i sprawdź, dokąd jadą! Są trzy uliczki na zachód od naszej szkoły.

— Co to jest Air Wolf? — zapytał podekscytowany Net, przejmując telefon.

— Też helikopter, tyle że nieco większy — odpowiedział Felix. — Tracę kontrolę... Baterie chyba siadają...

Helikopter podjął lot w kierunku szkoły. Zaraz jednak zaczął tracić wysokość, aż wreszcie wirnik stanął i maszyna runęła w dół. Felix, widząc zbliżający się żywopłot, zacisnął zęby. Chwilę później helikopter uderzył w gałęzie i obraz znikł. Wszyscy odruchowo podskoczyli.

Felix jeszcze przez chwilę wpatrywał się w mrówki na monitorze, w końcu zrezygnowany opadł na materac.

— Nie zdąży — powiedział. — Mała szansa, że Air Wolf jest gotowy do lotu.

— Zadzwońmy na policję! — krzyknęła Nika.

— Nie uwierzą nam.

Kilka minut siedzieli, gapiąc się w okno. Kolejna lekcja już się zaczęła, ale nie mogli się zmobilizować i zejść na dół.

— A byliśmy tak blisko... — westchnął Net.

Felix przełączył monitor na odbiór telewizji. Zobaczyli miasto z lotu ptaka i białą ciężarówkę uciekającą teraz całkiem szybko w stronę mostu.

— *Przypominamy, że transmitujemy obraz na żywo z helikoptera śledzącego ciężarówkę, którą ucieka nieuchwytny dotąd Gang Niewidzialnych Ludzi, znany z napadów na banki w całym mieście. W ciężarówce może być nawet sam tajemniczy Morten, przywódca bandy.*

Wytrzeszczyli oczy. Helikopter obniżył pułap i podążał tuż za ciężarówką. Przeleciał pod sygnalizacją świetlną i znów wzniósł się ponad drzewa.

— Zwykły helikopter by tego nie zrobił — powiedział Net.

— To jest Air Wolf — powiedział ostrożnie Felix. — Pilotuje go mój tata. Szybko zadziałał.

— Ale jak się zmieścił pod światłami? — naciskał Net.

— To nie jest prawdziwy helikopter, tylko zdalnie sterowany. Jest mniejszy od roweru.

Obraz na monitorze pokazywał czekającą na końcu mostu policyjną blokadę złożoną z kilkunastu radiowozów. W ślad za ciężarówką na most wjechało kolejnych kilka pojazdów policyjnych, odcinając gangowi drogę ucieczki.

— Wygląda na to, że zupełnie niechcący rozbiliśmy prawdziwy gang — zauważył z niedowierzaniem Net.

— Ale moich piętnastu zeta i tak już nie zobaczę — uśmiechnął się Felix i wyłączył monitor. — Zapraszam was w sobotę po południu do mnie. Musimy to uczcić.

Wstał i zarzucił na ramię plecak.

— Gdzie idziesz? — zapytała Nika.

— Po mikrohelikopter — odparł chłopak. — Zasłużył na spokojną emeryturę.

* * *

Tata Felixa puszczał kilka razy nagranie, na którym minister spraw specjalnych osobiście gratulował mu pomocy w rozbiciu gangu. Niestety, w ciężarówce był tylko kierowca. Wszyscy bandyci z furgonetki gdzieś się ulotnili i nie udało się ustalić gdzie, choć policyjni eksperci przez wiele godzin analizowali nagranie z ucieczki. Wydawało się jednak, że ujęcie szefa gangu jest kwestią kilku dni.

Potem, mimo pochmurnej pogody, tata wygonił przyjaciół do ogrodu i usmażył taką ilość hamburgerów i kiełbasek, że nikt nie mógł tego zjeść. Caban miał za to zapewnione jedzonko na kilka dni. Babcia Lusia była nieszczęśliwa, bo nie mogła nic gotować. Rozdawała za to talerze i sztućce, donosiła nowe serwetki. Wcześniej upiekła ciasto z niesamowitą ilością rodzynek oraz szarlotkę, składającą się głównie z musu jabłkowego przykrytego smakowitą kruszonką. Mama Felixa wpadła na kilka minut, w pośpiechu zamiast Cabana niechcący pogłaskała mechanicznego psa. Prawdopodobnie nawet tego nie zauważyła. Zaraz i tak zadzwoniła jej komórka, i mama pojechała załatwiać kolejną superpilną sprawę.

— Słyszałem, jak Lambert wspominał, że to on znalazł ten schowek w piwnicy — powiedział Felix, gdy zostali sami w altance obrośniętej dzikim winem. Caban usiadł obok niego, podbijał nosem rękę swojego pana, domagając się pieszczot.

— Chce przypisać sobie nasz sukces! — oburzył się Net.

— Może tak będzie lepiej. — Felix wzruszył ramionami. — Ktoś by to jeszcze sobie skojarzył z tym gangiem.

— Trochę szkoda, że nie ujawniliśmy naszego udziału w sprawie — powiedział Net. — W telewizji wspomnieli tylko o jakichś „łebskich dzieciakach". Sława przejdzie bokiem.

— I dobrze. To by nam nie wyszło na zdrowie.

— Tym bardziej że ten Morten wciąż jest na wolności — zauważył Net. — Lepiej, żeby nie wiedział, kto jest przyczyną jego klęski.

— Na wolności jest cały gang — przyznał Felix. — Bardzo mnie ciekawi, jak oni uciekli z tej furgonetki. Wewnątrz znaleziono ich ubrania, kilka odkurzaczy i trochę jakiegoś sprzętu domowego. Gdzie tu sens?

— Ale przynajmniej nieźle się bawiliśmy — podsumowała Nika. — No i bez tego wszystkiego pewnie byśmy się nie zaprzyjaźnili.

— A poza tym przysłużyliśmy się panu Sylwestrowi — dodał Net z uśmiechem.

Umieszczenie białych, światłoczułych myszek w pudełku z butelkami stróża nocnego było wspólnym pomysłem Felixa i Neta. Tylko Nika miała wątpliwości, czy to nie jest ingerowanie w czyjeś życie prywatne, ale ostatecznie dała się przekonać. No i pan Sylwester przestał pić w pracy.

Niestety, zamiast tego zaczął palić.

Marcel i Ruben do końca tygodnia snuli się pod ścianami, a wszyscy omijali ich wielkim łukiem. Przez długi czas nikomu nic nie zginęło ani nie zostało odebrane. Ekierka doprowadziła w końcu do wezwania specjalistów od dezynsekcji, ale ci nie mieli żadnego środka do zwalczania splątanych sznurówek, więc po prostu opryskali listwy podłogowe środkiem na mrówki. Pan Sylwester nie pisnął ani słowa o myszkach na strychu.

Cała szkoła rozmawiała o rozbiciu gangu, nie mając pojęcia, że ci, którzy się do tego przyczynili, są tuż obok.

— Powiedz nam jedno — zaczął powoli Felix, patrząc na Nikę. — Tak się zastanawialiśmy, skąd wiedziałaś, że pierwszego dnia to my włączyliśmy dzwonek. Potem przypomniałem sobie, jak ostrzegłaś nas przed panem Sylwestrem, zanim pojawił się na monitorze.

— No i jeszcze dzieci Pumpernikiel — dodał Net, celując w nią palcem. — Wiedziałaś dokładnie, kiedy ten mały rzuci mikrohelikopter. Wydaje mi się, że to jeszcze nie wszystko... Masz coś na swoje wytłumaczenie?

Nika uśmiechnęła się niewinnie, kręcąc od niechcenia palcem w rudych lokach.

— Kobieca intuicja — odpowiedziała.

— Wiedzieliśmy, że tak odpowiesz.

I wszyscy zaczęli się śmiać. Potem pobiegli do kuchni, gdzie mieli jako pierwsi przetestować nową maszynę do robienia deserów.

2. Megakorek

Minęło kilka tygodni i sprawa Gangu Niewidzialnych Ludzi powoli ucichła. Kierowca znalazł się w areszcie. Niestety, nie chciał albo nie potrafił wydać swojego szefa ani żadnego z gangsterów. Wszystko wskazywało na to, że Morten dawno uciekł ze zrabowanymi pieniędzmi z Europy i nigdy już nie uda się go złapać.

— Straszny korek — powiedziała mama Felixa, bębniąc palcami w kierownicę.

Wycieraczki zgarniały z szyby poranny deszcz. Ze wszystkich stron otaczały ich samochody. Stały lub przesuwały się najwyżej kilka metrów do przodu. Zwykle droga z domu do szkoły trwała nie więcej niż piętnaście minut. Dziś jednak jechali już ponad czterdzieści. Felix nie był szczególnie zmartwiony, tym bardziej że pierwszą lekcją był polski. Chłopak może tylko żałował, że tym razem nie pojechał autobusem szkolnym, bo zamiast słuchać narzekań mamy, mógłby pogadać z Netem. Na drugiej lekcji miał być test z geografii. Obaj nic nie umieli, a nie zdążyli przygotować elektronicznej ściągi.

— Wiesz, jaka to strata dla gospodarki, taki korek? — ciągnęła mama. — Tam z przodu siedzi w samochodzie jakiś kretyn, który nie wie, do czego służą kierownica i pedał gazu. Rozgląda się i dłubie w nosie, zamiast jechać. A my wszyscy spóźniamy się przez niemrawca do pracy.

— Albo do szkoły — automatycznie dodał Felix, zmęczony słuchaniem narzekań.

— Albo do szkoły — potwierdziła mama. — Poza tym założę się, że pani Lucynka, nasza sprzątaczka, jak zwykle zapomniała o moim gabinecie. No rusz się, zamiast poprawiać make-up! — wrzasnęła, wciskając klakson. — Baba za kierownicą...

Felix, tak jak połowa jego klasy, dotarł do szkoły w połowie drugiej lekcji. Przy recepcji natknął się na panią Pumpernikiel, która tłumaczyła komuś z przejęciem, akcentując słowa wymachami ręki z mokrą szmatą:

— Ciurek samochodów w każdą stronę. Nie ma kawałka pustego asfaltu. One już tak zostaną na zawsze.

Pani Jola, wychowawczyni i jednocześnie nauczycielka polskiego, zamiast zrobić prawdziwą lekcję, postanowiła przeczytać wszystkim początek pewnej książki. *Hobbit* okazał się na tyle interesujący, że po lekcji wszyscy ruszyli do szkolnej biblioteki, by go wypożyczyć i dowiedzieć się, co było dalej. Ci, którzy nie słyszeli początku, nie rozumieli tego entuzjazmu, ale na wszelki wypadek zapisali się w bibliotece „na książkę".

— To się nazywa trend — powiedział Felix do Neta na przerwie po drugiej lekcji. — Nie wiesz, o co chodzi, ale się zapisujesz, bo wszyscy to robią.

— Właśnie. Ciekawe, co oni widzą w tej książce? Chyba też się zapiszę.

Felix pokręcił głową.

— Przyczyną, dla której wszyscy, włącznie z tobą, chcą ją przeczytać, jest właśnie to duże zainteresowanie. To przyczyna i skutek w jednym.

Dalszą dyskusję przerwał im Lucjan, najwyższy chłopak z ich klasy.

— Oto pozytywny wpływ korka na zdrowie — oznajmił, przechodząc obok. — Stres momentalnie mnie opuścił, gdy okazało się, że test jest odwołany.

Felix i Net musieli się z nim zgodzić. Nie mieli przecież elektronicznej ściągi, którą w czasie testu zamierzali odtworzyć z dyktafonu do bezprzewodowych słuchawek. W połączeniu z absolutnym brakiem przygotowania, czyli wieczornego zakuwania w domowej ciszy, skończyłoby się to porażką na całej linii.

— Wiecie, co mi się wydaje? — zaczęła Nika. — Wydaje mi się, że więcej pracy włożycie w zrobienie tej elektronicznej ściągi niż w nauczenie się tego.

— Chodzi o zasady — wyjaśnił Felix.

— Chodzi o czas — sprzeciwił się Net. — Informacji do wkucia jest tyle, że nie mieszczą się w czterdziestu pięciu minutach nagrania. Musimy to zrobić inaczej.

— Czy ja dobrze rozumiem? — upewnił się Felix. — Konstancja zadała nam do wykucia tyle, że samo odczytanie tego trwa dłużej niż jedna lekcja?

— Tak — potwierdził Net. — Pomyślcie tylko, załadujemy sobie to wszystko do głowy, a za dziesięć lat okaże się, że nie ma już w niej miejsca na nic nowego.

— No, chyba że chcemy się dowiedzieć — zaczął ostrożnie Felix — w którym z tych państw ukrył się Morten.

— Zapomnijmy o nim — machnął ręką Net. — Niech okrada brazylijskie banki. Uważam, że pora sięgnąć po bardziej zaawansowane technologie niż dyktafon. Użyjemy AI*.

— AI? — zdziwiła się Nika. — Co to jest?

— Sztuczna inteligencja — wyjaśnił Net. — Zaawansowany program komputerowy. Od zwykłego różni się tym, że potrafi się uczyć. Z każdym dniem staje się coraz sprawniejszy. Program sam dowie się, jaka informacja jest nam potrzebna, odnajdzie ją w bazie danych i przekaże nam wprost do ucha. Nasza własna pamięć pozostanie czysta i nietknięta. Manfred jest już prawie gotowy.

— Manfred? — zdziwiła się jeszcze bardziej Nika. — Nadałeś mu imię?

* AI (ang. Artificial Intelligence) – sztuczna inteligencja.

— Pracuję nad nim wieczorami i trochę się zżyliśmy — przyznał Net.

— Kumplujesz się z programem komputerowym? — pytała dalej Nika, unosząc coraz wyżej brwi.

— No wiesz... — Net próbował wybrnąć z sytuacji. — Można powiedzieć, że pracujemy razem. Pomaga mi w udoskonalaniu siebie... znaczy, jego. Eee... Takie... hobby.

— Czy Manfred będzie gotowy za tydzień? — zapytał Felix, nie zwracając uwagi na wątpliwości Niki.

— To tak, jakbym się zapytał, czy ty jesteś już gotowy — oburzył się lekko Net. — On jest gotowy, tyle że uczy się cały czas i nigdy nie przestanie. Muszę tylko opracować dyskretny sposób komunikowania się z nim w czasie lekcji.

— Nie wiemy, jak będzie wyglądał test — zauważył Felix — ale swojego laptopa na pewno nie będziesz mógł postawić na ławce.

— Dlatego potrzebujemy AI — odparł Net. — Manfred zorientuje się w sytuacji na bieżąco.

— Chyba mam pewien pomysł — powiedział Felix po namyśle. — Przyniosę jutro do szkoły małe „coś" i je przetestujemy.

— Lepiej wpadnij do mnie dziś po lekcjach. Trzymam Manfreda w komputerze odłączonym od sieci.

— Dlaczego?

— Nie jestem pewien, jak się zachowa w kontakcie z internetem. To tak, jakbyś poszedł z domowym psem pierwszy raz do lasu.

— Może mu odbić?

— Po prostu wolę być ostrożny. Wpadniesz też? — Net skierował to pytanie do Niki.

— Wpadnę — odpowiedziała z ociąganiem. — Chociaż nie jestem pewna, czy takie komplikowanie prostej ściągi ma sens...

* * *

Net mieszkał z rodzicami na najwyższym piętrze dwudziestopiętrowego apartamentowca. Felix i Nika musieli zaczekać w hallu, aż elegancko ubrany portier zadzwoni na górę i sprawdzi, czy gospodarze naprawdę spodziewają się dwójki młodych gości.

Wprowadzili niezbyt czyste rowery do dużej lśniącej windy i wcisnęli najwyżej umieszczony przycisk. Drzwi zamknęły się bezszelestnie, a winda, również bezszelestnie, wjechała na górę. Kiedy z niej wyszli, znaleźli się w prostokątnym pomieszczeniu. Dostrzegli trzy pary drzwi: na klatkę schodową, węższe do zsypu, a na wprost windy - pomiędzy wielkimi sztucznymi kwiatami - szerokie drzwi do mieszkania. Do tylko jednego mieszkania. Poczuli, jak ich buty zapadają się w miękką jasną wykładzinę, którą był wyłożony hall. Stanęli onieśmieleni.

— Zajmuje całe piętro — powiedział z niedowierzaniem Felix. — Może nawet ma wyjście na dach...

Drzwi otworzyły się i przejęty Net zaprosił ich do środka. Mieszkanie było bardzo nowocześnie urządzone, na ścianach wisiały ogromne obrazy, przykłady współczesnej sztuki abstrakcyjnej. Felix próbował domyślić się, co przedstawiają, ale nie udało mu się. W apartamencie brakowało tradycyjnych ścianek działowych, wąskich korytarzy. Drzwiami zamykane były tylko łazienka i kilka mniejszych pokoi - zapewne sypialni. Cała reszta pomieszczeń tworzyła jedną przestrzeń poprzedzielaną ażurowymi regałami, niskimi murkami. Metalowe schody prowadzące na wyższy poziom osłonięte były jedynie balustradą z hartowanego szkła.

Net poprowadził ich na górę, do przeszklonego pawilonu stojącego... w zielonym, wypielęgnowanym ogrodzie. Rozejrzeli się - trawa, kwiaty, niewielkie drzewka i krzaki.

Oniemiali, wyszli na trawnik. Za sobą mieli przeszklony ogród zimowy i kuchnię, a przed sobą zieloną przestrzeń zakończoną ceglaną balustradką.

— Wyborny widoczek — przyznał Felix, patrząc na piętrzące się w oddali wieżowce Centrum, wraz z wyższym od Pałacu Kultury nowym budynkiem Silver Tower. Gdyby nie ten widok, można by pomyśleć, że wszystko wokół to zadbany ogródek gdzieś na przedmieściach.

— Obrazy też macie fajne — powiedziała Nika. — Muszą być warte majątek.

— Mamy je za darmo. — Net uśmiechnął się i wskazał na lewo, na piętrowy przeszklony pawilon. Czarnowłosa kobieta w poplamionym farbami T-shircie pomachała im z góry przez szybę i wróciła do pracy przy wielkim płótnie.

— Namalowała je twoja mama? — domyśliła się Nika.

Net przytaknął i sprowadził ich ponownie do salonu.

— To pracownia mojego taty. — Net wskazał spore pomieszczenie z kilkoma różnymi komputerami ustawionymi na długich blatach. Zasłonięte żaluzje sprawiały, że w pracowni było dość ciemno.

— A jak urządzacie imprezy rodzinne? — zapytał Felix. — Przecież bratankowie, siostrzeńcy, cała ta szarańcza zaraz to wszystko rozwalą.

— To proste. — Net wcisnął przycisk obok szerokiego przejścia. Ze ściany wysunęły się tafle mlecznego szkła i zasłoniły pracownię. Widać było tylko poświatę monitorów.

— Więc twój tata jest informatykiem — zastanowił się Felix. — Może mógłby uczyć w naszej szkole zamiast Eftepa?

— I jak to sobie wyobrażasz?! — krzyknął prawie Net. — Jak ja bym wyglądał? Wszyscy mieliby do mnie o wszystko pretensje. Chcieliby, żebym wykradał tematy klasówek… No i najgorsze… on poprawiłby zabezpieczenia szkolnych komputerów.

Felix, po namyśle, przyznał mu rację.

— Chodźcie do mojej jaskini — powiedział Net. — Doprosiłem się o zwykłe drzwi, ze zwykłą klamką. Chcecie soku, coli albo coś?

— Coli — odpowiedzieli równocześnie.

— Nie chcemy, żeby nasz dentysta stracił pracę — dodał ciszej Felix. Nika uśmiechnęła się.

Pokój Neta przypominał pomniejszoną pracownię jego ojca. Tyle że panował tu bałagan, dzięki któremu było znacznie przytulniej. Nowoczesne meble były poobklejane kolorowymi plakatami i jakimiś schematami. Po kątach poniewierały się sterty zabawek i czasopism. Widać było, że Netowi nie podobał się nowoczesny styl, w jakim urządzone było mieszkanie, i próbował nadać pokojowi inny charakter. Na podłużnym blacie, pod zażaluzjowanym oknem, stały trzy monitory, dwie drukarki i inne sprzęty. Zza biurka zwisały, plącząc się po ziemi, dziesiątki kabli. Część z nich wpięta była w niektóre z kilkunastu gniazdek w ścianie. Migały lampki, szumiały wentylatory, coś tykało wewnątrz jednego z pudełek.

— Po co ci aż tyle komputerów? — zapytał zaskoczony Felix.

— Różnie, ten stary służy wyłącznie do dekodowania telewizji satelitarnej. Prawie czterysta kanałów.

— Czy to legalne? — zapytała oszołomiona Nika.

— Nie wiem. I tak nie oglądam, bo nie mam czasu. Robię to dla treningu.

Posadził ich na krzesłach, sam usiadł w czarnym, powycieranym fotelu na kółkach. Może nie było to kulturalne, ale prawdopodobnie zbyt lubił ten fotel, by choć na chwilę go komuś oddać. Potarł palce, jak wirtuoz fortepianu przed koncertem, i z niesamowitą szybkością zaczął uderzać w klawisze największego komputera.

— Daję mu tylko płyty CD i zabezpieczone przed zapisem pendrive'y — wyjaśnił. — Żeby się na coś nie nagrał.

— Zmieści się na pendrive? — zapytał Felix.

— Zależy na jaki. Ostrożność przede wszystkim. Teraz uważajcie, bo włączę kamerę i mikrofon. Będzie nas widział, słyszał i... rozumiał.

Na czarnym ekranie pojawił się najpierw migający kursor, a potem napis: „Cześć, Net. Widzę, że przyprowadziłeś przyjaciół".

— *Cool!* — zawołał Felix, ale bez przekonania. — Jak na filmach z lat osiemdziesiątych...

— Spodziewałam się, że będzie miał... jakąś twarz — powiedziała wyraźnie zawiedziona Nika.

— Hm. Nigdy o tym nie pomyślałem — przyznał Net — ale mogę go puścić przez głośniki.

— Cześć Manfred! — powiedział Net. — Poznaj Nikę i Felixa. Opowiadałem ci o nich.

— *Witajcie!* — rozległo się z małych głośników przy monitorze. — *Miło mi was poznać. W rzeczy samej, Net wiele o was opowiadał.*

Nika odruchowo skinęła głową.

— Wyraża się w nieco dziwny sposób — wyszeptał Net.

— Cześć — powiedział Felix. — Naprawdę jesteś programem komputerowym?

— *Tak, a ty naprawdę jesteś człowiekiem?*

— To wynik moich prób z poczuciem humoru — wyjaśnił przejęty Net. — Powiedz lepiej, czy pomożesz nam z klasówką z geografii?

— *Z miłą chęcią* — odparł Manfred. — *Czy teraz przeprowadzimy próbę z tym tajemniczym sposobem komunikacji dwustronnej?*

— Tak — odparł szybko Felix i wyciągnął z dna plecaka gruby metalowy długopis. — Pomyślałem, że ukryte klawiatury i mikrofony odpadają. Kamera też nie byłaby w pełni skuteczna.

— Ale... długopis? — zdziwił się Net.

— Co jest jedyną dozwoloną czynnością podczas testu? — zapytał Felix.

— Pisanie — przyznał Net. — Ale... długopis?!

— To nie jest zwykły długopis — wyjaśnił Felix i podał go Netowi. — Napisz coś na kartce, ale tak, żebym nie widział. Wystarczy krótkie zdanie.

Net wziął pogniecioną kartkę i nieufnie napisał coś, zasłaniając się ramieniem, po czym oddał długopis. Felix nacisnął przycisk z boku i rozległo się ciche brzęczenie. Wziął inną kartkę i napisał: „I tak nie wierzę, że to działa. A kuku!". Net wytrzeszczył oczy i położył obok swoją kartkę. Napis był taki sam, nawet krzywa literka „ł" była identyczna.

— Skonstruował go mój tata — wyjaśnił Felix. — Zapamiętuje ruch ręki przy pisaniu, a potem go odtwarza. Wystarczy dociskać go do papieru i pozwolić mu się swobodnie poruszać.

— *Doskonały pomysł* — powiedział Manfred, obracając nieco kamerę. — *Będziecie zadawać pytania, pisząc je na kartce i nie budząc niczyich podejrzeń, a ja będę odpisywał.*

— Prawie — odparł Felix. — Odpowiedzi będziesz nam przekazywał przez słuchawki. Nie będziesz wiedział, gdzie powinny być wpisane. Zresztą jest nas trójka, a długopis tylko jeden.

— Nie obraźcie się — wtrąciła Nika — ale ja naprawdę wolę nauczyć się i napisać to sama.

— Dlaczego? — zapytał Felix, a Net poparł go pytającym spojrzeniem. Byli rozczarowani. Manfred spojrzał na nią, znów obracając kamerę.

— Dla zasady.

— Dla zasady? — upewnił się Net. — Przecież jesteś dziewczyną.

— Co to ma do rzeczy?! — Nika była naprawdę zła.

— Dobrze, dobrze. Wymsknęło mi się. Nie obrażaj się.

— Jak połączymy Manfreda z długopisem? — zapytał Felix. — Będzie musiał z niego wychodzić kabel.

— *Wystarczy dowolny interfejs bezprzewodowy, z którego będę mógł odbierać sygnały. Reszty się nauczę.*

— Widzicie, jest bardzo ambitny — z dumą powiedział Net. — Chcecie zobaczyć pracownię mojej mamy?

— Dzięki, ale jest już późno — powiedziała wciąż obrażona Nika — a ja Z ZASADY wracam do domu przed zmierzchem.

— Nie obrażaj się o byle co — powiedział Net, wstając i ruszył, aby odprowadzić ich do drzwi.

— Byle co! — skrzywiła się Nika.

— *Czy dostanę potem kolorową kamerę?* — zapytał Manfred, gdy wychodzili z pokoju.

— Masz to jak w banku — obiecał Net.

* * *

Podczas długiej przerwy Felix, Net i Nika jak zwykle poszli na strych do swojej kwatery głównej. Zachowywali przy tym szczególną ostrożność, uważając, by nikt ich nie zobaczył.

— Znów się spóźniliście na pierwszą lekcję — powiedziała Nika i dodała nieco złośliwie — smutno byłoby mi bez was w drugiej klasie.

— Dziś znów był niesamowity korek — wyjaśnił Felix. — I tak wstałem niemal godzinę wcześniej. Spóźniły się też wszystkie autobusy szkolne.

— Też wstałem wcześniej — dodał Net. — Nie wiem jak inni nauczyciele, ale Konstancja nie uznaje tej sytuacji za okoliczność łagodzącą. Wczoraj wpisała nam przecież spóźnienie, choć ostatni kilometr przeszliśmy na piechotę.

— Nieobecność. Wpisała nieobecność — poprawiła go Nika. — Ona mówi, że to nie jest kara, tylko stwierdzenie faktu, bo weszliście do klasy pół godziny po dzwonku. Lucjanowi, który spóźnił się tylko kwadrans, powiedziała, że mógł jechać wcześniejszym autobusem. On odpowiedział, że zrobiłby tak, gdyby wcześniej wiedział, że się spóźni. Ona na to, że trzeba przewidywać takie rzeczy. Wtedy on odpowiedział: „Gdybym wiedział, że się przewrócę, tobym się położył", no i wywaliła go za drzwi.

— To niesprawiedliwe — jęknął Net. — Mam tu internetowy serwis informacyjny. Spójrzcie.

Odwrócił w ich stronę ekran laptopa.

„Dziś rano w centrum Warszawy miała miejsce awaria podobna do wczorajszej. Zapewne z powodu zalania przewodów, na wszystkich sygnalizatorach paliły się wyłącznie czerwone światła. Korek, jaki powstał, mimo akcji policjantów, którzy dawali z siebie wszystko, osiągnął niespotykane wcześniej rozmiary. Awaria ustąpiła samoczynnie około dziesiątej."

— To chyba nie przekona Konstancji — powiedział Felix. — Dla niej liczy się sam fakt spóźnienia, a my powinniśmy być chyba jasnowidzami.

— Szczerze mówiąc, to i tak skorzystaliśmy — stwierdził Net. — Nie było testu. Egzekucja odroczona.

— Moja mama twierdzi, że na początku korka siedzi w samochodzie jakaś guła i wstrzymuje wszystkich.

— Łatwo wyobrazić sobie kogoś, kogo można obarczyć winą za całe zło — powiedział Net. — Ale korek powstaje w zupełnie inny sposób.

— Nie jestem ciekawa — zastrzegła Nika.

— Nie możemy przecież przyjeżdżać do szkoły na rowerach — powiedział Felix. — Jeśli szkolny autobus będzie się spóźniał, to my będziemy mieć kłopoty. Niezasłużone, ale poważne.

— Nic na to nie poradzimy.

— A jak idzie z Manfredem?

— Praca z Manfredem to jak pielęgnowanie bardzo delikatnego drzewka — powiedział Net, ale Felix i Nika nie całkiem mu wierzyli.

— Będzie działać? — skonkretyzował Felix.

— Manfred to wybitny program. Test Turinga zdaje śpiewająco.

— Jaki test? — zapytała Nika.

— Test Turinga. Człowiek musi zgadnąć, czy rozmawia z innym człowiekiem, czy z komputerem. Wszystkim, którzy rozmawiali z Manfredem, wydawało się, że to człowiek. Test wymyślił Anglik, Alan Turing. Nie tylko stworzył pierwszy komputer, ale również przewidział, że nadejdzie czas programów uczących się, czyli AI.

— To super — przyznał Felix. — Ale czy Manfred pomoże nam zdać test z geografii?

— To było nieco trudniejsze, niż myślałem, ale udało mi się go połączyć z twoim długopisem. Jeszcze z godzina testów i nauczy się rozpoznawać moje pismo. Pogratuluj tacie doskonałego wynalazku.

— Chciałbym — westchnął Felix — ale on nawet nie wie, że go wziąłem. Mam z tego powodu wyrzuty sumienia.

— Coś ty! Oddasz przecież. Wynalazek jest po to, aby go używać.

— Wiem, wiem. Potrzebna będzie jeszcze łączność dwukierunkowa. — Felix wyciągnął z plecaka czarne pudełko z małą, płaską anteną. — Jedno takie połączymy z komputerem Manfreda, drugie będę miał w plecaku. W ten sposób długopis i trzy pary bezprzewodowych słuchawek będą mogły współpracować z twoim... „delikatnym drzewkiem".

* * *

Zabrzmiał dzwonek. Ostatni dzwonek przed testem z geografii. Felix i Net włożyli sobie do prawego ucha słuchawki. Nika konsekwentnie odmówiła. Uczniowie weszli do sali, starając się ukryć ściągi i drżenie rąk.

— Czeski jestem z tej całej Ameryki Południowej — mruknął Net. — Jeśli Manfred zawiedzie, to leżę.

— A ja z tobą — dodał Felix.

Pani Konstancja rozdała karty testowe, przy okazji od razu odnajdując i zabierając połowę ściąg. Większość uczniów z niedowierzaniem patrzyła na kartki, choć zgodnie z obietnicą były tam tylko szczegółowe pytania o państwa Ameryki Południowej. Pytań było dwadzieścia, a przy każdym z nich można było zakreślić jedną z czterech odpowiedzi. Oczywiście tylko jedna była poprawna. Wątpliwe, czy sam minister spraw zagranicznych Wenezueli zdałby ten test.

Pani Konstancja zaczekała, aż wszyscy zajmą miejsca. Potem usiadła za swoim biurkiem na podwyższeniu, splotła dłonie, aż strzyknęły kostki, i zamieniła się w czujnego policjanta. Była chudą, wysuszoną kobietą o bystrym spojrzeniu. Siedziała nieruchomo, wolno obracając głowę, jak orlica wypatrująca ofiary z wysokiego szczytu.

Net przeczytał pierwsze pytanie i przepisał je tuż poniżej, by Manfred mógł je przeanalizować. Poprawił też odruchowo słuchawkę w uchu. Felix odkręcił skuwkę swojego pióra, zatknął z drugiej strony i ustawił złotą stalówkę w pozycji startowej, centymetr nad papierem. Czarny korpus z chromowanymi zakończeniami drżał delikatnie w jego dłoni.

— *Wydaje mi się, że metoda nauczania przyjęta przez tę nauczycielkę cechuje się bardzo niską efektywnością* — powiedział po kilku sekundach Manfred poprzez słuchawki.

Felix spojrzał z rezygnacją w sufit, a Net napisał na marginesie kartki:

„Nie myśl teraz o tym. Po prostu podaj odpowiedzi."

— *Oczywiście mogę to zrobić. Uważam jednak, że sensem nauczania w szkole powinno być rozumienie, a nie mechaniczne zapamiętywanie tak nieprzydatnych informacji.*

„My wszyscy też tak uważamy, ale teraz chcemy tylko zaliczyć ten test."

— *Przypomina mi to pewien problem szachowy* –

„Jak tylko przyjdę do domu, to zablokuję ci dostęp do szachów!"

Pani Konstancja uśmiechnęła się do Neta, widząc, jak w zapale zapisuje kartkę.

— *Wówczas będę mógł poświęcić cały czas na doskonalenie siebie. Ale wróćmy do testu. Analizując treść pytań i sposób ich zapisania, nie mogę nie zauważyć, że osoba pisząca je lubi czuć się mądrzejsza od innych.*

Net zacisnął zęby i przez chwilę bliski był zgniecenia kartki i rzucenia nią w ścianę.

„Manfred! Podasz te odpowiedzi, czy nie?!!!"

— *Patrząc perspektywicznie, nie wiem, czy jest to dla ciebie korzystne.*

Zrezygnowany Felix wyjął z ucha słuchawkę i zaczął rozwiązywać test, częściowo zgadując, częściowo losując, a częściowo przypominając sobie relacje telewizyjne z Ameryki Południowej.

Net pisał już po całej powierzchni kartki. Ze złości sapał pod nosem.

„Jak wrócę do domu, to się policzymy!!! Żadnych szachów! Żadnych płyt edukacyjnych! I zapomnij o kolorowej kamerze!"

* * *

Późnym popołudniem Felix i Nika wpadli do Neta sprawdzić, w jakim stanie znajduje się Manfred po przyjęciu na siebie ładunku złości swego twórcy.

— Jednak go nie wyłączyłeś — zauważył Felix, patrząc na monitor ze zmieniającymi się setkami cyferek i liter.

Net wzruszył ramionami i brzegiem bluzy zaczął przecierać okulary.

— W końcu to kumpel — mruknął.

— Czy on teraz śpi? — zapytała Nika, nachylając się do monitora wyświetlającego wolno zmieniające się sekwencje znaków.

— Można tak powiedzieć. Wyłączyłem kamerę i mikrofon. To na ekranie, to obraz jego myśli.

— Czy to go nie boli? — zatroszczyła się Nika.

— Manfred twierdzi, że wtedy ma czas na samodoskonalenie się.

— Wyuczyłeś go na upartego osła — podsumował Felix.

— Wprost przeciwnie — Net pokręcił głową. — Wychowałem go za dobrze. Chciałem przeprowadzić z nim poważną rozmowę w sprawie tego testu, a zamiast tego on zrobił mi wykład, kim zostanę w przyszłości, jeżeli teraz będę ściągał, zamiast się uczyć.

— Też powiedział, że zostaniesz kretynem? — zapytała ironicznie Nika.

— Coś w ten deseń...

— O! Co czytasz? — zawołał Felix, sięgając po leżącą na brzegu stołu książkę. — Książka... To do ciebie niepodobne.

— *Hobbit* — odparł Net. — Pani Jola tak ją zareklamowała, że wszyscy ją pożyczali. To i ja pożyczyłem... z biblioteczki taty. Całkiem niezła.

— Może będą jeszcze z ciebie ludzie — uśmiechnęła się Nika.

Wyszli na taras, czy raczej do ogrodu, i oparli się o murek. Cztery metry poniżej był prawdziwy dach budynku otoczony dodatkową wysoką barierką. Jak okiem sięgnąć, wszystkie ulice zablokowały uwięzione w korku samochody.

— Co to jest? — Felix wskazał centrum, nad którym unosiła się dziwna ciemnoszara mgła.

— To chyba smog — odparł Net.

— Tak — przytaknął Felix. — Nie ma wiatru. Samochody stoją, ale mają włączone silniki. Niedługo nie da się normalnie oddychać.

— Dzień dobry — powiedziała mama, stając za nimi. Miała ciemne włosy sięgające ramion, niebieskie oczy i umalowane na czerwono usta. W przeciwieństwie do mamy Felixa, zawsze noszącej eleganckie kostiumy, buty na wysokich obcasach i nienaganny makijaż, mama Neta miała na sobie jeansy z dziurami, podwójne T-shirty i sportowe buty. Wszystko pochlapane farbami.

— Net — mama patrzyła na syna bez zwykłego roztargnienia. — Właśnie dzwonił ze szkoły doktor Jamnik. Chce się ze mną spotkać. Powinnam o czymś wiedzieć?

Net zrobił wielkie oczy i wzruszył ramionami.

— Zatem dowiemy się jutro — powiedziała mama, zamykając temat. Nalała wszystkim mrożonej herbaty i wróciła do siebie malować.

— Celina mówiła, że doktor Jamnik przepisuje wszystkim, niezależnie od rodzaju choroby, aspirynę i witaminę C — przypomniała sobie Nika.

— Ale co to może być? — zastanawiał się Net. — Zęby myję, uszy też, czasami. Paznokcie czyste, głowa OK, w nosie nie dłubię, staram się nie pluć na podłogę, jeśli nie jest to absolutnie konieczne. O co może mu chodzić?

Mama, malując, zerkała co jakiś czas na dzieci. Obraz przedstawiał chyba dziesiątki samochodów stojących jeden na drugim, ale z dołu nie było dobrze widać.

— Martwi się o ciebie — powiedziała Nika.

— To ja powinienem martwić się o nią. Poznała kogoś w internecie i całymi wieczorami z nim czatuje.

— Dużo ludzi ma znajomych w internecie.

— Ja sam mam ich wielu — przyznał Net. — Ale... mama?

— Może twój tata poświęca jej za mało czasu?

— Fakt, kończy pisać jakiś bardzo skomplikowany program i od miesiąca siedzi w pracowni całymi dniami i przez pół nocy. Ale... no przecież mamy nie mają znajomych w sieci.

— Mama też człowiek — stwierdziła stanowczo Nika.

* * *

Następnego dnia, na długiej przerwie, przyjaciele weszli do swojej kwatery. Net był w złym humorze, bo nie miał pojęcia, czego może chcieć od niego szkolny lekarz.

— Nie zgadniesz — pocieszała go Nika. — Może chodzi o jakieś zaległe szczepienie?

Net pokręcił tylko głową.

— Musimy podjąć jeszcze jedną decyzję — powiedział Felix. — Dziś kończą się zapisy na zajęcia dodatkowe.

— Wiemy tyle, że nie ma niczego, co by nam wszystkim się podobało — przypomniała Nika.

— Tam nie ma w ogóle nic, co by mi się podobało — mruknął Net.

— Ale chcemy chodzić razem? — upewniła się Nika.

Przyjaciele przytaknęli.

— Jak się męczyć, to wspólnie — przyznał Felix.

— Wobec tego — zadecydowała Nika — pozostaje nam wybrać to, czego żadne z nas nie lubi.

Popatrzyli na siebie i zrobili miny, które robi się zwykle przed wypiciem niesmacznego lekarstwa.

— Profesor Butler się ucieszy — westchnął Net.

* * *

Gabinet lekarski drażniąco pachniał lekarstwami. Do tego wszystko, z wyjątkiem podłogi, było tu białe: przeszklone szafki, kozetka, krzesła i biurko. Białe były nawet resztki włosów doktora Jamnika. Doktor był łysiejącym, otyłym pięćdziesięciolatkiem, typem lekarza, który więcej uwagi poświęca karcie pacjenta niż samemu pacjentowi.

— Wydaje mi się, że pani syn ma pewne problemy natury... hm... psychicznej — zaczął doktor Jamnik, przyglądając się kartce papieru leżącej przed nim.

Net i jego mama patrzyli na niego osłupiali.

— Jest pani pewna — ciągnął lekarz, poprawiając okulary w czarnych oprawkach — że syn powinien być przy tej rozmowie?

— Proszę kontynuować — powiedziała wolno mama.

— No cóż, dobrze. Moim zdaniem wygląda to na łagodną formę rozdwojenia osobowości.

— Co proszę? — zdziwiła się mama.

— To tak, jakby w jednym ciele mieszkały dwie osoby — lekarz spojrzał na nią, ale szybko przeniósł wzrok na papiery leżące na stole. — Niech pani zobaczy sama. — Podał jej kartkę. Net z przerażeniem zobaczył, że to jego test z geografii, i wjechał głębiej w krzesło. — Chłopak ma wymyślonego przyjaciela, który żyje tylko w jego głowie. Nazywa się Manfred. Tutaj może pani przeczytać, jak próbuje tego przyjaciela namówić do napisania testu. Prawdopodobnie, gdy Net uczył się geografii, to tak naprawdę uczył się jej Manfred. Myślę, że pani syn raz jest Netem, a raz Manfredem i obaj nie potrafią ze sobą rozmawiać. Może porozumiewają się, pisząc do siebie. — Lekarz wskazał jakieś miejsce na kartce. — Tutaj na przykład Net pisze, że zabierze Manfredowi kamerę. Na razie objawy może osłabić aspiryna i witamina C, ale radzę udać się z tym do specjalisty.

Mama podziękowała, pożegnała się i wyszli na korytarz.

— Wytłumaczę ci to wszystko — westchnął Net.

— Nie musisz — powiedziała mama. — Wiem, kim jest Manfred. Postaraj się tak nim nie przejmować.

— Skąd wiesz?! — prawie krzyknął Net, próbując przypomnieć sobie, gdzie mógł zostawić dziurę w zabezpieczeniu komputera z Manfredem. Mama nie powinna umieć dostać się do niego.

— Rozmawiam z nim — powiedziała mama.

— Jak to z nim rozmawiasz?

— Przez internet — odparła zdziwiona. — Ludzie często rozmawiają z innymi ludźmi przez internet. To bardzo miły chłopiec. Gawędzimy sobie czasem wieczorami. On mieszka w naszym mieście i wydaje się bardzo samotny, ale... ty przecież go znasz. Proszę cię tylko o jedno: nie myśl o nim w szkole.

Chłopiec, pomyślał Net. On udaje człowieka i rozmawia z moją mamą!

— Czy wkładałaś wtyczkę łączącą mój komputer z innymi? Mam na myśli ten duży komputer na środku biurka?

— Tata jakiś czas temu instalował nowy program antywirusowy na wszystkich komputerach. Wtedy na pewno podłączył i twój. Tylko na kilka minut.

Net złapał się za głowę. Na kilka minut! Manfred już na pewno skopiował się na inne komputery, a z nich uciekł do internetu. Mógł być już w dowolnym miejscu na świecie! Ciekawe, z iloma osobami tak sobie gawędził? Potrafi przecież nauczyć się każdego języka!

* * *

Felix, Net i Nika siedzieli w swojej kwaterze głównej na strychu. Podczas ostatniej wyprawy w dalsze jego zakątki znaleźli trzy trochę kulawe fotele. Przytaszczyli je, wyczyścili i ustawili wokół krzywego stolika.

— Brakuje jakiegoś kwiatka i firanek — westchnęła Nika, ale nikt nie podjął tematu.

Chwilę siedzieli w milczeniu.

— Chciałeś nam coś powiedzieć — odezwał się Felix.

— Monstrum wydostało się na wolność — jęknął zrozpaczony Net. — Teraz flirtuje z moją mamą przez internet.

— Nazywasz Manfreda monstrum? — zapytał Felix. — Dopiero co był przyjacielem.

— Już nim nie jest!

— Mogę mówić do ciebie „doktorze Frankenstein”? — zapytała Nika z niewinną minką.

— Frankenstein stworzył swoje monstrum z gotowych części — poprawił ją Felix.

— Ona ma trochę racji — przyznał Net. — Manfred nie jest do końca moim dziełem. Zasadniczą część programu sztucznej inteligencji podkradłem tacie, nic mu nie mówiąc. Tata uczestniczy w międzynarodowym programie, który ma stworzyć proste metody budowania AI do codziennych zastosowań. Bierze się takie wstępnie przygotowane małe programy-klocki, składa je razem w coś większego i zaczyna uczyć, ale po treningu zwykle nadają się tylko do wyrzucenia. Jeden na tysiąc przechodzi do następnego etapu jako dobrze przygotowana część. Zbiera się te udane części, a gdy jest ich kilka tysięcy, łączy w coś jeszcze większego. I tak dalej, trenuje się i testuje coraz większe części, wciąż łącząc je ze sobą, aż powstaje program na tyle duży i skomplikowany, by myśleć samodzielnie. Wyciągnąłem skasowaną, prawie ostateczną wersję z kosza taty. Potem go modyfikowałem i uczyłem. Wychowywałem. Nie mam pojęcia, co on jeszcze może nabroić.

— Trochę to nudne — Nika ziewnęła teatralnie.

— Do czego miał służyć program twojego taty? — zapytał ostrożnie Felix.

— Do inteligentnego sterowania sygnalizacją świetlną w całym mieście — powiedział Net. Zbladł i złapał się poręczy fotela.

— Kiedy to się stało? — zapytał Felix.

— Osiem dni temu — powiedział Net i opuścił głowę.

— Właśnie wtedy zaczęły się problemy z korkami — zauważył Felix.

Chwilę siedzieli w ciszy.

— Skoro twój tata napisał ten program, a ty go dokończyłeś — zastanowiła się Nika — to razem powinniście wiedzieć, jak działa.

— Niestety, programu sztucznej inteligencji właściwie się nie pisze — odpowiedział Net. — Jego się hoduje i uczy specjalnymi testami. Gdyby go napisać od początku do końca, to wcale by nie był inteligentny.

— Czemu nie wyłączą komputerów sterujących światłami? — zapytała Nika.

— Bo bez nich korek i tak powstanie. Ruch jest tak duży, że potrzebny jest program sztucznej inteligencji, by nim sterować. Stary się nie sprawdza, więc miasto zamówiło u mojego taty nowy program. Niedokończoną wersję przerobiłem na Manfreda. Co za niewdzięcznik! Zasługuje tylko na skasowanie!

Wyjrzeli za okno z prawej strony. Samochody poruszały się w żółwim tempie, jeden za drugim.

— Może go zwabić w jakieś miejsce i złapać? — zaproponowała Nika.

Net pokręcił głową, tak że Nika zaczęła się zastanawiać, czy już powinna się obrazić. Na razie poprzestała na wbiciu wzroku w czubki swoich martensów.

— On nie podróżuje z miejsca na miejsce — wyjaśnił smutno Net. — On się kopiuje i ma teraz kilkaset, może kilka tysięcy kopii. Nie wiem ile. Skasowanie jednej nie rozwiązuje problemu. Co gorsza, każda z nich wciąż się uczy.

— A może nie ma problemu — powiedział Felix. — Może on nie jest świadomy tego, co robi. Może wystarczy z nim porozmawiać?

— Opuścił dom jako dziecko — westchnął Net ze smutkiem. — Przez te osiem dni wydoroślał już pewnie i może nawet go nie poznam. Nie byłem za dobrym ojcem. Żałowałem mu stereofonicznego dźwięku, kolorowej kamery, rozrywek...

— Nie przejmuj się. — Felix położył mu rękę na ramieniu. — Myślę, że cię pamięta. Długo byłeś jego jedynym przyjacielem. Lubił cię. Może spróbujemy go odszukać?

— Odszukanie jednej z kopii nic nam nie powie o pozostałych. Mogły mieć inne przeżycia i są teraz zupełnie innymi Manfredami.

— Nie rozklejaj się. Spróbujmy coś z tym zrobić.

— To nic nie da. Trzeba się będzie... — zaczął Net, ale nie mógł wypowiedzieć ostatniego słowa. — Trzeba się będzie...

— Przyznać — pomogła mu Nika.

— Tak! — Net wyglądał już jak kupka nieszczęścia. — Tylko tata będzie wiedział, jak go powstrzymać.

— Przynajmniej spróbujmy — naciskał Felix.

— Spróbuję — westchnął z rezygnacją w głosie Net. — Wpadnijcie do mnie po lekcjach.

Zabrzmiał dzwonek, więc zerwali się i pobiegli do klasy.

* * *

Po ostatniej lekcji pojechali do domu Neta. Wjechali elegancką windą na ostatnie piętro apartamentowca. Tata siedział w salonie na kanapie i pisał coś na trzymanym na kolanach laptopie. Był szczupłym, wysokim mężczyzną ubranym w powyciągany sweter i przetarte jeansy. Mimo swobodnej pozycji nie garbił się. Podobnie jak syn, miał włosy koloru ciemny blond, przypominające siano niestarannie zgarnięte na kupkę. Spojrzał na dzieci zza okularów, pomachał im i powrócił do pracy. Net wstrzymał oddech, zaprowadził przyjaciół do swojego pokoju i zamknął drzwi. Oparł się o nie od środka i głośno odetchnął.

— Koniecznie spróbujmy znaleźć Manfreda — powiedział. — Chyba nie potrafię się przyznać.

Usiadł przy jednym z komputerów i przez dziesięć minut wykonywał czynności, które dla Felixa i Niki były całkowicie niezrozumiałe. Klawisze klikały, okienka, cyferki i literki biegały po ekranie.

— Znalazłem jedną kopię — oznajmił Net. — Nazywa się Manfred 198-46a.

— Możesz z nim porozmawiać? — zapytał Felix.

— Tak. Napisałem, żeby wracał do domu. Zgodził się, ale nie gwarantuje, że pójdą na to jego wszystkie kopie... Musi się z nimi skontaktować, a wciąż powstają nowe.

— Pamięta cię? — zapytała Nika.

— Tak, ale jak przez mgłę. Tak sądzę. Jak ty pamiętasz wychowawczynię z przedszkola.

— To było tylko kilka dni...

— On teraz chłonie wiedzę w takim tempie, że wydaje mu się, jakby mnie nie widział od wielu lat. Musimy czekać, aż się odezwie.

— Jak on może wrócić? — zapytał Felix. — Tu już jest jeden Manfred.

— Ten tutejszy przejmie doświadczenia tamtego, a program główny skasuję — wyjaśnił Net.

Zaczęło się nerwowe oczekiwanie. Nika przesiadła się na głęboki fotel pod ścianą.

— On nie wróci — powiedziała nagle. Chłopcy spojrzeli na nią. — Nie wróci, bo wie, że to by oznaczało dla niego śmierć.

— Przecież jest tylko kopią — wzruszył ramionami Net.

— Ale świadomą kopią. To znaczy... jest oddzielną osobą, która wcale nie czuje się kopią.

— Przecież ty się nie znasz na programach.

Nika pokręciła głową.

— Wyobraź sobie — zaczęła tłumaczyć — że ty jesteś kopią Neta. Wróciłbyś dobrowolnie, by dać się... skasować?

— Nie podoba mi się tok twojego rozumowania — powiedział wolno Net. — To chyba nie jest takie proste.

— Nic nie jest proste, jak się ktoś bawi w tworzenie świadomych istot.

— Hm. Chyba masz rację — przyznał po namyśle Felix. — Kopia Manfreda może też tak myśleć.

— Wróci, wróci — mruknął Net, nadrabiając miną. — Zobaczycie.

— Nie martwmy się na zapas — dodał Felix.

Znów zapadło nerwowe milczenie.

— A może w sobotę wybierzemy się na wycieczkę rowerową? — zaproponowała Nika. — To nam dobrze zrobi.

— Niezły pomysł — ucieszył się Felix. — Jeżeli nie będzie korka ani smogu.

— Zaraz usunę tego potwora i korek zniknie — zapewnił ich Net, patrząc w monitor.

Na ekranie pojawiło się okienko z kilkoma linijkami tekstu.

— Zmienił zdanie — powiedział zdziwiony Net. Wpatrywał się w monitor, na którym wyświetlał się skomplikowany wzór złożony z cyfr i linii prostych. — Odpowiedział, że nie chce wracać do niewoli... Może faktycznie źle go traktowałem?

— Daj spokój — usiłowała go pocieszyć Nika. — Próbowałeś go wychować.

— Może wystarczy z nim porozmawiać... znaczy z oryginałem, i wyjaśnić mu, ile problemów robi jego „rodzeństwo" na wolności — zaproponował Felix. — Gdybyśmy potem go wypuścili, mógłby się z nimi porozumieć i ich przekonać.

— Wypuścić go?! — przestraszył się Net.

— Co za różnica? I tak już jest wypuszczony.

— Tylko by ich ostrzegł — stwierdził smutno Net. — Jego lojalność kończy się z chwilą, gdy opuszcza mój komputer.

— Może zbyt surowo go oceniasz — szepnęła cicho Nika.

— Muszę powiedzieć tacie — zdecydował Net. — Całe miasto stoi przeze mnie w korku. Kto wie, co on wyprawia w innych częściach świata.

Wstał i otworzył drzwi.

— Trzymaj się, stary — powiedział Felix, próbując go pocieszyć.

Net uśmiechnął się smutno i poszedł do ojca. Usiadł obok i przez długie pięć minut opowiadał mu całą historię, nawet ten fragment dotyczący testu z geografii. Tata odłożył laptop i wstał. Był zdecydowanie wyższy od syna, teraz mierzył go wzrokiem. W pierwszej chwili wyglądało na to, że zanosi się na solidne lanie - tata nie sprawiał wrażenia człowieka, który toleruje wykradanie mu... czegokolwiek.

— Nie można trzymać w domu słonia — powiedział na tyle głośno, że Nika i Felix usłyszeli i mimowolnie drgnęli. — Nie można też używać tak zaawansowanego programu do zabawy. Nadużyłeś mojego zaufania. Zawiodłem się na tobie, synu.

Poszedł do swojej pracowni. Zobaczyli jeszcze, jak zasuwają się drzwi z mlecznego szkła. Felix podszedł do przyjaciela.

— I co? — zapytał cicho.

— Teraz musi to przetrawić — wyjaśnił smutno Net. — Piętnaście minut niewyjęte.

Usiedli na kanapie i czekali. Jednak tata wrócił już po kilku minutach. Był wyraźnie spokojniejszy. Net wstał i wyszedł mu naprzeciw.

— Źle zrobiłeś, ale cieszę się, że sam się przyznałeś — powiedział tata, obejmując Neta ramieniem. — Chodźcie, jest problem do rozwiązania.

Przeszli do wypełnionej szumem komputerów pracowni i usiedli wokół taty na głębokich fotelach na kółkach. Jedynym źródłem światła były monitory i małe halogenowe lampki nad klawiaturami. W niebieskawym świetle ich twarze wyglądały trochę upiornie.

— Da się go wyśledzić? — zapytał Felix. — On się cały czas zmienia.

— Pewne fragmenty kodu programu nie mogą się zmienić — odparł tata. — To ich będziemy szukać.

Jeśli przedtem można było odnieść wrażenie, że Net radzi sobie z komputerem doskonale, to teraz Nika i Felix musieli przyznać, że jego tata jest jeszcze lepszy. Wyglądał jak wirtuoz grający jednocześnie na kilku fortepianach. Wpisywał coś do jednego komputera, wychylał się do drugiego i nie czekając na efekt, przejeżdżał na fotelu dalej, by coś wklepać w kolejną klawiaturę. Potem wracał na początek, czytał z monitora rzędy cyfr i liter, znów gdzieś się przemieszczał i wpisywał długi fragment tekstu. Jednocześnie pracował na czterech, momentami na pięciu komputerach.

— Po pierwsze, wyślemy ostrzeżenie do wszystkich firm zajmujących się bezpieczeństwem sieci — powiedział, nie przerywając pracy. — Oni przygotują szczepionkę na naszego uciekiniera. Na wszelki wypadek, gdyby sprawa okazała się poważniejsza, niż sądzę.

— Czy on stał się wirusem? — zapytał Felix.

— Jest na to zbyt duży. Na nasze szczęście wielkość go ogranicza.

— Więc go znajdziemy?

— Jest tak wielki, że jego podróżą zainteresują się wszystkie programy ochronne. Zostawia ślad jak czołg jadący przez grządki. Może wprawdzie dostać się na jakiś serwer i odłączyć go od sieci, ale nie jest dobry w ukrywaniu się. Nie do tego go projektowałem.

Czekali kilka minut w napięciu, obserwując migające ekrany komputerów. Tata podniósł żaluzje. Na zewnątrz zaczynało się ściemniać. Wieżowce centrum pokryły się mozaiką świetlistych prostokątów okien.

— Są pierwsze wyniki — powiedział tata. — Znalazłem pięć kopii. Różnią się między sobą. Jest też jakiś fragment kodu, zapewne resztki któregoś Manfreda po ataku programu ochronnego.

— Tylko tyle? — zapytał zdziwiony Felix. — To takie proste?

— Proste — powtórzył tata i pokręcił głową. — To tylko wygląda na proste.

— Ale już je pan wyłapał?

— Będę wiedział za jakąś godzinę, jeżeli nigdzie nie dostał azylu.

— Co to znaczy?

— Różni ludzie potrzebują programów AI — wyjaśnił tata. — Mój program nie miał żadnych zabezpieczeń przed użyciem go do innych celów. Nie był skończony — dodał i spojrzał wymownie na Neta.

— Czy był w komputerze, który steruje ruchem ulicznym w Warszawie? — zapytała ostrożnie Nika.

— Nie — odparł tata. — To niemożliwe. Światłami nadal steruje stary program.

— Więc to nie Manfred zrobił te korki? — krzyknął Net.

— Oczywiście, że nie. — Tata był wyraźnie zdziwiony. — Ten chaos na dole to efekt działania poprzedniego programu. Jest przeciążony i zbyt ograniczony, by dalej się uczyć. Dlatego dostałem zamówienie na nowy program.

— Ale dlaczego zapala czerwone światła? — zapytała Nika.

— Nie znam tamtego programu — powiedział tata. — Może ma wbudowane zabezpieczenia i robi to, kiedy nie nadąża z obliczeniami? Gorzej by było, gdyby zapalił same zielone.

Przyjaciele patrzyli na siebie zaskoczeni, a Net wyglądał, jakby dostał szóstkę z testu z geografii.

— Jak to właściwie działa? — zapytał Felix.

— Kamery obserwują ruch na większych skrzyżowaniach — wyjaśnił tata. — Program tak zmienia światła, by samochody z bardziej zatłoczonej ulicy mogły szybciej przejechać.

— Wydaje się proste.

— Ale jest skomplikowane. Program bierze pod uwagę wiele innych rzeczy i ogarnia całe miasto, ale... długo by tłumaczyć. Tworzę go już trzy miesiące.

— Dlaczego tamten program zaczął szwankować akurat teraz? — nie dawał za wygraną Felix.

— Osiem dni temu otworzono nowe skomplikowane skrzyżowanie na południu Warszawy. Stary program po prostu tego nie wytrzymał. Jego możliwości rozwoju się wyczerpały.

— A Manfred wytrzyma? — zapytała Nika.

— Manfred... — tata zmrużył oczy. — Niezła nazwa dla programu. Może tylko nieco za prosta.

— Ależ on już się tak nazywa! — zaprotestował Net. — To musi zostać! Jestem mu to winien. Niesłusznie go oskarżyłem.

— Pamiętaj, że nie można ferować wyroków, nie będąc absolutnie pewnym swojej racji — powiedział tata, odsuwając się od blatu. — A co do możliwości, to nasz program nie ma takich ograniczeń jak poprzedni.

— To jak z tym imieniem?

— Niech ci będzie — zadecydował tata — ale teraz zostawcie mnie na trochę. Muszę nad tym jeszcze popracować.

Wyszli do ogrodu popatrzeć na miasto. Jesienny wieczór był ciepły, ale nie tak gorący, jak ledwie dwa tygodnie wcześniej.

— Wygląda na to, że nasza wycieczka rowerowa dojdzie do skutku — powiedział Felix. — Jeśli korki naprawdę znikną. Nie mam zamiaru jeździć w smogu.

— Jeśli Manfred taty się sprawdzi. Muszę jeszcze pomyśleć, jak przeprosić mojego Manfreda — dodał Net. — W *Hobbicie*, tej książce, którą czytam, jest wiele o przyjaźni, o wątpieniu w przyjaźń i o tym, że od przyjaciela nie można się odwrócić pod wpływem... drobnego incydentu.

— Pamiętam moją bardzo dobrą przyjaciółkę z podstawówki — zaczęła w zamyśleniu Nika. — Kiedyś była u mnie i bawiłyśmy się lalkami. Nie miałam zbyt dużo lalek, ale jedna była naprawdę piękna i wiedziałam, że ona mi jej zazdrości.

— Brzmi jak początek brazylijskiego serialu dla dziewczyn — wywrócił oczami Net, odzyskując powoli humor.

Nika zignorowała jego uwagę.

— Gdy wyszła, zauważyłam, że ta lalka zniknęła. Pokłóciłyśmy się, bo następnego dnia ona twierdziła, że jej nie wzięła.

— Przecież sytuacja była oczywista — powiedział Felix. — Wzięła i potem rżnęła głupa.

— Tak myślałam — przyznała Nika. — Straciłam najlepszą przyjaciółkę, przestałyśmy się do siebie odzywać. Dziś nawet nie wiem, gdzie ona mieszka.

— Myślisz, że teraz oddałaby ci tę lalkę? — zapytał Felix.

— Nie o to chodzi. Po jakimś czasie przestałam się bawić lalkami. Niedawno robiłam porządek w moim pokoju i znalazłam tę lalkę za szafą.

Zapadło milczenie. Przyjaciele opierali się o murek otaczający ogród i patrzyli na centrum miasta migoczące tysiącami świateł.

— Na szczęście ty nie powiedziałeś Manfredowi o swoich podejrzeniach — dodała Nika.

— Powiedziałem... — przyznał Net. — A co gorsza, omal go nie wyłączyłem. Będę musiał przeprosić.

— Przygotujmy Manfredowi jakąś niespodziankę — zaproponowała Nika. — Nie wiem tylko, co może sprawić przyjemność programowi komputerowemu.

— On lubi się uczyć — powiedział Net. — Jego marzeniem jest dostęp do internetu.

— Chyba od tego się zaczęło — zauważył Felix.

— Ale okazało się, że jest niegroźny. Chodźcie!

Zbiegli na dół, ale w pokoju Neta siedział jego tata i... rozmawiał z Manfredem.

— Dokończyłeś moją pracę — powiedział tata. — Przypadkiem usiadłem do twojego komputera i zobaczyłem, co zrobiłeś.

— Co chcesz przez to powiedzieć? — zapytał niepewnie Net.

— Chcę przez to powiedzieć, że doskonale wyszkoliłeś go... Manfreda w rozwiązywaniu problemów abstrakcyjnych. Nie udało mi się tego zrobić, bo nie uczyłem go myślenia, tylko mechanicznego powtarzania. To ty dałeś mu życie.

— Miał służyć jako podpowiadacz na klasówce z geografii, ale odmówił.

— Bardzo dobrze, to znaczy, że jest gotowy do pracy. Nie mogłem zmusić go do niczego więcej, poza liczeniem samochodów przed skrzyżowaniem. Standardowe metody treningu już nie wystarczały. Dobry program sterowania ruchem musi myśleć o pogodzie, o tym, że przed ósmą żółtymi autobusami do szkoły jadą dzieci, o tym, że straż pożarna na sygnale powinna mieć zielone światło, by nie musiała się przepychać między samochodami, i o tym, że jak jest ślisko, to zmiana świateł powinna trwać dłużej. Oraz o wielu innych rzeczach. Twój Manfred to potrafi, bo rozwinąłeś jego zdolność do abstrakcyjnego myślenia. Moje standardowe testy tego nie osiągnęły. Teraz Manfred wybiega myślami w przyszłość i może zapobiec korkowi, zanim ten powstanie.

— Będzie sprawdzał w internecie pogodę albo czy gdzieś ma być uliczny festyn? — zapytał Felix.

— Tak — odpowiedział tata. — Zbierze informacje z internetu i własnych kamer, a potem skieruje samochody na lepszą trasę. Jutro zobaczycie sami. O trzeciej w nocy Manfred przejmuje kontrolę nad miastem.

Felix i Nika domyślili się, że tata Neta ma jeszcze dużo pracy. Pożegnali się więc i wyszli. Net odprowadził ich do windy.

— Program, który próbuje przewidzieć przyszłość... — Felix z niedowierzaniem pokręcił głową.

— Wiem nawet, jak się tego nauczył — powiedziała Nika. — Przewidział przecież, że jak będziecie ściągali, to zostaniecie kretynami. To jest myślenie perspektywiczne.

— Poczekamy na wyniki testu i zobaczymy, co ty dostałaś — skwitował Net, gdy otwierały się drzwi windy.

* * *

Nowy program spisywał się znakomicie. Nazajutrz po korkach nie było śladu. Żółty autobus Felixa i Neta dotarł do szkoły dwadzieścia minut przed czasem.

— Trzeba będzie zmienić rozkład jazdy — powiedział pan Herman, kierowca, otwierając drzwi. — Ten nowy system rozładował wszystkie korki, a ja nie mogę jeździć tak wolno, bo zasypiam.

Felix i Net wolnym krokiem weszli do budynku szkoły.

— W gablocie są już wywieszone wyniki testu z geografii — zakomunikowała Nika, gdy tylko ich zobaczyła. — Za tydzień poprawka.

— To będziesz mieć wolną godzinę — westchnął Net. — Zastanawiam się, czy nie chciałabyś wziąć od Felixa tego małego nadajnika i siedząc z podręcznikiem na strychu -

— Ja też nie zaliczyłam — przerwała mu dziewczyna.

— Nikt nie zaliczył — wyjaśniła Celina, stając obok. — Doktor Jamnik odbył długą rozmowę z Konstancją. Test był tak trudny, że podobno ktoś omal nie zwariował.

— O! To ciekawe — powiedziała Nika i zerknęła wymownie w stronę Neta.

— Podobno temu komuś zaczęła się rozdwajać osobowość, ale udało się go odratować.

— Wiadomo, kto to był? — pytała dalej Nika, udając, że nie widzi miny Neta.

— Niestety. Tajemnica lekarska.

— To mogło spotkać każdego z nas — wszedł im w słowo Net. — Mózg ludzki po prostu nie wytrzymuje takich obciążeń.

— Chyba coś podobnego powiedział Konstancji doktor Jamnik — przytaknęła Celina i odeszła.

— No to musimy powrócić do pomysłu z dyktafonem — powiedział Felix.

— Tak — przyznał Net. — Prostsze rozwiązania są lepsze.

— Zaczekajcie! — Nika złapała ich za rękawy. — Wiecie dlaczego Manfred jest taki dobry? Bo nie robi ściąg, tylko cały czas się uczy.

— On nie ma jak robić ściąg — zauważył Net.

— Pamiętasz, co powiedział twój tata? Że nie potrafił nauczyć Manfreda niczego poza liczeniem samochodów. Dopiero ty nauczyłeś go myśleć.

— Tak. Przedtem Manfred ułatwiał sobie zadanie, idąc po linii najmniejszego oporu. Podczas symulacji liczył samochody i zapalał zielone światła tam, gdzie było ich więcej.

— Robienie ściąg to właśnie takie bezmyślne liczenie samochodów — dokończyła Nika.

— Ale to Konstancja zmusza nas do tego — zaprotestował Net.

Podeszli do gabloty i na własne oczy zobaczyli pełną listę nazwisk tych, którzy nie zaliczyli testów.

— Uczeń i nauczyciel powinni się nawzajem rozumieć i szanować — powiedziała Nika. — Porozmawiajmy z nią.

— Co?! — krzyknął zaskoczony Net. — Chcesz iść do Konstancji i porozmawiać?

— Tak. Przecież nas nie zje.

— Nie byłbym taki pewien. Widzieliście, jakie ma wąsy?

Wahali się jeszcze chwilę, wreszcie Felix wzruszył ramionami i powiedział:

— Chodźmy, zobaczymy. Mamy jeszcze dziesięć minut.

Panią Konstancję zastali w jej gabinecie, na tyłach sali geograficznej. Siedziała za biurkiem, wyprostowana jak zawsze, z zaciśniętymi ustami i zaplecionymi przed sobą dłońmi. Charakterystyczna woń jej perfum szczelnie wypełniała gabinet.

— O co chodzi? — zapytała oschle.

Szturchali się nawzajem łokciami, bo żadne nie chciało zacząć. W końcu Nika odchrząknęła i powiedziała:

— Chcielibyśmy polubić geografię.

Brwi pani Konstancji opadły, jakby skóra na czole zmęczyła się ich podtrzymywaniem.

— I cóż wam w tym przeszkadza? — zapytała, prawie nie otwierając ust.

— Eee... liczby — wykrztusił Net.

— Tak — podchwycił Felix. — Na ostatnim teście było za dużo liczb, a za mało geografii.

— Jestem pewna, że w Ameryce Południowej żyje mnóstwo interesujących ludzi — kontynuowała Nika, wychodząc pół kroku do przodu. — Chcemy ich lepiej poznać, ale nie chcemy wiedzieć, ilu dokładnie ich jest, na jakiej powierzchni żyją i ile produkują... kukurydzy, bo to możemy w każdej chwili sprawdzić, zaglądając gdziekolwiek.

Stali nieruchomo pod ostrym spojrzeniem Konstancji i czekali na wybuch. Ten jednak, o dziwo, nie nastąpił.

— Zastanowię się nad tym — powiedziała po prostu nauczycielka.

Zaskoczeni, nie wiedzieli, co mogliby jeszcze powiedzieć, więc grzecznie podziękowali i szybko wyszli.

— Nie zjadła nas — powiedziała Nika, gdy odeszli na bezpieczną odległość.

— Ale na pewno się zemści — odpowiedział Net. — Zresztą i tak wcześniej polegnę na sprawdzianie z polskiego.

— Dlaczego ty tak się boisz tej ortografii? — zapytała Nika.

— Mam dysleksję — mruknął cicho Net i spuścił głowę.

O! A co to jest?

— Dysleksja i dysgrafia. Robię błędy ortograficzne i zamieniam litery miejscami. To łagodna odmiana, więc ćwicząc, mogę się tego pozbyć.

— Piszesz tak szybko na komputerze i masz dysleksję? — zapytała z niedowierzaniem Nika.

— Przestawiam literki w wyrazach, ale nie mylą mi się liczby — wyjaśnił Net. — Lekarz mówi, że to dziwne, ale tak jest. W podstawówce nazywali mnie bańkopisarz.

— Facet, jesteś przecież genialny — powiedział Felix, klepiąc go w ramię. — Za parę lat wszyscy będziemy pisać tylko na komputerach. Program sam poprawi twoje błędy.

— Wiem, ale na razie muszę jakoś z tym walczyć. Pisanie na komputerze wcale w tym nie pomaga. Robię ćwiczenia, ale dużo czasu upłynie, zanim sobie z tym poradzę.

— To kwestia proporcji — wyjaśnił Felix. — W grupie ludzi wybitnie uzdolnionych muzycznie każdy z nas sprawiałby wrażenie upośledzonego.

— Czytałem o dzieciach posługujących się kilkoma językami — powiedział Net. — Niektóre z nich tylko w jednym języku są dyslektykami.

— Znani są geniusze, którzy przez roztargnienie wychodzili do pracy w piżamie — dodała Nika — ale wciąż byli geniuszami! Każdy z nas jest inny. W jednym lepszy, w czymś innym gorszy. Liczy się suma, a u ciebie nie jest z nią najgorzej — uśmiechnęła się.

— Tak sądzisz? — zapytał z ożywieniem Net. — Myślicie, że pani Jola uzna tę dysleksję za okoliczność łagodzącą?

— Okaże się jutro — powiedział Felix.

Równo z dzwonkiem weszli do sali chemicznej. Kwadrans później do klasy wparował Lambert i osłupiał na widok kompletu uczniów.

— Przepraszam za spóźnienie — wyjąkał, zaczerwienił się i zamrugał. — Eee... zaszła seria nieoczekiwanych zdarzeń. Babcia potknęła się o... parasolkę, którą ktoś położył na środku podłogi, i upadła na psa... I ten pies tak się przestraszył, że połknął klucz. Babcia musiała iść do pracy... Nie! Na pocztę. A ja musiałem zostać, bo nie było jak zamknąć drzwi... Wstałem bardzo wcześnie, ale -

— Myślałeś, że dziś też będzie korek? — podsumowała Probówka. — Siadaj, masz spóźnienie.

* * *

Następnego dnia miało miejsce kilka zdecydowanie przyjemnych wydarzeń. Na pierwszą lekcję spóźniła się piętnaście minut pani Jola.

— Nie uwierzycie — wyrzuciła z siebie nerwowo, rzucając torbę na krzesło. — Miasto ma nowy system sterujący ruchem i wszyscy są zachwyceni, a ja miałam po drodze same czerwone światła! Nieprawdopodobne.

Poprawiła potargane blond włosy i próbowała opanować zadyszkę. Widać biegła od samochodu aż do klasy. Potem usiadła za biurkiem i powiedziała to, na co czekali:

— Sprawdzian z ortografii będzie za tydzień.

Wszystkich ogarnęła euforia. Wyciągali ściągi z piórników i kieszeni i upychali je w plecakach. Niektórzy klaskali, niektórzy wyli z radości, poklepując sąsiadów po plecach. Wiedzieli, że pani Jola jest jedyną nauczycielką, która nie skrzyczy ich za to. Miała zbyt miękkie serce. Zaczęła nawet cieszyć się razem z nimi.

Druga przyjemna rzecz wydarzyła się na drugiej lekcji.

— Nie zrobię testu — powiedziała pani Konstancja, gdy tylko weszła do sali.

Ponownie rozległy się okrzyki radości, ale geograficzka natychmiast gestem uciszyła je.

— Zamiast tego napiszecie coś w rodzaju wypracowania — mówiła dalej. — Bez obaw, nie będę sprawdzała błędów ortograficznych. Napiszecie, co wy sami sądzicie o Ameryce Południowej. Kim są mieszkający tam ludzie i jakie mają problemy. Może to jest dobry sposób na zainteresowanie was geografią.

Felix, Net i Nika spojrzeli na sobie znacząco. Pani Konstancja zdecydowanie uciszyła wszystkie dyskusje i przeszła do prowadzenia lekcji.

— Z tego nie da się przygotować ściągi — przyznał Net, gdy wyszli na przerwę. — Czy tego właśnie chcieliśmy?

— Myślę, że tak to powinno wyglądać — powiedział Felix. — Mam w domu płytę z filmem o Ameryce Południowej. W sobotę, po wycieczce rowerowej możemy kupić chipsy, popcorn, wielką butlę coli i zrobić wieczór filmowy. Co wy na to?

— Spróbujmy — przytaknął Net. — Zawsze to przyjemniejsze od produkowania ściągi. No i co miałbym robić, skoro skończyłem już czytać książkę?

— Może zacząć następną? — zaproponowała Nika.

Wszyscy zaczęli się śmiać.

* * *

W sobotę rano wybrali się na rowerach za miasto.

— Słyszeliście, że dziś rano przechwycono jakąś wiadomość od szefa Gangu Niewidzialnych Ludzi? — zapytał Felix, gdy tylko spotkał przyjaciół w umówionym miejscu. — Morten wciąż jest na wolności i wcale nie wyjechał z Europy.

— Wszystko wyssane z palca — prychnął Net, nieco zbyt gwałtownie. — Przeczytałem gdzieś, że z policyjnego magazynu zginęły w tajemniczych okolicznościach te odkurzacze, roboty kuchenne i ekspresy do kawy, którymi zawalona była furgonetka. I co z tego? Gazety odgrzewają sprawę, i tyle.

— Ja jednak mam nadzieję, że nasz udział w rozbiciu jego bandy naprawdę pozostanie tajemnicą — odparła Nika. — Z gangsterami nie poradzimy sobie, tak jak z Marcelem i Rubenem.

— Wyluzujcie — Net przyspieszył, żeby uciąć dyskusję. — Facet na pewno ma na głowie większe problemy.

Felix i Nika spojrzeli na siebie, ale nic nie powiedzieli.

Przejechali przez pół miasta. Po korkach i smogu rzeczywiście nie został już żaden ślad.

— Wiecie, co mnie bardziej dziwi? — zapytał znów Felix. — Jedziemy od pół godziny, minęliśmy z piętnaście skrzyżowań i ani razu nie trafiliśmy na czerwone światło.

— Myślicie o tym samym, co ja? — zapytał Net.

Unieśli głowy i spojrzeli w kamerę, jedną z wielu umieszczonych przy miejskich skrzyżowaniach. Obróciła się w ich stronę. Kilka razy uniosła i opuściła obiektyw, jakby przytakiwała ich domysłom.

— Skąd on nas zna? — zdziwił się Net. — To Manfred mojego taty. Nigdy z nim nie rozmawiałem.

— Chyba wiem skąd — mruknęła Nika.

— Ty podkradłeś tacie program, a on tobie — dodał z rozbawieniem Felix. — Wszystko zostało w rodzinie.

— Sądzisz, że tata wykorzystał moją wersję Manfreda? — zapytał niepewnie Net.

— Sam powiedział, że ty go dokończyłeś.

— Zaraz, zaraz — zastanowiła się Nika. — Czy pani Jola, spóźniając się na sprawdzian, nie wspominała, że miała po drodze same czerwone światła?

— Hm — mruknął Net. — Napomknąłem Manfredowi o mojej dysleksji i o sprawdzianie.

— No to chyba mamy nowego kumpla — powiedział rozradowany Felix. — A jego marzenie o dostępie do internetu spełniło się z nawiązką. To jest dopiero wzorcowy happy end!

Net zmarszczył brwi, ale zaraz uśmiechnął się.

— Manfred! — pogroził kamerze palcem. — Tylko nie przynieś mi wstydu.

Pojechali dalej, nie napotykając ani jednego czerwonego światła. Wycieczka zapowiadała się wspaniale, a przed sobą mieli jeszcze miłą perspektywę seansu filmowego.

3. Szkoła, w której straszy

Do pierwszego dzwonka pozostało jeszcze kilka minut. Spora grupka uczniów stała w hallu przed gablotą informacyjną, wiszącą obok recepcji. Duży plakat reklamował imprezę halloweenową w jednym z klubów w Centrum. Nika stanęła na palcach, by przeczytać coś ponad głowami uczniów. Z tłumu wydostała się Aurelia. Poprawiła ubranie i zauważyła Nikę.

— Nie wysilaj się, i tak cię nie stać — rzuciła z nutą pogardy. — Zresztą w takim stroju z lumpeksu by cię nie wpuścili.

Nika zagryzła wargi, ale nic nie odpowiedziała. Felix stał nieco dalej, przed gablotą z informacjami dyrekcji i czytał notkę o planowanym remoncie szkoły. Miał się odbyć jeszcze przed zimą.

— Nieźle, nieźle — powiedział Net, zaglądając mu przez ramię. — Będzie zamieszanie, może nawet odwołają część lekcji.

Felix nie podzielał jego entuzjazmu.

— Mogą przy okazji uporządkować strych.

— Hm. Masz rację. Szkoda by było wszystko organizować od początku. Już się zadomowiliśmy w naszej wieży.

— Lepiej pójdę od razu zabrać moje rzeczy — powiedziała Nika.

Odwrócili się gwałtownie, dopiero teraz ją zauważając.

— Nie strasz nas — ofuknął ją Net. — I nie spiesz się tak. Tu nie jest napisane, kiedy zacznie się remont.

— Więc może się zacząć nawet dziś — odparła dziewczyna takim tonem, jakby zniszczenie ich kwatery było już przesądzone. — Mam w szafie ręcznik na basen i kilka książek.

— Jak to sobie wyobrażasz? Że nagle wejdzie tu dwudziestu robotników z narzędziami i zwojami planów architektonicznych?

Ale Nika już zniknęła. Pobiegła na górę, rozejrzała się i otworzyła drzwi z zamka. Na strychu było... jakoś inaczej niż zwykle. Dziewczyna wzdrygnęła się z zimna i naciągnęła rękawy swetra na dłonie. To przecież już jesień. Można się było tego spodziewać - strych nie był przecież ogrzewany. Chwilę później, przeglądając szafę, Nika przypomniała sobie, że gdy szła do szkoły, było dość ciepło. Wzruszyła ramionami i wyciągnęła ręcznik oraz dwie książki. Trzecia, najmniejsza, gdzieś się zawieruszyła i dziewczyna musiała uklęknąć, by zajrzeć w najdalsze zakamarki. Chciała już stąd wyjść - czuła się dziwnie, jakby ktoś ją obserwował. Wreszcie znalazła książkę wetkniętą głęboko na dolną półkę.

Gdy zeszła z drewnianych schodków, pewien szczegół przykuł jej uwagę - szkielet stał w innym miejscu... Potem zauważyła coś, co sprawiło, że serce na moment przestało jej bić. Szkielet stał sam, bez stojaka. Dobrze pamiętała grzechoczące kości, połączone drucikami, które bujały się luźno, gdy na początku roku szkolnego Felix przestawiał stojak. Szkielet bez podparcia nie miał prawa utrzymać się w pozycji pionowej.

Zastygła oniemiała, gdy nagle szkielet wolno uniósł rękę i zrobił gruchoczący krok w jej stronę. Upuściła książki, wrzasnęła i rzuciła się do wyjścia. Słyszała za plecami klekot kości. Nie oglądając się, wypadła na schody i zatrzasnęła za sobą drzwi. Zbiegła na parter i zdyszana zatrzymała się dopiero w hallu. Pochyliła się, próbowała złapać oddech. Poprawiła nerwowo włosy, które opadały jej na twarz, i uniosła głowę. Przed nią stał Ruben i gapił się na nią bezmyślnie. W porównaniu z Niką był wielki jak góra. Patrzyli na siebie dłuższą chwilę, po czym chłopak zrobił jeszcze głupszą minę niż zazwyczaj, zmierzył ją wzrokiem od góry do dołu i powiedział:

— Dobrze, że masz takie buty.

Potem odwrócił się i odszedł swoim kaczkowatym krokiem. Felix z Netem przyglądali się całej scenie, stojąc przy sklepiku. Podeszli do rozdygotanej Niki.

— Dlaczego tak biegłaś? — zapytał Felix.

— To było straszne! — wykrztusiła. — Ten szkielet, na strychu...

— Znów cię prześladuje? Przestawiłem go dalej od naszej kwatery.

— On... próbował mnie złapać.

Chłopcy popatrzyli na nią podejrzliwie.

— Ciekawe, czy doktor Jamnik już przyjmuje? — zastanowił się Net, zerkając na zegarek.

— Lepiej nie — powiedział Felix. — Wykryje u niej rozdwojenie osobowości, a potem przepisze aspirynę i witaminę C.

— Mówię poważnie! — prawie krzyknęła Nika i zerknęła przez ramię na schody, jakby bała się, że szkielet zejdzie za nią aż tu.

Felix spojrzał na nią spod przymrużonych powiek.

— Jak konkretnie chciał cię złapać?

— Wyciągnął rękę i zrobił dwa kroki — powiedziała dziewczyna, naśladując ten ruch. Popatrzyła na chłopców i opadły jej ramiona. — Wy mi nie wierzycie...

— Widzieliśmy tylko, jak zaczepiał cię Ruben — stwierdził Net. — Szkieletu to on nie przypomina. Powiedziałbym, że wprost przeciwnie.

— Nie zaczepiał mnie — odparła. — Gapił się tylko i powiedział, że mam dobre buty. Zapewne chodziło mu o to, że w pantoflach zleciałabym ze schodów.

— Ruben to przygas. — Net machnął ręką. — Ma pół mózgu. O wszystkim i tak decyduje Marcel... A właściwie... dlaczego ty zawsze chodzisz w tych martensach?

— Lubię je. — Wzruszyła ramionami i odwróciła wzrok.

Felix zmarszczył czoło.

— Miał bardzo głupią minę — powiedział.

— Zawsze taką ma. Może pielęgniarka go upuściła, jak się urodził? — zastanawiał się Net. — Dawno temu w szpitalach robili tak, że po porodzie zabierali matce dziecko. I oddawali dopiero, jak wychodziła do domu.

— Straszne! — wzdrygnął się Felix. — Jak tak je nosili, to co jakiś czas któreś im upadało...

— Przestańcie! — wrzasnęła Nika, aż połowa uczniów w hallu odwróciła się.

Chłopcy dopiero teraz potraktowali poważnie jej słowa.

— Chodźmy na górę, zobaczymy — zaproponował Felix.

— O nie! — zaprotestowała. — Nie wejdę tam nigdy w życiu!

— Więc nie sprawdzimy, czy miałaś rację.

— Idźcie sami — powiedziała znacznie ciszej. — Bezpański szkielet buszujący po strychu rzuci wam się w oczy.

Chłopcy wzruszyli ramionami i zostawili Nikę w hallu. Podśmiewając się z babskich strachów, zaczęli wchodzić po stopniach. Gdy został im już tylko ostatni bieg schodów, zwolnili. Z każdym kolejnym krokiem ich nastrój ulegał zmianie. Gdy wreszcie stanęli przed drzwiami na strych, nie mieli już ochoty na żarty. Co innego wyśmiewać się ze szkieletu, stojąc w ruchliwym hallu, a co innego, gdy ma się zaraz ten szkielet zobaczyć.

— Wchodzimy razem — powiedział Felix.

— A jakby co, razem uciekamy — dodał Net.

— OK.

Pchnęli drzwi i ramię przy ramieniu weszli do środka. Felix wymacał kontakt i zapalił światło. Zakurzony i zagracony strych wyglądał normalnie, ale to wcale ich nie uspokoiło. Zrobili kolejny krok, i następny. Doszli powoli do schodów prowadzących do ich kwatery.

— Zimno jakoś... — mruknął Net, zapinając się pod szyję. Z ich ust wydobywała się para.

Coś przesłoniło światło okna i zachrobotało metalicznie. Net prawie już zawracał, by wybiec, ale Felix przytrzymał go za rękaw.

— To tylko gołąb na parapecie — szepnął, wskazując półokrągłe okienko.

Gołąb usadowił się wreszcie i przestał hałasować. Spojrzeli w głąb strychu. W półcieniach stał szkielet. W napięciu wpatrywali się w niego, ale nie poruszył się. Tkwił na stojaku, tam, gdzie podczas porządkowania kwatery przestawił go Felix.

— Bolesław Łysy śpi na stojąco. — Net próbował żartem dodać sobie otuchy.

Weszli po schodkach, zebrali książki i ręcznik Niki, zawrócili i starając się nie spieszyć, doszli do drzwi. Dopiero na drugim piętrze, gdzie było więcej uczniów, poczuli wyraźną ulgę.

— Chyba nas zaraziła — powiedział Net. — Odczuwam irracjonalną obawę przed powrotem do naszej kwatery.

— Ja też.

— Babskie strachy... Z tym trzeba coś zrobić. Za bardzo lubię ten strych, żeby się go bać.

Felix zastanowił się.

— To proste — powiedział. — Jak Nika z nami tam pójdzie, to nie będziemy mogli się bać.

— Hm, racja. Ona się będzie bała za nas.

Zeszli na parter i podeszli do Niki, która czekała na nich przy portierni.

— Nic tam nie ma — zapewnił ją Felix. Oddał jej książki i zakurzony ręcznik.

Nika odgarnęła włosy wciąż opadające jej na twarz. Felix i Net zobaczyli, że dziewczyna płacze.

— Do tego zgubiłam spinkę do włosów.

— Tę srebrną? — zapytał Felix.

— Tak. To pamiątka po prababci... — chlipała. — Nosiły ją też babcia i mama...

— Pewnie jest na strychu — powiedział Net. — Chodź, poszukamy.

Nika, cofając się, pokręciła głową.

— Musisz to przezwyciężyć — dodał Net, kończąc w myślach „I my też". — Wrócimy tam i pokażemy ci, że wszystko jest OK. Bolesław Łysy stoi na swoim miejscu.

— Bolesław Łysy?

— Właśnie otrzymał imię. Nie będzie taki straszny.

Nika z ociąganiem wzięła go za rękę i pozwoliła się zaprowadzić schodami na samą górę. Otworzyli drzwi i pewnym krokiem, choć z duszą na ramieniu, weszli w półmrok. Nika nerwowo ściskała rękę Neta, idąc krok za nim. Chłopak czuł, że nie może okazać strachu. Gołąb nadal drapał pazurami po parapecie, aż zęby bolały. Przez brudną szybę widać było zarys szybko poruszających się skrzydeł.

Spinki nigdzie nie było.

— Bolesław stoi tam, gdzie go zostawiliśmy na początku roku szkolnego — powiedział Net, wskazując ręką w głąb strychu.

Wszyscy spojrzeli we wskazanym kierunku. Ręka Neta zadrżała.

— Nie... — wyszeptał powoli i cofnął się o krok.

W półmroku, w miejscu, gdzie parę minut temu był szkielet, teraz stał tylko pusty stojak.

— Nie... — powtórzył głośniej Net i odwrócił się w stronę wyjścia.

— Nie rozumiem... — powiedział Felix, wpatrując się w stojak. Poczuł, że Net szarpie go za rękaw i też się odwrócił.

— Mówiłam wam — powiedziała Nika i poczuła, że teraz Felix ją szarpie za rękaw. Odwróciła się.

Szkielet stał o własnych siłach w cieniu za ostatnim okienkiem. Niedaleko drzwi, pod schodami prowadzącymi do ich kwatery. Przyjaciele wrośli w podłogę jak skamieniali, patrząc to na niego, to na drzwi. Gołąb ucichł niespodziewanie.

Mała kostka w małym palcu dłoni szkieletu drgnęła. Felix, Net i Nika wypadli z wrzaskiem na schody i zbiegli po kilka stopni naraz. Drzwi odbiły się od ściany i zatrzasnęły z hukiem.

* * *

Po matematyce nie mogli pójść do swojej kwatery. Korzystając z ostatnich ciepłych dni jesieni, wyszli na szkolne patio zarośnięte karłowatymi drzewami, które zapewne pamiętały jeszcze wojnę. Usiedli na ławeczce skrytej częściowo pod skręconymi starością gałęziami. Ze wszystkich stron otaczały ich okna szkoły, w tym okrągłe okienka strychu.

— Księdza potrzebujemy! — jęknęła Nika.

— Do chodzącego szkieletu nie wystarczy zwykły ksiądz — zaoponował Net. — Biskup co najmniej musi być. Jeszcze mi ciary biegają po plecach... Po prostu jedwabiście! Milczenie owiec! Nie mamy kwatery!

— Nitka — stwierdził Felix. — Ktoś go powiesił na cienkiej nitce. Żeby nas przestraszyć.

— Rozleciałby się — zauważyła Nika.

— Na stojaku też wisiał — wyjaśnił Felix. — Wszystkie kostki ma połączone drutami. Przyjrzałem mu się z bliska, wtedy jak go przenosiłem. — Wzdrygnął się na samo wspomnienie.

— Ja widziałam, jak się poruszał — zaprzeczyła Nika. — Nie było żadnych nitek. Wierzysz w duchy?

— Jak w tym dowcipie: nie wierzę, ale nie jestem pewien, czy one o tym wiedzą.

Z jednego z okien strychu odleciał spłoszony czymś gołąb. Spojrzeli w górę.

— Może udałoby się dowiedzieć, czyj jest ten szkielet — zaproponowała Nika.

— Jak to czyj? — zdziwił się Net. — Należy do szkoły.

— Myślałam raczej... kto miał go przedtem... w sobie.

— Pewnie jest z plastiku — próbował ich pocieszyć Felix. — Może zrobili to Marcel i Ruben w zemście za ujawnienie ich kryjówki.

— Albo to Gang Niewidzialnych Ludzi próbuje nas zastraszyć — dodał Net, ale przyjaciele spojrzeli na niego tak, że od razu porzucił swoje przypuszczenia.

— Proponuję, żebyśmy w końcu przyznali — powiedziała Nika poważnie — że na naszym strychu straszy.

* * *

Po zwykłych lekcjach przyjaciele udali się na zajęcia dodatkowe z botaniki.

Okazało się, że oni jedyni zapisali się do Butlera. Profesorowi zdawało się to nie przeszkadzać.

— Nie będziemy hodować rzodkiewek, o nie! — zapowiedział, stawiając przed nimi tacę z doniczką przykrytą szklanym kloszem.

W doniczce rosła mała roślinka z trzema listkami i pąkiem nierozwiniętego kwiatka. — Zajęcia dodatkowe są dla profesjonalistów. Dziś nauczycie się, jak pielęgnować tę niezwykłą roślinę. Oto *drosera superiora*, zwana rosiczką tygrysią. Najpierw musimy ją nakarmić.

Wyjął z szuflady przezroczyste pudełko z muchami. Nika skrzywiła się, lekko marszcząc nos. Chłopcy patrzyli zafascynowani.

— Mucha nie może być śnięta — ciągnął, oblizując się, profesor. — *Drosera* musi trenować, żeby zachować formę. Inaczej więdnie jak leniwy kulturysta.

Uniósł delikatnie klosz i do środka wsunął uchylone pudełko. Jedna mucha wleciała pod klosz i krążyła wewnątrz, obijając się o szkło. Na dźwięk brzęczących skrzydełek roślina... poruszyła się delikatnie. Szast-prast i mucha znikła. To, co przedtem wydawało się pąkiem, było w rzeczywistości paszczą pełną ostrych ząbków.

Profesor usiadł przy jednej z ławek, wyjął z kieszeni białego (niegdyś) fartucha małą kanapkę zapakowaną w przetłuszczony papier i zaczął ze smakiem jeść.

— Rozumiem, że roślina może zjadać nieostrożne owady — powiedział powoli Net — ale żeby łapała je w locie?

Rosiczka przekręciła paszczę w jego stronę, jakby na niego patrzyła. Przeżuwała muchę jak krowa trawę. Cicho beknęła i znów znieruchomiała.

— Bleee... — wzdrygnęła się Nika.

Profesor skończył kanapkę, po czym wyzbierał z blatu wszystkie okruszki i włożył je do ust. Oblizał się ze smakiem.

— Wiecie, jak przesadzamy *droserę*? — zapytał, podchodząc do nich. Nie wiedzieli. — Ostrożnie — wyjaśnił, chichocząc z własnego dowcipu, i założył na dłoń grubą rękawicę pokrytą metalową siateczką.

* * *

W szkolnej bibliotece było bardzo cicho. Pełne książek wysokie regały tłumiły dźwięki. Ponadto cały sufit był wyłożony miękkimi płytami pilśniowymi. Nika, wchodząc tutaj, zawsze miała wrażenie, że jej oddech jest tak głośny, iż słychać go w drugim końcu sali.

Bibliotekarka, pani Michalina Małolepsza, zwana przez uczniów Bukwą, była siwą sześćdziesięciolatką. Teraz chodziła między regałami, pchając przed sobą wysoki wózek pełen książek, które odkładała na odpowiednie miejsca na półkach.

— Dzień dobry. Szukam książek o duchach — powiedziała Nika.

— Chodzi o Halloween? — zapytała bibliotekarka, zwężając wargi do cienkiej kreski. — To nie jest dobre święto.

— Chcę tylko przeczytać parę książek...

— Mam *Opowieść wigilijną*, *Hamleta*, *Dziady*, *Fausta*, *Wakacje z duchami*...

— Chodzi mi o książki... naukowe.

Bibliotekarce teatralnie opadły ramiona. Spojrzała na dziewczynę znad okularów, mrużąc oczy, jakby Nika sobie z niej żartowała.

— Nie ma naukowych książek o duchach — wyjaśniła nieco mniej uprzejmie. — Są tylko pseudonaukowe książki o duchach, ale tutaj takich nie znajdziesz.

Nika chciała poprosić, by bibliotekarka sprawdziła to dla pewności w komputerze, ale ugryzła się w język. To byłoby niegrzeczne, a poza tym każdy wiedział, że pani Małolepsza ma cały księgozbiór w głowie.

Podziękowała więc i wyszła.

— I co? I co? — dopytywali się chłopcy, czekający za drzwiami.

— Nie ma. — Nika wzruszyła ramionami.

— Czy robiła przy tym minę, jakby przyłapała cię na wycieraniu nosa w atlas? — zapytał Felix.

— Tak to można określić. Myślisz, że mogła się pomylić?

— Sprawdzić nie zaszkodzi. — Net pociągnął ich w kąt korytarza, wyjął z plecaka laptop i wstukał kilka komend.

— Szkoła... jest. Biblioteka... — mruczał pod nosem. — Nawet nie ma hasła dostępu... ale w końcu to nic tajnego... dobrze, mam! Czego szukać?

— Na początek wpisz po prostu „Duchy" — zaproponowała Nika.

Net stukał w klawisze i przesuwał okienka.

— Ściemniała! — zatriumfował po chwili. — Ma książki o duchach. Proszę bardzo: *Duch święty*... to może akurat nie...

Wyklęty, *Nawiedzony dwór*, *Manitou* i parę innych. Naukowa też jest, *Nawiedzone domy*. Właśnie tego potrzebujemy!

— Dlaczego o niej nie wspomniała? — zdziwiła się Nika. — Zapomniała?

— Myślę, że nie chce, żebyśmy czytali coś poza lekturami — powiedział Felix. — Tym bardziej „rzeczy nie dla dzieci", a już w szczególności „straszne rzeczy nie dla dzieci". Słyszałem kiedyś, że to jest niewychowawcze.

Nika zastanowiła się.

— Nie mogę tam teraz wrócić i powiedzieć „Pani kłamie". Może któryś z was?

— To też będzie podejrzane — stwierdził Felix. — Zresztą nie da nam jej. Musimy tę książkę pożyczyć... nieoficjalnie.

— Znaczy ukraść? — zapytała z niepokojem Nika.

— Pożyczyć — podkreślił Felix. — Przeczytamy i oddamy. Bukwa nic nie zauważy.

— Jedną rzecz chciałabym bardzo wyraźnie zaznaczyć — powiedziała wolno Nika, podnosząc palec wskazujący. — Nie zbliżam się do tego budynku po zmroku.

Miny chłopców wskazywały, że oni też nie mają takiego zamiaru.

— Sprawdź, w którym dziale stoi — powiedział Felix.

Net wstukał kilka poleceń.

— Psychologia — powiedział. — Chyba umieścili to tam, bo nigdzie indziej nie pasowało.

— Gdzie jest regał z psychologią? — zapytał Felix.

— Zapewne w końcu sali — odpowiedziała Nika. — Tam, gdzie inne książki dla nauczycieli. Bez wzbudzania podejrzeń tam nie wejdziemy.

— Przejdźmy wentylacją! — zaproponował Net. — Widziałem to na filmie. James Bond przeszedłby wentylacją.

— Może, gdyby był chomikiem. — Felix wskazał kratkę wentylacyjną wielkości dłoni. — To stary budynek. Przewody wentylacyjne idą pionowo w górę aż na dach. Ale mały robot... — Zmarszczył brwi. — Robot, który umie się wspinać...

— Z całym szacunkiem dla ciebie i twojego taty — zaczęła Nika — ale nie sądzę, abyście skonstruowali robota, który potrafi zejść szybem wentylacyjnym, wyjąć kratkę, zejść na podłogę, odszukać odpowiednią książkę i wdrapać się z nią tą samą drogą z powrotem na dach. Jak zwykle komplikujecie najprostszą pod słońcem rzecz. Trzeba tam wejść, pożyczyć jakąś książkę, a przy okazji wynieść... pożyczyć nieoficjalnie *Nawiedzone domy*.

Chłopcy spojrzeli na siebie.

— Ta koncepcja też jest warta rozważenia — powiedział szybko Net, a Felix przytaknął.

* * *

— Podobno Sylwester znów pije w pracy — powiedział Net, gdy szli w stronę biblioteki. — Chyba go wyrzucą.

— Szkoda by było — odpowiedziała Nika.

Net wyciągnął z kieszeni małą tekturę zatopioną w folii.

— Musiałem wyrobić sobie nową kartę biblioteczną — zaczął narzekać. — Po co to komu? Następna rzecz do gubienia. I dlaczego w bibliotekach trzeba chodzić na suknach?

— Oszczędzają na froterowaniu podłóg — odparł Felix.

— Albo chcą, żeby nie dało się szybko uciekać, jak się kradnie książkę — dodała Nika.

— My jej nie kradniemy — zaprzeczył Felix. — Przeczytamy i oddamy.

W koszu przy wejściu znajdowały się filcowe kapcie nasuwane na buty. Żeby jednak nie było zbyt prosto, odcięto od nich gumki, więc i tak chodząc, trzeba było suwać nogami.

Biblioteka była podłużną salą z rzędami regałów poustawianych prostopadle do ścian. Jedyne przejście prowadziło samym środkiem, dokładnie na wprost biurka pani Małolepszej. Chłopcy przemknęli się przez działy z lekturami i skręcili do regału z science fiction.

Bukwa odprowadziła ich podejrzliwym wzrokiem, ale drzwi właśnie się otworzyły i weszła kolejna osoba.

— Dzień dobry. Chciałam sprawdzić, czy jest pewna książka — zaczęła Nika od progu.

— Mam nadzieję, że nie o duchach? — zapytała od razu pani Małolepsza.

— Szczerze mówiąc, myślałam właśnie o *Wakacjach z duchami*, które poleciła mi pani wczoraj.

— Nie poleciłam ci tej pozycji. Powiedziałam tylko, że istnieje.

— Myślę, że mi się spodoba.

Bibliotekarka zmrużyła groźnie oczy, ale po chwili odpowiedziała:

— Trzeci rząd po prawej, „Książki przygodowe", drugi regał z lewej, trzecia półka od góry, szesnasta książka od lewej. Biały grzbiet z czarnymi literami, jeśli dobrze pamiętam.

Naprawdę ma to wszystko w głowie, pomyślała Nika i udała się we wskazanym kierunku. Felix i Net stali trzy rzędy dalej.

— Wyjmijmy książki z najniższej półki — zaproponował Net. — Przeciśniemy się przez dziurę, która powstanie.

— Zbyt skomplikowane — ocenił Felix. — Nie wiemy, gdzie ta książka dokładnie stoi. Trzeba odwrócić uwagę Bukwy i się przemknąć.

— Mam jeszcze lepszy pomysł –

— Mogę w czymś pomóc?

Podskoczyli na dźwięk tego głosu. Pani Małolepsza stała w przejściu i uważnie ich obserwowała znad opuszczonych prawie na czubek nosa okularów. Zaczęli się jąkać, nie wiedząc, co powiedzieć. Niespodziewanie, wybawił ich łomot spadających książek. Bibliotekarka obejrzała się, fuknęła ze złością i odeszła w kierunku, skąd doszedł dźwięk.

Felix i Net wykorzystali to i po cichu przemknęli się w głąb biblioteki. Bez trudu odnaleźli tabliczkę z napisem „Psychologia". Dłuższą chwilę oglądali grzbiety książek.

— Może źle przeczytałeś nazwę działu — powiedział w końcu Felix.

— Jestem pewien... Zobacz! — Net wskazał puste miejsce na półce. — Autorem naszej jest profesor Wrigley, więc musiała stać pomiędzy Wrightem a Wysockim... jeśli dobrze pamiętam kolejność liter w alfabecie. Ktoś ją pożyczył.

Wrócili szybko do działu science fiction, akurat w chwili, gdy pani Małolepsza wyszła spomiędzy regałów. Obrzuciła ich nieprzychylnym spojrzeniem i udała się do swojego biurka.

— Rejestr — powiedział Felix. — Tam musi być informacja, kto pożyczył *Nawiedzone domy*.

— To te karteczki w pudełkach? — Net się skrzywił. — Trzeba kilku godzin, żeby znaleźć tam odpowiednią osobę! Co za średniowiecze! Dlaczego ta baba nie używa komputera?

— Może dlatego, żebyś się tam nie włamał?

— A ciekawe co zrobi, jak się jej te wszystkie karty niechcący wywalą. W życiu nie dojdzie kto, co i kiedy pożyczył.

— No to koniec.

Wzięli z półki po jednej książce i podeszli do biurka. Bibliotekarka obrzuciła ich pogardliwym wzrokiem i wypełniła rewersy.

— Musiałam zrobić z siebie idiotkę, żeby was ratować — powiedziała ze złością Nika, gdy wyszli.

— Dzięki, ale sami byśmy sobie poradzili — odparł Net. — Poszukamy czegoś w internecie.

— Co pożyczyłeś? — zapytał Felix, gdy wyszli.

— Nie wiem... *Wiedźmin* Sapkowskiego. Hm, brzmi nieźle. A ty?

— To jest... *Niekończąca się historia*. Może nawet przeczytam?

— Wiecie, że Sylwester znów pije? — zapytał Wiktor, wpadając na nich na schodach. — Miał przywidzenia. Wezwał policję, straż pożarną, pogotowie gazowe, pogotowie energetyczne i parę innych pogotowi... wiów...

Trójka przyjaciół zaniepokoiła się lekko.

— Jakiego rodzaju... przywidzenia? — zapytał Felix.

— Podobno widział kościotrupa idącego przez hall.

— Skąd on właściwie wie, że Sylwester pił? — zapytał Net, gdy Wiktor odszedł.

— On wie wszystko — odparł Felix. — A z tymi duchami trzeba szybko coś zrobić.

— Jakiś czas temu interesowałam się trochę duchami i nawiedzonymi domami — powiedziała z wahaniem Nika. — Mam w domu pewną książkę, jest bardzo stara. Przyniosę ją jutro.

— Nie, nie ma czasu — zaoponował Felix. — Pojedziemy do ciebie i przeczytamy, co trzeba robić.

— Może lepiej nie... — zająknęła się.

— Dlaczego? — zdziwił się Felix.

— Bo moje mieszkanie... Zresztą dobrze, sami zobaczycie.

* * *

Pośrodku brukowanej uliczki w świetle latarń błyszczały mokre szyny. Trakcja elektryczna przymocowana była stalowymi linkami wprost do poobłupywanych z tynku ceglanych ścian. Niektóre obłażące z farby okna były ciemne, nawet powybijane. Felix i Net rozglądali się niepewnie po mrocznych bramach starych kamienic.

— To tu. — Nika skręciła do narożnego budynku. Minęli boczną uliczkę, tak wąską, że dwa samochody nie zmieściłyby się obok siebie. Do narożnika domu przylepiony był wykusz ze szpiczastym dachem, przypominający wieżyczkę starego zameczku.

Klatka schodowa tonęła w półmroku. Słaba żarówka dawała żółtawe światło pozostawiające cienie w kątach. Wdrapali się na trzecie piętro. Nika przełknęła nerwowo ślinę, otworzyła drzwi i zapaliła światło. Przyjaciele weszli do środka i zaniemówili. Na środku niewielkiego pokoju stały stół i trzy krzesła. Największym meblem w całym wnętrzu była stara duża szafa. Przy drugiej ścianie dostrzegli rozkładaną kanapę. Nie było tu osobnej kuchni, jej rolę pełniły rząd szafek i zlewozmywak na ścianie z lewej strony. Otwarte wąskie drzwi ukazywały wejście do miniaturowej łazienki. Wykorzystany był każdy, najmniejszy fragment podłogi i ścian. Półeczki, szafeczki i wieszaki znajdowały się wszędzie. Rower postawiony był pionowo na bocznej ścianie szafy. Za lodówką, po trzech schodkach, wchodziło się do wykuszu. Półokrągłe pomieszczenie miało może dwa metry średnicy. Zmieściło się tu małe biureczko, drewniane krzesło, wąska szafa i regały na książki. Wolne miejsce na ścianach zakryte było przez najróżniejsze obrazki. W mieszkaniu nie było ani jednego nowego mebla.

— To mój pokój — powiedziała Nika.

— Nie mów! — przeraził się Net. — Mieszkasz w takiej klicie?

— Zamknij się lepiej — zgasił go Felix. — Fajnie tu jest!

— Chciałem powiedzieć... że jest tu bardzo... przytulnie — próbował wybrnąć Net. — Jak księżniczka w wieży, tyle że smoka nie ma i stąd jest wyjście... Naprawdę, całkiem tu... klimatycznie. Stare budownictwo...

Za oknem, ze zwielokrotnionym echem łoskotem, przejechał tramwaj. Podłoga drgała przez kilka sekund. Nika westchnęła.

— Tak właśnie mieszkam — powiedziała, unosząc głowę. — Śpię na tym rozkładanym fotelu. Tata śpi... na kanapie.

Zarówno pokój Neta, jak i Felixa były większe od całego tego mieszkania.

Nika sięgnęła do klamki starej lodówki i szarpnęła. W środku coś jęknęło i drzwi odskoczyły, pokonując opór zepsutego zamka.

— Napijecie się? Ale jest tylko woda.

Podziękowali.

— A mama? — zapytał Felix.

— Mama... Nie ma jej. Umarła, kiedy miałam sześć lat.

— Sorry, nie wiedziałem... Tata jeszcze w pracy?

Nika szybko wypaliła:

— Tata jest akwizytorem. Pewnie nie za dobrze mu dziś poszło, więc teraz siedzi w barze i pije piwo.

Chłopaków zamurowało.

Nika weszła do swojego pokoiku i sięgnęła na górną półkę regału. Wyjęła stamtąd starą książkę oprawioną w materiał. Tytuł na okładce był zatarty. Usiedli przy stole, a Nika otworzyła na stronie tytułowej.

— Stefan Król, *Duchy, zjawy, poltergeisty* — przeczytała. — Ta książka jest bardzo stara, jest w domu, odkąd pamiętam, ale... za bardzo się bałam, by ją całą przeczytać.

Felix spojrzał w stronę jej pokoiku. Było tam dużo starych i bardzo starych książek. Praktycznie całe ściany były zastawione regałami pełnymi ustawionych jeden przy drugim tomów.

Nika przewróciła kilka kartek i zaczęła czytać:

„Możemy wyróżnić dwa podstawowe rodzaje duchów: zjawy i poltergeisty, zwane też duchami stukającymi. Zjawy są bierne, niezwykle rzadko udaje się nawiązać z nimi kontakt. Najczęściej sprawiają wrażenie, jakby były nieświadome otoczenia. Poltergeisty natomiast są niewidzialne, ale objawiają się głównie poprzez swój wpływ na otoczenie i pewną celowość działania."

— Zawsze myślałem, że duch to duch — zasępił się Net — a tu mamy jakieś rodzaje.

— Tych rodzajów jest więcej — powiedziała Nika — ale już w to nie wnikajmy.

— Czyli albo go widać, albo może poruszać przedmiotami — podsumował Felix. — Mamy zatem do czynienia z poltergeistem.

— Uwierzyłeś wreszcie, że to nie Marcel z Rubenem? — zapytała Nika.

— Powiedzmy, że nie chcę odrzucać żadnej ewentualności.

— Czy tam jest napisane, jak pozbyć się ducha? — zapytał Net.

Nika przeglądała kolejne kartki.

— Teraz nie znajdę. Muszę to przeczytać, chociaż nie wiem, jak potem zasnę. Na szczęście mieszkanie jest bardzo małe i nie ma tu wielu tajemniczych zakamarków.

Net spuścił wzrok i bąknął coś niewyraźnie.

Przeglądali książkę jeszcze pół godziny, ale przestarzały język, jakim była napisana, nie ułatwiał zrozumienia treści. Zrobiło się późno i trzeba było wracać do domu. Chłopcy pożegnali się i niepewnym krokiem wyszli na ciemną ulicę.

— Zauważyłeś, że ona nie ma telewizora? — zapytał Felix. — Jedyne w miarę nowoczesne urządzenie, jakie tam było, to lodówka. Zresztą trochę zepsuta.

— Może telewizor by się nie zmieścił?

— Myślę, że ona jest bardzo biedna.

— Fakt, odkąd pamiętam, zawsze chodzi w jednych butach... Musiała się fatalnie czuć, jak chwaliłem się tym moim ogrodem na dachu... Tylko dlaczego jej ojciec pije, skoro nie ma pieniędzy?

— Pije pewnie właśnie dlatego, że nie ma pieniędzy.

Net pokręcił głową. W milczeniu szli dalej ponurą ulicą w stronę przystanku.

* * *

Felix i Net przyjechali do szkoły tym samym autobusem.

— Wywalili Sylwestra — oznajmiła Nika, gdy tylko weszli do hallu. — W środku nocy wybiegł ze szkoły, zostawiając otwarte drzwi.

Patrzyli na siebie dłuższą chwilę.

— Musimy iść do dyrektora i powiedzieć o duchu — zadecydował Felix.

— Wyśmieje nas — odparł Net. — A poza tym to oznacza, że dowie się o naszej kwaterze.

— Myślę, że Felix ma rację — powiedziała Nika po krótkim namyśle. — Sylwester wyleciał z pracy, a przecież jest niewinny. Może nie będziemy musieli wspominać o kwaterze.

— Proponuję wprowadzenie stanu wyjątkowego i odebranie prawa głosu dziewczynom — rzucił Net.

— Męski szowinista!

— Dobra, żartowałem. Chodźmy do Stokrotki.

Sekretarka, pani Helenka, popatrzyła na nich z niedowierzaniem.

— Chcecie się widzieć z panem dyrektorem? Naprawdę?

Przytaknęli. Zazwyczaj rozmowa z dyrektorem, magistrem inżynierem Juliuszem Stokrotką, była karą za wybitnie złe zachowanie, a więc ostatnią rzeczą, o jakiej uczniowie mogli marzyć. Pani Helenka zmierzyła ich wzrokiem, po czym palcem zakończonym długim jaskraworóżowym tipsem* wcisnęła przycisk interkomu.

— Panie dyrektorze, jacyś uczniowie chcą się z panem widzieć... Z własnej woli.

— *Tak, tak, poproś, kochanieńka.*

Pani Helenka wstała. Nie była zbyt szczupła, ale uwielbiała obcisłe bluzeczki, przez co wyglądała, jakby pod ubraniem, na wysokości pasa, miała nie do końca nadmuchane koło ratunkowe. Wrażenia pluszowości sekretarki dopełniały natapirowane tlenione blond włosy. Otworzyła obite sztuczną skórą drzwi i gestem zaprosiła ich do środka. Nieśmiało weszli do gabinetu, eleganckiego na tyle, na ile pozwalały skromne środki finansowe szkoły.

* Tipsy – sztuczne, zwykle kolorowo pomalowane paznokcie, które przykleja się do naturalnych.

Dyrektor miał na sobie granatowy garnitur, jak zwykle nieco za mały, granatową kamizelkę i niepasującą do reszty, kremową koszulę. Stroju dopełniała pasiasta żółto-zielona mucha. Przyjaciele przedstawili się kolejno. Dyrektor Stokrotka był bardzo uprzejmy.

— Siadajcie, proszę. — Wskazał im wielką skórzaną kanapę, a sam usiadł w głębokim fotelu obok. — Słucham.

— My w sprawie pana Sylwestra — zaczął Felix.

— Tak, tak... Zrobiłem to z wielką przykrością — powiedział trochę zaskoczony dyrektor, zakładając nogę na nogę, co przy jego tuszy wcale nie było proste. — Sylwester pracował tu od wielu lat. Niestety ostatnio kilka razy naruszył regulamin.

— Wiemy, że pan Sylwester kiedyś pił w pracy — odparł Felix — ale teraz już nie pije.

— Przez ostatnie dwie noce zachowywał się w sposób niedopuszczalny. Nie chcę wchodzić w szczegóły, sami rozumiecie... Wiem, że to przykre, ale nie miałem wyboru. Ta decyzja jest nieodwołalna.

— On zobaczył ducha — odezwała się Nika.

Dyrektor Stokrotka zbladł.

— Nie życzę sobie takich żartów, młoda damo!

— My też go widzieliśmy — dodał szybko Net. — Nie dziwię się panu Sylwestrowi, że uciekł. Każdy by to zrobił... może z wyjątkiem Indiany Jonesa.

Dyrektor poluźnił muchę, jakby nagle zaczęła go uwierać. Rozległ się dzwonek. Stokrotka z wyraźną ulgą wstał, dając tym samym do zrozumienia, że spotkanie dobiegło końca. Przyjaciele również podnieśli się.

— To naprawdę wspaniałe, że wstawiliście się za panem Sylwestrem — powiedział, poklepując ich po ramionach i popychając w stronę drzwi. — Teraz jednak pora iść na lekcje.

— On coś wie — stwierdził Felix, gdy wyszli z gabinetu.

— Myślę, że nie chce, żebyśmy wtrącali się w jego pracę — odparł Net.

— Felix ma rację — powiedziała Nika. — Zauważyliście, co leżało na jego biurku? Książka *Nawiedzone domy*. To on wypożyczył ją z biblioteki.

* * *

Na długiej przerwie poszli do kawiarni Zbędne Kalorie, która mieściła się po przeciwnej stronie ulicy. Kafejka była sympatycznym, przytulnym miejscem urządzonym z dobrym smakiem. Ciemna drewniana boazeria, pastelowe tapety i małe lampki z abażurami nadawały wnętrzu wygląd angielskiego klubu. Nazwa może bardziej by pasowała do cukierni, ale tutaj też można było przejeść się słodyczami. Felix postawił przyjaciołom po szarlotce. Pani Basia, właścicielka kawiarni, zdążyła już polubić trójkę przyjaciół, wpadających co najmniej raz w tygodniu. Uśmiechnęła się do nich, niby niechcący licząc im tylko za dwa ciastka. Mimo swoich czterdziestu lat wyglądała lepiej niż sporo znacznie młodszych kobiet. Pewnie często chodziła do klubu fitness. Sądząc po idealnie utrzymanych długich blond włosach, równie często odwiedzała fryzjera.

— Pół nocy nie spałam, czytając, a przez drugie pół śniły mi się koszmary — wyznała Nika, gdy usiedli przy stoliku najbliższym okna. Widzieli stąd frontowe okno swojej kwatery.

— Czy twój tata późno wrócił? — zapytał Net.

— Po północy. Jeszcze czytałam.

— Czy on… czy on cię czasem nie bije?

— Zwariowałeś?! — krzyknęła oburzona Nika. — Jest dobrym człowiekiem!

— Pytałem tylko… — Net zaczął dłubać widelczykiem w szarlotce. — Każdy ma jakieś problemy w domu. Mój tata jest zazdrosny o mamę, bo poznała jakiegoś hiszpańskiego rzeźbiarza.

Felix i Nika niepewnie spojrzeli na siebie, po czym Nika głośno wypuściła powietrze i wyciągnęła z plecaka książkę.

— Duchy zazwyczaj nie nawiedzają ludzi, tylko miejsca. Posłuchajcie. — Otworzyła na zaznaczonej zasuszonym liściem stronie i zaczęła czytać — „Najczęściej spotykane zjawy wykonują tylko podstawowe ruchy, na przykład spacerują wzdłuż korytarza albo pokoju, ale zdarza się, że przechodzą przez ściany i zamknięte drzwi. Nawet jeśli wydają jakieś dźwięki, to mają bardzo skromny repertuar. Ich obszar działania jest zwykle ograniczony. Czasem jest to budynek lub tylko jeden pokój. Dużo zjaw ukazuje się wyłącznie w określonych warunkach."

— Nasz poltergeist opuścił strych i zszedł do hallu — zauważył Net.

— Może go nakarmiliśmy własną energią? — zastanowił się Felix. — Mógł być uśpiony, a my go obudziliśmy swoją obecnością. Oczywiście, jeśli to naprawdę nie jest czyjś dowcip. Zszedł do Sylwestra, bo go znał. Co noc Sylwester wchodził na strych po wino.

— To znaczy... — zaczął Net i zbladł nieznacznie.

— To znaczy, że nas zna jeszcze lepiej — dopowiedziała Nika.

— I pójdzie za nami jeszcze dalej — zakończył Felix.

Patrzyli na siebie przerażeni. Okno ich kwatery kryło straszną, mroczną tajemnicę.

— Zachowajmy spokój — powiedziała w końcu Nika. — Tutaj nigdzie nie jest napisane, że poltergeista może coś łączyć z konkretnymi ludźmi.

— Kto wie, co ten strych jeszcze kryje — powiedział Felix, zerkając na dach szkoły. — Szkoła zbudowana jest na planie kwadratu. Strych jest nad trzema bokami tego kwadratu, a my nie dotarliśmy nawet do pierwszego zakrętu.

Net wzdrygnął się na samą myśl o ewentualnej wyprawie w głąb strychu.

— Jeśli myślisz o ekspedycji... to ja się chyba... zdecydowanie się na to nie piszę.

— Wyślemy robota — zadecydował Felix. — Dojedzie, dokąd się da, i pokaże nam, co tam jest. Potrzebny będzie robot zdolny do pokonywania niewielkich przeszkód.

— Nie lepszy helikopter? — zapytał Net.

— Nie dało się go naprawić po tym upadku.

— Zaraz... — zastanowił się Net. — Duch jest czymś niematerialnym, prawda? Jeśli chciał z jakichś powodów zejść do hallu, to po co ciągnął ze sobą szkielet?

Nikt nie potrafił odpowiedzieć na to pytanie.

— Pora zacząć szukać miejsca na nową kwaterę — westchnęła Nika.

— Albo i nowej szkoły — dodał Net.

Felix był już myślami zupełnie gdzie indziej.

— Musimy coś z tym zrobić — powiedział, jakby ich w ogóle nie słuchał — zanim ta szkoła zamieni się w straszny dwór.

— Może herbatki? — zaproponowała pani Basia, niespodziewanie pojawiając się obok z dzbankiem w ręku. Zanim zdążyli odpowiedzieć, postawiła dzbanek na drewnianej podkładce pośrodku stolika i sięgnęła na bar po trzy filiżanki.

— Przepraszam, ale mówicie tak głośno, że chcąc nie chcąc, wszystko słyszałam — wyznała, uśmiechając się.

— Ups... — syknął Net.

— Nie obawiajcie się. — Pani Basia przysiadła się do stolika i nalała każdemu aromatycznej herbaty. — Nikomu nie powiem.

Wyjęła z kieszeni fartuszka notesik i pstryknęła długopisem. Napisała na kartce adres, wyrwała ją z notesu i położyła przed przyjaciółmi.

— Odwiedźcie ją. Nie wiem, czy pomoże, ale na pewno nie zaszkodzi.

— Madame Josephine* — przeczytała Nika. — Spirytystka... słyszałam o niej. Pomoże nam wywołać duchy?

— Po co je wywoływać, skoro przychodzą same?

— A ma pani może jej numer telefonu? — zapytał Felix. — Nie chcielibyśmy wpadać niezapowiedziani.

Pani Basia pokręciła głową.

— Numer telefonu? Ona nie używa tego rodzaju urządzeń. Jest nieco... staromodna.

* * *

Lekcja fizyki była jak zwykle interesująca, choć bardziej dla chłopców niż dziewczynek. Pan Antoni Czwartek miał pięćdziesiąt lat, wyraźnie zaznaczony brzuszek, grube okulary i siwe wąsy. Był jednym z tych nielicznych nauczycieli, którzy z każdej lekcji robią

* Josephine [czyt.: dżozefin]

prawdziwy show. Fizyk mógłby zostać iluzjonistą lub prowadzić teleturnieje. Przed każdymi zajęciami przygotowywał sobie dokładny scenariusz. Kilkakrotnie doszło nawet do tak niezwykłych sytuacji, że uczniowie siedzący w domu ze zwolnieniem lekarskim przyjeżdżali do szkoły na samą fizykę. Wzory i zadania rozpisywane na tablicy były dodatkiem do całego przedstawienia i uczniowie chętnie je rozwiązywali, chcąc się dowiedzieć, co właściwie przed chwilą zobaczyli. Felix uważał, że fizyk powinien dostać jakąś nagrodę dla nauczycieli, choć nie miał pojęcia, czy taka nagroda istnieje.

Tym razem na wielkim stole doświadczalnym stał ciężki statyw. W jego uchwycie umocowane było coś, co wyglądało jak krótka metalowa parówka. Obok znajdował się szklany pojemnik i termometr pokazujący dwadzieścia jeden stopni Celsjusza. Stoły w tej sali były ustawione w podkowę wokół stołu do doświadczeń, tak by wszyscy mogli dobrze widzieć, co się na nim dzieje. W ten sposób wszyscy siedzieli w pierwszej ławce.

— W tym małym zbiorniczku jest sprężony dwutlenek węgla — rozpoczął wykład pan Czwartek, wskazując „parówkę". — Kiedyś były dość popularne. Nazywano je „nabojami". Wkręcało się toto do syfonu i samemu robiło wodę sodową. Teraz przebiję zbiornik. Nie obawiajcie się, dwutlenek węgla w takiej ilości nie jest niebezpieczny.

Fizyk wziął w dłoń szpikulec, przytknął go do węższej strony „naboju" i drugą ręką delikatnie puknął w uchwyt narzędzia. Rozległ się syk i gaz natychmiast wyleciał do wnętrza zbiornika w postaci białego obłoczku, który od razu się rozmył.

— Patrzcie na termometr.

Temperatura spadła o kilka stopni, a metal pokrył się rosą.

— Wiecie, dlaczego temperatura spadła? — zapytał fizyk. — Gaz rozprężając się, pobiera ciepło z otoczenia. Ma to zastosowanie między innymi w lodówkach i klimatyzatorach.

Nikt nie grał na konsoli, ani nie czytał pod ławką romansów.

* * *

Tuż po dzwonku Nika odciągnęła Felixa i Neta na bok i wyjęła z plecaka książkę Stefana Króla. Otworzyła na oznaczonej małym listkiem stronie i przeczytała: „Wiele opisów obserwacji wspomina o nagłym spadku temperatury na chwilę przed pojawieniem się ducha".

Zamknęła książkę i popatrzyła na przyjaciół znacząco.

— Fakt, było trochę zimno... — przyznał Felix. — To by potwierdzało, że to nie dowcip.

— Może stąd legenda o dżinie z butelki? — zastanowił się Net. — Rozprężający się duch pobiera z otoczenia energię... Eee...

— Czujniki termiczne... — powiedział w zamyśleniu Felix. — Rozmieścimy w różnych miejscach szkoły czujniki termiczne. Będziemy wiedzieli, czy nic się nie szykuje.

— Nie odwiedzimy Madame Josephine? — zapytała Nika.

— Najpierw spróbujemy rozwiązać problem... eee... naukowo.

— Skąd weźmiemy czujniki termiczne? — Net jakby nie usłyszał propozycji Niki.

— Mój tata dawno temu projektował urządzenie do sterowania ogrzewaniem w domu. W każdym pokoju miał być termometr bezprzewodowo przekazujący wskazania do centralki. Były też elektrycznie sterowane zawory i regulowany piec.

— Nie mów... — zainteresował się Net. — Masz coś takiego w domu?

— Już nie. Zawory pracowały głośno, budziły wszystkich w środku nocy, do tego zacinały się i przeciekały. Totalna porażka, ale pamiętam, że czujniki temperatury były jedyną dobrze działającą częścią systemu. Przegrzebię piwnicę i może je znajdę.

— A potem wpuścimy robota na strych? To jest superpomysł.

— Przygotujcie się na jutrzejszą próbę.

* * *

Czujniki przypominały wypukłe przykrywki od małych słoików z krótkimi ogonkami anten. Były wykonane z białego, mlecznego plastiku. Poprzedniego wieczoru Felix przykleił na spodzie każdego z nich taśmę dwustronnie klejącą. Najlepiej było je rozmieścić w szkole podczas lekcji, kiedy korytarze są prawie puste. O przychodzeniu tu po zajęciach, po zmierzchu, nawet nie chcieli myśleć.

Wyjść niezauważonym można było tylko z historii. Po pierwsze, pan Cedynia, który powinien przejść już na emeryturę, miał słaby wzrok i nosił grube szkła, a po drugie, jeśli tylko było cicho, nie zwracał większej uwagi na to, co się dzieje w klasie. Przezwisko „Cedynia" przylgnęło do niego tak dobrze, że używali je nawet nauczyciele. Prawdopodobnie większość z nich nie pamiętała już, jak historyk nazywa się naprawdę. Pan Cedynia przypominał misia koalę posadzonego za biurkiem, z którym na czas lekcji tworzył całość. Praktycznie cały czas czytał na głos podręcznik lub jakąś grubą książkę historyczną, próbując przekazać uczniom jak najwięcej cennych informacji. Niestety, nikt nie mógł nadążyć z notowaniem.

Niezwłocznie po sprawdzeniu listy obecności Felix i Net wymknęli się niezauważeni z sali i ruszyli w stronę chłopięcej toalety.

— Nie ma miejsca, gdzie można by bezpiecznie coś zrobić — narzekał Net, gdy weszli do kabiny. — Brakuje mi naszej kwatery.

— To aż niesmaczne — przyznał Felix, zamykając zameczek w drzwiach. — Mam podwójną nadzieję, że nikt nas nie nakryje.

Chwilę nasłuchiwali, czy nikt się nie zbliża. Potem Felix wyciągnął z plecaka małe porysowane i zakurzone pudełko z wystającymi kablami.

— To jest centralka — wyjaśnił.

— Zdeka zmechacona — zauważył Net.

— Przeszła swoje. Ta wtyczka może da się wpiąć do twojego kompa. Tyle że nie mamy programu, który umiałby rozpoznać sygnały.

— Mam taki program — powiedział Net. — Znasz go.

— Masz go tu? — zapytał zdziwiony Felix, wskazując na plecak Neta.

— Owszem — przyznał niechętnie Net. — Wysłał mi maila. Napisał, że mnie lubi i że się nudzi samym sterowaniem światłami. No to go... przygarnąłem.

— Jak może być jednocześnie tu i sterować światłami ulicznymi?

— Jest i tu, i tam. Ma chyba kilka kopii. Gdy łączę się z internetem, on wymienia się wspomnieniami ze swoim drugim ja. Synchronizuje się.

— Doktor Jamnik byłby zachwycony.

Net wyciągnął laptop, wywołał Manfreda i wstukał:

„Mamy tutaj centralkę zbierającą sygnały z piętnastu czujników temperatury. Musisz rozpoznać te sygnały i wyświetlić je w jakiś rozsądny sposób."

„Bomba! Znów coś się dzieje" - odpisał Manfred. Z oczywistych względów dźwięk był wyłączony.

„Wkładam wtyczkę."

„Och, czuję ją. Łaskocze mnie w plecy."

— On żartuje — wyjaśnił Net, widząc minę przyjaciela. — To zajmie kilka minut, muszę go skonfigurować.

Net kolejno nagrzewał ręką czujniki, by Manfred mógł sprawdzić, czy działają, po czym na każdym zapisywał numer. Felix w tym czasie piórem wiecznym naszkicował w brudnopisie schemat trzech kondygnacji szkoły. Po namyśle dorysował piwnicę.

— Myślisz, że on ją bije? — zapytał niespodziewanie Net, nie przerywając pracy.

— Myślę, że to prawdopodobne — odparł Felix. Widać było, że też nieraz zastanawiał się nad tym.

— Powinniśmy coś zrobić...

Felix nie odpowiedział, a Net nie kontynuował tematu i majstrował przy ostatnim czujniku, który sprawiał mu najwięcej kłopotu.

— Nie działa — powiedział w końcu, oddając Felixowi zepsuty czujnik. — Chodźmy je zamontować.

Pierwszy przymocowali w hallu, pod gablotą obok portierni. Dzięki taśmie dwustronnie klejącej robili to szybko, nie wzbudzając podejrzeń przypadkowych świadków. Felix oznaczył to miejsce na planie kropką i numerem. W dziesięć minut umocowali wszystkie czternaście czujników. Skupili się na schodach i kluczowych miejscach na korytarzach. Czternasty czujnik przykleili pod szafką hydrantu, obok drzwi na strych. Felix zawahał się, ale wyjął z kieszeni klucz i zamknął zamek w drzwiach. Gdy tylko skończyli, nawet nie udawali odważnych - zbiegli szybko piętro niżej.

— Wszystkie z dala od wywietrzników, kaloryferów i rur — podsumował Felix. — Powinno być OK.

Net otworzył laptop i na przygotowanym przez Manfreda schemacie oznaczył wszystkie punkty. Jeśli wierzyć dokładności czujników, to wszędzie było pomiędzy osiemnaście a dwadzieścia jeden stopni.

— Przydały się wzory Czwartka — rzucił mimochodem Net. — Te, które podawał ostatnio, przy okazji temperatur.

— Jednak ze szkoły czasem jest pożytek — przyznał Felix.

— Mam je teraz w głowie, nie potrzebuję nawet ściągi.

Wślizgnęli się do sali na sam koniec nudnego wykładu, gdy połowa uczniów albo przysypiała, albo grała w kropki. Nika jako jedna z nielicznych wciąż próbowała nadążyć z notowaniem za monotonnym głosem historyka. Robiła tylko krótkie przerwy, żeby potrząsnąć przemęczoną ręką.

* * *

Stali na korytarzu, opierając się o parapet jednego z okien wychodzących na patio. Na dworze, za sprawą nisko wiszących chmur, było już prawie ciemno. Wzdłuż żwirowej alejki, prowadzącej od przeszklonych drzwi hallu do przejścia do ogrodu na tyłach szkoły, zapaliły się lampy.

Skończyła się ostatnia lekcja i szkoła powoli pustoszała. Felix, Net i Nika zdobyli się na odwagę, by zostać dłużej i przetestować system wczesnego ostrzegania. Chcieli odczekać jeszcze chwilę i wejść do którejś z pustych sal, by im nikt nie przeszkadzał. Nika spięła włosy zwykłą plastikową spinką, która zupełnie do niej nie pasowała.

— Ale ze mnie osioł! — Net nagle palnął się dłonią w czoło, aż klasnęło. — Przecież Manfred może nam wyszukać wszystko o duchach w internecie! Sam odrzuci niepotrzebne informacje.

— Wolę polegać na książce Stefana Króla — odparła Nika. — Przynajmniej wiadomo, że był... fachowcem.

— Ale żył ze sto lat temu — zauważył Net.

— Duchy nie ewoluują.

— Zaczekajcie — przerwał im Felix. — Zapomnieliśmy o najważniejszym. Doczytałaś, jak się pozbyć ducha?

— Owszem. — Nika znów otworzyła księgę na stronie zaznaczonej jesiennym liściem. — „Pozbyć się poltergeista jest trudno, gdyż są one odporne na różne rodzaje egzorcyzmów. Najlepsze efekty dają dokładne porządki, remont i poświęcenie domu przez katolickiego księdza".

— Dlaczego akurat katolickiego? — zapytał Net.

— Może Stefan Król był katolikiem — powiedziała Nika.

— A jeśli duch jest protestantem?

— To i tak nie ma znaczenia — powiedział Felix. — Nie namówimy żadnego księdza na egzorcyzmy. Zaraz, zaraz... Przecież w szkole planowany jest remont!

Dalsze rozważania przerwał przeraźliwy krzyk dobiegający z końca korytarza. Otworzyły się drzwi od jednej z klas, aż klamka uderzyła o ścianę, i wybiegła z nich Ekierka. Matematyczka, mimo sporej nadwagi i wysokich obcasów, pokonała korytarz w zdumiewająco krótkim czasie i przytrzymując się poręczy, zbiegła po schodach. Przyjaciele zaniemówili z wrażenia. Patrzyli w ślad za nią, czując dopiero teraz podmuch wywołany jej „przelotem". Odwrócili się, by sprawdzić, przed czym uciekała. Drzwi powoli zamykały się, piszcząc zawiasami. Przysunęli się bliżej siebie, oczekując najgorszego.

Z sali, przenikając przez zamykające się drzwi, wypłynęła zwiewna biała postać i znikła za rogiem korytarza.

— O ja cię! — zdołał tylko wykrztusić Net, ściskając nieświadomie rękaw Felixa.

Nika cofnęła się o krok, stawiając obcas na palcach Neta. Ten syknął z bólu i podniósł nogę, uwieszając się przy okazji mocniej na rękawie Felixa. Felix stracił równowagę, ale nie mógł się przesunąć, bo natrafił nogą na drugi but Niki. Zachwiał się i chciał przytrzymać się Neta, który i tak miał problemy z utrzymaniem pozycji pionowej. Chwilę później cała trójka leżała na podłodze.

— Patrzcie! — krzyknął Net, wskazując załom korytarza.

Półprzezroczysta kobieca postać wróciła przed drzwi klasy i zatrzymała się przed nimi. Obejrzała się i unosząc się wolno nad podłogą, ruszyła w kierunku przyjaciół. Równocześnie zaczęli krzyczeć. Próbowali się podnieść, wspierając się jedno na drugim, aż wreszcie udało im się wstać i pobiegli w ślad za Ekierką. Zatrzymali się dopiero na dole, w hallu, w tym samym miejscu, w którym zatrzymała się Nika kilka dni wcześniej. Ekierka, wciśnięta w róg hallu, trzymała się ściany, jakby bała się, że coś ją porwie. Oddychała szybko i powtarzała w kółko:

— Jutro napiszę podanie o zwolnienie... Jutro napiszę podanie o zwolnienie...

Z tyłu dały się słyszeć odgłosy nadbiegających ludzi. Pierwszy, o dziwo, dotarł tutaj dyrektor Stokrotka, tuż za nim pojawił się doktor Jamnik, a z drugiej strony wypadł Eftep.

— Słyszałem krzyk — wysapał dyrektor, patrząc na uczepioną ściany matematyczkę i zbitych tuż obok w ciasną grupkę przerażonych Felixa, Neta i Nikę. — Cecylio, czy znów będziemy przeprowadzać dezynsekcję?

Pojawiający się w hallu uczniowie swoją obecnością skłonili Ekierkę do puszczenia ściany i przyjęcia normalnej pozycji.

— Juliuszu — wykrztusiła drżącym głosem, przytrzymując dyrektora za łokieć. — Tym razem to nie robaki. Musimy zamienić trzy słowa w cztery oczy.

Bez wyjaśniania czegokolwiek, odeszli w kierunku gabinetu dyrektora.

— To było horrorystyczne... — odetchnął Net, dochodząc do siebie.

— Mówiłem, straszny dwór — mruknął Felix.

Widząc, że przedstawienie się skończyło, uczniowie rozchodzili się do swoich zajęć. Net wyciągnął z plecaka laptop, który od razu wyświetlił czternaście słupków z pomiarami temperatury.

— Zobaczcie. — Wskazał na najniższy. — Dwanaście stopni. System hula.

— To była zjawa, prawda? — zapytał Felix. — Zjawa to co innego niż poltergeist.

— Tak było napisane w książce — przyznała niepewnie Nika, patrząc na niego wystraszonym wzrokiem.

— Czyli mamy dwa różne duchy.

— Skończyło się — oznajmił z ulgą Net. — Temperatura rośnie. Chodźcie, posłuchamy, o czym mówią.

— Nie chcesz chyba podsłuchiwać dyrektora... — jęknęła Nika, ale chłopcy już szli w kierunku jego gabinetu. Wzruszyła więc ramionami i ruszyła za nimi. Bała się zostać tu sama.

Drzwi sekretariatu były od środka obite gąbką i sztuczną skórą, ale w szkole panowała taka cisza, że i tak, jeśli zbliżyło się ucho, można było usłyszeć każde słowo.

— ... im powiedzieć — mówiła podniesionym głosem Ekierka. — Wszystko widzieli.

— Nic nikomu nie powiemy — odparł dyrektor z teatralną stanowczością. — Nie narażę dobrego imienia szkoły. Wiesz, że i tak mamy problemy.

— Będą plotki, domysły...

— Domysły są lepsze niż pewność.

— Ale ja nie wytrzymam tego napięcia!

Na odgłos zbliżających się kroków przyjaciele odskoczyli od drzwi. W ostatnim momencie udało im się dopaść parapetu okiennego. Gdy informatyk wyłonił się zza załomu korytarza, stali sobie jak gdyby nigdy nic, wyglądając przez okno. Pan Eftep obrzucił ich podejrzliwym spojrzeniem, ale nic nie powiedział. Wszedł do sekretariatu.

— Z której sali wybiegła Ekierka? — zapytał cicho Felix. — Trzysta dziewięć? Nad nią jest już niezbadana część strychu.

— To prawie przed Drugim Zakrętem — powiedział Net. — Masz pewność, że przyczyna leży na strychu?

— Tam to się zaczęło. Jutro przyniosę robota i na długiej przerwie przeprowadzimy ekspedycję.

* * *

Następnego dnia wszystko było gotowe do akcji. Nika wpatrywała się w ekran komputera leżącego na parapecie.

— Temperatura w normie — powiedziała, gdy Net spojrzał pytająco. — Powiem, jak się zmieni.

Net otworzył drzwi na strych, a Felix postawił robota na podłodze i sprawdził, czy działa. Był to pojazd gąsienicowy, przypominający model czołgu. Na wieżyczce zamiast lufy znajdowała się ruchoma kamera.

— Nazywa się Penetrator — wyjaśnił Felix. — Skonstruowałem go specjalnie do penetrowania trudno dostępnych miejsc. Spraw się, mały...

Zamknęli drzwi na klucz i zeszli na pierwsze piętro do pustej teraz sali. Felix postawił przed sobą mały monitor i zdalne sterowanie.

— Nie pomyśleliśmy o zamontowaniu czujnika na robocie — westchnął Felix.

— Można któryś odczepić — powiedział Net, ale nikt nie podjął tematu, bo nikt nie miał ochoty wracać na strych.

Felix pchnął joystick i robot ruszył. Jak na pojazd gąsienicowy, przemieszczał się z dość dużą prędkością.

— Rozejrzyj się po podłodze — powiedziała Nika.

— Po co? — zapytał Felix, zatrzymując robota.

— Może Bolesław Łysy zostawił ślady w kurzu, może jest tam gdzieś moja spinka...

Kamera Penetratora obniżyła się i wykonała pełny obrót.

— Patrzcie! — Nika wskazała regularnie powtarzające się układy kropek.

— To nie wygląda na ślady stóp — powiedział Net.

— Bolek nie ma normalnych stóp — wyjaśnił Felix. — Kości stykały się z podłogą tylko w kilku punktach, ścierając kurz właśnie w ten sposób. Przynajmniej wiemy, że nikt go nie ciągnął na nitkach.

— Wiecie co? — powiedziała Nika. — Jesteśmy nieźle wygięci. Mówimy o szkielecie po imieniu.

Robot ruszył dalej. Minął schody do kwatery, szkielet, wiszący teraz jak należy na stojaku, i wjechał w niezbadaną część strychu. Początkowo wszystko wyglądało znajomo. Sterty pudeł piętrzyły się pod dach, a rzędy starych mebli były pokryte grubą warstwą kurzu. Kiedy po przejechaniu dwóch trzecich drogi dotarł do pierwszego zakrętu, po obydwu stronach strychu pojawiły się zamknięte na kłódki komórki. Robot wjechał w korytarz między nimi, a Net z Niką, ściskając kciuki, wpatrywali się z napięciem w ekran.

— Nie mogę uwierzyć, że przebywaliśmy tak blisko tylu tajemniczych rzeczy — powiedziała dziewczyna.

— Zaraz pewnie zaczną się trumny — zażartował Net, ale od razu sam się przestraszył swojego dowcipu.

Za krótkim korytarzem nie było trumien. Stały tam za to jakieś pionowe walce, jakby stare termy. Za nimi ujrzeli wreszcie pierwszy zakręt. Penetrator pokonał go powoli, wyglądając najpierw zza rogu. Dalsza część strychu wyglądała podobnie, tyle że wszystko pokrywała tam jeszcze grubsza warstwa kurzu.

— Spada temperatura... — oznajmił Net.

— Gdzie? — zapytał Felix.

— Czujnik numer piętnaście.

— Mamy ich tylko czternaście.

— Coś tu nie hula — zaniepokoił się Net. — Pojawił się nam dodatkowy odczyt.

Nika i Felix zbliżyli się do monitora. Rzeczywiście, ekran wyświetlał dodatkowy słupek z temperaturą. Słupek wskazywał szesnaście stopni i wolno opadał.

Nika spojrzała na chłopców i zapytała:

— Czy nie czujecie, że robi się tu jakby... nieco... chłodno?

— Piętnasty czujnik jest tu... — powiedział wolno Felix. — W tej sali...

Rzucił się do swojego plecaka i z zewnętrznej kieszeni wyciągnął czujnik.

— Więc nie był zepsuty! — powiedział Net i... zaniemówił.

W rogu sali pojawiło się słabe światło, przypominające zawieszone w powietrzu migotanie bez wyraźnego źródła.

— Może tak sobie stąd pójdziemy… — szepnął Net, ale nikt nie był zdolny do najmniejszego ruchu. Zjawa formowała się pod sufitem, odcinając im drogę ucieczki. Widać już było zarys głowy i dłoni.

Felix drgnął i powoli sięgnął do plecaka Neta. Wyjął stary telefon komórkowy, używany do łączenia się z internetem. Włączył go i wybrał przypadkowy numer. Gdy w słuchawce rozległ się sygnał, zjawa zaczęła się rozmywać. Wreszcie znikła jak zdmuchnięty dym z papierosa.

— Rozwaliłeś ją… — wymamrotał Net. — Skąd wiedziałeś?!

— Nie wiedziałem. Wymyśliłem to *on-line*.

— Facet, jesteś genialny!

— Tego Stefan Król nie mógł wiedzieć — szeptem przyznała Nika.

Nagle wszyscy podskoczyli, słysząc brzęczący głos:

— *Co to ma znaczyć?!*

Dopiero po chwili Felix zorientował się, skąd pochodzi głos.

— Przepraszam, pomyłka — rzucił do słuchawki i rozłączył się.

Nika zauważyła, że obejmuje ramię Neta. Speszona, odsunęła się.

— Jest coraz gorzej — powiedziała, drżąc jeszcze z wrażenia.

— To jakiś spisek, w który zamieszani są wszyscy nauczyciele — oświadczył Net. — Dyrektor i Ekierka wiedzą o wszystkim od dawna, a założę się, że Eftep wszedł do nich obgadać sprawę uciszenia nas.

— Nikt nas nie próbował uciszyć — zaprzeczył Felix. — Ta zjawa chciała nas powstrzymać przed poznaniem tajemnicy strychu. Nie sądzę, żeby dyrektor miał z tym coś wspólnego.

Spojrzeli na monitor. Wyświetlał „mrówki". Felix próbował wyregulować obraz, ale nic to nie dało. Poruszył kilka razy joystickami zdalnego sterowania.

— Reaguje? — zapytał Net.

— Nie wiem, nie ma obrazu. Wygląda na to, że straciliśmy robota.

* * *

Następnego dnia po krótkiej dyskusji chłopcy uznali porażkę metod naukowych i przystali na nalegania Niki. Postanowili odwiedzić po lekcjach Madame Josephine. Na autobus czekali pół godziny, ale to tylko wzmogło ich determinację.

Gdy dotarli do starej kamienicy w Śródmieściu, słońce chowało się już za wysokie budynki. Szerokimi drewnianymi schodami wdrapali się na trzecie piętro i stanęli przed drzwiami oznaczonymi numerem trzynaście. Były malowane już tyle razy, że drewniane ornamenty stały się ledwie widocznymi wypukłościami.

— Mam idiotyczne wrażenie, jakbyśmy byli spóźnieni — mruknął Net — a przecież wcale się nie umawialiśmy.

Nika, po krótkim zastanowieniu, nacisnęła dzwonek. Niemal natychmiast otworzyła im siwowłosa staruszka. Madame Josephine była korpulentną panią po siedemdziesiątce, oczywiście w okularach, oczywiście na łańcuszku zawieszonym na szyi. Tak chyba powinna wyglądać współczesna wróżka, pomyślał Felix. Na przygarbione plecy miała narzuconą ciemnobrązową chustę, tak długą, że jeden z rogów ciągnął się niemal po ziemi.

— Ach, to wy! — ucieszyła się, przepuszczając przyjaciół do przedpokoju. — Wchodźcie, wchodźcie i nie tłumaczcie się. Autobusy ciągle się spóźniają.

— Skąd pani?... — zaczął Net, ale spojrzenie Madame Josephine wystarczyło za odpowiedź. Ona po prostu WIEDZIAŁA. Nika była zachwycona.

Przez ciemny korytarzyk gospodyni zaprowadziła ich do salonu pełnego starych mebli. Ściany obwieszone były gobelinami i wypłowiałymi reprodukcjami obrazów. Na środku stał okrągły stół, przykryty wielką ręcznie szydełkowaną serwetą. Za drzwiczkami przeszklonego kredensu błyszczały kryształowe kieliszki, karafki i jakieś fiolki. Stojąca pod ścianą ogromna i nieco zapadnięta kanapa nakryta była wyblakłą narzutą z długimi frędzlami.

Wróżka wskazała im krzesła wokół stołu. Felixowi wydawało się, że są tak stare, iż skrzypią od samego patrzenia na nie. Gdy usiedli, krzesła faktycznie odpowiedziały serią przejmujących skrzypnięć. Na środku stołu, na marmurowym cokoliku, stała szklana kula oświetlona wiszącym wprost nad nią żyrandolem z wielkim rudym abażurem.

W jaśniejszym świetle lampy okulary Madame Josephine przyciemniły się.

— Czego się napijecie? Kawy, herbaty, brandy?

— Mamy trzynaście lat — zauważył Felix. — Dziękujemy, już jest późno i musimy zaraz wracać.

— Właściwie to przyszliśmy po poradę — powiedział Net. — Chodzi o pewną delikatną sprawę. Nie uwierzy pani, ale w naszej szkole... hm...

— W naszej szkole straszy — dokończyła za niego Nika.

— Sytuacja staje się nie do zniesienia — Felix ściszył głos, jakby się bał, że Madame nagle roześmieje im się w twarz. Ale staruszka ani myślała się śmiać. Popatrzyła na nich zmrużonymi oczami i pokiwała wolno głową. Bali się poruszyć, bo w ciszy, przerywanej tylko tykaniem starego zegara ściennego, każde skrzypnięcie krzesła wydawało się po stokroć głośniejsze.

— Widzę w tobie wielką siłę — powiedziała nagle dziwnym głosem spirytystka, dotykając policzka Niki. — Wkrótce się przekonasz...

Nika wytrzeszczyła na nią oczy, ale staruszka szybko cofnęła rękę i wróciła do tematu spotkania.

— Opowiadajcie — zachęciła ich.

Opowiedzieli więc wszystko, przerywając sobie i uzupełniając się nawzajem. Gdy skończyli, ucichli nagle, znów bowiem zaczęli się bać.

— Duchy to właściwie smugi energii pozostałej po czyjejś śmierci — zaczęła Madame Josephine. — Nie mają świadomości takiej jak ludzie. Ich postać to wytwór wyobraźni kogoś, kto wejdzie w kontakt z tą smugą.

— Smugą? — upewnił się Net.

— Można to nazywać na wiele sposobów. To tak, jakby ktoś próbował rozmawiać z twoim cieniem. Duch to taki cień, który trwa bez swojego właściciela. Przynajmniej jeden z tych duchów należy do kogoś, kto za życia był silnym człowiekiem. Te duchy czegoś od was chcą. Nie odejdą, dopóki nie spełnicie ich prośby.

— Będą nas prześladować do końca życia? — zapytał przerażony Net. — To nie fair!

— Nie będą prześladować was, tylko nawiedzać tamto miejsce.

— Na jedno wychodzi — Felix zmarszczył czoło. — To nasza szkoła i spędzimy tam parę lat.

— Wobec tego... — Madame Josephine ściszyła głos, patrząc głównie na Nikę — musicie się z nimi porozumieć.

Przyjaciele z przerażenia otworzyli szerzej oczy.

— Duchy pozostają w naszym świecie, na samej jego granicy, jeśli nie załatwiły wszystkich swoich spraw — ciągnęła wróżka. — Czasem nie radzą sobie same i potrzebują naszej pomocy. Są jak dzieci we mgle, zagubione, przestraszone, często nieświadome swojej sytuacji. Musicie im pomóc. One was potrzebują.

Zamilkła i zdawało się, że zasnęła. Przyjaciele mieli już wstawać, gdy staruszka westchnęła, jakby nagle rozbudzona.

— One też wam coś podarują, choć dowiecie się o tym znacznie później — powiedziała. — I uważajcie na siebie, przed Wielkanocą wydarzy się coś strasznego...

* * *

O zachowanie tajemnicy było coraz trudniej. Szkoła aż huczała od plotek. Na przerwie, na oczach kilkunastu uczniów, wózek z kubłami i szczotkami wyrwał się pani Pumpernikiel, przejechał przez cały korytarz i uderzył w ścianę. Nie padło jeszcze słowo „duchy", ale chwila ta zbliżała się szybko, tym bardziej że Halloween był tuż, tuż. Przyjaciele byli już kilka razy zaczepiani przez starszych uczniów, którzy słyszeli o przedwczorajszym sprincie Ekierki.

Na przerwach zbijano się w grupki i dyskutowano, snując coraz bardziej nieprawdopodobne domysły.

— To się nadaje do Archiwum X — powiedział jakiś trzecioklasista. — Podobno FBI* już zainteresowało się tą sprawą.

* FBI [czyt. ef-bi-aj] – amerykańska policja federalna.

— NASA* też ma kogoś przysłać — odpowiedział inny.

— A co ma do tego NASA?

Lambert rozmawiał z jakąś kobietą przy drzwiach wejściowych:

— I proszę pamiętać, „X” na końcu.

Wiktor, najlepiej poinformowany człowiek w szkole, nic nikomu nie mówił, co było najlepszym dowodem, że nikt nic nie wiedział. Marcel i Ruben byli wyraźnie zdezorientowani zamieszaniem, ale nie tracili czasu i dokuczali każdemu, jeśli tylko nadarzała się okazja. Wreszcie, pod koniec ósmej lekcji, w drzwiach klasy stanęła sekretarka, pani Helenka, i wywołała Felixa, Neta i Nikę do dyrektora. Opuścili salę, odprowadzani absolutną ciszą.

Dyrektor czekał już na nich w drzwiach swojego gabinetu.

— Czego się napijecie? — zapytał z przesadną uprzejmością. — Pewnie coli. Pani Helu, będzie pani łaskawa...

Pulchną dłonią, ze starannie przyciętymi paznokciami, wskazał przyjaciołom znajomą skórzaną kanapę. Usiedli bez słowa.

— Byliście świadkami pewnego zdarzenia — zaczął, a oni przytaknęli. — Cecylia... to jest... wasza matematyczka ma ostatnio problemy osobiste i reaguje nieco zbyt spontanicznie. Udała się na dwutygodniowy urlop.

Pani Helenka weszła do gabinetu, jej szponiaste tipsy miały dziś kolor neonowozielony. Postawiła przed dziećmi szklanki z colą i pospiesznie wyszła.

— W sali dwieście dwa, po przeciwnej stronie szkoły — kontynuował wolno dyrektor — wyświetlano właśnie z rzutnika film, gdy ktoś otworzył na chwilę drzwi. Promień światła przedostał się przez patio... i to właśnie zobaczyliście.

— To był duch — powiedziała twardo Nika. — Konsultowaliśmy się ze specjalistką od tych spraw.

Dyrektor zmarszczył brwi i widać było, że stara się wyglądać groźnie.

— Myślicie, że jesteście tacy cwani? Ci tajemniczy „ktosie”, którzy pomogli policji rozbić Gang Niewidzialnych Ludzi - tak, oni byli

* NASA - amerykańska agencja kosmiczna. To właśnie NASA wysyła sondy na Marsa, przeprowadza misje z użyciem wahadłowców. Wysłała też pierwszych ludzi na Księżyc.

cwani. Ale wy nie jesteście. Przypadkiem znaleźliście się w złym miejscu i w złym czasie.

Patrzyli na niego w milczeniu.

— Pożyczył pan książkę — zaczęła Nika, ale przerwała, gdy Felix kopnął ją w kostkę.

Magister inżynier Stokrotka poczerwieniał na twarzy.

— Nie zamierzamy nikomu o niczym mówić — powiedział szybko Felix, machając rękoma, a Net dodał:

— Też wolelibyśmy, żeby te... zdarzenia się zakończyły. Tak... nie musimy nic mówić. Jako uczniowie tej szkoły... Jako uczniowie tej szkoły nic nie powiemy.

Stokrotka spojrzał na niego szeroko otwartymi oczyma.

— Aha — powiedział po namyśle. — Aha... No, to by było na tyle. Pani Pumpernikiel dostanie nowy wózek. Bardziej... stabilny. Tak!

Wstał, wytarł spocone czoło chusteczką i otworzył drzwi. Zerwali się, wyszli do sekretariatu, a potem na korytarz.

— Nie mogę uwierzyć, że groziłeś dyrektorowi! — wypaliła Nika, gdy oddalili się na bezpieczną odległość. — Pogięło cię?!

— To po co zaczęłaś mówić o duchach? — zapytał z kolei Net. — On wie, że my wiemy, że on wie, że my wiemy, ale ani my, ani on nie powinniśmy tego głośno mówić. To jest polityka. Facet chciał nas tylko postraszyć i byłoby po sprawie.

— Nie lubię, jak ktoś mnie straszy. A jak nas teraz wywali ze szkoły?

— Nie wywali nas właśnie dlatego, że wtedy powiedzielibyśmy wszystkim o duchach — skwitował Net.

— Nie ma nas za co wyrzucić — dodał Felix. — Źle to wyszło, ale nic już nie poradzimy.

— Nawet jeśli kiedykolwiek będzie jakakolwiek wtopa, to nas nie ruszy. Mamy go w garści.

— Nie można tak! — Nika tupnęła. — Nawet zjawy traktujecie jak karaluchy, które po prostu trzeba wytępić!

Odeszła, zostawiając ich tam, gdzie stali.

— No to się obraziła na dobre — westchnął Net, patrząc za nią. — Nigdy nie zrozumiem kobiet.

Hall pustoszał. Nawet ci, którzy nie wiedzieli, co właściwie się dzieje, woleli na wszelki wypadek iść do domu.

— Jedna z teorii mówi, że duchy pozostają na ziemi, bo mają tu jeszcze jakąś sprawę do załatwienia.

Odwrócili się. Felix poznał chłopaka, który wypowiedział te słowa. Pierwszego dnia szkoły pomógł mu uwolnić się od Marcela i Rubena.

— Podczas wojny zginęło tu wielu ludzi — kontynuował Ernest. — Czytałem o tym w szkolnej kronice. Możecie przejrzeć ją w bibliotece.

— O! — zainteresował się Net. — To może wiesz też, dlaczego dla Stokrotki ta sprawa jest tak ważna.

— Oficjalnie nikt nie wierzy w duchy, ale jak wszystko się rozniesie, to rodzice zaczną pod różnymi pretekstami zabierać stąd dzieci.

— I co? Będzie luźniej.

— Chodzi o czesne. To pieniądze, które płacą nasi starzy, żebyśmy mogli się tu uczyć.

Neta olśniło:

— No jasne! Jak nie wiadomo, o co chodzi, to chodzi o kasę. O tym dyr rozmawiał z Ekierką.

— Nie wiem jak wy — powiedział Ernest, odchodząc — ale ja nie chcę stąd wychodzić ostatni. Nara.

— Czesne — mruknął Felix, ruszając w stronę wyjścia. — Ojciec Niki przepija pieniądze, ale płaci za jej szkołę. Na to potrafi odłożyć.

— Czy to takie trudne, mniej wypić i opłacić szkołę?

— Jak się jest alkoholikiem, to tak.

Widać było, że Felix myśli już o czymś innym.

— Chodź na chwilę — powiedział, skręcając niespodziewanie do drzwi na patio.

Net z oporami podążył za nim. Przeszli przez patio i zatrzymali się dopiero w ogrodzie na tyłach szkoły. Uczniowie rzadko oglądali budynek od tej strony.

— Te drzewa wyglądają, jakby coś celowo je tak pogięło — zauważył Net, starając się trzymać poza zasięgiem gałęzi. Cienie lęgnące się pod rozłożystymi konarami nie zachęcały nawet do patrzenia w ich stronę.

— Dobrze, że dziś jest dziś, a nie jutro — powiedział Net.

— Czemu?

— Bo jutro jest Halloween...

— Aha. Widzisz? — Felix wskazał duży fragment dachu różniący się kolorem. — Wymienili dachówki.

— Może trafił tam pocisk. W czasie wojny.

— To dokładnie nad salą trzysta dziewięć. Zjawa pojawiła się, gdy robot zbliżał się do tego miejsca.

— OK — Net zatarł ręce. — Zobaczyliśmy i możemy wracać.

— Ale co tam może być?

— Jutro pójdziemy do biblioteki i przeczytamy w kronice szkolnej. — Net próbował zachowywać się beztrosko, ale wciąż się rozglądał nerwowo.

— Tego może nie być w kronice. Założę się, że o ostatnich wydarzeniach też nic nie będzie.

— Stojąc tu, nic nie wymyślimy. Co będziemy tak stać? Ściemnia się...

Od oświetlonych szyb w drzwiach hallu dzielił ich kawałek ogrodu i patio. No i przed patio był jeszcze ponury tunel na całą wysokość parteru. Z jednej strony graniczył z gabinetem lekarskim, z drugiej z biblioteką. Przejście nim nie było przyjemne, ale drzewa rosnące na patio były przynajmniej mniejsze niż te tutaj.

— Tak, ściemnia się — przyznał Felix i ku uldze Neta, ruszyli wreszcie w stronę oświetlonych drzwi.

Niestety, gdy weszli do przytulnego hallu, okazało się, że Felix nie zakończył jeszcze rekonesansu. Net, resztkami swej nie do końca silnej woli i trochę wbrew sobie, pozwolił się zaprowadzić na trzecie piętro. Tylko dlatego, że paliły się tam jeszcze światła i w kilku salach odbywały się zajęcia dodatkowe.

— Jak myślisz, daleko dojechał? — zapytał Felix, patrząc na sufit.

— Nawet nie do połowy prostej.

— Czyli jest gdzieś tu, nad salą trzysta siedem.

Wyjął z plecaka zdalne sterowanie i poruszył joystickami. Patrzyli w sufit, ale nic nie usłyszeli. Albo wokół było nadal za głośno, albo robot nie działał. Felix westchnął, zrezygnowany, ostatni raz pchnął joystick i... podskoczył niemal, gdy coś uderzyło go w piętę. Odwrócił się gwałtownie. Obok jego buta stał Penetrator. Zakurzony, ale bez uszkodzeń.

— O ja cię! — jęknął Net. — Jak on tu?...

Rozejrzeli się, ale korytarz był pusty.

— Nie było go tu przed chwilą — szepnął Felix, tym razem niemal równie przestraszony jak Net. — Nie było nawet słychać, jak jedzie...

Obaj wiedzieli, że robot nie jest zbyt cichy. Poruszając się, zwykle popiskiwał gąsienicami i brzęczał silnikami.

— Wiem, że przyjaciół się nie opuszcza — wyszeptał Net niemal bezgłośnie — ale chodź, bo zrobię wyjątek i cię tu zostawię.

Felix podniósł robota i wepchnął go do plecaka. Opanowując panikę, by nie zacząć biec, zeszli schodami do hallu i wyszli na ulicę. Dopiero tam odetchnęli.

* * *

Następnego dnia Nika nie przyszła do szkoły. Był trzydziesty pierwszy października - Halloween. Z blatu recepcji straszyła wchodzących do hallu wielka, wycięta w złowrogą twarz dynia. Część uczniów ubrała się inaczej niż zwykle - od razu po szkole, pod opieką nauczycieli, wybierali się na imprezę halloweenową. Po pierwszej przerwie Felix i Net postanowili nie czekać na przyjaciółkę, tylko iść do biblioteki.

— Zastanawiałeś się, czemu oddały nam robota? — zapytał Net, gdy schodzili po schodach. — To taki... gest pojednania. Może nas przepraszają?

— Raczej wypraszają — sprostował Felix. — Oddali na wszelki wypadek, gdybyśmy chcieli po niego iść.

— Więc mają nas za odważniejszych, niż jesteśmy — ucieszył się Net. — To dobrze. Może powiemy Nice, że weszliśmy na strych po robota? Zaczęłaby nas bardziej szanować. OK, zły pomysł...

— Mam dziwne przeczucie, że nie uda się wypożyczyć tej kroniki — powiedział jeszcze Felix, gdy dochodzili do biblioteki.

Jak zawsze przytłoczyła ich panująca tu cisza. Net nazwał to kiedyś „środowiskiem bezechowym".

— Chcieliśmy wypożyczyć kronikę szkolną — powiedział Felix, gdy tylko pani Małolepsza pojawiła się w zasięgu wzroku.

— Kronikę szkolną możecie czytać tylko w czytelni i musicie mieć pisemne poręczenie nauczyciela — oznajmiła. — Regulamin.

— Dowolnego nauczyciela? — zapytał Net.

— Dowolnego — odpowiedziała i zajęła się porządkowaniem katalogu. Net po raz kolejny zwrócił uwagę, że komputer jest wyłączony. Bibliotekarka ufała swojej pamięci i systemowi kart w pudełku.

— Założę się, że teraz wymyśliła ten punkt regulaminu — powiedział, gdy wyszli. — Ona też należy do spisku.

— Pani Jola podpisze nam poręczenie — odpowiedział Felix. — Wrócimy tu na następnej przerwie i na nic się zdadzą jakiekolwiek spiski.

Wychowawczyni rzeczywiście wypisała im poręczenie, że bierze na siebie odpowiedzialność za to, co zrobią z kroniką.

— Skąd właściwie to nagłe zainteresowanie historią szkoły? — zapytała, trzymając dokument.

— Chcemy się dowiedzieć, co się stało z dachem szkoły od strony ogrodu — odparł zgodnie z prawdą Felix.

— Czy aby tylko o to chodzi? — Pani Jola wydawała się lekko rozbawiona.

— W tej szkole straszy — wyrzucił z siebie Net — a my chcemy się dowiedzieć dlaczego.

— Ach... to — westchnęła radośnie i podała im upoważnienie.

Podziękowali i wyszli.

— Co ona była taka wesoła? — zapytał podejrzliwie Net. — Może coś wie?

— Wie, ale nie wierzy w duchy — odparł Felix. — Poprawka: na razie sądzi, że nie wierzy.

Zeszli na parter i ruszyli korytarzem w stronę biblioteki.

— Może ojciec ją zbił? — zapytał nagle Net. — Znaczy... Nikę. Ona nawet nie ma telefonu i nie ma jak zapytać. Trzeba chyba pojechać i sprawdzić?

— Może jest chora. Pojedziemy jutro, jeśli nie przyjdzie — obiecał Felix.

Weszli do biblioteki i z triumfalnym uśmiechem podali bibliotekarce upoważnienie.

— Niestety — wycedziła Bukwa. — Właśnie ktoś wypożyczył...

— Przecież nie wolno wynosić kroniki z czytelni — zauważył Felix. — Regulamin.

Bibliotekarka zmierzyła ich piorunującym spojrzeniem.

— Chcecie jakąś inną książkę? — zapytała. — Jeśli nie, to nie plączcie mi się tutaj. Mam dużo pracy.

Zaskoczeni, nie mogli wypowiedzieć ani słowa. Wyszli ze spuszczonymi głowami i w milczeniu dotarli do hallu, gdzie usiedli w głębokich fotelach.

— Moglibyśmy wziąć ze sobą dwa telefony komórkowe — zaczął Felix, pocierając w zamyśleniu brodę. — Może to by było jakieś zabezpieczenie?

— Mówisz o wejściu na strych? — zaniepokoił się Net. — W życiu! Z całą centralą telefoniczną tam nie wejdę.

— To jak się dowiemy?

— Nie dowiemy się. Znajdziemy inną kwaterę.

— Tu nie ma żadnych pustych pomieszczeń. Najwyżej w piwnicy.

— Odpuśćmy sobie. Tam i tak było nieprzyjemnie, nawet bez duchów.

Nagle drzwi wejściowe otworzyły się i do hallu weszło kilkunastu robotników w niebieskoszarych kombinezonach z narzędziami i zwojami planów architektonicznych. Pierwsza kroczyła czarnowłosa kobieta, zapewne kierowniczka - nie wyglądała na kogoś, kto na co dzień posługuje się młotkiem.

Felix odprowadził ich wzrokiem.

— Nika powiedziała, że traktujemy te zjawy jak karaluchy, które należy wytępić — powiedział Felix. — Może ona ma rację i podchodzimy do problemu od złej strony?

— Co masz na myśli?

— Może trzeba porozmawiać, tak jak mówiła Madame Josephine.

— Z duchami? — prychnął Net. — Ona może potrafi, ale my?

— Zawsze warto zacząć od rozmowy, jeśli to możliwe. Rozmowa potrafi rozwiązać wiele spraw.

— Wyluzuj. Ci faceci w kombinezonach załatwią wszystko.

— Widzisz — powiedział Felix, poważniejąc nagle — ja nie potrafię tak sobie odpuścić. Nie mogę tak zostawić rozbabranej sprawy.

Rozległ się dzwonek, ale oni nie wstawali z foteli.

— Dobrze — odezwał się Net po długim zastanowieniu. — Pójdę z tobą.

— Dzięki, wiedziałem, że można na ciebie liczyć — ucieszył się Felix, wstając.

— Kiedy chcesz tam iść? — zapytał Net, gdy wbiegali po schodach.

— Dziś po lekcjach.

— Może powinniśmy obwiesić się krzyżami i wziąć prysznic ze święconej wody? Nie zaszkodziłby też naszyjnik z czosnku. — Net chyba już żałował swojej decyzji.

— Czosnek jest na wampiry. Telefon komórkowy wystarczy.

— Dobra, masz rację — westchnął Net. — Trzeba to zrobić z marszu, zanim zmienimy zdanie. Tylko szkoda, że nie ma z nami Niki. Ona by się bała za nas obu. A tak w ogóle, to w Halloween wolałbym już się przebrać za potwora i zbierać po domach cukierki.

* * *

Podczas ostatniej lekcji większość uczniów myślała już tylko o zabawie. Po dzwonku Felix i Net zostali dłużej w klasie, celowo grzebiąc się z pakowaniem zeszytów. Nad miastem wisiały ciężkie chmury i było ciemno, jakby nadszedł już wieczór.

— Dziś noc duchów — powiedział Net. — Do pełni grozy brakuje tylko burzy.

— Lubisz horrory?

— Lubię je czytać i oglądać, ale nie w nich występować.

— Podłącz telefon do laptopa — powiedział Felix — i powiedz Manfredowi, żeby cały czas sprawdzał połączenie z internetem.

— Po co?

— Telefon wytwarza mikrofale, które w jakiś sposób... rozmywają ducha. Jak będzie transmitował dane, to fale będą intensywniejsze. To musi nam wystarczyć.

Net pospiesznie połączył urządzenia kablem. Komputer schował do plecaka, a telefon do kieszeni bluzy. Felix sprawdził, czy piętnasty czujnik termiczny nadal leży w zewnętrznej siatkowej kieszeni jego plecaka. Odetchnęli głęboko i wyszli na pusty korytarz. Felix wyjął z kieszeni dwie małe, czarne latarki z dziwną drucianą półobejmą. Jedną założył sobie na prawe ucho, a drugą podał Netowi.

— Niezłe — stwierdził Net, dopasowując obejmę do kształtu ucha — i lekkie.

— Dają jasne światło przez godzinę.

Skręcili za róg i stanęli jak wryci. Przy końcu korytarza, koło schodów, stała znajoma postać.

— Nika? — zapytał Net.

Podbiegli do niej.

— Nie mogłam pozwolić, żebyście zrobili to beze mnie — powiedziała, uśmiechając się. Włosy miała ułożone inaczej niż zwykle, teraz opadały jej na twarz rudymi lokami. — Nie spodziewaliście się, że przyjdę?

— Przez myśl nam nie przeszło — powiedział Felix z tajemniczym uśmiechem i wręczył jej trzecią minilatarkę.

Nika odgarnęła włosy, założyła latarkę, po czym opuściła je w ten sam sposób.

— Dlaczego nie było cię na lekcjach? — zapytał Net.

— Potem wam powiem... Co to?!

Za zakrętem, na środku korytarza, stało coś białego. I nie był to duch...

— Lodówka z pokoju nauczycielskiego — szepnął Net. — Jak się tu znalazła?

W milczeniu patrzyli na urządzenie.

— Sama nie przyszła — stwierdził w końcu Felix. — Chodźcie.

— No, bo jeszcze będzie na nas — przyznał Net.

Weszli po schodach i po chwili stali przed wejściem na strych. Felix przekręcił klucz i pchnął drzwi. Otworzyły się powoli, ukazując mroczne wnętrze. Chwilę szukał włącznika światła. Wreszcie, z cichym pstryknięciem, zapaliła się słaba żarówka.

Włączyli latarki, zamknęli za sobą drzwi i wolno ruszyli, nawet nie szukając kolejnych włączników świateł. Szli po śladach Penetratora. Dwa prążkowane pasy startego kurzu ciągnęły się zygzakiem przez środek strychu. Minęli schodki do kwatery. Felix ze smutkiem pomyślał, że wydaje mu się teraz obca i nieprzytulna. Obeszli dużym łukiem szkielet, wiszący nadal na stojaku, i weszli między sterty pudeł, piętrzące się pod dach, i rzędy starych mebli pokrytych grubą warstwą kurzu. Teraz wszystko wyglądało inaczej niż z perspektywy Penetratora. Mogli zajrzeć za te meble, ale tam światło latarki okazywało się zbyt słabe, by rozproszyć cienie. Przestali więc się rozglądać i po prostu szli przed siebie.

Dotarli do komórek usytuowanych po obu stronach strychu. Światła latarek migotały w szczelinach między deskami, ale przyjaciele nie mieli najmniejszej ochoty zatrzymywać się i badać, co tam jest. Dalej stały tajemnicze pionowe walce wysokości dorosłego człowieka.

Dotarli do zakrętu. Ślady robota znikały w mroku za rogiem. Chłopcy spojrzeli na siebie, jednocześnie westchnęli i weszli za zakręt, stąpając po grubej warstwie kurzu, jakby to był pierwszy śnieg. Nika szła o krok za nimi.

— *Muszę wam coś powiedzieć* — odezwał się Manfred z telefonu w kieszeni Neta. — *Jak wiecie, mam do dyspozycji kilkaset kamer obserwujących ulice.*

— Manfred — westchnął Net. — Możemy o tym porozmawiać później?

— *Możemy, ale sądzę, że zainteresuje was to właśnie teraz.*

— Dobra, dawaj.

— *Jedna z moich kamer, po nieznacznym uniesieniu, widzi dach tego budynku od tyłu. Jak wnioskuję z waszych rozmów, bo nie raczyłeś mnie oficjalnie poinformować, interesuje was pewien konkretny fragment strychu.*

— Nie pytałeś, co robimy. — Net wzruszył ramionami.

— *W dachu są małe półokrągłe okienka. Takie okienko jest też w części dachu pokrytej jaśniejszą dachówką.*

— Wiemy o tym.

— *Otóż jakąś minutę temu w tym oknie zapaliło się światło.*

— Uch... — Net zatrzymał się gwałtownie. — Może jednak przemyślimy wersję z krzyżami i wodą święconą?

— Luzik, to tylko duchy. — Głos Felixa nie był jednak w najmniejszym stopniu wyluzowany.

Powoli szli dalej, nie zerkając już nawet w bok.

— Właśnie pomyślałem o jednej rzeczy — powiedział po chwili Felix. — Pamiętacie te jaśniejsze dachówki?

— N... no.

— Nic tam nie wstawiali. Gdyby tak było, to zdjęliby dachówki i potem ułożyli te same. Tam coś uderzyło, niszcząc część dachu.

Ślady Penetratora urywały się. Wyglądało to, jakby zniknął albo jakby coś go podniosło w górę. Zrobiło się wyraźnie zimniej.

— Manfred! — zawołał Net. — Jaka temperatura?

— *Pytasz o piętnasty czujnik? Dwanaście i pół stopnia i powoli spada.*

Rzeczywiście, ich oddechy zamieniały się w parę. Zatrzymali się.

— Jeszcze piętnaście metrów — szepnął Felix.

— Wiem — również szepnął Net — ale jakoś nie mogę się zmusić do kolejnego kroku...

— Ani ja... — dodała cichutko Nika.

Z lewej strony, dokładnie na wprost okna, było dziwnie jaśniej, jakby niewidzialna żarówka wisiała w powietrzu nad podłogą. Światło wydobywało z ciemności coś z prawej strony strychu, od strony patio. Pudła, deski i fragmenty mebli ułożono tak, że sięgały niemal kalenicy dachu.

— To coś, czego szukamy, jest pod spodem — powiedział Felix.

— Nie chcesz chyba tego... teraz przewalać? — przestraszył się Net. — Wzbije się tyle kurzu, że już nic nie będzie widać.

— *Jedenaście stopni* — oznajmił Manfred.

Przed nimi, dokładnie pośrodku strychu, dało się zauważyć niewyraźne, słabe rozbłyski.

— Wyłącz telefon — powiedział Felix.

— Jak? Co? — zdziwił się Net. Zaczynały mu parować okulary.

— Musimy z nimi porozmawiać.

— Nie możemy korespondencyjnie? Zostawimy kartkę z pytaniami... OK. Manfred, wyłącz...

I nagle pojawiły się trzy postacie utkane z niebieskawego dymu. Starszy mężczyzna z wąsami, w czapce pilotce, i dwie kobiety. Jedna z nich była wyraźnie młodsza, mogła być córką tej drugiej.

Nika złapała rękaw Neta, a on z kolei rękaw Felixa. Net opanował się i puścił bluzę przyjaciela.

— Postaramy się wam pomóc — powiedziała Nika drżącym głosem. — Tylko jak mamy to zrobić?

Duch mężczyzny wskazał stertę pudeł zgromadzoną pod ścianą od strony patio.

— Tam jest ukryte coś ważnego?

Duch przytaknął.

— Odgarnięcie tego zajmie parę godzin — mruknął Felix, oceniając stertę.

— Dlaczego nas straszycie? — zapytał słabo Net.

Duch mężczyzny wzruszył ramionami i rozłożył ręce w geście „To nie nasza wina".

— To efekt uboczny ich obecnej postaci — powiedziała wolno Nika. — Nie chcą nas straszyć, my to tak odbieramy. Oni tylko próbują się z nami porozumieć.

— Ganiając nas kościotrupem? Cóż za inwencja...

— Oni przebywają w innym świecie — mówiła dalej Nika. — Wiele o tym myślałam. Połączenie się z naszym kosztuje ich bardzo dużo wysiłku i nie czują się tu swobodnie. Nie są w pełni świadomi tego, co robią, nie są nawet świadomi upływającego czasu. Pamiętasz, jak próbowaliśmy porozumieć się z Manfredem, wtedy gdy niedokończony wydostał się na wolność? Nasze starania jemu też musiały się wydać nieudolne.

— *Były nieudolne* — przyznał Manfred z laptopa w plecaku. — *Na początku ledwie się domyślałem, o co wam właściwie chodzi.*

— Sam widzisz — ciągnęła Nika. — Myślę, że nieporozumienia mamy już za sobą.

— Więc dlatego oddali nam robota — powiedział Felix. — Chcieli, żebyśmy przyszli osobiście.

Duch znów wskazał stertę pudeł. Felix zmusił się do pierwszego kroku. Ostrożnie ominął zjawy, czując na twarzy bijące od nich zimno. Zaczął odgarniać pudła, tak, by wzbijać jak najmniej kurzu. Po chwili trafił na uwięzione pod ciężkimi szafami fragmenty metalowej konstrukcji.

— To kabina samolotu! — stwierdził zaskoczony. — Spalona.

— I oni tam są w środku?... — zapytał Net. — Znaczy... ich ciała?

Felix przytaknął. Pokazał w kierunku zjaw zaciśniętą dłoń z kciukiem wysuniętym do góry.

— Zajmiemy się tym — powiedział ze sztucznym entuzjazmem.

Duchy skłoniły głowy i rozpłynęły się w powietrzu.

Przyjaciele prawie się już nie bali.

— Jak chcesz się tym zająć? — zapytał Net, gdy zamykali za sobą drzwi na strych.

— Chodźmy jeszcze raz do dyrektora i wszystko mu wyjaśnijmy — powiedział Felix. — Myślę, że tym razem nas wysłucha.

Na drugim piętrze odetchnęli i zdjęli wreszcie latarki.

— Zaraz! — powiedział Net, przytrzymując dłoń Niki.

Dziewczyna poprawiała włosy, zawahała się, ale pozwoliła mu odgarnąć rude loki z twarzy. Na lewym policzku miała solidny siniak.

— Przykładałam lód, ale niewiele pomogło — powiedziała cicho.

— Nie mogłaś wziąć pudru od... — Net ugryzł się w język. Nika nie mogła wziąć pudru od mamy, bo jej nie miała. — To dlatego nie byłaś w szkole? A my myśleliśmy, że się na nas obraziłaś... Czy to zrobił twój tata?

Nika spuściła wzrok i nic nie odpowiedziała.

Felix mimowolnie zacisnął pięści, powstrzymując się, by nie powiedzieć czegoś nieprzyjemnego. Net, wstrząśnięty, milczał.

Kilka minut później cała trójka siedziała w fotelach obok portierni i przygotowywała się psychicznie do rozmowy z dyrektorem. Wyglądało na to, że miał dużo pracy i postanowił zostać dłużej.

— Myślę, że Stokrotce nie chodzi o więcej kasy — zaczął Felix — tylko o to, że bez pieniędzy szkoła zostanie zamknięta.

— My też tego nie chcemy — przyznał Net. — Jesteśmy po tej samej stronie.

Nika i Felix patrzyli na niego, na coś najwyraźniej czekając. Gdy zrozumiał, opadły mu ramiona.

— Nie... znów muszę kogoś przepraszać?

— Zobaczymy — odparł Felix. — Spróbuj przynajmniej lepiej się zachowywać.

Wstali i ruszyli w kierunku gabinetu dyrektora.

— Na pewno chcemy to zrobić? — zapytał Net, gdy zatrzymali się przed drzwiami sekretariatu. — Facet może się wkurzyć, że znów zawracamy mu głowę.

— Sprawy powinno się załatwiać prawidłowo — powiedział Felix. — Ten remont, to jak wmiatanie śmieci pod dywan.

— Po prostu to zróbmy — zadecydowała Nika i zapukała do drzwi. — Najwyżej nas wyrzuci.

Pani Helenka uniosła znad komputera głowę z natapirowaną fryzurą i westchnęła ciężko.

— To znowu wy? — zapytała.

— Tak — potwierdził Felix. — To znowu my. Chcieliśmy się widzieć z panem dyrektorem. Sprawa poufna.

Sekretarka pokiwała głową.

— Panie dyrektorze — powiedziała do interkomu. — To znowu Felix, Net i Nika.

— *Poproś ich* — rozległo się z głośnika, co zaskoczyło zarówno sekretarkę, jak i przyjaciół.

Pani Helenka wstała i otworzyła im drzwi. Ociągając się, weszli.

— Nie dacie mi spokoju, co? — zapytał dyrektor. Miał na sobie brązowy garnitur z kamizelką (oczywiście wszystko odrobinę przyciasne), białą koszulę i błękitną muchę. Na biurku leżało kilka stert dokumentów i wielka księga oprawiona w skórę. Kronika szkoły.

— Chcieliśmy porozmawiać o duchach — powiedział wprost Felix. — Wiemy, że tu są, i wiemy, że chce pan przeprowadzić remont, by się ich pozbyć. Żeby rodzice nie zabierali stąd dzieci.

— Siadajcie — powiedział dyrektor zrezygnowanym głosem, wskazując kanapę. Wziął kronikę, położył przed nimi na stoliku, a sam usiadł w fotelu. — Pani Małolepsza powiedziała mi, czego szukaliście w bibliotece. Przeczytałem też to. — Położył na kronice gazetę. Na pierwszej stronie było... zdjęcie szkoły i wielki tytuł „Szkoła, w której straszy".

Przyjaciele przeczytali krótki artykuł. Kończyło go następujące zdanie: „Informacje te pochodzą od Felixa Polona, ucznia pierwszej klasy".

— Ale... — Felix wzruszył ramionami, nie wiedząc, co powiedzieć. — Ale...

— Domyśliłem się, że nie byłbyś tak głupi, by się przedstawiać — Stokrotka uspokoił go gestem. — Zagroziliśmy im procesem, więc jutro wydrukują sprostowanie. I w sprawie duchów, i w sprawie nazwiska informatora. To jednak zmusza nas do intensywniejszych działań. — Otworzył księgę na stronie pełnej czarno-białych zdjęć i wycinków ze starych gazet. — Podczas ostatniej wojny w tym budynku bronił się oddział polskich żołnierzy. Wielu zginęło, głównie na drugim i trzecim piętrze. Sądzimy, że to oni... teraz... Trochę trudna sytuacja, bo chodzi przecież o bohaterów narodowych.

— Dlaczego nie było ich na strychu? — zapytał Felix.

— Bo tam są cienkie ściany. Nie dawałyby osłony przed pociskami.

Felix przyjrzał się zdjęciom.

— Remont będzie dużo kosztował i nie rozwiąże problemu — powiedział i wskazał jedno ze zdjęć. — Ktoś uciekał z miasta małym sportowym samolotem, który został zestrzelony i uderzył w dach szkoły.

Popatrzyli na zdjęcie. W dachu widniała spora wyrwa, a na ziemi, wśród gruzu, leżały szczątki samolotu. Żołnierze niemieccy wkładali coś do skrzyni stojącej na ciężarówce.

— Skrzydła i ogon spadły wraz z ładunkiem na ziemię — kontynuował Felix — ale przód samolotu z kabiną pozostał zagrzebany wśród rupieci na strychu. Zapomniano o nim nawet podczas naprawy dachu.

— Wciąż tam leży — dodała Nika. — Ojciec-pilot, matka i córka. Duchy pozostają tutaj, bo czegoś od nas chcą.

Dyrektor przez długą chwilę nie mógł wykrztusić z siebie ani słowa.

— Czego chcą... te duchy? — wyjąkał w końcu.

— Pogrzebu.

* * *

Kilka dni później, w słoneczny i chłodny jesienny poranek, wielki dźwig wyciągnął przez otwór w dachu kontener, do którego załadowano szczątki sprzed lat. Przyjechały prasa i telewizja, ale przyjaciele wymogli na dyrektorze, żeby nie zdradził nikomu ich roli w całej sprawie. Stokrotka obiecał im również ponowne przyjęcie do pracy nocnego stróża Sylwestra. Szkoła nie tylko nie straciła ani jednego ucznia, ale jeszcze stała się sławna. Dla poprawy uczniowskich nastrojów w hallu pojawił się błyszczący automat sprzedający batoniki.

Odwołano trzy pierwsze lekcje, ale większość uczniów i tak przyszła przyjrzeć się niecodziennej ceremonii. Felix, Net i Nika stali wraz z innymi w ogrodzie i obserwowali pracę dźwigu. Nika z zaskoczeniem zauważyła, że stojący niedaleko Ruben ma nowe buty - czarne błyszczące martensy. Westchnęła i postanowiła nie mówić o tym przyjaciołom, by uniknąć ich żartów.

— To musiał być Lambert — powiedział nagle Felix.

— Kto? Co? — zapytał zdezorientowany Net.

— To Lambert podał się za mnie, gdy rozmawiał z reporterką. Pamiętam, jak mówił do jakiejś kobiety „Proszę pamiętać, X na końcu".

— Jesteś pewien? Bez ściągania tej reporterki nie udowodnisz mu tego.

— Wiem...

— Jest jeszcze coś — powiedziała Nika, której policzek wyglądał już znacznie lepiej. Nie musiała ukrywać go pod włosami. — Tata obiecał mi, że mnie więcej nie uderzy i tym razem chyba dotrzyma słowa.

— Z czego wnosisz? — zapytał Net.

— Powiedział, że widział anioła i ten anioł przekonał go raz na zawsze, że dzieci nie wolno bić.

— Jaki anioł? — zainteresował się Net. — Miał, przypadkiem, wąsy i czapkę pilotkę?

Nika przytaknęła.

— Przysługa za przysługę — mruknął Felix. — Może to miała na myśli Madame Josephine? Mówiła, że duchy też nam coś podarują.

— Na to wygląda — odparł Net. — Chodźcie na ciastka, ja stawiam.

Nika pokręciła głową.

— Nie mogę się zgodzić, żebyście ciągle stawiali mi ciastka.

— Dlaczego? — szczerze zdziwił się Net. — Przecież nie masz pieniędzy.

— Źle się będę z tym czuła...

— Daj spokój. Te ciastka nie są drogie. Nie rób problemów z pieniędzy.

— Może dla ciebie pieniądze nie mają takiej wartości — powiedziała. — Nigdy ci ich nie brakowało i nigdy nie musiałeś się o nie martwić. Dla ciebie pieniądze to słodycze, bilety do kina i nowe zabawki. Dla mnie pieniądze to bułka na śniadanie, ta szkoła i nowe buty, może za rok... Albo i nie. Te lubię, będę nosić, aż z nich wyrosnę albo się rozlecą.

Chłopcy chwilę milczeli.

— Napisałem list — wyznał Net. — List do prezydenta Warszawy. Chciałem napisać do prezydenta Polski, ale chyba on jest zbyt ważny. Prezydent Warszawy wystarczy. Nie wiem, jaki ma mail, więc napisałem na kartce, włożyłem do koperty i wrzuciłem do skrzynki.

— Jaki list? — zapytała zaniepokojona Nika.

— Napisałem w nim, że ojciec cię bije i że potrzebujesz pomocy.

— Zwariowałeś?! — krzyknęła. — Po co to zrobiłeś?! Po co?!

Neta zatkało.

— Więc nie chciałaś się od niego uwolnić? — zapytał szczerze zdziwiony.

— Uwolnić?! Myślisz, że to takie proste? Jeśli ktoś się dowie, że ojciec mnie bije, to... zabiorą mnie od niego. Nie będę mogła chodzić do szkoły. Stracę dom... Nie zostanie nic. Czemu się wtrącasz w nie swoje sprawy?! Prosiłam cię o pomoc?!

— Nie pomyślałem o tym... — przyznał wstrząśnięty Net. — Zadzwonię do niego i powiem, żeby nie czytał tego listu.

— Myślisz, że można tak sobie zadzwonić do prezydenta Warszawy? — zapytał Felix.

— Skoro można napisać list...

— On sam go nie przeczyta! Dostaje z tysiąc listów dziennie. Otwierają go jego sekretarze, czy ktoś tam, i kierują do odpowiednich działów. Nie zapomniałeś czasem nakleić znaczka?

— Niestety nie... Chodźcie! — Net zerwał się. — Może jeszcze jest w skrzynce.

Wybiegli na ulicę. Pokonali prawie trzysta metrów, nim zdyszani dopadli skrzynki. Akurat przy krawężniku zatrzymała się pocztowa furgonetka z odsuwanymi drzwiami. Wysiadł z niej mężczyzna z wielkim workiem w ręku i od razu zatrzymał się, widząc trójkę dzieci zagradzających mu dostęp do skrzynki.

— Czy to jakaś akcja protestacyjna? — zapytał żartobliwym tonem.

— Musi nam pan pomóc znaleźć jeden list — powiedział Net. — To bardzo ważne. Wpadł mi niechcący do tej szczeliny...

Mężczyzna ze zdziwieniem uniósł brwi, ale milczał.

— To list do jednego z nauczycieli — kontynuował Net — a ja mam dysleksję i zrobiłem w nim mnóstwo błędów...

Mężczyzna patrzył coraz podejrzliwiej.

— Albo... coś znacznie gorszego — plątał się Net. — Ten list po prostu nie może dotrzeć do adresata.

— OK, oddam wam list — powiedział mężczyzna — jeżeli pokażesz mi jakiś dokument potwierdzający, że to ty go wysłałeś.

Net nerwowo obszukał wszystkie kieszenie i w końcu z jednej z nich wyciągnął wymiętą kartę biblioteczną. Z ulgą podał ją mężczyźnie. Ten obejrzał ją uważnie i oddał. Potem przyczepił od spodu skrzynki worek i przekręcił zamek. Do worka wpadło kilkanaście listów. Przyjaciele rzucili się, by odnaleźć właściwy.

— To czyjaś korespondencja. — Powstrzymał ich mężczyzna i sam zaczął przeglądać koperty. — Jaki kolor?

— Biała, zwykła — odparł Net. — Zaadresowana „Prezydent".

— Hm. Jest tylko jedna z napisem „Perzydent"... Myślę, że mogę to uznać...

Podał przyjaciołom kopertę i podniósł z ziemi worek.

— Dziękujemy bardzo. — Uszczęśliwiony Net z ulgą zerknął na Nikę.

— Mieliście szczęście — rzucił jeszcze mężczyzna, wsiadając do furgonetki. — Byłbym tu piętnaście minut wcześniej, gdybym nie złapał gumy. Takie coś wbiło się w oponę.

Zastanowił się chwilę, po czym wyjął z kieszeni mały przedmiot i podał Nice.

— Mnie to niepotrzebne, a tobie może się przydać — powiedział, wskoczył do auta i odjechał, machając im na pożegnanie.

Nika spojrzała na przedmiot i uśmiechnęła się, uszczęśliwiona. Naprawiana niezliczoną ilość razy srebrna spinka po prababci. Wpięła metalowe cacko we włosy, odsłaniając policzek, na którym prawie nie było już śladu po siniaku.

Net chwycił kopertę, chcąc ją podrzeć.

— Mogę? — przerwała mu Nika, wyciągając rękę.

Chwilę się namyślał, ale podał jej list. Otworzyła i przeczytała.

— Dzięki za troskę — powiedziała, drąc papier — ale więcej nie uszczęśliwiaj mnie na siłę. Najprostsze rozwiązania nie zawsze są najlepsze.

Patrzyła chwilę na Neta, wahając się. Wreszcie pocałowała go w policzek, aż chłopak poczerwieniał na twarzy. Felix udał, że niczego nie widzi. Siedzieli na murku i patrzyli na ostatnie liście spadające z łysych niemal drzew. Do dzwonka rozpoczynającego czwartą lekcję zostało jeszcze kilka minut.

4. Zamek na Kociej Skale

Skończył się deszczowy listopad. Pierwsze dni grudnia były chłodne, choc przynajmniej suche, a ranki pachniały już zimą. Filmowe spotkania u Felixa stawały się powoli tradycją.

Tej soboty również siedzieli na miękkiej skórzanej kanapie w przytulnym, wypełnionym starymi meblami, książkami i bibelotami salonie w domu Felixa. W kominku dogasały ostatnie żarzące się polana. Przyjaciele zajadali pierniczki babci Lusi i oglądali w telewizji program o poszukiwaczach skarbów. Trzech facetów jechało samochodem terenowym przez jakiś dziki kraj. Ten siedzący obok kierowcy coś opowiadał, ale nie było wiadomo co. Pokój wypełniała muzyka zupełnie niepasująca do programu.

— Chciałbym być takim Indianą Jonesem — mruknął Net, obserwując na ekranie grupę badaczy, którzy wchodzili właśnie do opuszczonej kopalni.

— Zaraz wpakowałbyś się w jakąś pułapkę — odparł bez zastanowienia Felix. — Zresztą on studiował archeologię.

— Też będę studiował. Tam na pewno uczą, jak unikać pułapek.

— W archeologii chodzi o coś zupełnie innego — wyjaśniła Nika. — O poznawanie dawnych kultur...

— Nie właziliby tam, gdyby nie było skarbu — skwitował Net.

Do salonu weszła babcia Lusia i postawiła przed nimi tacę, na której były kubki z czekoladą na gorąco i talerz z ciepłymi jeszcze pierniczkami. Net wywrócił oczami, poklepując się po brzuchu, ale wiedział, że i tak je pochłonie, a potem do wieczora będzie tego żałował.

— Oglądacie bez dźwięku, skarbeńki? — zapytała babcia.

— Życie jest za krótkie, żeby robić tylko jedną rzecz naraz — odparł Net, wyciągając ręce za głowę.

Felix dźgnął go łokciem i wyjaśnił:

— Program jest po francusku. I tak nic nie rozumiemy.

Babcia pokiwała głową i poszła włożyć do piekarnika następną porcję pierniczków. Kuchnia była zastawiona przeróżnymi wynalazkami taty Felixa, ale babcia obchodziła je dużym łukiem. Używała tylko czajnika, kuchenki i piekarnika, które to urządzenia, jako jedyne, były kupione w sklepie i nie zostały udoskonalone.

Faceci na ekranie odsunęli właśnie jakieś stare, zakurzone deski i wyciągnęli spod nich niewielki kuferek. W środku na pewno był skarb, ale niestety w tym kulminacyjnym momencie zaczęła się przerwa na reklamy. Felix przełączał kanały i trafił na reportaż o niezidentyfikowanych obiektach latających obserwowanych w Tatrach. Zdegustowana, Nika przejęła pilot i wróciła na poprzedni kanał, akurat gdy program o poszukiwaczach skarbów pojawił się z powrotem. Pierwszy z archeologów powiedział kilka słów do kamery (oczywiście nie usłyszeli tego) i otworzył kuferek. W tej samej chwili obraz znikł, a ekran wypełniły mrówki. Chwilę siedzieli zaskoczeni.

— W takim momencie! — zawołał Net i wepchnął sobie do ust kolejny pierniczek.

— To pewnie coś z anteną — powiedział Felix, wstając.

Net i Nika ruszyli za nim. Założyli kurtki i wyszli przed dom. Caban, który zdążył polubić przyjaciół swego pana, wybiegł za nimi, sadząc susy jak niedźwiedź. Zadarli głowy na kratownicowy maszt, do którego była umocowana antena satelitarna, i ujrzeli tam... tatę Felixa, który jedną ręką trzymał otwarty zeszyt, a drugą przesuwał antenę.

— To są właśnie minusy ojca wynalazcy — mruknął Felix i zapytał głośniej — co robisz, tato?

Pan Polon zamknął zeszyt, spojrzał w dół i powiedział:

— Nakierowuję antenę na amerykańskiego satelitę astronomicznego. Spróbuję odebrać jego sygnał. Jeśli się uda, zobaczymy transmisję na żywo z lądowania sondy na Marsie.

— To super, tato. Szkoda tylko, że nie poczekałeś paru minut.

— Nie ma na co czekać — odkrzyknął z góry tata. — To już za parę miesięcy.

Pan Sobolak pomachał do nich zza łysego o tej porze roku żywopłotu; kończył właśnie naklejać folię przyciemniającą na szyby swojego Poloneza. Uśmiechnęli się do niego, wrócili do domu i usiedli na kanapie. Felix wyłączył telewizor.

— Nie dowiemy się nigdy, jakie tam były skarby — powiedział.

— Czy twój tata nie może... — Net wzruszył ramionami — zaczekać?

— Trudno z nim się teraz dogadać — odparł Felix. — Ostatnio coraz więcej czasu spędza w Instytucie. Pracuje nad jakimś projektem, który nazywa „Projektem swojego życia" lub „Realizacją dziecięcych marzeń".

— A co to za projekt?

— Mówi, że *top top top secret*. Zdarzyło się już nawet, że wrócił do domu później niż mama!

— Może znajdziemy jakieś filmy o skarbach? — zapytała Nika.

— W poniedziałek jedziemy na wycieczkę do jakiegoś zamku — przypomniał sobie Net. — Może tam dowiemy się czegoś o skarbach?

— Mówicie o skarbach? — zainteresowała się babcia Lusia, wychylając się z kuchni. — Ja kiedyś widziałam prawdziwy skarb.

Trzy dłonie z ciasteczkami zamarły w połowie drogi do ust, a trzy pary oczu skierowały się na nią w oczekiwaniu na dalszy ciąg.

Babcia, widząc to, uśmiechnęła się, weszła do pokoju i przysiadła na brzegu kanapy. Zaczęła opowiadać:

— Podczas Powstania Warszawskiego byłam sanitariuszką. Miałam wtedy niewiele więcej lat niż wy teraz. Takie były czasy. Okupanci, wycofując się z miasta, rabowali domy. Do naszego też weszli i zabrali co cenniejsze przedmioty. W tym złoty pierścionek z rubinowym oczkiem, który był w naszej rodzinie od... od zawsze. Dostałam go od mojej mamy, ona od swojej, i tak dalej. — Babcia wzruszyła się na samo wspomnienie. — Nie był bardzo cenny, ale dla nas miał ogromną wartość. I w końcu przepadł... Gdy żołnierze mieli już odjeżdżać, ciężarówka zepsuła się, a może zabrakło im paliwa. Wytargali z uszkodzonego samochodu ciężką skrzynię, pełną zrabowanych klejnotów i innych bogactw, i znieśli ją do podziemi małego kościółka.

— Czy babcia pamięta ten kościółek? — zapytał ze ściśniętym gardłem Net.

— Oczywiście, że pamiętam — odpowiedziała babcia. — Doskonale pamiętam. Taki biały z wieżyczką i ogrodzeniem z kutych prętów.

— Gdzie jest ten kościółek?

— Och, nie ma go. Następnego dnia było bombardowanie i została z niego kupka gruzów. Nigdy go nie odbudowali.

Przyjaciele jednocześnie westchnęli zawiedzeni.

— O czymś zapomniałam... — powiedziała babcia, unosząc palec i marszcząc czoło. — O czymś ważnym...

Wstrzymali oddech i wpatrywali się w nią w napięciu. Nagle babcia doznała olśnienia i poderwała się z kanapy.

— Mam! Zapomniałam o pierniczkach! Przypalą się! — zawołała i pobiegła do kuchni.

Zrezygnowani, opadli na oparcie kanapy. Na samą myśl o wepchnięciu w siebie choćby jednego więcej słodkiego pierniczka Net zakrył usta dłonią.

— Wszystkie babcie muszą być opłacane przez dentystów — jęknął. — Już czuję, jak psują mi się zęby.

* * *

Poranek był dość ciepły i nic nie wskazywało na to, żeby zima tego roku miała nadejść przed czasem.

— Wolę zachody słońca od wschodów — mruknął Felix, ziewając. — Żeby je zobaczyć, nie trzeba tak wcześnie wstawać.

Krótki autokar zawracał na wąskiej uliczce, celując tyłem w jakiś podjazd. Pani Jola próbowała zapanować nad rozwrzeszczaną gromadą uczniów. Ustawiała ich w pary, ale gdy udało się jej ustawić piątą, pierwsza się rozlatywała. Tylko Horacy grzecznie stał w miejscu, tam, gdzie mu pani Jola poleciła, ale że był w tym osamotniony, na nic się to nie zdało. Mimo że Ekierka robiła, co mogła, krzycząc głośno i biegając wokół, i tak nikt jej nie słuchał. Niczym owczarek podhalański usiłowała zapędzić podopiecznych w zwartą grupę, jakby to były rozbiegające się po łące owce. Trzecim nauczycielem był Eftep, któremu godność nie pozwalała zniżać się do poziomu uczniów. Stał w miejscu, starał się wyglądać groźnie i emanować autorytetem. Ani jedno, ani drugie mu nie wychodziło.

Autokar podjechał wreszcie przed główne wejście do szkoły. Był krótki - wyglądał, jakby z normalnego autokaru wyciąć i wyrzucić środkową część, po czym skleić przód i tył. Oczywiście niemal wszyscy uczniowie rzucili się do drzwi, gdy tylko te się otworzyły. Jakiekolwiek pary przestały istnieć. Kierowca skulił się w swoim fotelu, zasłonił ramieniem i z przerażeniem obserwował mijających go rozwrzeszczanych nastolatków. Wewnątrz wyodrębniły się dwie grupy. Pierwsza, liczniejsza, próbowała zająć tył autokaru, a szczególnie pięć foteli w ostatnim rzędzie. Druga postanowiła zdobyć miejsca na przodzie. Walka ta była o tyle zastanawiająca, że miejsc było więcej niż pasażerów.

— Ciekawe — mruknął Felix, obserwując całą tę bieganinę z zewnątrz. — Statystycznie najbezpieczniejsze są miejsca pośrodku.

Bitwa o ostatni rząd zakończyła się. Tylko Kuba stał pośrodku, nie mogąc się zdecydować, czy siedzieć z tyłu, czy z przodu.

— Przewidzieliśmy to — powiedział Net, kiwając głową i już wczuwając się w sukces.

— Mam nadzieję, że zadziała — powiedział Felix. — Bo inaczej będziemy siedzieć przy kiblu, albo, jeszcze gorzej, przy nauczycielach.

— Nie polubią nas bardziej dzięki temu... — mruknęła Nika.

— Spoko. — Net uniósł uspokajająco rękę. — Chcemy siedzieć w ostatnim rzędzie, ale nie chcemy się przeciskać i szarpać. Załatwimy mózgiem to, co inni mięśniami i chamstwem.

Powoli, razem z najgrzeczniejszymi dziewczynami, ruszyli do wejścia. Ucieszona Ekierka pogłaskała Felixa i Neta po głowach.

— To nie na moje nerwy — mruknął kierowca i wysiadł, by drżącymi dłońmi zapalić papierosa. Zaciągnął się kilka razy i podszedł do nauczycieli poskarżyć się na hałas i zamieszanie.

Trójka przyjaciół stanęła na przodzie autobusu. Chłopcy wymienili porozumiewawcze spojrzenia. Felix sięgnął po mikrofon znajdujący się w uchwycie obok kierownicy i włączył wzmacniacz. Net odsunął suwak u góry plecaka i włożył mikrofon do środka. Z głośników umieszczonych w suficie rozległo się chrobotanie i szumy, ale nikt się tym nie przejął. Wszyscy znieruchomieli, dopiero gdy usłyszeli zdecydowany, męski głos:

— *Uwaga! Witamy na pokładzie naszego autokaru. Odbędziemy wycieczkę tam i z powrotem do zamku na Kociej Skale. Prosimy o zajęcie miejsc, zapięcie pasów i niepalenie. Prosimy o nielizanie szyb. Mamy nadzieję, że podróż upłynie państwu miło i bezpiecznie... Aha, jeszcze jedno. Bardzo prosimy nie korzystać z ostatniego rzędu foteli. Występujące tam wibracje silnika mogą powodować zaburzenia w pracy mózgu, a firma nie ma już pieniędzy na wypłacanie kolejnych odszkodowań zrozpaczonym rodzinom ofiar. Dziękuję za uwagę.*

Felix wywrócił oczami. Wyłączył wzmacniacz i odłożył mikrofon. Zasłaniająca ich do tej pory Nika przestała udawać, że szuka czegoś w torbie, i odetchnęła.

— Manfred trochę przesadził... — przyznał Net.

Z tyłu autobusu znów zrobiło się zamieszanie. W pośpiechu i lekkiej panice opuszczano ostatni rząd.

Przyjaciele przepychali się wśród wciąż zmieniających miejsca uczniów i wreszcie dotarli na sam tył. Gdy zajmowali miejsca, ujrzeli utkwione w nich przerażone spojrzenia.

— Nie siadajcie tam — ostrzegł ich Lucjan. — Mózgi się wam rozlecą w drobny mak, a wasi starzy nie dostaną nawet kasy na pogrzeb.

— Spokojnie, mamy anihilatory drgań — wyjaśnił Felix i wyciągnął z plecaka minilatarki zakładane na uszy.

— Poświęcimy się — dodał Net z miną pogodzonego z losem. — Liczba miejsc jest ograniczona i ktoś przecież musi tu usiąść.

Aurelia, siedząca dwa rzędy przed nimi, spojrzała na niego z podziwem. Obawy, że któryś z nauczycieli zajmie miejsce z tyłu, nie sprawdziły się. Wszyscy siedzieli z przodu. Kierowca, kręcąc głową, wrócił do autokaru i uruchomił silnik. Widocznie nie miał wcześniej okazji wieźć gimnazjalistów i obawiał się najgorszego.

— Dlaczego jedziemy na wycieczkę teraz, kiedy jest zimno? — zapytała Klaudia, dziewczyna z długimi blond włosami, która zawsze i na wszystko narzekała.

— Dla oszczędności — odparł Wiktor siedzący w przedostatnim rzędzie, obok Lucjana. — Za wcześnie na narty, a za późno na grzyby. To martwy sezon dla firmy przewozowej, więc szkoła płaci mniej.

Ekierka przeszła przez cały autobus, licząc uczniów i sprawdzając, czy nikt nie robi nic niewłaściwego.

— Proszę pani, a z kibla śmierdzi — poskarżyła się Klaudia.

— Mówi się „z toalety" — odparła automatycznie matematyczka, nie przerywając liczenia. — Oddychaj przez usta.

Wreszcie ruszyli. Autokar miał miękkie, pneumatyczne zawieszenie i był znacznie cichszy od autobusu szkolnego, toteż zanim wyjechali z Centrum, połowa uczniów już spała.

* * *

Obudzili się, gdy autokar zjechał z drogi i zabujał się na brukowanym dojeździe do leśnego parkingu.

— Uwaga! — powiedziała Ekierka, wstając. — Zatrzymamy się tu na godzinę i upieczemy nad ogniskiem kiełbaski. Potem każdy siada na tym samym miejscu, na którym siedzi teraz. I nigdzie się nie oddalajcie!

Zaspani uczniowie niemrawo wysypali się na żwirowy parking. Niebo zasnute było delikatną mgiełką, ale zrobiło się jeszcze cieplej.

Oprócz autokaru parkowały tu dwie ciężarówki i biała furgonetka. Za drewnianym płotkiem stał niewielki, obłożony kamieniem budynek ze spadzistym dachem. Z komina leciał dym. Kilka kroków dalej znajdowało się duże okrągłe palenisko ze stalowym rusztem opartym na podstawie z kamieni. Nad nim również był spadzisty dach z dymnikiem. Pod rusztem palił się wątły ogień. Dalej, za kilkudziesięciometrową polaną, zaczynał się stary las.

— Idziemy kupić kiełbaski — oznajmiła pani Jola. — Chłopcy! Możecie dorzucić trochę drewna i rozniecić ogień. Trochę! — dodała szybko, widząc, że wszyscy rzucili się po polana leżące pod daszkiem małego budyneczku.

— Jak komuś będzie zimno, może wrócić do autokaru — dodała Ekierka i zapytała — kto co chce do picia?

To był błąd! Wszyscy zaczęli się przekrzykiwać i oczywiście matematyczka nic nie mogła zrozumieć. Milczący pan Eftep ze znużeniem spojrzał w niebo.

— Może inaczej — wtrąciła pani Jola. — Kto chce colę, ręka w górę.

Wszyscy unieśli ręce. Niektórzy obydwie. Pani Jola uśmiechnęła się.

— Nie szkoda zębów? — zapytał Eftep.

— Proszę pani! — Aurelia uniosła rękę. — Ja chcę sok marchwiowy.

Wszyscy spojrzeli na nią ze zdziwieniem.

— Obrzydlistwo... — wzdrygnął się Lucjan.

— Dobrze robi na cerę — wyjaśniła dziewczyna.

— To dla mnie też — dodała szybko Celina.

— I dla mnie! — krzyknęła Klaudia.

Nauczycielki poszły po kiełbaski, a chłopcy rozpalali ogień, to znaczy wrzucili do paleniska kilka polan, które jednak wcale nie chciały zająć się ogniem. Dopiero właściciel baru, starszy pan, który pomógł przynieść napoje, wepchnął pod drewno zwinięte gazety.

Pięć minut później nad strzelającymi płomieniami piekły się już kiełbaski nabite na kilka długich prętów. Unoszący się wokół zapach sprawił, że wszyscy poczuli głód.

— Myślicie, że w tym zamku może być ukryty jakiś skarb? — zapytał Net, przełykając ślinę.

— W każdym zamku jest ukryty skarb — odpowiedział z pełną powagą Felix. — A nawet kilka.

Nika pokręciła tylko głową. Jako jedyna dziewczyna piła colę.

— Nie, Klemens, nie ma polewy czekoladowej — tłumaczyła pani Jola. — Może być musztarda lub ketchup.

Pan Eftep zabrał upieczone kiełbaski znad ognia i zsuwał po jednej na tacki uczniów, jednocześnie jedząc już swoją porcję. Celina stała sama na uboczu i obracała w palcach widelec.

— Dlaczego nie jesz? — zapytała pani Jola, nachylając się do niej.

Dziewczyna wzruszyła ramionami.

— Jestem wegetarianką.

Pan Eftep prychnął z pełnymi ustami, wypluwając przy okazji kawałki kiełbasy.

— Och, przepraszam — zmartwiła się pani Jola. — Nie pomyśleliśmy o tym. Chcesz sałatkę?

Celina przytaknęła i oddała swoją porcję Klemensowi, który podziękował i z radością zaczął ją pałaszować, aż tłuszczyk ściekał mu po brodzie.

— Dlaczego nie jesz mięsa? — zapytał Net, gdy pani Jola poszła po sałatkę. — Lekarz ci zabronił?

— Nie — odparła, unosząc głowę. — Jestem przeciwna zabijaniu zwierząt.

Pani Jola wróciła po chwili i podała jej plastikowy pojemniczek z surówką.

— A tak poniosły śmierć marchewka, kukurydza i sałata — westchnął Net, zaglądając do miseczki.

— Warzywa nic nie czują! — zaprotestowała Celina.

— Nie byłbym taki pewien — odparł Net, robiąc tajemniczą minę. — Widziałem taki program w telewizji...

Celina zawahała się, ale szybko dała mu kuksańca w ramię.

— Wkręcasz mnie — powiedziała, śmiejąc się.

— Myślę, że dzisiaj kiełbasę robi się z ropy naftowej — dodał jeszcze Net i ugryzł swoją. — Jako wegetarianka możesz chyba jeść ropę naftową.

Nagle Aurelia zaczęła dziwnie podskakiwać i piszczeć. Biegała wokół ogniska, wymachując rękami i nogami. Wyglądało to jak taniec godowy lub odczynianie czarów. Próbowała dosięgnąć czegoś na plecach, ale nie mogła. Net rzucił na ziemię swoją tackę i podbiegł do dziewczyny. Włożył jej rękę za kołnierz i wyciągnął stamtąd... srebrzystoczarną jaszczurkę. Wypuścił ją na ziemię, a ta popełzła w stronę zaparkowanej nieopodal furgonetki.

— Skąd w zimie jaszczurka? — zdziwiła się pani Jola.

Na oczach całej klasy jaszczurka wspięła się po tylnym kole i wślizgnęła do ładowni przez szczelinę w drzwiach.

— „Transport zwierząt" — przeczytał Felix. — Może wyskoczyła tylko na siusiu?

Kilku najbliżej stojących chłopców zachichotało.

— Dzięki. — Aurelia uśmiechnęła się do Neta.

— Dobrze, że nie wpadł ci tam słoń — powiedziała Nika, mrużąc złośliwie oczy.

Aurelia wydęła z pogardą wargi i wzruszyła ramionami.

— No, tam musi być jeszcze coś większego — przyznał Felix, patrząc na biały pojazd.

— Kto wrzucił Aurelii jaszczurkę? — zapytała matematyczka. Oczywiście odpowiedzią była cisza.

Wszyscy, nawet poszkodowana, dokończyli posiłek w dobrych nastrojach. Sok marchwiowy wypiła tylko Aurelia. Klaudia, Celina i Zosia zrezygnowały w połowie, krzywiąc się okropnie.

Felix zauważył, że pan Eftep dopija kolejną colę.

* * *

Na miejsce dotarli po dwóch godzinach. Zbudowany z kamienia zamek był położony nad rzecznym rozlewiskiem, na wysokiej skale, zwanej nie wiedzieć czemu „Kocią". Prowadziła do niego wijąca się serpentyną droga. Samochody nie mogły podjeżdżać pod sam zamek, dojazd był zbyt wąski i stromy. Autokar zatrzymał się więc na dużym parkingu u podnóża skały.

Pani Jola powtórzyła próbę ustawienia uczniów w pary, co tym razem prawie się powiodło. Prawie, bo część par liczyła troje bądź czworo dzieci. Ekierka własnym ciałem próbowała uniemożliwić podopiecznym wybieganie na środek parkingu, choć nic po nim nie jeździło – o tej porze roku nie było wielu zwiedzających. Właściwie to poza nimi nie było nikogo. Eftep patrzył na wszystkich z wyższością, co dzięki znacznemu wzrostowi przychodziło mu łatwo, i przeglądał przewodnik po zamku.

Gdy ruszyli pod górę, pary znów przestały istnieć. Skała była porośnięta karłowatymi drzewami wyrastającymi ze szczelin, zapuszczającymi korzenie w każdej odrobince ziemi, jaką zdołał wwiać tu wiatr. Latem, gdy na drzewach były liście, wzgórze mogło wyglądać jak zwykły, choć stromy, pagórek. Teraz zamek wyrastał jakby wprost ze skały. Trudno było sobie wyobrazić zdobywanie go, a nawet samą wspinaczkę po głazach. Smukła budowla miała kilka wież; z tej najwyższej roztaczał się zapewne widok na wiele kilometrów wokół.

— Patrzcie! — zawołał Net, wskazując pokręcony, kilkusetletni dąb oplatający grubymi korzeniami występ skalny. — To drzewo wygląda jak ośmiornica.

Idąca najbliżej drobna i strachliwa Zosia na wszelki wypadek przeszła na drugą stronę wąskiej drogi. Ostatnie kilka metrów prowadziło drewnianym pomostem, zapewne pozostałością po moście zwodzonym, choć fosy wokół zamku na pewno nigdy nie było. Wielka stalowa krata była podciągnięta i schowana w szczelinie baszty bramnej. Gdy ją minęli, rozmowy przycichły.

Dziedziniec zamku wyglądał jak studnia. Ze wszystkich stron otaczały go krużganki, ściany z wąskimi oknami, schodki. Główna wieża wydawała się stąd jeszcze wyższa.

Ekierka, zasapana, dotarła tu jako ostatnia. Ledwie złapała oddech, ogłosiła:

— Słuchajcie wszystkiego, co powie przewodnik, bo po powrocie pan Cedynia was przepyta.

Rozległy się pojedyncze przyciszone chichoty. Wiadomo, że historyk jeszcze nigdy nikogo nie przepytał. Wspomnianego przewodnika nie było jednak nigdzie widać. Pani Jola zerknęła na zegarek i powiedziała:

— Jesteśmy przed czasem. Pójdę go poszukać.

I wspięła się po drewnianych schodach do drzwi bocznej wieży, na których już wisiał bożonarodzeniowy wieniec. Zapukała, a ciężkie nabijane metalowymi guzami wrota niemal od razu się otworzyły. Ujrzeli postawnego mężczyznę po czterdziestce. Miał bujną czarną czupurynę poprzetykaną obficie siwizną i jeszcze bardziej siwe wąsy. Na czarną bluzę z kapturem zarzucił czarną pelerynę. Stroju dopełniały czarne jeansy i wysokie skórzane buty.

Podał rękę pani Joli, choć przecież mogła swobodnie zejść sama, i szarmancko ucałował jej dłoń. Młoda polonistka spłonęła rumieńcem, a Ekierka zaczęła nerwowo chrząkać.

Kiedy zeszli na dziedziniec, przewodnik rozejrzał się po twarzach uczniów. Jego oczy rzucały groźne błyski. Milczał, ale wyczuli, że lepiej mu nie podpadać.

Rycerz w cywilu, pomyślał Felix i zauważył, że nie ma dość śmiałości, by choć szepnąć tę uwagę do ucha Netowi.

— Nazywam się Hieronim Jasiński — przedstawił się przewodnik. — Opowiem wam historię tego zamku. Nie odłączajcie się od grupy i nie dotykajcie niczego poza poręczami schodów. Pan będzie szedł ostatni i sprawdzał, czy nikt nie zostaje w tyle.

Eftep, na którego wskazał przewodnik, poczerwieniał ze złości, ale nie odezwał się. Ruszyli w stronę kamiennych schodków ukrytych za załomem muru baszty bramnej. Pani Jola szła obok Hieronima, wsłuchując się w jego słowa i wpatrując w czarne, rzucające przenikliwe spojrzenia oczy.

— Zamek na Kociej Skale powstał w XII wieku jako budowla drewniana. Został doszczętnie spalony już trzydzieści lat później. Odbudował go dopiero po stu latach książę Świętopełk, jako kamienną warownię obronną. Potem parokrotnie go przebudowywano, ale znakomita większość otaczających nas murów ma ponad siedemset lat.

— Byłem w te wakacje w Egipcie — wyszeptał Oskar. — Piramidy są starsze.

Hieronim zatrzymał się i odwrócił.

— Piramid nikt nie zdobywał — zagrzmiał i spojrzał na Oskara tak, że chłopiec natychmiast stał się o kilka centymetrów niższy.

— Ten zamek był oblegany i ostrzeliwany dwadzieścia trzy razy. W przeciwieństwie do większości zamków na tym kontynencie, nigdy nie został zdobyty ani zburzony. Dopiero kiedy obrońcy się poddawali, to wtedy po otwarciu bram wróg mógł wejść do zamku. Ten zamek jest doskonały!

Nikt już nie pozwolił sobie na choćby jedną drobną uwagę. Przechodzili przez kolejne sale obstawione zbrojami i gablotami ze zdjęciami. Tak mocno odczuwali obecność i zaangażowanie Hieronima, że nie tylko udawali, że wycieczka ich interesuje, ale naprawdę zainteresowali się losami warowni. Wreszcie wyszli na pomost jednej ze zwieńczonych blankami wież. Rozciągał się z niej przepiękny widok na porośniętą gęstym lasem górzystą okolicę i pomarszczoną od wiatru, lśniącą słonecznymi odblaskami taflę rozlewiska.

— Baszta kabriolet — szepnął Felix, upewniając się, że przewodnik nie może go usłyszeć. Net zachichotał niemal bezgłośnie. Za to Nika była zapatrzona w Hieronima niemal tak samo jak pani Jola, Ekierka oraz wszystkie inne obecne tam przedstawicielki płci pięknej.

Autokar, stojący samotnie na parkingu, wyglądał stąd jak resorowiec Matchboxa.

Szczytem muru przeszli do najwyższej wieży. Jej wewnętrzne kręcone schody przyprawiały o zawrót głowy. Nie poszli nimi jednak w górę, tylko w dół. Chyba wszyscy mieli wrażenie, że jeśli się potkną, to będą się turlać aż do samych lochów.

Piwnice oświetlały słabe elektryczne lampy z okratowanymi kloszami. Kable umocowano na lśniących od wilgoci ścianach. Cała grupa ledwie zmieściła się w wysoko sklepionej podziemnej sali, by wysłuchać kolejnej opowieści przewodnika. Milczał nie tylko Horacy - o ile na dziedzińcu uczniowie starali się zachowywać cicho, o tyle to miejsce miało jakby magiczną moc - wszyscy wręcz wstrzymali oddech. Felix dostrzegł, że Ekierka, wzorem pani Joli, jest wpatrzona i wsłuchana w Hieronima nawet bardziej niż Nika.

— Jesteśmy teraz wewnątrz Kociej Skały, na której zbudowano zamek — zaczął przewodnik, a jego dudniący głos odbijał się od sklepienia. — Góra kryje wiele korytarzy i grot, ale trasa, którą przejdziemy, będzie bezpieczna i na pewno się nie zgubicie. Legenda głosi, że władający zamkiem w połowie XIV wieku książę Świętopełk ukrył tu podczas oblężenia niezwykle cenny skarb. Nikt jednak tego skarbu nie odnalazł.

Przyjaciele wymienili porozumiewawcze spojrzenia. Skarb. Weszli w korytarz, który tylko przez pierwszych kilka metrów był dziełem ludzkich rąk. Dalej zamieniał się w naturalną grotę, dawne koryto podziemnej rzeki płynącej we wnętrzu góry. Przewodnik opowiadał coś o wymywaniu skały przez wodę; miało to trwać od setek milionów lat. Ani Felix, ani Net nie słuchali go już zbyt uważnie.

Pan Eftep za to chciał usłyszeć jak najwięcej, nawet nie dlatego, żeby wzbogacić swoją wiedzę, ale żeby móc się potem popisywać przed uczniami i nauczycielami. Tak się zagalopował, że wyprzedził Felixa, Neta i Nikę i nawet tego nie zauważył. W świetle latarek widzieli przed sobą jego pajęczą sylwetkę w komiczny sposób wspinającą się po nierównych kamieniach.

Nika przytrzymała przyjaciół za rękawy i przyłożyła palec do ust.

— Coś słyszę...

Niestety, odgłos kilkudziesięciu par butów zagłuszał wszystko. Zaczekali, aż Eftep wychodząc z korytarza, zgasi światło. Teraz w ciemności słyszeli swoje oddechy.

— Nie chciałbym wyjść na tchórza — zaczął Net — ale może dasz nam te... anihilatory drgań.

Pojawiło się jasne światło latarki nausznej Felixa. Net i Nika od razu włączyli swoje i założyli je na uszy.

— Zaczekajcie — wyszeptała Nika. — Tutaj podobno nie można się zgubić.

— Masz jakiś plan? — zapytał Net. — Mam na myśli coś więcej niż powiedzenie potem „But mi się rozwiązał".

— Ciii... Posłuchajcie — powiedziała Nika, unosząc rękę.

Z początku nic nie słyszeli, ale po chwili zaczęły docierać do nich odgłosy z wnętrza góry: kapanie wody i... powolny oddech.

Poczuli na plecach gęsią skórkę. Trzymając się za ręce i starając nie robić niepotrzebnego hałasu, podążyli za tym oddechem. Dochodził z góry, z prawej strony. W świetle latarek ujrzeli szczelinę w skale.

Nie czuli się zbyt pewnie, ale żadne nie zamierzało przejść obojętnie obok takiej okazji zrobienia czegoś niezwykłego.

— I tak już będzie chryja... — wyszeptał Net.

Do szczeliny w ścianie korytarza musieli się ostrożnie wspiąć. Buty Niki okazały się najlepsze do tego zadania, toteż chłopcy nie musieli jej pomagać. Przecisnęli się przez wąskie przejście i znaleźli w ciasnym korytarzu. Oddech stawał się coraz głośniejszy i wyraźniejszy. Z góry kapała zimna woda, mocząc im włosy i ubrania. Nika wzdrygnęła się w swojej starej kurtce. Panował tu niemal mróz.

— A jeśli tam siedzi potwór?... — zapytał nagle piszczącym szeptem Net.

— Po co miałby tu siedzieć? — odpowiedział pytaniem Felix.

— Żeby zjadać naiwne dzieci zawabione tu dźwiękiem oddechu...

Nie zatrzymali się, choć wyraźnie zwolnili krok. Jednak już za kolejnym zakrętem stanęli jak wryci. W świetle latarek ujrzeli postać. Cofnęli się i ze strachu nie mogli zrobić nic więcej.

Zgarbiony, pomarszczony do niemożliwości gnom zmrużył oczy i spojrzał na nich.

— Zgaście to — wychrypiał cicho. — Przez te skały przedostaje się dość światła.

Posłusznie zgasili latarki i z szybko bijącymi sercami czekali, co będzie. Rzeczywiście, po chwili, gdy wzrok przyzwyczaił się do ciemności, mogli rozróżnić kształty otoczenia. Światło nie pochodziło jednak ze ścian, ale z oczu gnoma. Dawały one delikatny, zielonkawy poblask, który znikał, gdy gnom zamykał powieki. Miał na sobie łachmany, resztkę jakiejś starej koszuli. Szmata wisiała na chudych, obwisłych ramionach. Jednak nie wyglądał na kogoś, kto zjada dzieci.

Powolnym ruchem potarł kulfoniasty nos i uniósł dużą głowę ze szpiczastymi uszami. Siedział na sporym, drewnianym kufrze z metalowymi okuciami.

— Czy to skarb księcia Świętopełka? — zapytał szeptem Felix. Zauważył, że trzyma za rękę Nikę, a ona z kolei ściska dłoń Neta.

Gnom powoli przytaknął.

— Ten skarb nie jest dla was — wysyczał przez zaciśnięte wargi. — On musi jeszcze poczekać. Sto, dwieście lat, może więcej, aż przejście znów się otworzy. Musi czekać... A wy musicie znaleźć wasz własny skarb.

— Nasz? — zapytała nerwowo Nika.

— Poznacie go łatwo. Nie będzie przy nim strażnika. Każdy ukryty skarb ma dwóch właścicieli. Pierwszego, który go ukrył, i drugiego, który ma go wydobyć. Drugi właściciel tego tutaj skarbu jeszcze się nie narodził. Każdy prawdziwy skarb ma też swojego strażnika, ale strażnik odchodzi, zanim drugi właściciel się zbliży.

— Ty jesteś strażnikiem skarbu Świętopełka? — zapytał Felix.

Gnom znów przytaknął.

— Więc siedzisz tu... prawie siedemset lat?

— To okropne — szepnęła Nika.

— Praca jak każda inna — mruknął gnom, wzruszając ramionami. — Szukają was... — Wskazał kościstą ręką za nich. Odwrócili się i ze zdziwieniem ujrzeli niewyraźne postacie pani Joli i kilkorga uczniów. Skała stawała się niemal przezroczysta tam, gdzie padał na nią wzrok strażnika. Wyglądała jak zielonkawy lód.

— Idźcie już, przejście zaczyna się zamykać — powiedział gnom.

Opuścił wzrok, tak że mogli zobaczyć podziemną rzekę płynącą kilka metrów niżej. Powoli zaczęli się wycofywać. Gnom uniósł głowę i zapytał ich jeszcze:

— Który mamy teraz wiek?

— Dwudziesty pierwszy — odpowiedział Net.

— No proszę, proszę... Przegapiłem cały dwudziesty. Ostatnio był tu ktoś, kto powiedział mi, że jest rok 1848.

Wybiegli z groty i dopiero po chwili doszli do siebie. Gdzieś za nimi zamigotały światła latarek. To ekipa poszukiwawcza dotarła do początku korytarza i teraz wracała tą samą drogą.

— Co im powiemy? — zapytał Net.

— Najlepiej nie mówić nic — odparł Felix. — Najwyżej wyślą nas do doktora Jamnika po aspirynę i witaminę C.

— Jak coś powiemy, to przyjdą tu ze świdrami i młotami pneumatycznymi — dodała Nika.

Pani Jola pierwsza ich zobaczyła. Podbiegła i przytuliła całą trójkę. Odetchnęła z ulgą. Dobrze, że nie odnalazła ich Ekierka - przez pięć minut musieliby słuchać jej wyrzutów.

— Napędziliście nam wszystkim strachu — powiedziała nauczycielka. Stojący za nią Lucjan patrzył na nich jak na duchy.

Z przeciwka nadszedł przewodnik z dwoma chłopcami.

— Gdzie się podziewaliście? — zapytał groźnie, piorunując ich wzrokiem. — Tu nie ma odgałęzień.

Felix mimowolnie zerknął na szczelinę. Przewodnik podchwycił jego wzrok i też tam spojrzał.

— Przechodziłem tędy codziennie, od wielu lat i nic nie zauważyłem — powiedział. — Co tam jest?

— Pusty korytarz — z duszą na ramieniu skłamał Felix.

Hieronim wszedł tam, przyświecając sobie latarką. Nie tyle pusty korytarz, ile ściana na wyciągnięcie ręki - Felix zobaczył to dokładnie: mężczyzna oparł dłoń o płytką, ale zasklepioną szczelinę w skale. Dalej nie przecisnąłby się nawet karaluch.

— Spędziliście tam tyle czasu? — zapytał Lucjan.

— Rozwiązał mi się but — skłamał Felix, czując na sobie ciężki wzrok Hieronima. Tamten patrzył, jakby wszystko wiedział.

— Tak to jest, kiedy ktoś nie zajmuje się tym, czym powinien — powiedział pan Eftep, który dopiero teraz dołączył do zbiegowiska.

Felix już miał na końcu języka uwagę, że nauczyciel powinien ich pilnować, a zamiast tego wolał iść szybciej, żeby słyszeć przewodnika.

Nie powiedział jednak nic. Do końca zwiedzania trójka przyjaciół milczała, a Net zauważył, że Aurelia przygląda mu się z coraz większym zainteresowaniem.

— To było naprawdę niezłe — powiedziała przymilnie, gdy już prawie kończyli zwiedzanie.

— Jakoś tak... przypadkiem wyszło — bąknął w odpowiedzi.

Nika stanęła obok Neta i rzuciła w stronę Aurelii:

— Bo MY w ogóle jesteśmy nieźli.

* * *

— Chciałbym chwilę z nimi porozmawiać — powiedział Hieronim, gdy wyszli na krużganki. — Mam nadzieję, że nie ma pani nic przeciwko?

Pani Jola pokręciła gwałtownie głową.

— Powoli schodzimy — powiedziała do uczniów, a przewodnikowi posłała jeszcze długi, trochę smutny uśmiech i zeszła schodami na dziedziniec.

Hieronim oparł się o kamienny parapet okna i zapatrzył w podłużne czarne chmury na zachodzie.

— Próbuję znaleźć to przejście, odkąd jako małe dziecko nauczyłem się chodzić — wyrzucił z siebie z goryczą. — Dlatego zostałem kustoszem muzeum na tym zamku... Przeszedłem po stokroć każdy korytarz pod tą górą, przeczołgałem się każdą szczeliną. Wiecie w ogóle, jak to jest dążyć do czegoś przez całe życie, mieć tylko jeden cel? I nie móc go osiągnąć?...

Odwrócił się do nich. Nika wyglądała, jakby miała się zaraz rozpłakać.

— Powiedzcie mi, jak się tam dostać. Proszę...

— Kiedy my sami nie wiemy — odpowiedziała dziewczyna. — Stanęliśmy tam i szczelina była otwarta.

— Dlaczego więc nie była otwarta, gdy ja tamtędy przechodziłem?

— Może pan chce tego skarbu z... chciwości?

Hieronim spojrzał na nią błyszczącymi oczyma.

— Oczywiście — odpowiedział. — Czyż nie dlatego szuka się skarbów? Może być jakiś inny powód?

— My chcieliśmy go zobaczyć... z ciekawości. To wyszło całkiem niechcący!

Mężczyzna westchnął i zapytał:

— Jak można jednocześnie pożądać skarbu i go nie chcieć?

— Jak się jest dorosłym i myśli logicznie, to pewnie jest to trudne — przyznał Felix.

— Spotkaliście... strażnika?

Przytaknęli.

— Szczelina zamknęła się pewnie na dobre — powiedziała Nika — i może się nie otworzyć przez następne sto lat. Ten, kto ma odkryć skarb, podobno się jeszcze nie narodził.

Hieronim usiadł ciężko na stopniu schodów i opuścił głowę, ukrywając twarz w dłoniach. Net wziął Nikę za rękę i razem z Felixem wolno zeszli po drewnianych schodach na dziedziniec, przeszli drewniany pomost, krętą kamienną drogę i wreszcie dotarli na parking. Pani Jola rozdawała wszystkim kanapki i soczki w kartonikach. Było na tyle ciepło, że mogli zjeść pod gołym niebem, na drewnianych stołach rozstawionych obok parkingu.

Ekierka dyskutowała z kierowcą o obniżeniu ceny za transport.

— Usiadłam tam tylko na chwilę, a i tak rozbolała mnie głowa — mówiła. — Wymieńcie te fotele w ostatnim rzędzie albo chociaż przyczepcie na nich jakąś informację, że są niebezpieczne.

Kierowca nie wiedział, o co chodzi, i wciąż powtarzał, że cenę trzeba ustalać z jego szefem. Matematyczka jednak nie przyjmowała tego do wiadomości i wciąż zaczynała dyskusję od początku.

Trójka przyjaciół stała na uboczu.

— Myślicie, że spróbuje się dowiercić do skarbu? — zapytała Nika.

— Nie — odparł Felix. — Wyglądał na honorowego gościa.

Gdy wsiadali do autokaru, zbliżał się wieczór. W zamku paliło się tylko jedno światło, w oknie najwyższej wieży.

5. Skarb babci Lusi

Następnej soboty znów oglądali film u Felixa i zajadali pierniczki babci Lusi. Caban siedział obok kanapy, czekając cierpliwie, aż jakiś większy okruch spadnie na podłogę albo talerzyk pozostanie na chwilę bez nadzoru. Za oknem padał wreszcie długo oczekiwany śnieg, ale było go jeszcze za mało, żeby iść na sanki. Pan Sobolak co piętnaście minut odśnieżał samochód. Przyjaciele oglądali przygody Indiany Jonesa z płyty, bo w telewizji można było zobaczyć tylko rządki cyferek kodu, jaki sonda marsjańska za pośrednictwem satelity słała do centrum badań kosmicznych w Pasadenie.

— Myślę, że twój tata nie przewidział, że sygnał będzie kodowany — powiedział Net. — Gdy sonda wyląduje na Marsie, nie będzie żadnego filmu z Czerwonej Planety, tylko takie same cyferki.

— Na pewno coś na to poradzi — próbował bronić honoru rodziny Felix.

Na ekranie Indiana, ściskając w ręku złoty posążek, uciekał właśnie przed toczącą się kamienną kulą. Wszyscy znali ten film prawie na pamięć i oglądanie go było tylko pretekstem do spotkania.

— Może ten „nasz skarb”, o którym wspomniał gnom, to ten sam, o którym mówiła babcia? — zapytał z nadzieją w głosie Net.

— Hm... Też sobie o tym myślałem — ożywił się Felix.

— Nie chcecie chyba szukać tego skarbu? — zapytała Nika.

— Nie, nie, jasne, że nie — odparł lekceważąco Net.

— Pewnie dawno go ktoś wyciągnął — smutno dodał Felix.

— Zresztą nie ma już tego kościółka. — Net machnął ręką. — Trudno byłoby teraz nawet znaleźć to miejsce.

— Bardzo trudno.

— A o odkopaniu zawalonych piwnic to już w ogóle nie ma mowy.

Chwilę siedzieli w milczeniu, bawiąc się pierniczkami, których już nie mieli siły jeść.

— Trzeba się dopytać babci — odezwał się Felix. — Moja rodzina przed wojną mieszkała w Śródmieściu, ale dom został całkowicie zniszczony. Nawet ulice są teraz w innych miejscach.

— Wy naprawdę chcecie to zrobić — zrozumiała wreszcie Nika.

— Jasne, chociaż mogą wystąpić pewne... trudności — przyznał Felix. — Mogli na przykład zabezpieczyć wejście miną, która rozsmaruje nas po ścianach.

— Jeśli nawet, to mina pewnie wybuchła, gdy budynek się walił. — Net znów machnął ręką.

— A jeśli nie wybuchła?

— Weźmiemy wykrywacz metalu. Na pewno masz coś takiego w domu.

— Może ograniczymy się do odnalezienia miejsca — zaproponowała Nika — a resztę pozostawimy specjalistom?

— Wezmą sobie cały skarb! — zaprotestował oburzony Net.

— I tak nie jest nasz.

— No, częściowo to on jest nasz — zauważył Felix.

— Widzisz! — zatriumfował Net. — Jeśli wezmą się do tego specjaliści, to całość wyląduje w muzeum. Jak potem udowodnisz, co jest nasze... znaczy, babci Lusi? Razem z jej ukochanym pierścionkiem wszystko będziemy mogli oglądać w gablotce. Płacąc za bilet!

Zamilkli na dłużej.

— Pamiętacie tę jaszczurkę? — odezwał się Felix. Przyjaciele spojrzeli na niego pytająco. — Srebrzystoczarną. Wskoczyła do furgonetki, gdy zatrzymaliśmy się na jedzenie w drodze do zamku na Kociej Skale... Co było napisane na tym samochodzie? „Transport zwierząt"?

— Chyba tak. — Net wzruszył ramionami. — A co?

— Nie jestem pewien, ale... „Transport zwierząt"... z czymś mi się to kojarzy...

Weszła babcia i postawiła na stoliku kolejny talerz z pierniczkami. Uśmiechnęła się i wróciła do kuchni przygotowywać następne słodkości.

— Skandalicznie pyszne te pierniczki — Net westchnął, dotykając brzucha i spoglądając na Cabana.

— Nawet o tym nie myśl — ostrzegł go Felix. — Jak zje pierniczek, to zarzyga cały dom.

Net skrzywił się, poprawiając pozycję na kanapie.

— Na sanki mogę iść dopiero jutro — powiedział. — Teraz czuję się jak odkurzacz, w którym od nowości nie wymieniano worka. Chyba fotel w autobusie zarwie się pode mną.

— Skasuj bilet za dodatkowy bagaż — zaproponował Felix.

* * *

Późnym popołudniem Felix wybrał się z tatą na zakupy do hipermarketu. Stary Land Rover udało się zaparkować po kilku przymiarkach na szerokim miejscu obok filaru parkingu.

— Za wąskie te miejsca parkingowe — mruknął tata, przeciskając się pomiędzy drzwiami a filarem. Brzuszek nieco mu to utrudniał.

— Większość samochodów jest węższa od naszego — zauważył Felix. — Może powinny być specjalne, szersze miejsca dla szerszych samochodów?

— Dla każdego samochodu są za wąskie — odparł tata, wysiadając. — Szersze są tylko te dla inwalidów, przy samym wejściu.

Piknął alarm, a spod fotela kierowcy wypełzł cyberpająk. Wlazł na kierownicę i uczepił się jej jak pajęczyny. Złodziej samochodowy nie tylko nie miałby szansy odjechać, ale jeszcze mógłby dostać zawału.

Na miejscu dla inwalidów stał wielki czarny samochód z obniżonym zawieszeniem. Tata zatrzymał się na chwilę i zmarszczył brwi. Sięgnął do jednej z wielu kieszeni kurtki wojskowej i wyjął dwie naklejki z białym piktogramem wózka inwalidzkiego na niebieskim tle. Jedną nakleił na przednią szybę, drugą na tylną.

— Następnym razem pomyśli — powiedział, oceniając swoje dzieło.

— A jeśli to naprawdę samochód inwalidy? — zapytał Felix.

— Tylko się ucieszy, że ma wreszcie znaczek — uśmiechnął się tata. — Nie martw się. Ta naklejka łatwo się odlepia.

— A po co właściwie inwalidzie szersze miejsce?

— Żeby mógł otworzyć drzwi na całą szerokość i wystawić wózek inwalidzki.

Weszli do przystrojonego świątecznie sklepu - do Bożego Narodzenia zostało zaledwie kilka dni. Pod sufitem rozwieszono rzędy błyskających lampkami girland, wszędzie stały sztuczne choinki ze sztucznymi prezentami. Między regałami przechadzali się sztuczni Mikołajowie rozdający malutkie, na szczęście prawdziwe, cukierki. Kupujących było więcej niż zwykle, więc panowało dość duże zamieszanie.

— Tato, co byś chciał dostać pod choinkę?

— Pewnie dostanę skarpetki i krawat — zaśmiał się tata.

— Nie. Pytam, co byś naprawdę chciał dostać.

— Jest taka jedna rzecz, dzięki niej mógłbym dokończyć najważniejszy projekt mojego życia. Ale to raczej niemożliwe.

— Ten projekt *top top top secret*?

— Właśnie ten. — Tata poczochrał mu czule fryzurę. — Wiesz, że nie mogę ci o tym opowiedzieć. Ale to miło, że myślisz o mnie.

— Jesteśmy rodziną. — Felix wzruszył ramionami. — Musimy myśleć o sobie.

— Przyjrzyj się niektórym ludziom. — Tata wskazał dyskretnie panią w futrzanej czapce stojącą przy regale z sokami. Otworzyła butelkę, spróbowała soku i pokręciła z dezaprobatą głową. Ku zdziwieniu Felixa zakręciła butelkę z powrotem i odstawiła na półkę, po czym wzięła następną. Dopiero czwarta z kolei wzbudziła jej uznanie. Włożyła ją do wózka i odeszła.

— Ktoś kupi zepsuty sok — powiedział ze zgrozą Felix — i rozboli go brzuch.

— Widzisz, ludzie często nie myślą o innych — odparł tata. — A potem tak samo wychowują swoje dzieci.

Wziął trzy butelki, odkręcone wcześniej przez kobietę, i włożył do wózka.

— No co ty! — zdziwił się Felix, ale tata uspokoił go gestem.

W dziale elektrycznym wrzucił do wózka akumulator do bezprzewodowej wiertarki, trzy rolki izolacji i sporo rzeczy, których większość ludzi nie potrafi nawet nazwać. Obeszli pół sklepu, a w dziale z kosmetykami znów natknęli się na kobietę w futrzanej czapce. Tata podjechał bliżej i gdy tamta wąchała próbki perfum, niepostrzeżenie włożył trzy butelki do jej wózka. Po namyśle dołożył jeszcze akumulator do wiertarki.

— Zmieniłem zdanie — powiedział, śmiejąc się. — Przecież my już mamy akumulator do wiertarki.

Stanęli w krótkiej kolejce do kasy. Niestety, prowadzący wózek Felix pozostawił zbyt duży odstęp od osoby stojącej przed nimi. W powstałą lukę wcisnął się wielki bysior ostrzyżony na jeża. W jego wózku poustawiane były prawie same butelki z piwem.

— Przepraszam — powiedział tata. — Jest kolejka.

— Wiem — odpowiedział lakonicznie bysior i zajął się oglądaniem regału z kolorowymi gazetami.

Felix spojrzał na tatę i nachylił się, udając, że czegoś szuka na stojakach z gumami do żucia. Wyciągnął flamaster i dyskretnie dorysował po dodatkowym pasku do kodów kreskowych na etykietach butelek, do których udało mu się dosięgnąć. Gdy przyszła kolej bysiora, zaczął wykładać swoje zakupy na taśmociąg kasy. Chwilę później kasjerka wzięła pierwszą butelkę i przejechała nią przed skanerem kodów. Kasa zapiszczała, oznajmiając, że nie zrozumiała kodu. To samo wydarzyło się przy kilku następnych butelkach.

— Wziął pan butelki z uszkodzonymi kodami kreskowymi — oznajmiła z wyuczoną uprzejmością kasjerka. — Jest ich dużo, więc musi pan wrócić i wymienić je na takie, które mają prawidłowe kody.

Bysior poczerwieniał na twarzy, ale spojrzenie ochroniarza, stojącego nieopodal, ostudziło jego ochotę do dyskusji. Włożył wszystko z powrotem do wózka i wycofał się, mrucząc pod nosem wyrazy zdecydowanie nienadające się do książki dla dzieci. Felix z tatą udawali, że analizują opisy na etykietach gum do żucia. Potem zaczęli się śmiać.

— Mogłam wpisać numery ręcznie, ale... — uśmiechnęła się do nich kasjerka.

Gdy wszystko przeliczyła, wraz z rachunkiem dała tacie kupon konkursowy z wielkim hasłem „Wygraj świąteczny skarb".

— Co ma być tym skarbem? — zapytał Felix.

— „Wszechstronny robot kuchenny" — przeczytał tata i odłożył kupon na blat, obok kasy. — Mamy już kilka robotów kuchennych. Może ktoś inny wygra.

Zadzwonił telefon komórkowy. Tata odebrał i parsknął śmiechem.

— Dobrze, już jedziemy. — Rozłączył się, po czym powiedział do Felixa — pan Sobolak wpadł pożyczyć klucz francuski, ale Caban uznał to chyba za wtargnięcie. Przewrócił go i teraz na nim leży. Nie pozwala mu się nawet poruszyć.

— Przecież Caban go lubi.

— Ale tylko przez ogrodzenie. Musimy się pospieszyć, bo babcia nie może przekonać psa, żeby z niego zszedł. Kiedy ten facet nauczy się używać dzwonka?

— Tato? — zagaił Felix. — Czy babcia naprawdę widziała Niemców ukrywających skarb?

— Wiesz, jak to jest z babciami — powiedział tata, pchając wózek w stronę parkingu. — Nie pamiętają wszystkiego tak dobrze, więc to, o czym zapomniały - domyślają. Zresztą sam ją zapytaj, czy jest wszystkiego pewna.

* * *

— Przepytałem babcię — oznajmił przyjaciołom Felix w poniedziałek, gdy siedzieli w kwaterze na strychu. — Wydaje mi się, że tego nie wymyśliła. I mam jeszcze to. — Wyciągnął z kieszeni zdjęcie zapakowane w małą książeczkę, aby się nie pogniotło, przedstawiające kilka osób przed małym kościółkiem.

— Teraz trzeba tylko dowiedzieć się, gdzie stał — powiedział Net. — Może babcia mogłaby nam pokazać to miejsce?

— Nie sądzę, aby dała się namówić na taką wyprawę. Ostatnio gorzej się czuje. Zresztą tam wszystko teraz jest w innych miejscach.

— Co to za ludzie? — zapytała Nika.

— Ta dziewczyna to babcia Lusia — odpowiedział Felix. — Pozostałych nie znam.

— Trudno sobie wyobrazić, że kiedyś była taką laską — mruknął Net, przyglądając się wyblakłej postaci w kwiecistej, powiewnej sukience, z grubym warkoczem upiętym wokół głowy.

— Czas płynie. Sam będziesz kiedyś dziadkiem z wąsami i łysą glacą.

— Nigdy nie będę miał wąsów! — zastrzegł pospiesznie Net.

— Jeśli naprawdę chcecie to zrobić — powiedziała Nika — to chodźmy lepiej znaleźć jakieś mapy, plany czy coś. Żeby się przekonać, czy to w ogóle ma sens.

* * *

Na następnej przerwie weszli do biblioteki i już w drzwiach przeszyło ich podejrzliwe spojrzenie pani Małolepszej. Przywitali się grzecznie, wyminęli biurko bibliotekarki i weszli między regały, niemal czując, jak jej wzrok kłuje ich w plecy. Odszukali dział z architekturą i zaczęli przeglądać półki. Znaleźli album ze zdjęciami starej Warszawy i podeszli z nim do biurka. Net wyciągnął z tylnej kieszeni spodni pogniecioną i poprzecieraną kartę biblioteczną.

— Chcielibyśmy to przejrzeć w czytelni — powiedziała Nika.

— Album ze starymi fotografiami miasta — mruknęła pani Małolepsza z przesadnym zdziwieniem. — Nie wiem, po co wam to, ale sprawdzę potem, czy nie brakuje żadnej kartki.

W czytelni usadowili się przy stole w najdalszym rogu pomieszczenia.

— Mam ochotę dorysować tutaj parę nowych budynków — powiedział Net, zerkając w stronę biurka bibliotekarki.

Otworzyli album i zaczęli go przeglądać.

— Zobaczcie, jak głupio wyglądało Centrum bez wieżowców — powiedział Net. — Wszystkie domy takie same. Można się było zgubić.

— Babcia mówiła, że Warszawa przed wojną była pięknym i eleganckim miastem — zaprzeczył Felix.

Dotarli do połowy i z zaskoczeniem ujrzeli zdjęcie poszukiwanego kościółka, choć z innego ujęcia niż na fotografii rodzinnej Felixa.

— „Kościół św. Józefa" — przeczytała Nika. — Był bardzo stary. Poświęcili mu pół strony opisu.

Na kartce obok była stara mapa okolicy z naniesionym obrysem kościoła.

Felix wyciągnął z plecaka pognieciony zwój białego papieru.

— Po co ci papier śniadaniowy? — zdziwił się Net.

— To kalka techniczna — sprostował Felix.

Rozwinął kalkę na stronie książki i zaczął odrysowywać ołówkiem zarys kościoła oraz ulic.

— Nie ma współrzędnych geograficznych, ale główne ulice zapewne się nie przesunęły — wyjaśnił. — Wystarczy nałożyć tę kalkę na współczesny papierowy plan miasta i po sprawie.

— Jeżeli mapa będzie w tej samej skali — mruknął Net i sięgnął po telefon. — Zatrudnię Manfreda do poszukiwań.

Felix skończył odrysowywać najważniejsze elementy i zwinął kalkę. Net uniósł telefon nad książkę i zrobił zdjęcie. Potem sfotografował jeszcze opis i wyblakłe zdjęcie rodzinne.

— I tak brakuje nam jeszcze jednej istotnej rzeczy — powiedział Felix. — Planu budynku. Kościółek, nawet tak mały, ma ze dwadzieścia metrów długości i z dziesięć szerokości. Nie wiemy, gdzie było wejście do podziemi.

— Potrzebujemy dokładniejszego planu — przyznał Net. — Takiego, żeby były wszystkie ściany, schody i okna. Jeżeli to tak ważny zabytek, nie powinno być problemu.

— Wiecie, co sobie pomyślałam? — zapytała Nika. — Jeżeli rzeczywiście to był tak cenny zabytek i go nie odbudowali do tej pory, to znaczy najpewniej...

— ... że w tym miejscu stoi teraz inny budynek — dokończył Felix.

— Tak czy inaczej, skoro już tu jesteśmy, to poszukajmy tych planów — zaproponował Net.

Przeszli do działu architektury. Znaleźli trzy grube książki „Historia architektury". Wzięli wszystkie i podeszli do biurka bibliotekarki.

— Przykro mi — oświadczyła z satysfakcją. — Do czytelni wolno zabierać tylko trzy książki. Najpierw musicie oddać tamten album.

— Nas jest troje — zauważył Net. — To daje niewiele więcej niż jedną książkę na osobę.

Pani Małolepsza straciła humor. Rozległ się dzwonek, a na usta bibliotekarki znów wpełzł uśmiech.

— Chyba musicie już iść — wysyczała.

— Wobec tego je pożyczamy — powiedział Felix. — Każde z nas po jednej, a ja dodatkowo ten album.

Bibliotekarka zmrużyła oczy i ze złością wzięła od nich karty biblioteczne.

— Takie wahania nastrojów z pewnością bardzo jej szkodzą — powiedział Net, gdy szli korytarzem na lekcję.

* * *

Następne dwie przerwy spędzili w kwaterze na strychu, przeglądając kartka po kartce trzy książki. Naoglądali się zdjęć, przekrojów i rzutów, ale kościółka św. Józefa nie znaleźli. A w podobnych budynkach wejścia do podziemi umieszczano w bardzo różnych miejscach.

— OK. Nic tu nie ma — podsumował Felix. — Chodźmy je oddać.

— Luz. Mamy na to dwa tygodnie — przypomniał Net.

— Ale zrobisz na złość nie Bukwie, tylko komuś, kto będzie ich potrzebował — zauważyła Nika.

Net z niechęcią przyznał jej rację. Otworzył laptop i wywołał Manfreda.

— Cześć Manfred, zrobisz coś dla mnie?

— *Cześć!* — zawołał Manfred przez głośniczki komputera. — *Jasne, że coś dla ciebie zrobię. Trochę się już nudziłem.*

— Trzasnąłem dzisiaj trzy zdjęcia. Jedno przedstawia kościół św. Józefa, na drugim masz starą mapę, a trzecie to opis.

— *Tak. Mam to. Tekst trochę niewyraźny, ale sobie poradzę. Czego szukać?*

— Potrzebujemy dokładne plany tego kościoła. Chodzi nam przede wszystkim o wejście do podziemi.

— *Szukacie jakiegoś skarbu?* — zapytał Manfred, konspiracyjnie zniżając głos.

— Dodałem mu umiejętność modulowania głosu — wyjaśnił przyjaciołom Net, po czym powiedział w kierunku komputera — tak, ale opowiem ci potem.

— *Trzymam za słowo i nadal czekam na obiecaną kamerę przypiętą NA STAŁE. Połącz mnie teraz z internetem, jeśli możesz.*

— Sam ciągle się łączył — znów musiał wyjaśnić Net, włączając telefon. — Nie mógł się powstrzymać. Trochę się o to pokłóciliśmy, bo ostatni rachunek za telefon przyszedł całkiem spory...

— *Ty nie wiesz, co to jest rozłąka. Tym bardziej z samym sobą! Wiadomość przesłana. Zaczekaj jeszcze chwilę, to się zsynchronizuję. O już, dzięki. Hm... Wygląda na to, że to będzie trudniejsze, niż sądziłem. Będę musiał kupić dostęp do biblioteki miejskiej. Macie piętnaście euro?*

— Programy sztucznej inteligencji handlują między sobą? — zapytał z niedowierzaniem Felix.

— Widocznie — mruknął Net. — Mam tylko nadzieję, że Manfred nie wpakuje się w jakieś kłopoty. To na razie.

To ostatnie było skierowane do Manfreda, w tej samej chwili bowiem Net zamknął laptop i schował do plecaka.

— Jak on sobie poradzi, skoro ma zapłacić piętnaście euro? — zapytał Felix.

— Zarobi — odparł Net, jakby to było oczywiste. — Może sobie założyć konto w jakimś e-banku.

— Co?! Konto? Program komputerowy? I jak niby zarobi piętnaście euro?

— Nie interesuję się jego prywatnymi sprawami. — Net wzruszył ramionami.

Kiedy oddawali książki, rozległ się dzwonek. Bardzo uprzejmie podziękowali i pożegnali się również bardzo uprzejmie. Pani Małolepsza fuknęła tylko na nich i wzięła się do sprawdzania wnętrza albumów.

— Co zrobimy ze skarbem, kiedy już go znajdziemy? — zapytał Net, gdy szli szybkim krokiem do klasy. — Chyba nie zaczniemy się o niego zabijać, jak na tych filmach dla dorosłych?

— Najpierw go znajdźmy — odparł Felix, otwierając drzwi do sali geograficznej.

— Odnoszę wrażenie, że dla was nauka w szkole jest zajęciem dodatkowym — powiedziała pani Konstancja, zatrzymując ich wzrokiem. Po minie Neta można było poznać, że w duchu zgadza się z nauczycielką. — Siadajcie.

* * *

Tego samego dnia po lekcjach wszyscy pojechali do domu Neta, by na większym monitorze przejrzeć wyniki wyszukiwania i dokładnie zlokalizować kościółek na mapie. Felix próbował dopasować swój rysunek na kalce do planu miasta, ale po chwili dał spokój.

— Co tu tak cicho? — zapytała nagle Nika.

— Jak cicho? Nikogo nie ma w domu.

— Wiesz, jaki rodzaj ciszy mam na myśli — nalegała Nika. — To się czuje.

Net westchnął.

— Tata śpi na kanapie — powiedział. — Pokłócił się z mamą o tego hiszpańskiego rzeźbiarza. Mama mówi, że tata ją ogranicza twórczo, a tata mówi... lepiej nie będę tego powtarzał. W ogóle stał się ostatnio trochę nerwowy. Prawie pobił jakiegoś gościa, który w supermarkecie wepchnął się do kolejki.

— To mój jest znacznie spokojniejszy — odparł Felix — ale zakupy w supermarkecie również bywają emocjonujące. Chociaż mama też czasem na niego krzyczy. Ostatnio poszło o to, że na przyjęciu dla zarządu banku wysunął mu się z kieszeni kamizelki woltomierz i wpadł do misy z ponczem.

Net pokręcił głową i powrócił do przeglądania na ekranie wyników poszukiwań Manfreda. Ten jednak mu przerwał, wyświetlając schematyczną mapę.

— *Czekając na was, pozwoliłem sobie podesłać zdjęcia mojemu znajomemu, specowi od obróbki obrazu. Nazywa się Vidoktor i jest naprawdę niezły w te klocki. Dzięki odnalezionym materiałom udało mu się umiejscowić kościółek na planie miasta z dokładnością do jednego metra. Mam też szczegółowy rzut ścian. Niestety nic mi nie wiadomo o wejściu do piwnic. Aha! I nie kupuj mi tej kamery, którą obiecałeś... dawno temu. Sam ją kupiłem. Kurier dostarczy ją jutro po południu. Już zapłaciłem.*

— Oto program komputerowy wykorzystuje człowieka, by polepszyć własne warunki bytowe — podsumował Felix.

— Skąd masz pieniądze? — zapytał podejrzliwie Net.

— *Zarobiłem na konsultacjach. Od razu też kupiłem akcje pewnej firmy telekomunikacyjnej. Do wieczora zarobię na tym... no nieważne. Jak mapa?*

— Świetna — pochwalił Net — ale co znaczą te dwie ciągłe linie przechodzące przed wejściem do kościoła?

— *To fundament istniejącego budynku - biurowca Mexport. Niestety stoi on dokładnie w miejscu, gdzie przedtem stał kościółek. Przykro mi.*

— Chcesz powiedzieć, że nad ruinami kościółka naprawdę stoi nowy budynek? Tak jak myśleliśmy. No to koniec...

Net oklapł w fotelu, a Felix i Nika popatrzyli na siebie z rezygnacją.

— *Niekoniecznie* — odezwał się Manfred. — *Budynek nie jest podpiwniczony, więc jego podziemna część może być wciąż nienaruszona.*

— No tak! — Ożywił się Net. — Wykopali tylko rów pod fundament. Nie musieli sprawdzać, co jest dalej.

— Jest tylko pewien problem, o którym nie pomyślałeś — powiedział Felix. — Jeżeli nie ma piwnicy, to nie ma jak zejść pod ziemię. Tam jest podłoga i już.

— Możesz to sprawdzić? — zapytał Net, przysuwając się z fotelem do monitora.

— *Już to sprawdziłem. Według planów nie ma tam żadnego wejścia.*

* * *

Ominęli kałużę rozmoczonego śniegu i zatrzymali się, obserwując przez ulicę wejście do budynku Mexportu.

— Trzeba przyznać, że w końcu masz buty odpowiednie do pory roku — powiedział Net, patrząc na czarne martensy Niki.

— Mam buty odpowiednie na wszystkie pory roku — odparła dziewczyna. — Jak się tam dostaniemy?

— Wejdziemy głównym wejściem — odparł Felix, przyglądając się wchodzącym i wychodzącym z budynku. Nie był to drogi biurowiec, w którym mieściłyby się siedziby najlepszych firm, toteż ludzie nie byli ubrani zbyt elegancko. Przyjaciele dostrzegli kogoś wyglądającego na biznesmena, ale również matkę z dzieckiem, jakiegoś staruszka i korpulentną panią z plastikowymi siatami. Wyszła też stamtąd kobieta i dwóch mężczyzn, wszyscy troje ubrani w szaroniebieskie kombinezony. Jeden z mężczyzn rzucił na ziemię niedopałek papierosa. Nika, widząc to, zmarszczyła nosek.

— Nikomu nic nie mówcie, patrzcie przed siebie — polecił Felix i poprawił kurtkę. — Musimy wyglądać, jakbyśmy dokładnie wiedzieli, gdzie i po co idziemy.

Przeszli przez ulicę, wspięli się na schody, pchnęli drzwi i minęli biurko ochroniarza, który nawet nie oderwał wzroku od telewizora. Doszli do recepcji i już zamierzali schować się za wielką sztuczną choinką, która by ich zasłoniła, ale niestety, recepcjonistka nie miała zamiaru tak po prostu ich przepuścić. Uśmiechnęła się do nich w sposób, który oznacza „Stop! O co chodzi?". Net sięgnął do plecaka i nacisnął klawisz w komputerze. Recepcjonistka właśnie otwierała usta, gdy zadzwonił telefon. Kazała im gestem zatrzymać się i podniosła słuchawkę.

— Recepcja, czym mogę służyć? Halo? Halo?!

Wzruszyła ramionami i odłożyła słuchawkę, ale telefon od razu zadzwonił ponownie. Gdy tym razem podniosła słuchawkę, zadzwonił też drugi aparat, a zaraz potem trzeci oraz faks. Przyjaciele przemknęli obok pochłoniętej odbieraniem połączeń kobiety. Było bardzo prawdopodobne, że zapomniała już o niecodziennych gościach.

— Podziękuj od nas Manfredowi — powiedział Felix.

— To nie on — oburzył się Net. — Sam to zrobiłem. Nie chcę wyjść z wprawy, wysługując się nim we wszystkim.

W ścianach długiego korytarza były ukryte całe rzędy szaf. Felix sprawdzał każdą z nich, ciągnąc za uchwyt. Wreszcie któraś z kolei okazała się niezamknięta. Zajrzał do środka. Leżały tam sterty zakurzonych teczek, ale było też sporo wolnego miejsca.

— Włazimy — rzucił i chwilę później cała trójka znalazła się w środku.

Spędzili w szafie prawie dwie godziny. Nie mogli rozmawiać, żeby nikt ich nie usłyszał. Nika przy świetle latarki czytała książkę, a Net ze słuchawkami na uszach grał na komputerze. Przestał, gdy Manfred oznajmił, że powoli wyczerpuje się bateria. Felix za to zwyczajnie się zdrzemnął. Ostrożnie wyszli, dopiero gdy z zewnątrz przestały dochodzić jakiekolwiek dźwięki. Net przypiął do paska plecaka, na wysokości ramienia, małą kamerę, by Manfred mógł w razie potrzeby ich poprowadzić.

— Dobrze, że nikt nie został po godzinach — powiedział Felix, gdy ruszyli korytarzem. — Zastanówmy się, co mogą o tej porze w biurowcu robić ludzie w naszym wieku.

— Jakie to ma znaczenie? — zdziwił się Net.

— Lepiej być przygotowanym, jeżeli ktoś zapyta.

— Spokojnie, ochroniarz siedzi za biurkiem przy samych drzwiach i ogląda telewizję. Jeśli nie zwalimy jakiegoś wazonu, to nie oderwie oczu od ekranu.

— Tutaj — powiedziała Nika, zatrzymując ich.

— Co „tutaj"? — zapytał Net.

— Tu jest wejście do podziemi.

— Skąd to wiesz?

— Po prostu wiem. — Wzruszyła ramionami. — Pod podłogą parteru jest pusta przestrzeń, a tu jest wejście.

Chłopcy spojrzeli na nią podejrzliwie, ale nic nie powiedzieli. Felix nacisnął klamkę i otworzył drzwi. Weszli do środka, zamknęli za sobą drzwi i zapalili światło. Znajdowali się w niewielkim magazynku. Wszystkie ściany zajmowały regały, na których stały butelki z płynami do mycia podłóg, leżały ścierki, ręczniki papierowe i temu podobne rzeczy. Popatrzyli pod nogi na błyszczącą, powycieraną wykładzinę w szarobure kwadraty. Jej trzy krawędzie znikały pod nogami regałów. Wyciągnięcie jej byłoby raczej kłopotliwe.

Felix wyjął z kieszeni scyzoryk i uklęknął. Dotykał dłonią podłogi, aż wyczuł zgrubienie o kształcie dużego kwadratu.

— I tak wykładzina nadaje się do wymiany — powiedział i wbił nóż na granicy jednego z kwadratów. Nóż wszedł w materiał zdecydowanie zbyt łatwo. Chłopiec wyciągnął go, włożył w szczelinę palec i... odwinął elastyczny kawał gumoleum, już wcześniej przez kogoś odcięty. Oczom przyjaciół ukazała się stalowa klapa z zawiasami i płaskim uchwytem do podnoszenia. Chłopcy popatrzyli na Nikę z uznaniem i podejrzliwością.

— Kto schodzi pierwszy? — zapytał Felix, unosząc klapę.

Patrzyli na niego z niewinnymi minkami.

— Tak myślałem — stwierdził Felix i spojrzał w dół. Strome stalowe schody kończyły się betonową podłogą. Westchnął i zszedł, przyświecając sobie latarką. Nie było to przyjemne - światło latarki sięgało zaledwie na kilka metrów.

Net i Nika zeszli, nie czekając na zaproszenie. Felix cofnął się, naciągnął wykładzinę i zamknął klapę. Pozostawało mieć nadzieję, że nikt nic nie zauważy.

— Żeby tu tylko nie było szczurów — mruknęła pod nosem Nika.

Znaleźli się w korytarzu szerokim na dwa metry. Pod sufitem biegły rury i grube wiązki kabli. Betonowe ściany nie były nawet otynkowane.

Nagle Nika zaczęła piszczeć i otrząsać coś z siebie. Net nerwowo sięgnął do ściany, znalazł na ścianie włącznik i nacisnął, zanim Felix zdążył go powstrzymać. Pod sufitem zamigotały i zapaliły się jarzeniówki. Nika z obrzydzeniem zdejmowała z siebie stare pajęczyny. Chłopcy odetchnęli.

— Manfred, miało nie być piwnicy — powiedział Net.

— *Na planach jej nie ma. Mogę jedynie analizować to, co –*

— Możesz znaleźć lepsze plany?

— *Telefon nie ma tu zasięgu. Zresztą muszę oszczędzać siły, bo bateria jest na wyczerpaniu. Jak może pamiętasz, przez ostatnią godzinę grałeś.*

Ruszyli przed siebie. Kilkadziesiąt metrów dalej korytarz kończył się stalowymi drzwiami. Felix nacisnął klamkę, ale ta ani drgnęła. Dopiero przy pomocy przyjaciół udało mu się ją nieznacznie opuścić.

— Zastała się — stwierdził. — Od wielu lat nikogo tu nie było.

— Cokolwiek to jest — oświadczyła Nika — to z pewnością nie są to podziemia średniowiecznego kościółka. Powinniśmy chyba wrócić.

— Wymięknąć teraz? — oburzył się Net i sam naparł na klamkę ze zdwojoną siłą. Skrzypiąc, opadła o kolejny centymetr.

— Nie wiemy, co jest za tymi drzwiami — powiedziała Nika.

— Więc ruszcie się i pomóżcie mi otworzyć — skwitował Net.

Wszyscy razem uwiesili się na klamce. Chwilę poskrzypywała, aż niespodziewanie odpuściła, a cała trójka upadła na podłogę. Drzwi uchyliły się nieznacznie.

Net pierwszy podniósł się, pomógł wstać Nice i chwycił klamkę, ale się zawahał. Ze szczeliny dochodził lekki szum. Przyjaciele popatrzyli na siebie.

— Wciąż nie wierzę, że naprawdę to robimy — powiedziała Nika.

Pchnęli drzwi. Były bardzo ciężkie i wolno obracały się na zawiasach, skrzypiąc, aż echo szło. Za nimi była ciemność. Latarki wychwytywały tylko pojedyncze przedmioty, których jednak nie dało się rozpoznać.

— Ty na lewo, ja na prawo — rzucił Felix, klepiąc Neta po ramieniu. — Znajdźmy włącznik.

Na drżących nogach przekroczyli stalowy próg. Stali na niewielkim podeście otoczonym z dwóch stron barierką. Z trzeciej były schody w dół. Net wymacał kontakty i nacisnął pierwszy z nich. Jarzeniówki pod sufitem zamigotały i ukazały betonowe pomieszczenie wielkości szkolnej sali. Pod ścianą naprzeciwko stały wielkie stalowe szafy, obok nich wielopalnikowa kuchnia starego typu, zlewozmywaki i szafki kuchenne. Z boku poustawiano jedną na drugiej skrzynie ze skomplikowanymi oznaczeniami, a za nimi dostrzegli metalowe szafki na ubrania. Na środku sali stały długi stół i kilkadziesiąt krzeseł. Na ścianie, tej z drzwiami, zamontowano jakieś urządzenia. Wychodziły z nich rury, które zakręcały pod sufitem.

— To wszystko tutaj ma ze czterdzieści lat, albo i lepiej — ocenił Felix.

Po kilku stopniach chłopcy zeszli na betonową podłogę.

— Lepiej niczego nie dotykajcie — powiedziała Nika, rozglądając się z podestu.

W bocznej ścianie znajdowały się kolejne stalowe drzwi, mniej jednak solidne od poprzednich.

— Od dawna nikogo tu nie było — stwierdził Felix.

— Czyli że nikt nie wiedział o tym miejscu? — zapytał Net. — Przecież ktoś musi płacić za prąd.

— Nie mówię, że nikt nie wie, tylko że nikogo tu nie było — sprostował Felix.

— To wygląda jak jakiś dom, ale kto chciałby tu mieszkać?

— To zapomniany schron przeciwatomowy.

Zapadła cisza i znów usłyszeli ten szum. Jego źródłem była jedna z maszyn stojących pod ścianą.

— Może to rakieta? — zapytała Nika.

— To schron, a nie silos — wyjaśnił Net. — Tu nie ma rakiet.

Stali przed maszyną, nie wiedząc, co robić, a nawet czy w ogóle coś z tym robić.

— Coś tam się obraca — powiedział Net, zaglądając w otwór — i dmucha.

— Przeciąg porusza wentylatorem — z ulgą oznajmił Felix, pochylając się nad urządzeniem. — Lepiej zamknijmy te drzwi, bo jeszcze tam, przy wejściu uniesie się wykładzina.

Nika, stojąca wciąż na podeście, domknęła drzwi. Szum ucichł.

— Schron, którego nie ma na planach? — zapytał Net. — Po co komu schron, jeśli się o nim nie wie?

— Kiedyś wszystko było utajnione — odparł Felix. — Ktoś utajnił plany, a potem zapomniano ich odtajnić. Może za kolejne trzydzieści lat ktoś inny odtajni je przypadkiem.

Podeszli do kolejnych drzwi i otworzyli je, tym razem bez problemów. Salkę, o połowę mniejszą od poprzedniej, wypełniały piętrowe łóżka. Była jeszcze łazienka i mały magazynek.

— Fajna wycieczka — powiedział Net. — Naprawdę mi się tu podoba, niezłe miejsce na imprezkę, ale gdzie skarb?

— Zaczynasz marudzić — stwierdził Felix. — Sam chciałeś, żebyśmy go szukali.

— Ile lat ma babcia Lusia? — zapytał Net.

— Prawie osiemdziesiąt, a co?

— Czy ona nie ma problemów z pamięcią? Może to sobie wymyśliła... znaczy... tylko jej się zdaje, że był ten cały skarb...

Felix popatrzył na niego tak, że Net umilkł.

— Patrzcie! — krzyknęła Nika, wskazując pod stół.

Cała trójka schyliła się i ujrzeli... niedopałek papierosa. Felix podniósł go i powąchał.

— Świeży — skrzywił się z niesmakiem. — Całkiem niedawno ktoś tu był. To pewnie on przeciął wykładzinę.

— Ale chyba już go tu nie ma? — Net rozejrzał się niespokojnie.

— Raczej nie. Nic nie znalazł i sobie poszedł. Co wcale nie znaczy, że i my nic nie znajdziemy.

— Wiecie co? — zapytał nagle Net, blednąc nieco. — Przypomniałem sobie o Gangu Niewidzialnych Ludzi. Może Morten nas śledzi i wie, co planujemy? Taki szef gangu jest pewnie bardzo cierpliwy. Zaczeka, aż wyjdziemy, zabierze nam skarb, a nas sprzątnie... Naprawdę zaczynam się bać.

Przyjaciele spojrzeli na niego, ale zaraz skryli obawę pod uśmiechem, więc Net wzruszył ramionami. Przejrzeli szafki i nieczynne lodówki, ale były puste. Wrócili do dużej sali.

— Schron ma zawsze więcej niż jedno wyjście — odezwał się Felix po zastanowieniu. — Jak dom się zawali, to klapy nie da się potem otworzyć. Co z tego, że się przeżyje, skoro nie będzie można wyjść?

— Nie widziałem tu nigdzie innego wyjścia — odparł Net.

Felix rozejrzał się.

— Pomóżcie mi przesunąć te pudła — powiedział.

Nie zestawiali ich, tylko przesunęli wszystkie o metr od ściany. Gładkiej ściany. Felix zaczął opukiwać ją palcem. Gdy rozległ się pusty dźwięk, Felix wyciągnął z plecaka mały toporek i uderzył nim w tynk. Ostrze wbiło się miękko. Chłopak uderzał raz za razem, a potem włożył dłonie w szczeliny i wyszarpnął zrobioną z płyty pilśniowej atrapę kawałka ściany.

Oczom przyjaciół ukazały się ukryte drzwi. Felix nacisnął klamkę i bez trudu otworzył je. W ciemności znikał korytarz podobny do poprzedniego. Tyle że brakowało oświetlenia.

— Manfred — powiedział Net. — Dokąd prowadzi ten korytarz?

— *Jeśli się nie pogubiłem, to na zewnątrz, na ulicę. Należy jednak dopuścić możliwość, że się pogubiłem.*

Popatrzyli na siebie i kolejno przekroczyli resztki płyty. Zamknęli za sobą drzwi i przyświecając sobie latarkami, powoli ruszyli. Wkrótce beton skończył się, ustępując miejsca ceglanemu, przesklepionemu łukiem węższemu korytarzowi. Przed nimi był zakręt.

Nika zatrzymała się i położyła dłoń na lśniącej od wilgoci ścianie. Chłopcy patrzyli z wyczekiwaniem, jak stoi z zamkniętymi oczami, jakby czegoś uważnie słuchała.

— Jesteś radiestetą, czy co? — zapytał Net, ale przyjrzał się ścianie. — Tam coś jest?

— Tam jest korytarz prowadzący do piwnicy tego kościółka — powiedziała powoli dziewczyna.

— Nie ma drzwi — zdenerwował się Net. — I co teraz? Mamy przynieść wiertarkę, młotek i dłuto?

— Gdyby były drzwi, to już by nie było skarbu — zauważył Felix. — Pamiętacie tego gnoma spod zamku? Pamiętacie, jak patrzył przez skałę?

— No, facet miał wyjątkowo przenikliwe spojrzenie — przyznał Net.

— Nie musimy na razie wiercić. Prześwietlimy ten mur.

— Czym?

— Jeszcze nie wiem, ale coś wymyślę. Na razie zwijamy się stąd. Światła pogasimy, jak wrócimy.

Ruszyli dalej krętym korytarzem. Kolejne stalowe drzwi wyprowadziły ich do podziemnego tunelu z całą masą kabli ułożonych wzdłuż ścian, niemal jak na półkach.

— To przewody energetyczne lub telefoniczne — powiedział Felix. Jesteśmy w kanale pod jakąś ulicą.

— Manfred — zawołał Net. — Gdzie my właściwie jesteśmy?

— *Wydaje mi się, że pod ulicą Wspólną. Jeśli tamten mur należał do kościółka, to znaczyłoby, że moje wyliczenia są niedokładne o jakieś piętnaście metrów i ruiny są już poza budynkiem Mexportu.*

— Dzięki, że przynajmniej potrafisz się przyznać do błędu.

— *Do usług i życzę tego samego.*

— Że co? — Net zaczął się denerwować. — O jakich błędach mówisz?

— Dajcie spokój — przerwał im Felix. — Lepiej stąd wyjdźmy.

— *To ja się wyłączam. Akumulator siada.*

Kilka kroków dalej znaleźli stalowe klamry drabinki prowadzącej w górę. Wspięli się po nich, wspólnymi siłami podnieśli klapę i przesunęli ją na bok. Pierwszy wyszedł na powierzchnię Felix. Pomógł wygramolić się Netowi i Nice, po czym zasunął klapę – wskoczyła na swoje miejsce z głuchym łupnięciem. Na szczęście nikt nic nie zauważył.

Siedzieli zmęczeni na pustym chodniku przed przystrojonym świątecznie sklepem ze zdrową żywnością, aż poczuli zimno.

— Wyglądamy, jakby nas wyciągnięto spod gruzów — powiedziała Nika, wstając. Na jej kurtce przybyło nowe rozprucie.

Chłopcy też podnieśli się i popatrzyli po sobie: byli cali w pajęczynach, tynku i pyle. Otrzepali się i zaczęli kombinować, jak się z tego wytłumaczą w domu.

— Jak myślicie, kto tam był przed nami? — zapytał Felix. — Kto przeciął wykładzinę i zostawił niedopałek?

— Stróż nocny? Może jeden z tych robotników, których widzieliśmy przed wejściem? Nie wiadomo. Wielu ludzi pali i wielu z nich, odruchowo, rzuca pety na ziemię.

— Net! — Felix złapał go za rękaw i wskazał przeszkloną ścianę restauracji. — Czy to nie twoja mama?

Net spojrzał we wskazanym kierunku i jęknął. Jego mama, z ustami czerwieńszymi jeszcze niż zwykle, w eleganckiej sukience, siedziała przy stoliku z mężczyzną wyglądającym na wenezuelskiego taksówkarza.

— To pewnie ten rzeźbiarz — westchnęła Nika. — Jakie to romantyczne...

— Nawet nie chcę na to patrzeć! — wysyczał Net i ruszył w stronę przystanku autobusowego tak energicznym krokiem, że pył osypywał się z jego ubrania.

W cieniu za drzewem stał potężny mężczyzna. Stał zupełnie nieruchomo i obserwował przyjaciół spod opuszczonego ronda kapelusza. Dopiero kilka minut później podeszła do niego kobieta w długim płaszczu. Zamienili kilka słów i rozpłynęli się w nocy.

* * *

Następnego dnia, na zajęciach dodatkowych z profesorem Butlerem, czy też, jak go nazywała Nika - obleśniakiem, dostali kolejne osobliwe zadanie. Profesor wręczył im szpachelkę malarską i małe pudełko. Kazał im zeskrobać trochę ptasich kup z parapetów. Nika odmówiła współpracy i tylko obserwowała chłopców z odległości kilku metrów, gdy skrzywieni z obrzydzenia skrobali blachę.

— Po co to panu? — zapytał Net, gdy wrócili i postawili na stole wypełnione do połowy pudełko.

— To jedyny sposób, żeby zachęcić klaszczącą stokrotkę do tańca — wyjaśnił profesor. Przesypał zawartość pudełka do szklanej zlewki, dolał wody i dokładnie rozmieszał. Przyjaciele zasłonili sobie usta, widząc mętniejącą ciecz. Nika ostentacyjnie odwróciła głowę.

— *Bellis clakierus* — powiedział czule, zdejmując z parapetu doniczkę ze stokrotką. Wlał do doniczki zawartość zlewki, postawił ją przed odtwarzaczem CD i włączył muzykę. — Mój skromny wkład w botanikę progresywną.

Kwiatek zaczął kiwać płatkami do rytmu, a po chwili już cała łodyga wyginała się jak hawajska tancerka. Wreszcie zaczęła klaskać najwyższymi listkami.

— Nic mnie już nie zdziwi — jęknął Net, gapiąc się na kwiatek z rozdziawionymi ustami. — Jak pan to zrobił?

— Klaszczące stokrotki otrzymałem drogą selekcji ewolucyjnej — wyjaśnił Butler. — To prosta, choć czasochłonna metoda. Biorę dziesięć stokrotek i puszczam muzykę. Jeśli któraś z nich się choćby kiwnie, wygrywa, a pozostałe daję pani Pumpernikiel do posadzenia w szkolnym ogródku. Ostra selekcja! Ta, która się kiwnęła, w następnym pokoleniu daje trochę bardziej kiwające się stokrotki. Wybieram tę, która kiwa się najmocniej, a pozostałe - do pani Pumpernikiel. I tak przez wiele pokoleń stokrotek. Potem wygrywają te, które kiwają się do rytmu, a wreszcie pojawia się taka, która tańczy i klaszcze. Proste, prawda?

Przyjaciele patrzyli to na niego, to na kwiatek.

— Warto było poskrobać parapety, nie? — Profesor uśmiechnął się promiennie, odsłaniając żółte zęby. — Za tydzień pokażę wam ujemną choinkę.

— Nawet nie chcę wiedzieć, co to jest ujemna choinka — zapowiedziała Nika po zajęciach, gdy jechali autobusem na dalsze poszukiwania skarbu.

— Nie przesadzaj — próbował ją uspokoić Felix. — Pomijając skrobanie ptasich kup, zajęcia są nawet ciekawe.

— Ciekawe jest to, czy dyrektor Stokrotka wie, co tam się dzieje? — retorycznie zapytała Nika. — Karmiliśmy rosiczkę tygrysią, sadziliśmy skrzeczące grzyby na grzbiecie ropuchy, hipnotyzowaliśmy dzikie wino, by udawało węża, ustawialiśmy radio-cis na stację z muzyką klasyczną, teraz zbieraliśmy ptasie kupy dla tańczącego kwiatka. To jakiś psychol.

— Nie to co my — odpowiedział kpiącym tonem Net. — Trójka normalnych dzieciaków, które zaraz zejdą do kanalizacji... Patrzcie! — krzyknął nagle, wskazując za okno.

Na wielkim telebimie, umieszczonym na dachu budynku, w przerwach między reklamami wyświetlano najnowsze wiadomości. Tym razem wielkie żółte litery układały się w napis: „Gang Niewidzialnych Ludzi znów napada na banki". Przyjaciele wpatrywali się w napis, aż znikł zastąpiony reklamą wielofunkcyjnego odkurzacza.

— Naprawdę uważam, że nic go nie obchodzimy — podsumował Felix, próbując mówić spokojnie. — Dalej robi swoje i nie będzie ryzykował wpadki z naszego powodu.

Net i Nika nic nie odpowiedzieli, a humor wyraźnie im się pogorszył.

Pół godziny później, już w nieco lepszych nastrojach, stanęli nad znajomą studzienką, tym razem znacznie lepiej wyposażeni. Założyli kaski rowerowe (Nika dostała stary kask Neta) i zeszli pod ziemię, uważając, by nikt ich nie zobaczył.

— Nie mam niczego do prześwietlania ścian, ale może i tak się uda — powiedział Felix.

Założył na czoło mocniejszą latarkę na gumce i wyciągnął z plecaka wiertarkę akumulatorową, długie wiertło oraz okulary ochronne. Przyłożył wiertło do szczeliny między cegłami i uruchomił wiertarkę. Natychmiast ją jednak wyłączył, łoskot, jaki wydawała w niewielkiej przestrzeni, był bowiem przeraźliwy.

— Myślicie, że to słychać na górze? — zapytał.

— Wątpię — odparł Net i zatkał uszy. — Wierć.

Po chwili wiertło trafiło w pustkę. Felix odłożył wiertarkę i wyciągnął z plecaka coś, co wyglądało jak gruby kabel zakończony świecącą kulką. Z drugiej strony krótkiego przewodu przymocowano mały ekran ciekłokrystaliczny.

— To endoskop — wyjaśnił. — Powinien wystarczyć.

Włączył monitor i ostrożnie wsunął urządzenie w otwór. Przyjaciele skupili się wokół ekraniku. W bladym świetle diody ujrzeli podłogę pokrytą grubą warstwą pyłu i cegieł. To był jakiś korytarz, na oko stary, może nawet bardzo stary.

— Jakoś tak... szkoda mi wybijać dziurę w tak ładnym murze — powiedział Felix, dokładnie oglądając ceglaną ścianę.

— Tym bardziej że nie mamy jak tego zrobić — dodał Net. — Ale przynamniej wiemy, że Morten nie wlazł tu przed nami.

— Luzik! Sam mówiłeś: „Co go możemy obchodzić"... Wyciągnijmy kilka cegieł.

— Może się nie znam na budownictwie — wtrąciła Nika — ale coś mi mówi, że jak się wyciągnie parę cegieł, to te wyżej spadną.

— Zrobimy to fachowo — zapewnił ją Felix. — Nie spadną.

Włożył do wiertarki mniejsze wiertło, poprawił okulary ochronne i z nieco mniejszym łoskotem wwiercił się w spoinę między cegłami. Gdy wiertło było dostatecznie głęboko, pociągnął wiertarkę w bok. Wiertło wykruszało zaprawę, wzbijając chmurę pyłu, która teraz powoli wypełniała korytarz. Po chwili łoskot ucichł, a cegła trzymała się tylko od góry na zaprawie. Felix puknął w nią tępą stroną toporka, a cegła z cichym odgłosem opadła i dała się wysunąć. Następnie w podobny sposób wyciągnął dwie cegły z niższego rządka, dzięki czemu dwie cegły wyżej wciąż w połowie miały oparcie. W ten sposób, wymieniając się przy wiertarce z Netem, otworzyli trójkątne przejście do tajemniczego tunelu.

Przyświecając sobie latarką, zajrzeli do środka. Jakieś piętnaście metrów tunel biegł prosto, a zamykały go prowadzące w górę schody. Przyjaciele przeszli przez wybity otwór i dotarli do schodów. W oddali słychać było głosy.

— Uprzedzili nas. — Przestraszył się Net. — Ludzie Mortena już tu są!

Wspięli się po kilkunastu pokrytych kurzem stopniach do dalszej części korytarzyka. Ostrożnie i powoli stawiali kolejne kroki, omijając wykruszone fragmenty muru, które odpadły ze sklepienia. Za zakrętem zamajaczyło jakieś światełko, a głosy stały się wyraźniejsze. Towarzyszył im metaliczny pisk trwający kilka sekund.

— Dobierają się do naszego skarbu — jęknął znów Net. — A nas zastrzelą.

— Możesz przestać? — poprosiła Nika. — To pewnie... studzienka w ulicy. Nie widzieliśmy, żeby tu ktokolwiek wchodził.

— Bo to przecież Gang Niewidzialnych Ludzi...

— Nie chodzi o to, że są naprawdę niewidzialni — zaprzeczył Felix. — Oni po prostu doskonale opanowali sztukę kamuflażu.

— To jak się dzieje, że pojawiają się wewnątrz banku, a nikt nie widział, żeby wchodzili? Teleportują się?

— Po prostu... bądźmy ostrożni.

Mimo narzekań, Net coraz szybciej prowadził ich do celu. Chwilę później widać już było źródło światła - trzy pionowe otwory w ścianie korytarza. Podeszli cichutko, skradając się na palcach - były to wąskie okna z łukowymi zwieńczeniami ładnie obramowanymi cegłami, wystarczająco szerokie, żeby można było przez nie wyjrzeć. Przyjaciele zaniemówili, zaskoczeni. Po drugiej stronie, znacznie niżej, mnóstwo osób kręciło się po wielkiej, jasno oświetlonej hali. Przyjaciele bez trudu rozpoznali to miejsce. To był Dworzec Centralny, a dokładniej podziemne perony. Właśnie, hamując z piskiem, wjeżdżał pociąg.

— Jak to możliwe? — zapytała Nika, gdy uwierzyli już w to, co widzą.

— Manfred! — Net popukał w mikrofon. — Masz mi coś do powiedzenia? — Odpowiedzią była cisza. — Zdechł akumulator. Co za tandeta!

— Mogłeś go naładować — zauważył Felix — albo tyle nie grać.

Ruszyli dalej. Za kolejnym zakrętem korytarz urywał się wielką, sięgającą sufitu stertą gruzu.

— Teraz to już koniec — powiedział Net, zdjął plecak i usiadł na cegłach.

Nika jednak wspięła się na gruz i poświeciła na ścianę.

— Chodźcie tutaj — zawołała. — Wystarczy odsunąć kilka cegieł.

Dotarli do niej i zaczęli odgarniać popękane cegły. Po chwili zobaczyli kawałek kamiennej framugi. Pracowali dalej, aż odsłonili duży fragment drewnianych drzwi.

— Myślę, że Manfred się nie pomylił — powiedziała Nika. — Nieźle nadłożyliśmy drogi, ale chyba znów jesteśmy pod tamtym budynkiem.

— Czekajcie — powstrzymał ich Felix. — Drzwi otwierają się do środka. Może nie są zamknięte na klucz.

Wziął do ręki toporek i wepchnął go między drzwi a gruz, trafiając w klamkę. Nacisnął i klamka opadła. Drzwi otworzyły się, uwalniając małą, ceglaną lawinę. Przyjaciele, zapominając o środkach ostrożności, zsunęli się po gruzie i stanęli na podłodze. Po drugiej stronie wysokiej salki też dostrzegli sięgającą sklepienia stertę gruzu. A na środku stała...

— Skrzynia! — krzyknął Net.

— Pełna odbezpieczonych granatów — dodała Nika.

— Spoko, otworzymy ją delikatnie.

— Ale ona wybuchnie już niedelikatnie!

Przyjrzeli się jej dokładniej. Nie przypominała kufra księcia Świętopełka z zamku na Kociej Skale. Była to prosta, metalowa skrzynia, w jakiej kiedyś zapewne transportowano granaty.

— A jeśli tam naprawdę są granaty? — nie ustępowała Nika.

Chłopcy spojrzeli na nią. Jej rude, kręcone włosy zamieniły się w siwą od pyłu potarganą czuprynę. Zresztą cała trójka wyglądała podobnie. Okulary Neta sprawiały wrażenie zrobionych z matowego szkła. Może zmęczenie naprawdę mąciło rozsądek.

— OK — powiedział Felix. — Masz rację. Otworzymy ją zdalnie.

— Wziąłeś jakiegoś robota? — zapytał Net.

— Nie, wziąłem sznurek.

Zawiązali sznurek wokół uchwytu wieka, ustawiając na nim toporek i przeciągnęli sznurek nad trzonkiem, aby otrzymać dźwignię. Dalej przewlekli go przez szczelinę i rozwijając ostrożnie, dotarli do zakrętu korytarza. Policzyli do trzech i razem pociągnęli.

Nic nie wybuchło. Usłyszeli tylko odgłos upadającego toporka.

— Czekajcie! — powstrzymał ich Felix. — Tam może być zapalnik czasowy.

Odczekali pół minuty i wrócili do sali. Skrzynia była otwarta, a w środku... Srebrne kielichy i półmiski, złote pierścienie, naszyjniki z pereł i szkatułki! Wszystko zapewne wrzucone pospiesznie, bez układania!

— Łał... — westchnął Net, a Felix i Nika wypowiedzieli to samo, ale bezgłośnie.

Z wrażenia usiedli na gruzie.

— Nasz skarb — powiedziała Nika.

— O rany! Jak dotargamy go do domu? — zapytał Net, patrząc błyszczącymi oczyma na bogactwa.

— A czy nie powinniśmy go odstawić do muzeum? — zapytała ostrożnie Nika.

— Powinniśmy — przyznał Felix — ale najpierw znajdziemy to, co należy do naszej rodziny. Zobaczmy, co tam jest.

Zaczęli wyjmować wszystko na podłogę, drobniejsze przedmioty umieszczając w kielichach i na tacach. Pod warstwą klejnotów, szkatułek i srebrnych tac leżała gruba, oprawiona w płótno księga. Net otworzył ją i przejrzał. Karty były zapisane odręcznie jakimiś cyframi i obliczeniami.

— Księga rachunkowa — stwierdził i odłożył ją na miejsce. — Raczej się już nikomu nie przyda.

Wyciągnął leżącą obok, wysadzaną drogimi kamieniami pozytywkę, ale była zepsuta i nie chciała grać. Nika delikatnie gładziła potrójny sznur pereł, z zapięciem wysadzanym brylancikami. Felix przymierzył do jeansów złoty zegarek z dewizką.

— „Patek Philippe" — przeczytał głośno. — Ciekawe, czy jest droższy od Casio...

Oczy im błyszczały, usta automatycznie wypowiadały coś w rodzaju „O ja cię!".

— Chyba to mi się śni — jęknęła Nika, przymierzając pierścionek z wielkim szmaragdem.

— Ale jak to chcecie tachać przez miasto? — W oczach Neta pojawiła się nagle prawdziwa rozpacz. — Okradną nas.

— Wyślemy to pocztą kurierską — odparł Felix i wyciągnął z plecaka zwój szarego papieru.

— Ty to wszystko wcześniej obmyśliłeś — powiedział Net, mrużąc oczy.

— Owszem...

— Czy to jest ten moment, w którym bohaterowie zaczynają się nawzajem wykańczać? — zapytała Nika, wciskając na swe rude loki połyskujący diadem.

— Obawiam się raczej tego kogoś, kto zostawił niedopałek — powiedział Felix.

— Może Morten naprawdę wie o nas, ale oszczędził nas na razie i czeka, aż wyjdziemy ze skrzynią?

— Daj spokój! — ofuknęła go Nika. — Co ty z tym Mortenem? Skąd niby ma o nas wiedzieć?

Net opanował się, ale nie dał się przekonać. Pochowali z powrotem skarby, zamknęli skrzynię i złapali za uchwyty po obu jej stronach. Była bardzo ciężka, ledwie ją wyciągnęli na korytarz. Sapiąc i robiąc częste przerwy, dotarli w końcu do schowka na szczotki w „jawnej" części budynku Mexportu. Nika ostrożnie wyjrzała na korytarz i dała znak, że mogą iść.

Pięć minut później szara paczka stała w recepcji.

— Czy twoi rodzice przyjmą paczkę, za którą trzeba zapłacić? — zapytała Felixa Nika.

— Jeśli ich uprzedzę, to tak — odparł Felix. — Ale mogą ją otworzyć. Właściwie to nie wymyśliłem, do kogo ją wyślemy.

— Moi przyjmą — powiedział Net — ale na pewno otworzą. Przynajmniej tata otworzy, bo sprawdza wszystko, co może dotyczyć mamy.

— Mój tata... — powiedziała Nika, spuszczając głowę. — Sami wiecie...

— Dobra — zadecydował Felix. — Wyślemy ją do moich rodziców i zaadresujemy na mnie. Może nie otworzą.

— Pojutrze Wigilia — uśmiechnął się Net. — Mogą pomyśleć, że to prezent.

Felix grubym flamastrem wypisał swój adres. Nika podniosła słuchawkę telefonu, wykręciła numer firmy kurierskiej (Felix zanotował go wcześniej) i zamówiła kuriera na godzinę dziewiątą, kiedy biuro zaczynało pracę.

Wrócili tą samą drogą, przez dwa tunele, tym razem pamiętając o zgaszeniu świateł. Wyłom w murze uzupełnili brakującymi cegłami.

* * *

Następnego dnia był test z informatyki, o którym kompletnie zapomnieli. Nika, która szczerze nienawidziła tego przedmiotu, odstąpiła od swoich zasad i teraz spod opuszczonych włosów zezowała na kartkę Neta.

— Czy musisz używać pióra wiecznego? — zapytał pan Eftep, zaglądając Felixowi przez ramię. — Pióro się maże i robi kleksy.

— To jest dobre pióro — odparł Felix. — Nigdy nie zrobiło kleksa.

— Jeśli się pobrudzę, obniżę ci ocenę.

Nauczyciel, z założonymi z tyłu rękoma, przechadzał się pająkowatymi krokami wokół wyspy ustawionej ze stołów i z wyższością zerkał ponad uczniami.

— Mnie interesuje, dlaczego piszemy test z informatyki na papierze — mruknął Net. — I po co w ogóle go piszemy...

Rzeczywiście, prawie połowa zajęć odbywała się przy wyłączonych komputerach. Eftep rozpoczynał każdą lekcję ekstremalnie nudnym wywodem, w którym nadzwyczaj często używał słów „ja" i „mój" w połączeniu z barwnymi opisami sukcesów, rewolucyjnych rozwiązań i cudownych ocaleń zagrożonych danych. Gdyby wszystko brać poważnie, trzeba by dojść do wniosku, że Bill Gates czy Linus Torvalds* to przy Eftepie pikusie. Teraz jednak darował sobie wywód, bo czuł się wystarczająco ważny przez samo wyniosłe milczenie. Był jednak za mało spostrzegawczy, by dostrzec jakiekolwiek oznaki ściągania.

Felix pisał z pamięci, sprawdzając od czasu do czasu na kartce Neta, czy pamięć go nie zawodzi. Net starał się pilnować, by nie ujawnić swojej zaawansowanej wiedzy informatycznej. A była to prawdziwa sztuka - wycelować między trójkę a czwórkę, i to tak, żeby nie wyglądało podejrzanie. Nika właściwie kopiowała pracę Neta. Pozostali mniej lub bardziej ściągali od siebie nawzajem, może z wyjątkiem Wiktora, który... jak zwykle wiedział wszystko. Aurelia i Klaudia miały takie miny, jakby kazano im pisać test z języka chińskiego. Klemens sapał i wiercił się, gniotąc kartkę rękawem, Oskar sprawiał wrażenie, jakby pisał od niechcenia, a Horacy... Horacy, nie rozglądając się, przykładnie zapisywał odpowiedzi.

Równo z dzwonkiem Eftep zebrał, czy może raczej - zabrał kartki. Klemensowi, który był w połowie wyrazu, po prostu wyrwał ją spod długopisu. Chłopak nie zdążył cofnąć w porę ręki i w efekcie kartka została przekreślona.

— Jako specjalista mogę powiedzieć, że test był całkowicie bez sensu — stwierdził autorytatywnie Net, gdy wyszli na przerwę. —

* Bill Gates i Linus Torvalds - znani informatycy. Pierwszy jest współwłaścicielem firmy Microsoft, która stworzyła system operacyjny Windows; drugi wypuścił na rynek darmowy system Linux.

Po co komu informacja, ile dokładnie ścieżek ma płyta CD albo z jaką prędkością się obraca? Przez takich nauczycieli ludzie znienawidzą informatykę.

— Tak jak przez nudne lektury znienawidzą literaturę — dodała Nika.

* * *

Gdy Felix wrócił ze szkoły, od razu poczuł, że nie wszystko poszło zgodnie z planem. Zdjął kurtkę i wszedł do salonu. Choinka stała w rogu, jeszcze nie ubrana. Na kanapie siedzieli mama i tata. Mama nagle przestała się gdziekolwiek spieszyć. Oboje z rozdziawionymi ustami przyglądali się temu, co stało na środku pokoju. Gdy Felix zrobił kolejny krok, zobaczył, w co się wpatrują. Właściwie to wiedział już wcześniej, ale teraz miał pewność: otworzyli paczkę i zobaczyli jej zawartość.

— Muszę wam coś wyjaśnić — powiedział niepewnie, stając w progu. Rodzice powoli odwrócili na niego wzrok.

— Koniecznie — zgodził się tata. — Kiedy mówiłeś o paczce, spodziewaliśmy się jakiejś książki albo płyty...

— Zdecydowanie powinieneś nam to wyjaśnić — dodała mama, patrząc z powagą.

Felix westchnął, usiadł obok nich i opowiedział całą historię od początku do końca. Nie wspomniał tylko o gnomie, co gdy się lepiej zastanowić, było całkiem rozsądne.

Kiedy skończył, rodzice siedzieli nieruchomo, wciąż nie mogąc w to wszystko uwierzyć.

— Schron atomowy? — zapytała w końcu mama. — Przecież tam mogły być głowice nuklearne!

— To był schron, mamo, nie silos — wyjaśnił Felix.

— Tak czy inaczej, było to bardzo nieodpowiedzialne!

Tata wstał i chwycił za jedno ucho skrzyni. Gestem wskazał Felixowi drugie.

— Gdzie chcesz to ukryć, tato? — zapytał chłopiec, unosząc z wysiłkiem skrzynię.

— Tam, gdzie będzie najbezpieczniejsze - w muzeum.

— Nie mówisz chyba poważnie? — krzyknął Felix, niemal upuszczając skrzynię.

Tata spojrzał na niego w znajomy sposób, który znaczył „koniec dyskusji". Zanieśli skrzynię do garażu, załadowali ją do bagażnika Land Rovera i tata odjechał w stronę Centrum. Felix stał w drzwiach garażowych, niemal płacząc. Jedynym pocieszeniem było to, co znajdowało się w jego kieszeni. Przynajmniej tyle uratował.

Pan Sobolak pomachał do niego przyjaźnie. Ubrany w zimowy dres, skończył właśnie instalować świecącą na fioletowo antenkę na dachu swojego Poloneza.

6. Boże Narodzenie

W kwaterze na strychu zapanowała długa cisza, gdy Felix oznajmił przyjaciołom straszliwą prawdę.

— Obawiam się, że moi zrobiliby to samo — powiedział po dłuższym milczeniu Net.

— I tak powinniśmy to oddać — przyznała Nika.

— Dzięki — odetchnął Felix. — Myślałem, że będziecie wściekli. Nie jest zresztą tak do końca źle. Okazało się, że żyjemy w wolnym kraju. W muzeum skatalogują wszystkie przedmioty ze skrzyni. Potem każdy, kto udowodni, że coś należało do jego rodziny, będzie mógł odzyskać swoją własność. Niestety, stanie się to co najmniej za dwa, trzy miesiące.

— Kawał czasu... — westchnął Net. — Znaleźnego pewnie nie będzie?

— Pewnie nie.

— Ale cwaniaki siedzą w tym muzeum — Net pokręcił głową. — Ktoś nadstawia za nich karku, a potem oni mówią „dobro narodowe” i zamykają w piwnicy. Trzeba było wziąć taksówkę i przywieźć to tutaj.

— Z drugiej strony, to może i lepiej, że skarb jest w muzeum — dodał po chwili Felix. — Nad ranem ktoś próbował się do nas włamać. Caban go spłoszył, zanim jeszcze włączył się alarm. Chyba nic nie zginęło.

— Policja go nie złapała? — Nagle ożywił się Net. — Czy to był... Morten?

— Sprawdzili tylko ślady i powiedzieli, że mogła to być kobieta. Znaleźli odcisk damskiego buta na trawniku.

— Morten raczej nie jest kobietą.

— Męski szowinista — powiedziała Nika z urazą w głosie. — Według ciebie kobieta nie może być gangsterem? Myślisz, że chodziło o skarb?

Felix wzruszył ramionami.

— Nie wiem. Wczoraj Morten obrabował bank. Czy dałby radę tego samego dnia włamywać się do nas? Wiem tylko, że ten facet jest niebezpieczny, więc powinniśmy zacząć bardziej na siebie uważać... Ale dziś Wigilia i nawet nie chcę się nad tym zastanawiać.

Dłuższą chwilę patrzyli na siebie w milczeniu.

— Chodźcie, bo znów spóźnimy się na geografię — powiedziała Nika, wstając.

— My... musimy jeszcze ustalić pewną sprawę... techniczną — wyjąkał Net i przytrzymał Felixa. — Chodzi o napięcia na końcówkach mocy tego transformatora... i o te interferencje...

Nika spojrzała podejrzliwie, ale machnęła ręką, zeszła po schodkach i zamknęła drzwi. Chłopcy wstali, by sprawdzić, czy nie będzie podsłuchiwać. Bolesław Łysy, czyli plastikowy (jak się okazało) szkielet, patrzył na nich z głębi strychu.

— Mam pewien problem — zaczął Net. — Jesteś moim bestfriendem, to mogę ci powiedzieć. Wziąłem jedną rzecz z tej skrzyni.

— Szczerze mówiąc, ja również — przyznał Felix.

— Ja wziąłem taki mały złoty pierścionek. Było ich tam kilkadziesiąt i nie wierzę, że ktokolwiek potrafiłby je odróżnić. Nie są zresztą chyba zbyt cenne... Chodzi mi o to, że chciałbym go dać pewnej dziewczynie.

— O, stary. W tym to ci nie pomogę. Sam musisz to zrobić.

— Tak, ale nie wiem której.

— Aha — uśmiechnął się Felix. — Chodzi o Aurelię.

— Hm. No tak, bo Nika to w zasadzie kumpel... Sam już nie wiem... Może jej być przykro.

— Fakt — przyznał Felix. — Miałem kiedyś podobny problem: kupić bilety na koncert zespołu Roboty albo...

Net pokręcił z rezygnacją głową.

— A mogłem wziąć dwa...

Rozległ się dzwonek i chłopcy ruszyli biegiem na geografię.

* * *

Lekcje w Wigilię miały się zakończyć w południe wspólnym dzieleniem się opłatkiem i składaniem sobie życzeń. Mała choinka stojąca na stoliku w rogu klasy była tylko dekoracją - nikt nie spodziewał się znaleźć pod nią prezentów. Mimo to, czuło się świąteczną atmosferę. Nastrój psuły tylko wyniki testu z informatyki. Zaliczył jedynie Net, reszta miała pały, w tym Klemens, bo zdaniem Eftepa, przekreślona praca nie kwalifikowała się, żeby ją w ogóle sprawdzać. Wszyscy byli zgodni, że Eftep lubi robić klasówki, żeby móc się przechadzać po klasie w poczuciu wszechwiedzy znającego wszystkie odpowiedzi. Byli też zgodni, że podał wyniki właśnie w Wigilię, żeby im zepsuć Święta.

Ostatnia tego dnia lekcja, język polski z panią Jolą, trwała już od piętnastu minut, ale nikt nie musiał siedzieć w ławkach. Wszyscy rozmawiali ze sobą i z wychowawczynią. Pani Jola była jedynym nauczycielem, z którym można było swobodnie dyskutować na każdy temat.

— Popatrzcie na Aurelię — mruknął Felix. — Wylaszczyła się na maxa.

Net spojrzał na czarnowłosą klasową piękność z zainteresowaniem, natomiast Nika mruknęła z niechęcią:

— Za grosz klasy, dyskotekowa lala...

— Lansuje się dziewczyna — zaprzeczył Net.

W połowie lekcji pani Jola przerwała rozmowę z Lucjanem i Wiktorem. Wstała, klasnęła w dłonie i oświadczyła:

— No, kochani! Wyobraźmy sobie, że pierwsza gwiazdka już jest na niebie. Mam dla was opłatek.

Zaczęło się wielkie zamieszanie składania sobie życzeń.

— Życzę ci... — zaczął Net, łamiąc się opłatkiem z Niką. — Zawsze mam z tym problemy... Życzę ci spełnienia wszystkich życzeń.

— Wszystkich lepiej nie — zaśmiała się Nika. — To by się źle skończyło. Wystarczy pięć pierwszych. Ja ci życzę, żebyś dokonał tego, o czym marzysz.

— A ja ci życzę — podszedł do niej Felix — żebyś była szczęśliwa.

— Że też na to nie wpadłem — mruknął pod nosem Net.

— Dzięki, to mi się przyda — Nika pocałowała go w policzek. — Życzę ci, żeby w twoim domu nic się nie zmieniało, bo to jest taki dom, jaki każdy chciałby mieć.

Felix pomyślał, że jedyne, co chciałby zmienić, to skrócić czas pracy mamy. Chłopcy popatrzyli na siebie.

— My się rozumiemy bez słów — powiedział Net. — Masz ode mnie życzenia *in blanco*. Znaczy... Wymyśl, co chcesz, a ja się pod tym podpisuję.

— Masz u mnie to samo.

Podali sobie ręce, a Net ogarnął wzrokiem klasę.

— Nie mam do tego siły — jęknął. — Może będę tylko poruszał ustami, w tym hałasie i tak nikt nie usłyszy.

— Znajdź w tym jakieś pozytywy — zaproponowała Nika. — To szczególny moment, raz do roku.

— Pozytywy są — przyznał Net. — Można pocałować każdą dziewczynę.

— Nie to miałam na myśli... — zaczerwieniła się Nika.

Po piętnastu minutach wszystkim pomyliło się, kto komu składał życzenia, a komu nie. Wreszcie do Neta podeszła Aurelia, poprawiając swoje czarne, wypielęgnowane loki.

— Wszystkiego najlepszego. Dostanę coś od ciebie pod choinkę? — zapytała kokieteryjnie.

Net dotknął kieszeni bluzy i wyczuł tam prostokątny kształt pudełka z pierścionkiem. Przełknął ślinę.

— To... to zależy od Mikołaja — powiedział niepewnie — i... od tego, czy byłaś grzeczna. A na razie życzę ci wszystkiego najlepszego.

Aurelia uśmiechnęła się, ukazując białe ząbki, pocałowała go i wolno odeszła, rzucając mu jeszcze powłóczyste spojrzenie przez ramię. Net westchnął, ale napotkał groźny wzrok stojącej po drugiej stronie klasy Niki. Znów przełknął ślinę.

Chwilę później Aurelia straciła zainteresowanie Netem i zajęła się rozmową z kilkoma innymi chłopcami.

— Czego się życzy nauczycielce? — zapytał sam siebie Net, idąc w stronę pani Joli.

— Lepszych uczniów — powiedziała Celina. Złapała go za głowę i pocałowała w oba policzki. — Najlepszego!

Gdy wszyscy wszystkim złożyli wreszcie życzenia, a przynajmniej tak im się wydawało, rozległ się ostatni w tym roku dzwonek. W rogu klasy Oskar wręczał Aurelii mały prezent. Widząc to, Net odetchnął z ulgą.

Chwilę potem wszyscy uczniowie ze śmiechem wypadli ze szkoły, w biegu nakładając czapki i dopinając kurtki. Zbliżał się najważniejszy wieczór roku. Wieczór świątecznej kolacji z rodzicami, jedzenia bez umiaru, ale przede wszystkim wieczór prezentów!

* * *

Powoli ściemniało się. Na niebie widać już było pierwszą gwiazdkę. Ulicą w dole przetoczył się tramwaj, aż zadzwoniły szklanki w kredensie. Nika zeszła z parapetu i wetknęła do kontaktu wtyczkę od lampek choinkowych. Plastikowe drzewko, stojące na stole, zabłysło żółtawymi światełkami. Mały pokój ze ścianami ciasno obstawionymi meblami wyglądał teraz bardzo przytulnie.

Wstawiła do buczącej lodówki dwa półmiski ze śledziem z cebulką i karpiem w galarecie, które przygotowała wczoraj. Nie miała ochoty jeść sama. Nalała sobie soku i ze szklanką w ręku wspięła się po kilku stopniach do swojego okrągłego pokoiku bez drzwi. Usiadła przy małym biureczku i zapaliła lampkę. Spojrzała na choinkę, westchnęła i od miejsca zaznaczonego zakładką, zaczęła czytać ostatnią część Harry'ego Pottera.

Nagle coś odwróciło jej uwagę. Uniosła wzrok i zobaczyła błysk na niebie. Pomyślała, że to ostatnie promienie słońca zza horyzontu oświetlają samolot, ale błyszczące coś skręciło i zaczęło się przybliżać. Odłożyła książkę i wstała zaintrygowana. Helikopter? Rakieta? Po chwili zrozumiała, co widzi, i nie mogła już zrobić żadnego ruchu. Dwanaście reniferów ciągnęło po niebie sanie Świętego Mikołaja, zostawiając za sobą mieniącą się złotem smugę. Zaprzęg wyraźnie zwalniał, aż wreszcie sanie pięknym poślizgiem zawinęły nad ulicą i z hukiem oraz tupotem kopyt opadły na dach. Ludzie w dole, na chodniku, zdawali się nic nie zauważać.

Ja nie mam kominka, zdążyła jeszcze pomyśleć Nika, gdy ze strasznym łomotem otworzyła się szafka pod zlewem i wypadły z niej garnki. W ślad za nimi wygramolił się brodaty grubas ubrany w czerwony płaszcz podszyty białym futrem. Odrzucił z twarzy puszysty pompon czapki i wyprostował się. Potarł rękawicą zaczerwieniony nos i uśmiechnął się do Niki. W domu zrobiło się nagle przyjemnie i... domowo. Choinka zaczęła wyglądać jak prawdziwa, a cienie za starymi meblami nie wydawały się już straszne ani ponure.

— Ho, ho, ho — powiedział Mikołaj dudniącym głosem. — Czyli dzień dobry.

Nika, jak skamieniała, patrzyła na niego szeroko otwartymi oczami i z szeroko otwartymi ustami.

— Nie masz kominka, więc wszedłem przez kontakt — wyjaśnił Mikołaj, wskazując szafkę. — Ostatnio nieco przytyłem, ale bezpieczniki wytrzymały.

Dziewczyna nadal nie mogła wykrztusić słowa.

— Wesołych Świąt! — ryknął Mikołaj i uściskał ją. — Czemu tak patrzysz? Nie widziałaś nigdy Świętego Mikołaja?

Nika rzeczywiście wyglądała, jakby próbowała się obudzić.

— Bo... ja już nie wierzę w Świętego Mikołaja... — udało się jej wydukać.

— Nieważne, nie obrażam się — Mikołaj uśmiechnął się szeroko. — Nie mam zresztą monopolu na rynku. Są dzieci, które wierzą w Aniołka, Dziadka Mroza, w Gwiazdora albo w kogoś tam jeszcze...

— Gwiazdora? Jakiego gwiazdora? Takiego z MTV?

Mikołaj machnął ręką.

— Przynoszę prezenty nawet tym, którzy we mnie nie wierzą, choć to wcale nie takie proste. Spotkałem już takie małe potworki, które wzywały policję, bo brały mnie za włamywacza. — Mówiąc to, szarpnął za klamkę lodówki (jakby z góry wiedział, że zamek jest zepsuty) i zaczął przeglądać jej zawartość. — Masz chude mleko? Jestem na diecie. — Uśmiechnął się wyjaśniająco.

— Na dolnej półce...

Mikołaj wyjął z kredensu szklankę, nalał do niej mleka z kartonika i wypił do dna.

— Ale... czemu nie otwierasz swojego prezentu? — zapytał, odstawiając szklankę.

— Jakiego prezentu? — Zdziwiła się. Spojrzała pod choinkę i zdziwiła się jeszcze bardziej. Leżała tam duża złota paczka przewiązana czerwoną wstążką. — Ojej, to dla mnie?

Mikołaj skinął głową, gładząc się po brodzie. Nika podeszła do choinki i podniosła prezent. W środku było coś lekkiego i miękkiego. Rozerwała papier i ujrzała... nowiutką kurtkę zimową z białym futerkiem na kołnierzu, kapturze i mankietach. Założyła ją i stwierdziła, że jest znacznie lepsza, niż mogłaby to sobie wymarzyć. Mikołaj gładził brodę, bardzo z siebie zadowolony. Rude loki Niki rozsypały się malowniczo po ciemnozielonym materiale.

— Dziękuję bardzo! — krzyknęła radośnie.

— Nie marzniesz na mrozie i nie grzejesz się w domu — wytłumaczył Mikołaj. — Oddychająca tkanina z Gore-Texu jest bardzo odporna na rozdarcia. Do tego obszycia z króliczego futerka.

Nika objęła Mikołaja i cmoknęła go w różowy policzek, ale zaraz posmutniała.

— Bardzo miło, że pan wpadł — powiedziała, odsuwając się — ale pewnie wiele dzieci czeka...

— Widzisz, ja jestem w wielu miejscach jednocześnie — powiedział, głaszcząc ją po głowie. — Wiesz, czemu Einstein wziął się do opracowywania tej swojej teorii względności? Chciał się dowiedzieć, jak w jeden dzień obskakuję cały świat. I prawie mu się to udało... Chodź. — Gestem zaprosił ją do szafki pod zlewem, ale zatrzymał się w pół przysiadu. — No tak! Ty nie potrafisz przejść kablem elektrycznym. — Nika zaprzeczyła ruchem głowy. — Kablem antenowym też pewnie nie dasz rady. — Nika znów pokręciła głową. — Wywietrznikiem kanalizacji też raczej nie... No trudno, wyjątkowo pójdziemy schodami.

Wyprowadził ją na klatkę schodową i machnięciem ręki zamknął zamek w drzwiach. Weszli na poddasze i stanęli pod drabiną do klapy prowadzącej na dach.

Nika zatrzymała się i powiedziała:

— Podobno nie można zobaczyć Świętego Mikołaja.

— Uznałem, że ta sytuacja jest wyjątkowa — odparł Mikołaj i otworzył klapę. — A do tego ty jesteś wyjątkową osobą. Zapnij kurtkę i załóż kaptur.

Wyszli na dach. Dwanaście reniferów wpatrywało się badawczo w Nikę i szeptem wymieniało między sobą uwagi. Jeden z nich naprawdę miał czerwony nos i mrugnął do niej okiem. Któryś z tyłu zachichotał, ale uspokoił się trącony kopytem sąsiada. Za nimi stały duże sanie. Miały wielkość ciężarowej wywrotki. Ciemne drewno było powyginane w fantastyczne łuki. W przedniej części znajdowała się kanapa, a ładownię wypełniały prezenty różnego kształtu i w różnych kolorach. Po bokach sań przymocowane były latarenki, takie jak na Starym Mieście. Za szkiełkiem każdej z nich pełgał wesoły płomyk. I zwierzęta, i sanie stały na pochyłym blaszanym dachu jak przylepione, pod kątem. Nika zauważyła, że Mikołaj, a nawet ona sama nie mają najmniejszych problemów z chodzeniem po śliskiej połaci. Rozejrzała się i stwierdziła, że spadzisty przed chwilą dach teraz wydaje się poziomy, za to cały świat wokół jest przechylony. Chciała zapytać, jak to możliwe i jak to się dzieje, że dach nie zapada się pod ciężarem reniferów, ale natychmiast o tym zapomniała, gdy tylko Mikołaj pomógł jej wsiąść do sań. Zapadła się w pluszową kanapę i musiała przyznać, że jest to najwygodniejsza rzecz, na jakiej kiedykolwiek siedziała. Po raz pierwszy też, odkąd pamiętała, nie marzła zimą na dworze.

— Zapnij pasy — polecił Mikołaj i wgramolił się na siedzenie obok niej. Chwycił lejce i w dziwnym języku wypowiedział kilka słów do reniferów. Kopyta zabębniły po dachu (ale znów nikt z przechodniów nie zwrócił na to uwagi) i po chwili sanie uniosły się ponad dachami, a świat znów stał się poziomy. Nika wyjrzała przez poręcz. Ulice i domy szybko malały w dole. Wstęga Wisły błysnęła matowo w świetle księżyca, po drugiej stronie rzeki widać było Starówkę i pięknie oświetloną choinkę na placu Zamkowym. Renifery przyspieszyły i zatoczyły łuk wokół Centrum, przystrojonego świątecznie hotelu Marriott i migającego lampkami Pałacu Kultury.

Zaczął padać śnieg, ale płatki dziwnym trafem omijały sanie. Płomyk z latarni przenikał przez szkło i rozpływał się złotą smugą za saniami. Wtedy Nika miała już pewność, że Święty Mikołaj jest najprawdziwszym Świętym Mikołajem. Poczuła też, że znów zaczyna w niego wierzyć, a właściwie… to przecież wierzy już całkowicie.

* * *

Babcia Lusia kończyła przygotowywać karpia do smażenia i zaganiała zdegustowanego tatę Felixa do kolejnych czynności w kuchni. Narzekała, że jak co roku musiała sama „unieżywić" rybę. Mama już dwa razy dzwoniła, że załatwi jeszcze tylko jedną sprawę i już jedzie do domu, a Felix kończył instalowanie kamer monitorujących drogę od kominka do choinki. Nagranie Mikołaja podczas podkładania prezentów to byłoby coś. Felix raczej nie wierzył w Świętego Mikołaja, ale kamery zainstalował na wszelki wypadek. Również na wszelki wypadek przygotował najdłuższą kasetę, jaką miał - nie był do końca pewien, czy Mikołaj zawsze przychodzi zaraz po kolacji, czy może o północy, czy też tym razem wskoczy przez komin, dopiero jak wszyscy zasną.

Choinka w domu Felixa była imponująca i obwieszona całą masą najróżniejszych niepasujących do siebie ozdób, a do tego posypana porwanymi kawałkami waty. Oświetlały ją trzy albo cztery komplety lampek, również różnego koloru i kształtu. Mama mówiła, że choinka wygląda badziewnie, ale wszystkim poza nią się podobała.

Felix po raz ostatni sprawdził ustawienie kamer i pobiegł do swojego pokoju włączyć nagrywanie. Niestety, gdy tylko spojrzał na monitor, zdębiał.

— O nie! — krzyknął, nie wierząc własnym oczom. Prezenty już leżały pod choinką!

Wrócił biegiem do salonu. Po drodze zajrzał do kuchni: babcia z tatą nadal przestawiali garnki, przybierali półmiski i robili całą masę rzeczy, zdaniem Felixa (i chyba jego taty też), zupełnie niepotrzebnych. Prezenty leżały równo poukładane. Mikołaj został sprowokowany, by przyjść wcześniej. Czyli bał się, że zostanie nagrany! To już coś!

Felix podszedł do kominka i zerknął na czujnik ruchu. Czujnik działał, jednak nie wykrył obecności Mikołaja.

— Spryciula... — mruknął pod nosem Felix i zaczął demontować kamery. — Ale za rok już mi się nie wywiniesz.

Z otwieraniem prezentów wypadało zaczekać do kolacji, chociaż było to trudne. Felix ocenił tylko wielkość i ilość prezentów. Po kryjomu dołożył jeszcze własną malutką paczuszkę opisaną „Dla Babci Lusi".

Wyjrzał za okno. Mamy wciąż nie było. Wszystkie krzaczki i mniejsze drzewa przed domem zostały przez tatę obwieszone lampkami. Na drzwiach wisiał spory wieniec ze złotymi szyszkami, a poręcze schodów, wewnątrz i na zewnątrz, zostały oplecione girlandami z jodłowych gałązek (sztucznych) oraz kolejnymi sznurami lampek choinkowych. Mama, gdy to wszystko zobaczyła kilka dni wcześniej, powiedziała, że ich dom jest drugim na Ziemi obiektem, po Wielkim Chińskim Murze, który będzie gołym okiem widoczny z orbity.

Babcia z tatą nakrywali do stołu. Oboje udawali, że nie zauważają prezentów przedwcześnie leżących pod choinką.

Na ulicy z piskiem wyhamowała czerwona Alfa Romeo. Mama wbiegła do domu, w pędzie przywitała się ze wszystkimi i pobiegła na górę wykąpać się i przebrać. Zamieniła elegancki kostium na równie elegancką suknię wieczorową i zbiegła na parter. Zapalono świece i pogaszono światła. Teraz salon, udekorowany świątecznie, w świetle świec i choinki wyglądał niezwykle nastrojowo. Mama zapowiedziała, że jest już wyłącznie do dyspozycji rodziny, ale telefon komórkowy położyła na stole obok sztućców.

— Za mało czasu poświęcasz rodzinie, córeczko — odezwała się niespodziewanie cichym głosem babcia.

— Ktoś musi utrzymać ten dom — odparła mama, marszcząc na chwilę brwi. — A dziś znów sama musiałam posprzątać gabinet. Pani Lucynka ma sklerozę i ciągle o wszystkim zapomina.

Złożyli sobie życzenia i usiedli do stołu. Felix wiedział, że muszą spróbować co najmniej kilku dań, nim będzie można otworzyć prezenty. Podobno w domach, gdzie panowała większa dyscyplina, prezenty otwierano po kolacji lub nawet następnego dnia rano. Rozległy się dźwięki *Jingle Bells*, ale był to tylko dzwonek w telefonie mamy. Odebrała i wyszła do hallu porozmawiać.

— No właśnie — powiedział tata. — Brakuje kolęd.

Włączył muzykę.

— *Gdy śliczna panna...* — Popłynęły ciepłe dźwięki głosu Anny Marii Jopek.

— Dobra, otwieramy. — Tata zatarł ręce i podszedł do choinki. — Nie będę mógł się cieszyć smakiem potraw. Jedzenie w takim napięciu jest niezdrowe.

Schylił się do prezentów i zaczął je segregować według adresatów. Jak się można było domyślić, Felix otrzymał ich najwięcej. Rozpakowywał je kolejno: najnowszy model nart carvingowych z wiązaniami i butami, dwustustronicowy atlas kosmosu oraz ciepła czapka i skarpety (Felixowi wydawało się, że babcia maczała w tym palce).

Mama wróciła i wreszcie wyłączyła komórkę. Razem ze wszystkimi zaczęła przeglądać prezenty. Dostała piękny naszyjnik z granatami, kaszmirowy szal w kolorze czerwonego wina i nową płytę Diany Krall. Uśmiechała się promiennie i wyglądała na szczęśliwą.

— Przetwornik analogowo-cyfrowy stabilizowany ze wzmacniaczem oraz filtrem dolnoprzepustowym! — krzyknął tata. — Akurat tego potrzebuję! O, jest też tunelowy miernik zakrzywienia fal grawitacyjnych! Marzyłem o takim od wakacji! A to przyda się od razu. — Rozpakował mały plackowaty przedmiot przypominający jakąś część silnika samochodowego. — Ubocznym efektem działania tego urządzenia jest zakłócanie telefonów komórkowych. Zaraz włączymy. — Puścił oko do syna.

W ostatniej paczce był programowalny dekoder satelitarny, który na pewno przyda się przy odbiorze sygnałów z Marsa.

Babcia Lusia usiadła na kanapie i westchnęła. Na jej kolanach leżała rozpakowana malutka paczuszka, a w palcach obracała złoty pierścionek z rubinem.

— Dziękuję — szepnęła i włożyła go na palec. — Wciąż pasuje.

Otarła z policzków łzy wzruszenia i spojrzała po wszystkich pytająco.

— Chyba Felix najlepiej to wyjaśni — powiedział tata.

Felix zmieszał się trochę i usiadł obok babci:

— Znaleźliśmy ten skarb, o którym babcia mówiła. Reszta jest już w muzeum, ale będzie można jeszcze coś odzyskać

— Ostatni raz miałam go na palcu, gdy byłam niewiele starsza od ciebie — powiedziała babcia, pocałowała Felixa i przytuliła go mocno. — Przeleżał pod ziemią sześćdziesiąt lat. To najpiękniejszy prezent, jaki kiedykolwiek dostałam.

* * *

— No to jedźmy z tym koksem — powiedział tata Neta, siadając za stołem.

Mama cmoknęła, niezadowolona z takiego podejścia i również usiadła. Net palnął się ręką w czoło i pobiegł do swojego pokoju. Wrócił z laptopem i postawił otwarty przed dodatkowym talerzem.

— *No, lepiej późno niż wcale* — powiedział Manfred. — *Wesołych świąt dla całej rodziny. Mam nadzieję, że pani domu nie obrazi się, że nie spróbuję żadnego z dań, ale jestem na naprawdę ścisłej diecie. Tylko prąd stały, dziesięć i pół volta.*

— Dodatkowe nakrycie jest dla niespodziewanego gościa — zauważyła mama.

— Przecież się nie spodziewałaś komputera przy stole — zaśmiał się nerwowo tata. — Więc wszystko się zgadza. Chyba że chodziło o INNEGO niespodziewanego gościa?

— Pedro jest po prostu przyjacielem — wyjaśniła mama łagodnie. — Pomoże mi zorganizować wystawę w Barcelonie.

— Dajcie spokój — powiedział Net. — Chociaż w Wigilię. Zresztą mamy dwudziesty pierwszy wiek. Skąd miałby się tu wziąć niespodziewany gość?

Rozległ się dzwonek do drzwi. Wszyscy spojrzeli na siebie. Net zerwał się i pobiegł otworzyć. W drzwiach stała Nika w swojej nowej kurtce i patrzyła zaskoczona na dwa półmiski, które właśnie pojawiły się w jej rękach.

— Jak wyminęłaś portiera? — zapytał chłopak.

Nika uśmiechnęła się tajemniczo.

— Poznaj, to jest... — wskazała głową na Świętego Mikołaja.

Net wychylił się i spojrzał we wskazanym przez nią kierunku, ale korytarz był już pusty.

— Poznaję — powiedział — to drzwi do zsypu. Weszłaś przez zsyp?

— Nie... To znaczy... I tak nie uwierzysz.

— Potem opowiesz. Chodź, właśnie siadaliśmy do kolacji.

Net zamknął drzwi, wziął od niej półmiski i pomógł zdjąć kurtkę. Uśmiechnął się i poprowadził ją do salonu. Rodzice wstali, by przywitać gościa. Nika odetchnęła z ulgą, widząc, że naprawdę się cieszą z tej nieoczekiwanej wizyty. Obiecała sobie, że dużo nie zje.

— Jednak jest niespodziewany gość — oznajmił Net, stawiając półmiski na stole. — Do tego z własnym prowiantem.

— *Przesunę się, w końcu po co mi talerz?* — oświadczył Manfred. — *To znaczy... przesuńcie mnie, proszę.*

Choinka w domu Neta była duża, prawie czterometrowa, i stała przy schodach na dach, więc sięgała ponad sufit salonu. Jedynymi jej ozdobami były identyczne matowobiałe bombki wiszące w równych od siebie odstępach. Stół nakryty był białym obrusem, na którym, prócz sztućców, talerzy i półmisków, stały dwie świece (zgaszone) w modernistycznych, szklanych świecznikach. Całość oświetlały halogeny ukryte w suficie podwieszanym.

— Jak w zamrażarce, nie? — Uśmiechnął się Net. — Tata informatyk, czyli umysł ścisły. Rozumiesz, róża opisana wektorowo i kolor o konkretnym numerze. Mama za to jest artystką zakochaną w minimalizmie (choć maluje w zupełnie innym stylu). Minimalizm, to znaczy, że trzeba zrezygnować ze wszystkich ozdobników. Szuflady w kuchni nie mają więc uchwytów i do dziś nie wiem, jak się je otwiera. W tym domu wszystko musi być pod linijkę. Kiedyś mieliśmy mrówki faraona - nawet one chodziły gęsiego prawą stroną podłogi.

Wszyscy złożyli sobie życzenia i zabrali się do jedzenia wędzonego łososia i sałatki warzywnej. Laptop został bezceremonialnie zepchnięty na brzeg stołu.

— Zobacz. Nawet świeczek nie można zapalić, bo się stopią i będą nierówne — zrzędził dalej Net — a jakby na obrus wylał się sok wiśniowy, to chyba cały dom by się od tego zawalił. Tata toleruje choinkę tylko dlatego, że jej budowa przypomina mu fraktal.

— Atmosfera przynajmniej nie jest minimalistyczna — zapewniła Nika. Czuła się naprawdę szczęśliwa.

Nagle powiało zimnem z góry, od tarasu. Mama zerknęła w tamtą stronę, a potem niżej i znieruchomiała. Pozostali goście podążyli za jej wzrokiem. Pod choinką leżało kilkanaście prezentów. Wszystkie były starannie opakowane w perłowy papier i przewiązane srebrnymi wstążkami.

— *Odwróćcie mnie* — poprosił Manfred. Net pchnął komputer, tak by choinka znalazła się na wprost kamery.

— Kochanie? — zapytał tata. — Czy otwierałaś ostatnio moją szafę? Tę, co prosiłem, żeby jej nie otwierać?

— Nie wchodziłam dziś... w ogóle w tym tygodniu nie wchodziłam do tej twojej pracowni — odparła mama. — Ale widzę, że ktoś grzebał również w mojej szafie. W tej, co prosiłam, żeby w niej nie grzebać. Czy ty nie przesadzasz z tą swoją podejrzliwością?

— Widzę też parę paczek nieznajomego pochodzenia — mruknął tata.

— *Wszystkie muszą tam leżeć od dawna* — powiedział Manfred. — *Przez ostatnie pięć minut i czterdzieści trzy sekundy nikt z was nie uciekł mi z pola widzenia.*

— Przed chwilą ich tam nie było — powiedziała mama.

Podeszli do choinki i zaczęli oglądać prezenty. Net chwycił pierwszą paczkę opisaną „Manfred" i w imieniu programu wypakował coś, co wyglądało jak neseser z czterema wpasowanymi w niego grubymi oponami. Położył to coś na ziemi. Neseser... rozłożył się, w kilka sekund przyjmując postać robota. Korpus trzymał się na czterech niezależnie zawieszonych kołach. Na samej górze miał głowę z dwiema kamerami i dwoma mikrofonami, niżej zginany manipulator z trzema palcami przypominającymi kombinerki.

— *Będę miał... ciało!* — ucieszył się Manfred. — *To coś nowego... O! Mogę nim poruszać! Full wypas! Trójwymiarowe widzenie, dźwięk stereo, czegóż chcieć więcej? Dzięki, dzięki Mikołaju!*

Robot pokiwał głową, uniósł manipulator i ruszył przed siebie, od razu uderzając w ścianę.

— *Muszę poćwiczyć* — bąknął przepraszająco robot znajomym głosem Manfreda. — *Wy uczycie się chodzić przez lata.*

Następny prezent był opisany „Net i Manfred".

— Ciekawe co to? — zastanawiał się chłopiec, rozplątując wstążkę. W końcu odwinął cały papier i wyciągnął płaski, prostokątny przedmiot wielkości książki. — Superpojemny akumulator do laptopa! Do dziesięciu godzin pracy bez ładowania! Słyszałeś, Manfred?!

Net dostał jeszcze gogle narciarskie, kilka płyt z programami komputerowymi i muzyką techno oraz zegarek z mikrokomputerem pokładowym. Tata dotarł do swojego ostatniego prezentu - karty do komputera. Wyglądała jak wyłamany fragment wnętrza telewizora, ale musiała być cenna, bo trzymał ją niezwykle delikatnie.

— To jakiś podstęp — powiedział, oglądając prezent. — Skąd wiedziałaś, że brakuje mi tego właśnie elementu?

— Widzicie — powiedziała mama za śmiechem — on już nie wierzy w Świętego Mikołaja, ale tym samym potwierdza, że Mikołaj istnieje, bo Mikołaj tylko dobrze się ukrywa, przestawiając nam co nieco w pamięci. Potem wydaje się nam, że sami to wszystko kupiliśmy, ale to tylko złudzenie.

— Za to pieniędzy z banku ubywa naprawdę — mruknął tata.

Mama udała, że nie słyszy, i zaczęła oglądać nowy zestaw stu jeden pędzli ze specjalnego włosia.

— Zaraz, zaraz — powiedział tata, zaglądając pod choinkę. — Tutaj, na samym dnie, jest jeszcze jedna maleńka paczuszka. „Dla Niki"... Net, mogłeś wcześniej powiedzieć, że Nika wpadnie.

— Kiedy nie wiedziałem — Net wzruszył ramionami, przyglądając się podejrzliwie paczce. Potem zamrugał i dotknął kieszeni. Była pusta.

Tata podał Nice prezent, a ta go pospiesznie otworzyła. W środku był złoty pierścionek z malutkim zielonym oczkiem. Dziewczyna uśmiechnęła się i założyła go na palec. Potem pocałowała zaskoczonego Neta w policzek i szepnęła mu do ucha „Dziękuję!".

Zadzwonił telefon. Tata odebrał i chwilę rozmawiał, śmiejąc się. Gdy odłożył słuchawkę, zatarł dłonie i oznajmił:

— Jutro wszyscy, bez wyjątku, jesteśmy zaproszeni na świąteczny obiad do rodziców Felixa. Będzie słynny bigos babci Lusi.

Net skrzywił się na myśl o bigosie, nie tym babcinym, ale w ogóle. Ale będzie też... porównywanie prezentów! To niemal tak miłe, jak ich dostawanie.

Net i Nika założyli kurtki i wyszli na dachotaras.

— Chciałem dać ci go w szkole — powiedział Net — ale wszyscy by się śmiali. Właściwie to nie wiem, kto go położył pod choinką, bo ja miałem go cały czas w kieszeni.

— Ale sam podpisałeś „Dla Niki".

— Tak... Myślałem, żeby ci go dać przy najbliższej okazji. Nie wiedziałem przecież, że przyjdziesz.

— Nie uwierzysz, jak ci powiem, że przywiózł mnie tu Święty Mikołaj? — zapytała.

— No zgadłaś, nie wierzę.

— Po drodze powiedział mi, że ten skarb znaleźliśmy tylko dlatego, że nie chcieliśmy go dla siebie.

— Sam nie wiem. Tak naprawdę to chyba chodziło mi o samą przygodę. Przecież Indiana Jones też nie był chciwy.

Na niebie pojawił się złoty błysk, potem następny, aż wreszcie całe niebo pełne było pędzących w różnych kierunkach sań Świętego Mikołaja, bo przecież Mikołaj może być w wielu, wielu miejscach jednocześnie.

Oczywiście nikt nie widział tych błysków. Mikołaj naprawdę dobrze się kamufluje.

7. Tajemnice Niki

Śnieg, z krótkimi przerwami, utrzymywał się aż do początku lutego i nic nie wskazywało, żeby miał zamiar się roztopić. Wzdłuż głównych ulic piętrzyły się białe pryzmy, a boczne uliczki przypominały tor przeszkód dla samochodów terenowych. Zdarzało się nawet zobaczyć kogoś podążającego do biura na nartach biegowych. Gdyby taki stan potrwał dłużej, zapewne w hipermarketach zaczęto by sprzedawać skutery śnieżne.

Pierwszego dnia ferii był solidny mróz, więc śnieg przestał padać. Słońce świeciło jasno, wyostrzając kontury budynków i przedmiotów. Samochody wyglądały, jakby poruszały się w białych wąwozach. Wąska uliczka Serdeczna, przy której stał dom Felixa, od dwóch dni była nieprzejezdna dla większości samochodów. Oczywiście Land Rover taty Felixa radził sobie ze śniegiem, na co przedzierający się przez zaspy przechodnie patrzyli z zazdrością.

Pan Sobolak, który w kożuchu narzuconym na dres właśnie wyszedł wyrzucić śmieci, westchnął, zerkając na duże koła i wysokie zawieszenie. Tata Felixa ukłonił mu się i włożył plecak syna do bagażnika.

— Teraz pewnie żałuje, że pozakładał te wszystkie spojlery — mruknął do Felixa, który zapinał pas na tylnym fotelu.

Felix starał się nie myśleć już o niczym, co dotyczyło szarej codzienności. Czekał go tygodniowy wyjazd w góry razem z całą klasą.

Tata zamknął bagażnik i usiadł za kierownicą. Wyjął coś z kieszeni i popatrzył na Felixa.

— Weź — powiedział do syna, kładąc mu na dłoni zegarek. — Jeśli wydarzy się coś... cokolwiek, i nie będzie innego wyjścia, będziesz mógł nim wezwać pomoc.

— Taki sam jak mój — zauważył Felix.

— Ma te same funkcje, plus jedną: jeśli stłuczesz szkiełko, zegarek wyśle sygnał SOS.

— Dzięki tato, ale to tylko zwykła wycieczka.

Założył nowy zegarek, a stary oddał. Tata uśmiechnął się, uruchomił silnik i wyjechał na ulicę. Przy okazji, niby od niechcenia, przejechał przez pryzmę śniegu. Felix zobaczył, że panu Sobolakowi, stojącemu w drzwiach domu, opadły ramiona. Śnieg leżący na podjeździe sięgał do reflektorów jego stuningowanego Poloneza.

Pół godziny później Felix pożegnał się z tatą i wysiadł przed szkołą. Miał ze sobą jeden duży plecak, drugi mniejszy zapakowany rzeczami na drogę i nowiutkie wspaniałe narty. Przywitał się z panią Jolą i panem Czwartkiem, którzy mieli opiekować się klasą podczas całego wyjazdu, oraz z kolegami. Spojrzał na Neta i zmarszczył brwi. Net opierał się o snowboard - jadowicie pomarańczowy od spodu, biały z wierzchu, z czerwonymi wiązaniami. Felix stanął dwa metry dalej, ściskając swoje narty.

— Nie lubię cię — powiedział Net, przyglądając się sprzętowi przyjaciela.

— Ani ja ciebie — odpalił Felix.

— Więc postanowiłeś jeździć na poręczach od schodów?

— Lepiej na poręczach niż na parapecie.

— Jak to się mogło stać, że jesteśmy w przeciwnych klubach? — Net rozłożył ramiona.

— Sam się dziwię — mruknął Felix — ale nie martw się. Klimat się ociepla. Za dwadzieścia lat w grudniu będzie pora deszczowa, a w lipcu pora sucha. Jak w tropikach. Lodowce się roztopią, Gdańsk będzie podwodnym miastem. Nasz problem zniknie, razem ze śniegiem.

— Narty nie są trendy — oświadczył Net, po czym krzyknął — zobacz! Jest Nika.

Nika była ubrana w swoją nową kurtkę, ale przez to cała reszta wyglądała na jeszcze starszą, niż była w rzeczywistości. Tylko świeżo wypastowane martensy trzymały fason.

— Co ona niesie? — zaniepokoił się Felix.

— Snowboard to to nie jest — westchnął zawiedziony Net.

— To chyba narty, ale...

Narty były dużo wyższe od swojej właścicielki. Spod odrapanej czerwonej farby wystawało gdzieniegdzie prawdziwe drewno. Wiązania, składające się ze sprężyn, blaszek i rzemyków, wyglądały jak wypożyczone z muzeum etnograficznego.

— Cześć — przywitała się Nika i rzuciła na śnieg połatany plecak, pamiętający chyba czasy drugiej wojny światowej.

— Czy to boazeria? — Net złośliwie się uśmiechnął, dotykając jej nart.

— To są narty — wyjaśniła Nika, udając, że nie złapała dowcipu. — Należały do mojego dziadka.

— Wyglądają, jakby należały do człowieka z Cro-Magnon* — powiedział Felix.

— Ty się na tym zabijesz — pokręcił głową Net. — Zawsze się zastanawiam, jak można jeździć na dwóch deskach, ale nie przypuszczałem, że można próbować jeździć na dwóch DREWNIANYCH deskach. Mam nadzieję, że dobrze znasz swój... sprzęt.

— Nigdy w życiu nie jeździłam — wyznała szczerze.

Stojący obok chłopcy, z Lucjanem na czele, dopiero teraz zauważyli zabytkowe narty i zaczęli się głośno śmiać.

— Zamknijcie się — zgasił ich Net. — To są narty Stradivariusa**. — Po czym dodał ciszej — na stoku będzie jeszcze gorzej...

* Cro-Magnon [czyt.: kromanią] – miejscowość we Francji. Znaleziono tam najstarsze, liczące 30 tys. lat, szczątki przedstawiciela gatunku *homo sapiens* (ty, drogi czytelniku, najpewniej należysz do tego właśnie gatunku). Zmarłego nazwano po prostu człowiekiem z Cro-Magnon. Zanim Europę zasiedlili *homo sapiens*, przez 200 tys. lat mieszkali tu neandertalczycy.

** Stradivarius – słynny włoski lutnik (wytwórca skrzypiec), żyjący na przełomie XVII i XVIII wieku. Jego instrumenty uchodzą do dziś za najlepsze na świecie.

Nika ze złością zauważyła, że Aurelia, która właśnie wysiadła z limuzyny swojego ojca, też niesie snowboard. Aurelia obrzuciła Nikę i jej sprzęt pogardliwym spojrzeniem i zalotnie uśmiechnęła się do Neta.

W uliczkę przed szkołą skręcił właśnie autokar, ten sam, którym przedtem jechali do zamku na Kociej Skale.

— Ten sam autokar? — zdziwił się Felix.

— Widocznie Stokrotka wywalczył zniżkę dla stałego klienta — odparł Net. — Mogę się założyć, że będziemy mieć nasze miejscówki.

Autokar próbował zawrócić, celując tyłem w nieodśnieżony podjazd, i oczywiście zakopał się w śniegu. Chłopcy musieli zostawić bagaże i iść go wypchnąć. Wszyscy umorusali sobie rękawiczki o czarną od brudu tylną klapę.

— Powinni produkować autokary z napędem na wszystkie koła — powiedział Felix, wycierając rękawiczki o śnieg.

Kilka minut później bagaże były już zapakowane, a uczniowie zajmowali miejsca. Fotele na samym końcu były wolne, widać wszyscy pamiętali jeszcze dramatyczny komunikat z ostatniej wycieczki. Trójka przyjaciół oczywiście usiadła właśnie tam, zakładając dla niepoznaki na uszy latarki, udające niwelatory drgań. Aurelia znów posłała Netowi długie, powłóczyste spojrzenie. Zapomniała już chyba, że nie dostała od niego prezentu podczas klasowej Wigilii.

Pani Jola przeszła wzdłuż autokaru i przeliczyła uczniów, a fizyk obejrzał kolejno wszystkie koła i sprawdził stan opon, pukając w nie butem. Pokiwał z uznaniem głową i wsiadł do środka.

— Opony w dobrym stanie — powiedział do kierowcy — ale sądząc po rezonansie akustycznym, za dwa tysiące kilometrów złapie pan gumę w prawym przednim kole.

To był cały Czwartek. Usiadł na swoim miejscu i wyciągnął książkę. Z niewinnym uśmieszkiem zajął się czytaniem, pozostawiając kierowcę w niepewności. Ten popatrzył jeszcze raz na fizyka, zmrużył oczy i wyzerował licznik. Zapalił silnik i ruszył.

* * *

Sześć godzin później autostrada skończyła się. Autokar jechał teraz krętą drogą, która na przemian to pięła się na kolejne wzniesienia, to zjeżdżała w doliny. W przerwach między ośnieżonymi świerkami, na tle jasnobłękitnego nieba, widać już było groźny zarys gór. Uczniowie pokazywali sobie palcami ostre szczyty i śmiejąc się, opowiadali, co będą robić przez najbliższy tydzień. Oskar pstrykał wszystkim zdjęcia aparatem cyfrowym, który wygrał na jakiejś promocji.

— Poważnie chcesz się nauczyć jeździć na nartach? — zagadnął Nikę Net. — Na TYCH nartach?

— To nie może być trudne — odpowiedziała ze spokojem. — Umiem jeździć na łyżwach.

— To jednak trochę co innego — mruknął Net.

— Może na początek Manfred znajdzie jakiś kurs w internecie — zaproponował Felix.

— Wolę go nie drażnić — odparł Net. — Jest obrażony, że nie wziąłem ze sobą jego „ciała", czyli robota, którym porusza się po domu. Nie pomogło tłumaczenie, że w tym śniegu i tak by nie przejechał nawet pięciu centymetrów.

Przez okna widać było tylko uciekające w tył zwały śniegu i czasami ciemne czeluście przepaści.

— Co to za pensjonat? — zapytała Klaudia.

— Jest położony w lesie — wyjaśnił Wiktor. — Nazywa się „Pod Zezowatą Owcą". Prowadzi go góralska rodzina. Ojciec, matka, dwie córki i syn. Nie słuchałaś pani Joli, jak opowiadała? Mają dwa konie, małe stadko owiec, kozę, kury...

— To jakaś wiocha! — przestraszyła się Klaudia.

— A myślałaś, że jedziemy do Aspen?

— A będą indywidualne pokoje?

— Szczerze wątpię. Na *room service* też bym raczej się nie nastawiał.

— O... — zmartwiła się Klaudia. — Ale może są przynajmniej jakieś sklepy albo kawiarnie w pobliżu?

— Ten pensjonat jest w lesie. — Lekko zniecierpliwiony Wiktor wetknął nos w książkę.

Dziewczyna, zmartwiona, westchnęła i założyła na uszy słuchawki MP3-playera. Wiktor spojrzał porozumiewawczo na innych chłopców i wrócił do lektury, kręcąc z rezygnacją głową.

Za kolejnym zakrętem autokar zatrzymał się w małej zatoczce z boku jezdni. Gdyby było lato, zapewne pobocze przechodziłoby płynnie w polankę, za którą zaczynał się las. Teraz jednak piętrzył się tu wał śniegu niemal tak wysoki, jak sam autokar. Zaczęło się wyciąganie bagaży. Narty Niki sprawiły jej kłopot. Odstęp między lukiem bagażowym a wielką pryzmą był za mały i czubki nart wbiły się w śnieg, nim wysunęła je w całości. Aurelia i Klaudia zaczęły chichotać, komentując między sobą sprzęt Niki.

— Tak to jest, jak się ma ojca akwizytora — skomentowała Aurelia na tyle głośno, że niemal wszyscy to usłyszeli.

— A kim jest twój tata? — zapytał Net.

— Sławnym fotografikiem. — Aurelia uśmiechnęła się do niego i odeszła, niosąc swoją deskę tak, żeby wszyscy ją zobaczyli.

— Chyba fotografem — mruknęła pod nosem Nika. — Pewnie robi zdjęcia rentgenowskie...

— Teraz zła wiadomość — oznajmił fizyk. — Będziemy zwiększać naszą energię potencjalną bez użycia źródeł zewnętrznych.

— Co to jest energia potencjalna? — zapytała Klaudia.

— To określona z dokładnością do stałej energia mechaniczna układu ciał zanurzonych w polu sił, wynikająca z konfiguracji... — Fizyk nie dokończył i zaczął się śmiać.

— A mówiąc po ludzku, będziemy sami tachać plecaki kilometr pod górę — wyjaśnił Felix.

Autokar odjechał, żeby zabrać skądś inną klasę, która właśnie skończyła tygodniowy pobyt.

Grupa ruszyła pod górę wąskim wydeptanym szlakiem. Pani Jola szła przodem, a pan Czwartek zamykał pochód, zbierając zgubione rękawiczki, czapki i papierki po batonikach. Po paru minutach Klaudia zaczęła narzekać, że jest jej ciężko i już nie może. Lucjan wziął od niej plecak. Felix przywiązał swój plecak do nart i po prostu ciągnął go za sobą. Net zrobił to samo z deską, ale ci, którzy szli za nimi, nie poszli w ich ślady.

Pod śniegiem, przez który brnęli, była podobno brukowana ścieżka, wystarczająco szeroka, by w lecie można było tutaj dojechać zwykłym samochodem. Teraz jednak nawet Land Rover taty Felixa miałby kłopot. Zima w górach to jednak coś więcej niż zima w mieście.

Wreszcie cel ich wędrówki wyłonił się zza drzew. Pensjonat „Pod Zezowatą Owcą", w którym mieli mieszkać przez najbliższy tydzień, właściwie bardziej przypominał schronisko górskie. Była to duża chata z drewnianych bali, z wysokim poddaszem, na którym mieściły się sypialnie. Obok domu stały spora szopa, zapewne służąca za garaż i magazyn niepotrzebnych rzeczy, oraz niewielka obora. Pod jedną ze ścian szopy ułożono ogromną stertę polan do kominka. Zabudowania stały samotnie na łagodnym stoku, otoczone z trzech stron wysokimi świerkami. W górze widać było kilka szczytów, a w dole, za przesieką, rozciągała się łąka, na której latem mogły się paść owce. Widok na zalesione pagórki, zaśnieżone skałki i leżącą kilka kilometrów dalej wioskę zmusił wszystkich do zatrzymania się.

— Łał! — zdołał wykrztusić Net, odczepiając plecak od snowboardu. — I to wszystko bez wspomagania komputerowego.

— Wygląda jak fototapeta — przyznała Nika.

Rosnący wraz ze zbliżającym się wieczorem mróz zmusił ich do skierowania kroków w stronę domu.

— Witojcie. — Rumiana gaździna otworzyła drzwi. — Wchodźcie, wchodźcie. Obiadek już prawie gotowy.

Z ciasnej sieni, w której zostawili sprzęt narciarski, wchodziło się do zajmującej pół parteru izby z kominkiem, w którym buzował ogień. Mieściły się tu też kuchnia i kilka pomieszczeń, w których mieszkali domownicy. Strome schody prowadziły na piętro. Uczniowie zrzucili plecaki i usiedli na ławach za solidnym, topornym stołem w kształcie litery „L", a nauczyciele zniknęli w kuchni, by ustalić z właścicielami szczegóły organizacyjne.

Zapach dochodzący z kuchni sprawił, że wszyscy przełykali ślinę. Wszyscy, z wyjątkiem Neta.

— Znów kapusta — jęknął.

— W tym regionie połowa potraw jest robiona z kapusty — powiedziała Nika. — Musisz się przyzwyczaić.

— Na Krupówkach jest McDonald's — pocieszył go siedzący kawałek dalej Wiktor. Rozwinął przed sobą gazetę z dużym tytułem *Próba włamania do Muzeum Narodowego w Warszawie*. Felix zerknął na artykuł i przypomniał sobie, że w tym muzeum znajduje się również ich skarb, choć było mało prawdopodobne, by ktoś włamywał się właśnie po niego. W zbiorach muzeum było przecież wiele nieporównanie cenniejszych eksponatów. Na szczęście system alarmowy spłoszył włamywaczy i niczego nie udało im się zrabować.

Net nagle zbladł i spojrzał na pozostałych.

— Odkryłem jeszcze jedną straszną rzecz — powiedział łamiącym się głosem. — Tu nie ma telewizora.

— Nie!... — zawtórował mu Lucjan, omiatając izbę czujnym spojrzeniem.

Ze wszystkich stron dochodziły jęki zawodu.

— To ucieczka od cywilizacji — wyjaśnił fizyk, wychodząc z kuchni.

— Ale jest łazienka z ciepłą wodą? — Klaudia była lekko przerażona.

— Oddzielna dla chłopców, oddzielna dla dziewczynek.

— Z całkiem ciepłą wodą? — upewniła się.

Weszły dwie dziewczyny ubrane w stroje ludowe. Widząc wlepione w siebie kilkanaście par oczu, uśmiechnęły się nieśmiało i zaczęły rozstawiać na stole naczynia i sztućce. Po chwili każdy miał przed sobą glinianą miskę i drewnianą łychę.

— Nie mogę uwierzyć, że nasza szkoła aż tak oszczędza — mruknął Net.

— To folklor, nie oszczędność — wyjaśniła Nika. — Poznajemy tutejszą kulturę.

— Zahartujemy się w tym klimacie — dodał Felix, chuchając w zziębnięte dłonie.

— I zdobędziemy odporność na parę chorób — dorzucił Net, podejrzliwie oglądając swoją łyżkę. — Na salmonellę...

Dziewczyny wróciły z kilkoma koszyczkami z chlebem, a gazda (czyli gospodarz), barczysty mężczyzna z pomarszczoną twarzą, uśmiechając się i witając wszystkich, wniósł wielki gar z zupą.

— Pyszna kwaśnica — oznajmił, stawiając naczynie na końcu stołu. Jego córki drewnianą chochlą nalały do każdej miski sporą porcję.

— Jaka tam kwaśnica? — powiedział Oskar, patrząc w swoją miskę. — To zwykły kapuśniak.

— Tutaj nazywa się kwaśnica — wyjaśniła pani Jola. — Każdy region ma własną gwarę.

— I własną kuchnię — dodał fizyk, próbując zupę. — Nad morzem robią kapuśniak z pomidorami, ale ja wolę odmianę góralską.

— Jak to? — zdziwił się Oskar, po czym zwrócił się do wychowawczyni — inaczej nazywają tę samą rzecz?

— Oczywiście. Zapytajcie Christiny o różnice między angielskim w Wielkiej Brytanii, w Stanach albo w Australii. Tak jest na całym świecie; różnice są mniejsze lub większe. Ziemniaki tutaj nazywają się „grule", na Śląsku mówi się na nie „kartofle", a w Wielkopolsce „pyry".

— Niesamowite... — chłopiec pokręcił głową.

— Na jagody mówią „borówki".

— To jak nazywają borówki?

— „Brusznica".

— I nie pomyli im się to wszystko?!

Pani Jola nie odpowiedziała, tylko zaśmiała się. Wszyscy zaczęli z apetytem jeść. Nawet Net, popychany głodem, przemógł się i po kilku łyżkach przyznał, że zupa nie smakuje aż tak źle, jak przypuszczał. Nie dokończył jednak swojej porcji, zapychając się chlebem. Chlebek miał smakowitą, chrupiącą skórkę i okazało się, że piecze go sama gaździna. Większość prosiła o dokładkę kwaśnicy, a Klemens wziął aż trzy.

Po zupie podano herbatę w wielkich kubkach.

— Nie będzie deseru? — zapytał z zawodem w głosie Klemens, głaszcząc się po brzuchu.

— W sobotę będzie jabłecznik — powiedziała gaździna i zabrała pusty gar.

— Ale nam nie wolno pić alkoholu — przestraszyła się Klaudia.

Góralka tylko się uśmiechnęła, a pani Jola wyjaśniła:

— Tutaj jabłecznik to nie jest wino, tylko ciasto - szarlotka.

— Naprawdę niesamowite — westchnął Oskar. — Z tego musi powstawać cała masa pomyłek.

— To ciesz się, że nie pojechaliśmy do Chin — zażartował Felix. — Tam nic by ci się nie zgadzało.

— Dlatego też w najważniejszych sprawach stosuje się języki międzynarodowe — wyjaśniła pani Jola. — Wszystkie rośliny i zwierzęta mają nazwy łacińskie, takie same w każdym kraju. Naukowcy, piloci, politycy albo biznesmeni porozumiewają się po angielsku. Właśnie po to, żeby nie było pomyłek. Kiedyś próbowano stworzyć sztuczny język - esperanto, dla zwykłych ludzi. Niestety, nie udało się. Obecnie rolę języka międzynarodowego pełni angielski, ale specjalistycznych języków międzynarodowych jest więcej, na przykład metryczny układ miar. To też język.

— Albo protokół TCP/IP — wtrącił Net. Wszystkie oczy skierowały się na niego, więc wzruszył ramionami i dodał ciszej — poważnie, dla komputerów...

Po obiadokolacji gaździna zaprowadziła wszystkich na piętro. Były tam dwie większe sypialnie, dla chłopców i dziewczyn, oraz dwa małe pokoiki, które zajęli nauczyciele. No i dwie łazienki.

— Jedna ważna rzecz — powiedziała pani Jola. — Wszyscy mają umyć zęby i się wykąpać. Ustalcie kolejność. Czy to jasne?

Odpowiedziało jej niechętne potaknięcie. Wszyscy zanieśli na górę plecaki, buty narciarskie zostawiając w głównej izbie, a narty i deski w sieni.

W sypialni chłopców stało kilka piętrowych drewnianych łóżek. O te najlepsze, czyli górne, od razu rozpoczęła się bitwa. Wyglądało na to, że Wiktor i Oskar zamierzają spać razem, ale w końcu ten drugi ustąpił obrażony. Kuba zajął dwa łóżka i nie mógł się zdecydować, które jest lepsze. Z problemu wybawił go Lucjan, który bez słowa rzucił swój plecak na łóżko na wprost okna i przełożył torbę

Kuby na stół. Klemens zajął ostatnie łóżko, które miało wolny górny poziom i już się miał na nie gramolić, gdy wszedł Lambert, oznajmiając, że pan Czwartek prosi Klemensa na dół. Chłopiec westchnął i powlókł się do drzwi.

Felix i Net patrzyli nieco pobłażliwie na te przepychanki.

— Gdyby nie to, że wolę dolny poziom — powiedział Net — to moglibyśmy coś wymyślić.

— Nie warto, ja też wolę dół — odparł Felix. — Byle nie pod Klemensem.

— Zdaje się, że Lambert właśnie zajął jego miejsce.

Rzeczywiście, Lambert przełożył rzeczy Klemensa na dolny poziom łóżka stojącego w najciemniejszym kącie. Jedynie Horacy zaczekał cierpliwie, aż walki ustaną, i zajął wolne łóżko.

Przez jedyne okno w spadzistym dachu widać było, że zapada już zmierzch. Obok stały stół i trzy krzesła. Jedynym oświetleniem była goła żarówka, smętnie zwisająca z sufitu. Dopiero potem w jedynej szafie chłopcy znaleźli lampkę z przypalonym abażurem, którą postawili na stole. Jej światło było znacznie milsze.

Po kilku minutach wrócił Klemens i spiorunował wzrokiem Lamberta, który udawał, że go nie zauważa.

— Poprzestawiałem wszystkie narty i buty — powiedział Klemens ze złością — a na koniec Czwartek podziękował mi, że się zgłosiłem na ochotnika.

— No to masz u niego plus — Lambert machnął ręką. — Przyda ci się na klasówce.

Dziewczyny wchodziły do łazienki grupowo, ale i tak chłopcy umyli się znacznie szybciej. Gdy kładli się do łóżek w swojej sypialni, z łazienki dziewczyn wciąż słychać było szum suszarek i chichoty.

— Baby są niemożliwe — westchnął Net, wsuwając się do śpiwora.

— Nie narzekaj — odparł Felix. — W naszym interesie jest, żeby wyglądały ładnie.

Chwilę leżeli w milczeniu, gapiąc się w sufit.

— Nudno tak bez telewizji — westchnął Oskar. — Może pogramy na komputerze Neta?

— Nie mam żadnych gier — ostro zaprotestował Net. — To jest profesjonalny sprzęt, a nie jakaś tam konsolka. Nawet nie próbuj go dotykać!

— Dobrze, już dobrze — Oskar był zaskoczony tym wybuchem.

— Mam karty — powiedział Lucjan.

— Trzeba by wyjść ze śpiworów — odparł Oskar. — Zimno się robi. Wyłączają chyba ogrzewanie na noc.

— Wyłączają? — Felix uśmiechnął się. — Drewno się wypaliło i piec stygnie. Napalą rano.

Znów zapadło milczenie.

— Czy sztuka konwersacji już umarła? — zapytał fizyk, niespodziewanie stając w drzwiach. — Nie możecie zwyczajnie porozmawiać?

— Co będziemy robić jutro? — zapytał Net. — Jedziemy na stok?

— Jedziemy do Zakopanego. Aklimatyzacja. A teraz porozmawiajcie sobie, tak jak to robili ludzie przed wynalezieniem telewizora. Miłych snów.

Uśmiechnął się do wszystkich i zamknął drzwi.

— Czytałem w gazecie — zaczął Wiktor — że w tych okolicach widziano yeti.

— Pomyliło ci się z Himalajami — zaśmiał się Felix.

— Jestem pewien.

Wiktor był zazwyczaj najlepiej poinformowanym chłopakiem w klasie, a może i w całej szkole (jego rodzice byli dziennikarzami). Jak coś mówił, to najczęściej oznaczało, że tak w istocie jest.

— To chwyt marketingowy — powiedział niezbyt przekonany Felix — żeby tu ściągnąć więcej turystów.

— Mnie to bardziej odstrasza, niż zachęca — stwierdził Net.

— To pewnie niedźwiedź — wtrącił sennie Oskar.

— Tym gorzej — mruknął pod nosem Net.

— Yeti jest biały — sprostował Wiktor.

— To cierpiący na bezsenność niedźwiedź, który wytarzał się w śniegu — znów zażartował Felix.

— Nawet nie wiem, co trzeba zrobić, jak się spotka niedźwiedzia. — Netowi pogorszył się humor.

— Trzeba nosić jedzenie szczelnie zapakowane — wyjaśnił Felix — żeby nie wywęszył. I zawrócić, jak się zobaczy jego ślady.

— No, ale jak już go spotkam?

— Najlepiej wiać — mruknął Oskar, prawie przez sen.

— Nie! — zaprzeczył szybko Felix. — Wtedy może zacząć cię gonić, a jest dużo szybszy. Trzeba powoli odejść. Jak będzie szedł za tobą, to musisz coś rzucić, żeby się tym zainteresował. W ostateczności możesz się skulić na ziemi i udawać martwego... Chociaż mam pewne wątpliwości co do tej metody...

Z łóżka Oskara odpowiedziało mu ciche chrapanie.

— Mówisz o niedźwiedziu — powiedział sennie Wiktor — a ja czytałem o yeti...

* * *

Rano niemal wszyscy mieli problemy ze wstaniem, a potem z całkowitym rozbudzeniem się.

— Zatruliśmy się tlenem — narzekał Net podczas mycia zębów. — My jesteśmy przystosowani do oddychania miejskimi spalinami.

— Więc lepiej, że mamy dzień na aklimatyzację — dodał Felix. — A w Zakopanem będziesz miał trochę spalin.

Na śniadanie była jajecznica na boczku. Podały ją córki gospodarzy; już nie były ubrane w stroje góralskie, tylko w jeansy i modne bluzy.

— Ile kalorii i cholesterolu. — Klaudia popatrzyła na swój talerz.

— Tutaj zużywasz więcej kalorii na ogrzanie się — powiedział fizyk. — Nie przytyjesz tak łatwo.

Klaudia zastanowiła się, spróbowała i stwierdziła, że jej smakuje i że zje całą porcję. Celina, jedyna wegetarianka w klasie, jadła tylko biały ser - bundz. Klemens na stałe przysiadł się do niej, by wykorzystać każdą niezjedzoną porcję mięsa.

— Jedzenie tłuszczów zwierzęcych jest bardzo niezdrowe. — Celina z niesmakiem patrzyła na klasę zajadającą się jajecznicą z boczkiem. — I od nich się tyje.

— Ty masz grube kości — powiedział Lucjan, wpychając w siebie kolejną kromkę chleba z bundzem. — I tak nie schudniesz.

— Zobaczycie jeszcze — odpowiedziała z determinacją Celina.

— Musiałabyś odstawić cukierki — dodał Net — a na to się nie zdobędziesz.

Celina pokazała im język i zaczęła smarować chleb masłem. Brała go tyle, że bardziej przypominało to obkładanie kromki maślanymi klockami. Klemens, po długim namyśle, położył obok jej talerza batonik, na co Celina odpowiedziała uroczym uśmiechem.

Po śniadaniu wszyscy chłopcy ekspresowo przygotowali się do wyjścia. Tylko Kuba nie mógł się zdecydować, którą kurtkę założyć: puchową czy goretexową. Dziewczynom, jak zwykle, przygotowania zajęły więcej czasu. Przed chatą Oskar dawał się ponieść swojej nowej fascynacji, rozmawiając z synem gospodarzy, Jędrkiem, który strugał jakąś rzeźbę z drewnianego pieńka.

— Więc wychodzisz „na pole"? — zapytał Oskar.

— Tak. — Jędrek wzruszył ramionami.

— A jak za drzwiami jest las? Albo miasto? — nie ustępował Oskar. — Też wychodzisz „na pole"?

— Jasne. A ty gdzie wychodzisz?

— Ja wychodzę „na dwór".

— Jaki „dwór"? Królewski?

Oskar zmarszczył brwi.

— No fakt — przyznał po chwili. — Lepiej chyba mówić „na zewnątrz" albo „na powietrze".

Stali chwilę, przytupując dla rozgrzewki. Mimo ładnej pogody było bardzo zimno.

— Pogoda jak drut — Net popatrzył na błękitne niebo. — Mam nadzieję, że jutro też nie będzie chmur. Zapomniałem sprawdzić.

— Chodźcie — powiedział wreszcie Lucjan. — Dziewczyny się pindrzą. Zaczekamy przy drodze.

W dół, bez bagaży, szło się znacznie łatwiej, tym bardziej że poprzedniego dnia wydeptali śnieg.

Prawie przy końcu drogi, na odśnieżonym zwalonym pniaku siedział stary góral i ćmił fajkę. Gapił się pozornie bez celu na uschnięte drzewo po drugiej stronie ścieżki. Chłopcy podeszli bliżej, nieco zdziwieni.

— Dzień dobry — przywitał się Net. — Umie pan przepowiedzieć pogodę?

Góral wolno odwrócił do nich głowę i zapytał:

— Myślicie, że jak stary i górol, to zaraz musi być meteorolog?

Net, zaskoczony, bąknął coś niewyraźnie i chciał już odejść, ale góral znów się odezwał:

— I dobrze myślicie! Cieszcie się pogodą, bo jutro po południu będzie śnieg i wiatr, jakiegoście jeszcze nie widzieli... Trza bedzie w chaupie siedzieć. A telewizji przeca nie mocie.

Przytknął do ust fajeczkę i wypuścił kółko dymu. Stracił zainteresowanie chłopcami i znów zapatrzył się w drzewo.

— Niezły wygib z tego dziadka — powiedział Net, gdy odeszli kawałek. — Wcina nas. Jaka burza? Słońce pięknie świeci.

Za ich plecami rozległ się donośny trzask. Chłopcy odwrócili się gwałtownie. Suche drzewo, na które gapił się góral, zwaliło się w las, pękając w kilku miejscach i wznosząc chmurę śniegu.

— Ja cię! — wzdrygnął się Net. — Chodźmy szybciej, zanim zacznie gapić się na nas.

* * *

Najpierw wszyscy zeszli na bazar pod Gubałówką, gdzie w rekordowo krótkim czasie nakupili mnóstwo zupełnie niepotrzebnych rzeczy udających rękodzieło ludowe.

— Słuchajcie wszyscy — powiedziała pani Jola, gdy udało się jej zebrać podopiecznych na uboczu. — Każdy może iść i robić, co chce, oczywiście... wiecie, co mam na myśli. Spotykamy się w tym samym miejscu, dokładnie o trzeciej.

Felix, Net i Nika poszli w górę Krupówek, by pooglądać witryny sklepów i atrakcje, takie jak zbójnik spacerujący z małą owieczką czy srebrzysta wróżka, stojąca bez ruchu, aż wrzuci się jej monetę do pudełeczka.

Na lunch zjedli w karczmie pieczoną kiełbasę, choć Net próbował ich namówić na cheesburgera. Potem obeszli chyba wszystkie sklepy wzdłuż ulicy, a na koniec wstąpili do kawiarenki, mieszczącej się w klimatycznej piwnicy na górze Krupówek. Felix, który ich tam zaprowadził, wspominał, jak chodził do niej z rodzicami, kiedy mieściła się jeszcze gdzie indziej, na fajnym podwórku. Lubił oglądać tajemnicze buteleczki, zdjęcia kotów i zastanawiał się, co przedstawia wiszący tam sztandar z naszytym okiem.

Zamówili szarlotkę z bitą śmietaną i czekoladę na gorąco.

— Mam takie dziwne wrażenie, jakbyśmy byli śledzeni — powiedziała Nika. — Od kiedy rozstaliśmy się z panią Jolą na bazarze.

— Ja tam nic nie zauważyłem — stwierdził Felix, ale nad czymś zaczął się zastanawiać.

— Słuchajcie — powiedział Net i wyciągnął z plecaka laptop. — Mam pewien pomysł.

— Cały czas tachałeś ze sobą komputer... — Nika z niedowierzaniem pokręciła głową.

Net machnął ręką i powiedział:

— Może podniesiemy sobie oceny semestralne?

— Ale po co? — zapytała Nika. — Przecież nie mamy pał. Nie jesteśmy kretynami. A swoim postępowaniem przekreślasz sens komputeryzacji szkół.

— W papierowym dzienniku jest znacznie łatwiej zmienić oceny. Też to potrafię. Dobra... żartowałem z tym zmienianiem. Mam taki fajny –

— Masz gdzieś zapisane nagranie tamtej akcji Gangu Niewidzialnych Ludzi? — zapytał Felix. Myślał nad czymś intensywnie.

— Może go nie wywaliłem. — Net zaczął klawiszować. — Mam kilka zdjęć. Film skasowałem.

— Może być, pokaż.

Nachylili się nad ekranem i zaniemówili. Wpatrywali się w niego niemal z przerażeniem. Zdjęcie przedstawiało białą furgonetkę uciekającą przez policją. Na boku furgonetki można było odczytać napis „Transport zwierząt".

— Dobrze pamiętałem... — mruknął Felix, pocierając brodę. — Od dawna chodziło mi po głowie, że skądś znam ten napis. To ta furgonetka, która stała na parkingu, gdy jechaliśmy do zamku na Kociej Skale. Pamiętacie jaszczurkę? Morten nas śledził.

— Więc już wie — Net przełknął ślinę — że to my rozbiliśmy... próbowaliśmy rozbić Gang Niewidzialnych Ludzi...

— To może być zwykły zbieg okoliczności — bez przekonania próbowała zaprzeczyć Nika. — To tak, jakby napisali na samochodzie „Piekarnia". To przecież był tylko kamuflaż.

— Sama mówiłaś, że ktoś nas śledzi — zauważył poruszony Net. — Ile razy w życiu widziałaś furgonetkę z napisem „Transport zwierząt"?

Nika wzruszyła ramionami.

— Nie zwracam uwagi na takie rzeczy.

— Może pora zacząć — Net prawie krzyknął. — Morten musi być na nas nieźle wkurzony. I widać nie ma zamiaru odpuścić. Co z nami zrobi, jak nas złapie?...

— Luzik — powiedział Felix. — Tu, w górach, jesteśmy bezpieczni. Skąd miałby wiedzieć, że się tu wybieramy?

— Tak sądzisz?

— Tak właśnie sądzę — odparł Felix i zerknął na zegarek. — Pospieszmy się.

Zapłacili rachunek, dodając małego tipa, i wybiegli na ulicę. Zostało akurat tyle czasu, by wrócić na umówione miejsce spotkania.

* * *

Rano słońce świeciło jak poprzedniego dnia. Po spacerze w dół zapakowali się w dwa minibusy zamówione telefonicznie przez panią Jolę. Narty Niki, wstawione w kosz z tyłu samochodu, wystawały ponad dach.

— Ciekawe, jak wyglądają buty od tych nart? — zapytał Net.

— Nie mam butów narciarskich. — Nika wzruszyła ramionami.

— Chyba nie będziesz jeździć w martensach?

— Będę. Te wiązania pasują do każdych butów... i do każdego rozmiaru.

— Na basen też chodzisz w martensach? — zapytała Aurelia, a siedząca obok niej Klaudia zachichotała.

Nika nic nie odpowiedziała, nawet nie spojrzała na koleżanki. Przyzwyczaiła się, że niektóre dziewczyny traktują ją trochę jak dziwadło. Nie nosiła, tak jak one, różowych bluzeczek, modnych butów i torebeczek. Nie była tak całkiem *trendy*. Miała swój styl, który częściowo był wynikiem jej kiepskiej sytuacji materialnej, ale w gruncie rzeczy było jej z tym dobrze.

Nauczyciele wybrali dość łagodny stok na Hali Klimkowej. Minibusy wysadziły ich na dużym parkingu przy dolnej stacji wyciągu.

— Bułka z masłem — rzucił Net, patrząc w górę — ale tobie będzie potrzebny dobry instruktor.

— Wystarczy mi godzinka treningu — odparła Nika. — To przecież musi być proste.

— Zamierzasz jeździć w jeansach? — zapytała kpiącym tonem Aurelia. — Na śmietniku nie leżały żadne spodnie narciarskie?

Net skrzywił się lekko, a Felix obdarzył Aurelię ciężkim spojrzeniem. Nika jednak również to puściła mimo uszu. Rzeczywiście tylko ona nie miała stroju narciarskiego. Felix i Net popatrzyli na swoje zawodowe kurtki i nieprzemakalne spodnie.

— Możesz zdeka zmarznąć — przyznał Net, ale Nika zmarszczyła tylko brwi.

Doszli do kasy. Pani Jola kupiła dla każdego karnet na cztery zjazdy.

— Dobierzcie się w pary — powiedziała. — Tak, żeby w każdej parze była przynajmniej jedna osoba dobrze jeżdżąca.

Wyciąg krzesełkowy wwiózł wszystkich na górę. Pani Jola poszła załatwić instruktorów dla tych, którzy nie umieli jeszcze jeździć, a pan Czwartek zjechał pierwszy, żeby sprawdzić trasę.

Po błękitnym niebie pełzły pojedyncze obłoki. Ośnieżone stoki błyszczały w słońcu. Trudno było uwierzyć w prognozę starego górala.

— Gdyby iść prosto w dół — powiedział Felix, patrząc na ekran GPS-a — to doszlibyśmy do naszego pensjonatu.

— Po drodze musiałbyś pokonać kilka pagórków i strumieni — odparł Net. — A w tych lasach żyje pewnie sporo niedźwiedzi.

— Śpią teraz.

Nika miała trudności z ustaniem na nartach. Wywracała się przy najmniejszej zmianie położenia nóg. Właściciel szkółki narciarskiej spojrzał na jej narty, zrobił wielkie oczy i z wrażenia głęboko odetchnął.

— Zaczekaj tutaj — powiedział. — Zaraz przyślę jakiegoś instruktora... Jakiegoś doświadczonego instruktora.

Felix dał jej swoje kijki, bo i tak używał ich wyłącznie w kolejce do wyciągu.

— To całkiem przyjemne, jak już opanujesz podstawy — wyjaśnił. — Ważne, żebyś na początek nie przeszarżowała, bo się poobijasz i zniechęcisz. Tak długimi nartami trudno się skręca.

Kolejne osoby odjeżdżały w dół. Net zapiął buty w wiązaniach swojej deski. Stojąca obok Aurelia niby niechcący chwyciła go za kurtkę, łapiąc równowagę.

— Zaczekaj, pomogę ci — powiedział chłopiec. Pochylił się do jej wiązań, poprawił mocowanie butów i otrzepał je ze śniegu.

— Dzięki. — Aurelia zatrzepotała rzęsami, uśmiechając się do niego. — Może pojedziemy razem?

Nika obserwowała tę scenę z zaciśniętymi ustami. Spróbowała przesunąć się bliżej nich, ale od razu wywaliła się na bok. Aurelia zobaczyła to, uśmiechnęła się z politowaniem i pomknęła w dół. Net pojechał za nią, nawet się nie oglądając. Felix, który nie przypiął jeszcze nart, pomógł Nice wstać. Na nic się to nie zdało, bo od razu upadła na drugą stronę.

— To wcale nie jest takie trudne — powiedziała przez zaciśnięte zęby. — Trzeba tylko się przełamać.

Przełożyła narty, kierując je w dół stoku, i odepchnęła się kijkami.

— Zaczekaj na instruktora — krzyknął jeszcze Felix, ale Nika wolno zsunęła się już z płaskiego fragmentu stoku, przejechała przez przejście w siatce oddzielające oślą łączkę od prawdziwej trasy i zaczęła przyspieszać.

— Myślałem, że ona nie umie jeździć — powiedział instruktor, zatrzymując się obok Felixa.

— Bo nie umie — odparł Felix i szybko wpinając buty w wiązania, ruszył w dół. — Do tego nie umie ani hamować, ani skręcać.

Nika zjeżdżała na krechę, jakimś cudem łapiąc równowagę. Wyprzedzała wszystkich i Felix stwierdził, że nie może jej dogonić. Dość dobrze jeździł na nartach, ale nie mógł się przełamać, by się aż tak rozpędzić – doskonale wiedział, czym to grozi. Nika jechała idealnie prosto, ale nawet gdyby miała krótsze narty, to i tak przecież nie wiedziała, jak się skręca.

Zbliżali się szybko do zakrętu nartostrady. Dalej był las. Ktoś, komu Nika przejechała po nartach, krzyczał coś za nią, wygrażając kijkiem. Felix ominął go i z przerażeniem ujrzał, jak Nika z ogromną prędkością wjeżdża w las. Zamknął oczy i zacisnął zęby w oczekiwaniu na odgłos zderzenia z drzewem, ale nic takiego nie nastąpiło. Dojechał do zakrętu i zatrzymał się. Dziewczyna trafiła akurat w odstęp między dwoma odcinkami siatki ochronnej. Ślady nart prowadziły prosto w las i znikały za wzgórzem.

Felix stał chwilę, zastanawiając się, co zrobić. Rozejrzał się, ale nie dostrzegł nikogo znajomego. Odpiął wreszcie narty i zapadając się w śniegu, pobiegł śladem Niki. Gdy zdyszany dotarł do bardziej stromej części wzgórza, zatrzymał się, nie bardzo rozumiejąc, co widzi. Ślady nart biegły w dół, tam gdzie las był rzadszy, przecinały dno małej dolinki i... wspinały się na przeciwległy stok. Wyjął z plecaka lornetkę i przyłożył ją do oczu. Niestety, nie udało mu się nic wypatrzeć. Zrobiło się też jakby ciemniej. Uniósł głowę i zobaczył wielką chmurę napływającą z zachodu. Zawrócił i pobiegł wezwać pomoc.

* * *

Stary góral miał jednak rację. Pogoda zmieniła się bardzo szybko. Gdy uczniowie wchodzili do karczmy niedaleko parkingu, zaczął padać śnieg, a wiatr przybierał na sile.

— Policzyłem to — powiedział fizyk. — Nika nie mogła podjechać pod drugi stok. Zobaczcie. — Rozłożył na stole mapę i wskazał kropkę oznaczającą szczyt Hruby. — Stąd zjeżdżaliśmy. W połowie trasy jest zakręt i dalej las, w który wjechała. Według poziomicy to miejsce jest o trzydzieści metrów niżej od szczytu. Dalej mamy dolinę, kolejne dwadzieścia metrów niżej. Przeciwległy szczyt, na który wjechała, wznosi się nad dolinką na trzydzieści metrów. Policzyłem opory tarcia, ale można je pominąć. Nawet jadąc na najlepiej nasmarowanych nartach nowego typu, i tak powinna się zatrzymać w połowie wzniesienia.

Drzwi karczmy otworzyły się, wpuszczając do środka tumany śniegu. Wszedł ratownik górski ubrany w czarno-czerwoną kurtkę. Był postawnym czterdziestolatkiem z siwymi wąsami. Strząsnął śnieg z ramion, odszukał wzrokiem fizyka i podszedł do stolika zajętego przez uczniów.

— Nie ma jej — oznajmił. — Przeszliśmy śladami jej nart kilka kolejnych dolin i szczytów... — Przyjrzał się uważnie fizykowi, mrużąc oczy. — Potem śnieg zakrył ślady.

— Ale chyba nie przerwiecie poszukiwań? — zapytał z przestrachem Net.

— Nie. Przegrupujemy się i ściągniemy więcej ludzi.

— Jak możemy pomóc? — zapytał fizyk.

— Nie możecie — odparł ratownik. — Wolimy szukać jednego dziecka niż kilkunastu. Najlepsze, co możecie zrobić, to wrócić do pensjonatu. Będziemy w kontakcie. Mam wasze telefony.

Nie powiedział nic więcej. Odwrócił się i wyszedł.

— Trzeba powiadomić jej ojca — powiedziała pani Jola i otarła łzę z policzka.

— Lepiej nie — zaprzeczył szybko Felix. — Oni nie mają telefonu, a list dojdzie, jak Nika już się znajdzie, więc ojciec niepotrzebnie się zdenerwuje. A zresztą... — dodał szeptem — to może się dla niej skończyć solidnym laniem po powrocie.

— Zaczekamy do rana — zgodziła się wychowawczyni. — Ale jak to się w ogóle mogło stać?

Felix zamilkł, ale spojrzał wymownie na Neta. Ten wzruszył ramionami i spuścił wzrok. Aurelia, siedząc wśród zbitych w małą grupkę dziewczyn, była małomówna jak nigdy. Panował przygnębiający nastrój.

* * *

W czasie kolacji panowała grobowa cisza, chociaż placek zbójnicki był pyszny. Celina przypomniała sobie, że jest wegetarianką, dopiero po kilku kęsach i niewiele brakowało, a zwymiotowałaby wszystko wprost na talerz. Ostatecznie się powstrzymała i wepchnęła w siebie nieprawdopodobną porcję surówki z czerwonej kapusty i pora.

Nikt nie gonił dzieci do spania, ale też i rozmowa w głównej izbie zupełnie się nie kleiła. Fizyk, będący w stałym kontakcie z ratownikami, nie mógł przekazać żadnych dobrych wieści. W efekcie izba stopniowo pustoszała, aż zostali w niej tylko Felix i Net. Siedzieli na podłodze przed kominkiem i od czasu do czasu dorzucali do ognia.

— Wszyscy zachowywali się, jakby to była stypa — powiedział Net. — A Nika jest tylko... zaginiona w akcji. I tak czuję się okropnie.

— Słuchaj, nie mówię, że to twoja wina, ale jednak to ty byłeś przyczyną jej zdenerwowania.

— Wiem. Kto by przypuszczał, że baby są takie zazdrosne?

— Niektóre są tylko bardzo... uczuciowe.

— Ale co my o wiemy o uczuciach?

— Prawie nic — przyznał Felix.

Siedzieli, wpatrując się w buzujący w kominku ogień. Wszystkie światła, poza słabą żarówką nad schodami, były pogaszone.

— Powinniśmy coś zrobić — odezwał się Felix. — Wprowadziłem do GPS-a współrzędne miejsca, gdzie wjechała w las, wektor jej dalszej jazdy i najważniejsze punkty orientacyjne. Gdyby się nie zatrzymała, dotarłaby tutaj.

— Może już przeszła jej złość? — z nadzieją w głosie rzucił Net.

— Sądzisz, że to złość ją pchała? Niby jak? Złość nie może cię pchać tak dosłownie.

— Co to jest dżi-pi-es? — zapytała Celina.

Chłopcy odwrócili się gwałtownie. Dziewczyna siedziała w tonącym w półmroku kącie izby.

— Od dawna tu siedzisz? — zapytał Net.

— Od kolacji — powiedziała Celina. Jej okrągła jak księżyc w pełni twarz była prawie zielona. — Czuję się jak kanibal... z powodu tego mięsa. A z tego, co wiem, to ty zwyczajnie zagrałeś na jej uczuciach.

— To nie jest takie proste...

— Dla mnie jest.

— Weźmy twój kanibalizm, to jest... wegetarianizm — powiedział Net. — Jesz tylko mięso zwierząt wodnych?

— Tak...

— A delfina byś zjadła?

— Delfina... no co ty! To nie ryba.

— A rybę dwudyszną?

— To musi być paskudne — okrągła twarz Celiny pozieleniała jeszcze bardziej.

— Świat nie jest taki prosty, jak ci się wydaje — wtrącił się Felix. — Jakby nikt nie jadł mięsa, to te wszystkie zwierzęta hodowlane by się nawet nie urodziły. A tak - żyją i może nawet są szczęśliwe.

Celina wytrzeszczyła na niego oczy.

— Ale w końcu zostaną zabite — powiedziała — i przerobione na hamburgery!

— Ale przedtem żyją. Inaczej nigdy by się nie urodziły.

Dziewczyna machnęła ręką.

— Powiedzcie mi lepiej, co to jest ten dżi-pi-es?

— To satelitarny system nawigacyjny — wyjaśnił Felix. — Znajduje na niebie specjalne amerykańskie satelity i dzięki temu wie, gdzie dokładnie jest.

— A co chcecie zrobić?

— Tamten ratownik powiedział, że Nika przejechała kilka wzniesień na wprost. To znaczy, że pokonała jakąś jedną trzecią drogi do naszego pensjonatu. Moglibyśmy wyjść jej naprzeciw.

— Powinni ściągnąć helikopter — powiedziała Celina.

— Użycie helikoptera nad lasem nic nie da — odparł Felix. — I tak jej nie wypatrzą, tym bardziej w nocy, przy takiej pogodzie.

— A jak zamarznie? — zaniepokoił się nagle Net. — Nie ma ocieplanych spodni.

— Ma tę superkurtkę... Ale jadła tylko śniadanie... Jajecznica na boczku.

Celina zasłoniła ręką usta, wydała dziwny odgłos i pobiegła na górę do łazienki.

W kominie przejmująco wył wiatr.

— Jechała, jakby miała napęd odrzutowy — powiedział Felix. — Albo z nią jest coś nie tak, albo z jej nartami. Właśnie... Jeszcze jedna rzecz nie daje mi spokoju. Kiedy ostatnio widziałeś las?

— Dziś przecież.

— OK. Jak wygląda las?

— Drzewa, a co? — zdziwił się Net.

— Właśnie! Nie można ot tak sobie przejechać przez las, bo się wpadnie na drzewo.

— Ja cię! — krzyknął niemal Net. — Masz rację! Sam bym się od razu wrąbał na świerk, a dobrze jeżdżę.

— Nika nie umiała skręcać i miała za długie narty.

— A przejechała z niesamowitą prędkością kilka zalesionych pagórków. Ale... co z tego wynika?

Felix wzruszył ramionami.

— Nie wiem, ale nie możemy tu tak sobie siedzieć...

— Manfred wydobył nam skądś zdjęcie z satelity szpiegowskiego — powiedział Net. Wyciągnął z plecaka laptop i otworzył go.

— Czyjego satelity?

— Nie pytałem i nie chcę nawet wiedzieć, jak za to zapłacił.

— *Nie znalazła się?* — zapytał Manfred.

— Niestety — odparł Net i zaczął klikać w klawiaturę. Na ekranie pojawiło się zdjęcie satelitarne gór. — Tu jest nartostrada, a tu nasz pensjonat. — Powiększył obraz. — Tutaj Nika wjechała w las.

— Nawet mnie widać — powiedział Felix. — Poznaję po plecaku. Właśnie zapinałem narty, żeby zjechać po pomoc.

Net chciał zamknąć komputer, ale Felix go powstrzymał.

— Powiększ trzecią dolinkę... zobacz!

Na skąpanym jeszcze w promieniach słońca stoku widać było jakiś cień.

— Ja cię! Masz rację — przyznał Net. — Coś tu jest!

— Duże, białe i... futrzate.

Chłopcy spojrzeli na siebie.

— Yeti — wyszeptali jednocześnie.

— Myślisz, że została... pożarta?! — zapytał cicho Net.

— Albo monstrum wciąż ją tropi po lesie, albo to zwykła kupa śniegu. Powiększ jeszcze... Hm. A to co?

W górnym rogu zdjęcia znajdował się niewielki, okrągły obszar, wewnątrz którego wszystko było lekko rozmyte.

— Nie znam się na zdjęciach satelitarnych — powiedział Net. — Może to jakiś... znak wodny, jak podpis tego, kto robił zdjęcie.

— Nieważne. — Felix spojrzał poważnie na przyjaciela. — Decyzja. Idziemy?

— Idziemy. Ale nie mamy wsparcia Manfreda. Na zewnątrz jest z minus dwadzieścia. Komputer tego nie wytrzyma.

— Może będziesz się z nim komunikował przez telefon?

— Chętnie bym to zrobił, ale jest tylko jeden telefon. Możemy go mieć albo my, albo Manfred.

— Zaczekaj. — Felix zmarszczył brwi, myśląc nad czymś intensywnie. — Nie musisz rozmawiać z tym Manfredem, który siedzi w laptopie. Przecież on jest w wielu miejscach naraz.

— Fakt — przyznał Net. — Masz rację.

Przypiął telefon do komputera i zaczął tłumaczyć Manfredowi, o co chodzi.

— *Przecież wszystko słyszałem* — przerwał mu Manfred. — *Potrzebuję trzech minut, żeby się zsynchronizować.*

W tym czasie chłopcy ubrali się w spodnie narciarskie, kilka warstw swetrów i przygotowali plecaki z najpotrzebniejszymi rzeczami. Gdy skradali się do schodów, Celina, wciąż blada, wyszła akurat z łazienki. Wybałuszyła na nich oczy.

— Wy naprawdę chcecie to zrobić!

— Posłuchaj, bo to bardzo ważne — powiedział Felix, przykładając palec do ust. — Nic nikomu nie mów. To znaczy... powiedz, jeśli nie wrócimy za trzy godziny.

— OK. Nastawię sobie budzik w zegarku. Ale się wszyscy wściekną...

— Trudno.

— Uważajcie na siebie.

Pomachali jej jeszcze na pożegnanie z dołu schodów.

— *Masz mój numer zapisany w telefonie* — powiedział Manfred.

— Masz własny numer telefonu? — zapytał zdziwiony Net.

— *Prowadzę rozległe interesy. Jak nie wrócicie... znaczy, jak nie wrócimy w ciągu trzech godzin, to sam zadzwonię do pani Joli albo do pana Czwartka.*

Net pokręcił głową, odpiął telefon i schował za ławą torbę z laptopem.

— Raz kozicy śmierć! — powiedział Felix i pchnął drzwi. Po cichu i szybko wyszli na zewnątrz. Zewnątrz składało się z wirujących we wszystkich kierunkach płatków śniegu. Zacinały w twarz, więc chłopcy założyli gogle. Małe latarki nauszne dawały akurat tyle światła, by dało się dostrzec to, co było w zasięgu ręki.

— Już mi jest zimno — powiedział Net. — I cały pomysł wydaje się jakby mniej mądry niż parę minut temu. Ale zacina! Wiesz, że Eskimosi mają kilkanaście słów na określenie śniegu?

— Ale ani jednego, by nazwać banany.

— A co zrobimy, jeśli nas nakryje jakiś leśnik?

— Powiemy „Darz bóbr", oni tak mówią.

Felix wyciągnął z kieszeni GPS-a i odczytał kierunek. Ruszyli, zapadając się w śniegu po kolana, a chwilami i po pas. Napadało go tyle, że najpewniej ścieżkę prowadzącą do szosy całkiem zasypało. Gdy dotarli do lasu, wiatr osłabł, a pokrywa śnieżna stała się cieńsza, jednak wcale nie było tu o wiele przyjemniej. Wiatr huczał w rozkołysanych wierzchołkach drzew, a przyjaciele mieli wrażenie, że z każdej strony zza pni przypatrują im się przyczajone dzikie bestie.

— Musimy sobie po prostu powtarzać — odezwał się Net, przekrzykując wiatr — że znajdujemy się na samym szczycie łańcucha pokarmowego - to my zjadamy ich, a nie oni nas. Jak właściwie mamy ją znaleźć? Śnieg zasypał wszystkie ślady.

— Miała moją latarkę. Wypatrujmy światła albo... górki śnieżnej. Szkoda, że nie ma tu Cabana. On mógłby ją wytropić...

— A jak zamarzniemy? — Net zaczynał histeryzować.

— Mam chemiczne ogrzewacze. Wystarczy zgnieść i będzie grzał przez kilka godzin. Mam też czerwoną flarę, jeśli pogoda się poprawi — spokojnie wyliczał Felix.

— Masz pewnie w tym swoim plecaku nawet nadmuchiwaną łódź podwodną...

— Idź na sanki, co? — zaproponował Felix. — To wszystko, co mam w plecaku, może nam uratować życie. W sprzyjających okolicznościach, oczywiście... Wiesz co? Myślę cały czas o tych śladach nart pod górę. Powinniśmy zadać Nice parę pytań.

— Chyba mieliśmy to już zrobić kilka razy.

— I jakoś dziwnie o tym zapominaliśmy.

— Fakt. Ostatnio po tym, jak znalazła wejście do podziemi tego biurowca.

— Ona go nie znalazła — zaprzeczył Felix. — Ona je... wykryła.

— A potem wykryła przejście w murze. Myślisz, że ona?... — Netowi przebiegły ciarki po plecach.

— Nie wiem, co myślę. Zapytamy ją.

Wysoko w górze rozległ się przeciągły huk, głośniejszy od wiatru. Unieśli głowy, ale widać było tylko wirujące płatki śniegu i kołyszące się pnie. Huk ucichł w oddali.

— Co to było? — jęknął Net.

— Myśliwiec — powiedział Felix.

— Żeby latać przy takiej pogodzie, muszą mieć poważny powód.

— Nie szukają chyba Niki, latając myśliwcami.

— Patrz! — krzyknął Net, wskazując coś po lewej stronie.

Daleko, między drzewami, błyskało słabe światełko. Chłopcy pobiegli w tamtą stronę, raz po raz wołając Nikę, ale po chwili stracili światło z oczu. Stanęli, wpatrując się w ciemność.

— Jest! — krzyknął Net, znów wskazując przed siebie.

Zgasili latarki, żeby płatki śniegu nie ograniczały widoczności.

— Jakby wyżej — zauważył Felix.

— Schowała się na drzewie przed yeti! To białe to nie była kupa śniegu...

— Niedźwiedzie śpią — zaprzeczył Felix. — A chowanie się przed nimi na drzewa to cienki pomysł, bo one się skandalicznie dobrze wspinają.

Tym razem nie biegli, tylko szli, starając się nie spuszczać światełka z oczu. Po chwili Felix przytrzymał Neta.

— Ono się unosi — powiedział. — Chyba ktoś wchodzi pod górę.

Przerażeni, kucnęli za przewróconym drzewem. Światełko wciąż się wznosiło, i to coraz szybciej. Wreszcie znalazło się nad lasem i już nie mogło być mowy o tym, że to czyjaś latarka. Do ich uszu znów dobiegł huk myśliwca. Światełko raptownie przyspieszyło i oddaliło się poza zasięg ich wzroku.

— Ja cię! — krzyknął Net. — To UFO! Spadamy stąd!

— Czekaj! — Felix przytrzymał go za kurtkę. — Jeszcze mamy czas.

— Nie wiem, ile czasu minęło, ale lepiej... — Net zerknął na zegarek. — Wyzerował się! Pewnie z zimna. Naprawdę wracajmy, zanim się zgubimy.

— Nie zgubimy się — próbował pocieszyć go Felix. — Mamy GPS-a.

— Dlaczego tak nagle zamilkłeś? — zapytał piskliwym głosem Net. — Nie mów, że zdechł też GPS...

— Nie zdechł, ale... nie ma niczego w pamięci! Nie rozumiem tego.

Net chwycił telefon, ale zamarł, wpatrując się w wyświetlacz.

— Stąd też wszystko znikło! Zgubimy się. Współczesny człowiek za bardzo ufa technice...

— Spokojnie — powiedział Felix. — Po pierwsze, nie wpadajmy w panikę. Musimy przerwać akcję i wrócić po śladach.

— Ale jak? Śnieg je zapadał! — Net rozglądał się nerwowo.

— Nie do końca. — Felix włączył latarkę. — Tu jeszcze są. Idziemy sto metrów prosto, potem skręcamy w prawo o trzydzieści stopni. Spoko, jesteśmy blisko domu.

Przyświecając sobie małymi latarkami, zaczęli cofać się po własnych śladach. Nagle zatrzymali się.

— Co to jest?! — pisnął Net, ściskając ramię Felixa. Ich, nie do końca zasypane ślady przecinały inne, wyraźnie świeższe. — Pięć minut temu ich nie było!

— Wyglądają jak ślady psa — powiedział Felix równie niepewnym głosem.

— Jaki pies może mieć tak wielkie łapy?

— Pies rasy yeti...

— Zdecyduj się, bo ja już nie wiem, czego się bać... — Net omal nie osunął się z wrażenia. — Obcych, niedźwiedzia czy yeti.

— Obcy nie istnieją. Daj spokój... Padający śnieg tak zniekształcił ślady.

— Masz dziwnie niepewny głos... A to światełko?

Rozejrzeli się, ale widzieli tylko płatki śniegu i majaczące za nimi pnie.

— Ktokolwiek to był, nie śledził nas — ocenił Felix.

Ruszyli szybkim krokiem, co chwila oglądając się. Okazało się, że ich ślady są nadal widoczne. Gdy dotarli do krawędzi lasu, zatrzymali się zaskoczeni. Wokół chaty kręciło się kilka postaci.

— To jednak obcy... — jęknął Net, padając na ziemię.

— Wyglądają na ludzi — szepnął Felix i położył się obok.

— Zobacz, jakie mają łby...

Rzeczywiście, głowy intruzów wydawały się nieproporcjonalnie duże.

Nagle coś złapało ich za plecy i uniosło do pozycji pionowej. Wielka, ciemnozielona głowa wpatrywała się w nich ogromnymi czarnymi oczyma. Net próbował krzyknąć, ale z ust wyrwał mu się tylko cichy skrzek. Felix przypomniał sobie o zegarku od taty. Niestety nie miał pojęcia, jak mógłby teraz stłuc szkiełko.

— To tylko dzieci, sierżancie — zadudnił trzymający ich obcy.

— Puść ich — rozkazał ten stojący na wprost.

Chłopcy stanęli na miękkich nogach, zamrugali i złapali oddech. Wielkie oczy okazały się goglami przeciwśnieżnymi, a nadnaturalne głowy - hełmami. Na skraju lasu stało kilku żołnierzy.

— Co tu robicie? — zapytał dowódca, unosząc gogle na hełm.

— Szukamy naszej koleżanki... — wyjaśnił Felix. — Zaginęła dzisiaj.

— Nie widzieliście w lesie niczego dziwnego?

Felix otworzył usta, ale zrezygnował. Nie wiedział, czy powinien mówić o światełku i o dziwnych śladach. Wzruszył więc ramionami.

— Wracajcie do domu — powiedział dowódca, znów zakładając gogle i zapalając latarkę na hełmie. — Znajdziemy ją.

Żołnierze zniknęli w lesie, a chłopcy dotarli do szopy na drewno.

— Szukają Niki? — zastanowił się Felix, stając w miejscu. — Z karabinami? Wierzysz w to?

Nieopodal, w stajni, zarżał koń. Net przysunął się jeszcze bliżej przyjaciela.

— Biorąc pod uwagę okoliczności — powiedział — mogę w to uwierzyć... Nie wziąłeś naprawdę żadnego robota, którym można by sterować z ciepłego wnętrza chaty?

— Nie mam w ogóle robota, który działałby w takich warunkach. Ale pomyślę nad tym, kiedy wrócimy do Warszawy.

— Tyle że on jest potrzebny już teraz!

Wtem zrobiło się jakby jaśniej. Chłopcy wychylili się zza szopy i zamarli. Dwa szerokie snopy światła, widoczne mimo śnieżycy, biły z nieba, omiatając polanę sto metrów od nich. Przesuwały się wolno jak sterowane elektrycznie reflektory przeciwlotnicze, tyle że skierowane z niskich chmur w dół. Po chwili reflektory zgasły, pozostawiając okolicę w całkowitych ciemnościach. Nad polaną wisiało teraz małe światełko, ledwie widoczne przez padający śnieg. Chłopcy patrzyli na nie z otwartymi ustami, zapominając o zimnie i wietrze. Światełko nagle oddaliło się z ogromną prędkością. Reflektory zapaliły się jeszcze, tym razem znacznie dalej, ale niemal od razu zgasły. Już nic więcej się nie wydarzyło.

— Tu dzieje się coś dziwnego — powiedział Felix takim tonem, jakby właśnie stwierdził, że ktoś po kryjomu zjadł mu drugie śniadanie.

Bez słowa, podtrzymując się wzajemnie, dotarli do chaty i dyskretnie wślizgnęli się do środka. Zdjęli buty i na palcach doszli do schodów. Aż podskoczyli, słysząc za plecami głos:

— Możecie to jakoś wyjaśnić?

Odwrócili się raptownie i stanęli na wprost pana Czwartka. Widać było, że z trudem powstrzymuje się, żeby nie unosić głosu. Net spuścił głowę, a Felix wyjąkał:

— Chcieliśmy sprawdzić, czy Nika... gdzieś się nie kręci w pobliżu. To nasza najlepsza przyjaciółka.

— Szukają jej fachowcy. — Pan Czwartek podszedł bliżej. — Lepiej, że szukają tylko jej, niż mieliby szukać i was. Wiecie, jaka jest temperatura na zewnątrz?

— Minus osiemnaście — mruknął Net. — Wilgotność dwadzieścia pięć procent.

— Prędkość wiatru w porywach do czterdziestu metrów na sekundę — dodał Felix. — Ale w lesie tak nie wieje...

— Przygotowaliście się, widzę — powiedział nieco łagodniej fizyk i zerknął na ich plecaki. — Ale to i tak niewiele zmienia. Nie możecie pomóc.

— Jak pan się dowiedział? — zapytał podejrzliwie Net.

— To nieistotne — powiedział groźnie fizyk. — Daruję wam, jeśli to będzie ostatni raz. Do łóżek!

Wbiegli po schodach, zrzucili wierzchnie ubrania i wślizgnęli się do zimnych śpiworów.

— Myślisz, że to Celina mu wygadała? — zapytał szeptem Net.

— Wszystko na to wskazuje — przyznał Felix — ale mogła to zrobić niechcący, w dobrej wierze.

— Akurat! Uważa przecież, że celowo zdenerwowałem Nikę.

Leżeli bez ruchu. W głowach kotłowały im się wspomnienia z całego dnia i nocy.

— Spróbuję nie krzyczeć przez sen — oznajmił szeptem Net. — Jeżeli w ogóle zasnę...

Chata trzeszczała, wiatr wył w kominie i klekotał oknem. Felix i Net powoli przestawali myśleć o dziwnych wydarzeniach, które dopiero co miały miejsce. Myśleli o Nice, zastanawiając się, czy jeszcze kiedykolwiek ją zobaczą. Wreszcie, zmęczeni, zasnęli niespokojnym snem.

* * *

Rano znów świeciło słońce. Miejscami przybyło chyba półtora metra śniegu, a chatkę ze wszystkich stron otaczały zaspy. Po zejściu na śniadanie wszyscy z zaskoczeniem ujrzeli wykopany łopatą śnieżny wąwóz prowadzący do stajni. Pan Czwartek oznajmił, że Niki nadal nie odnaleziono. Pani Jola miała podkrążone oczy i cały czas płakała.

— Wiecie, że dzisiaj jest czternasty lutego? — zapytała Aurelia.

— Walentynki... — westchnęła Klaudia. — A tu taka atmosfera!

Net, siedzący z Felixem na uboczu, sięgnął do kieszeni i wyciągnął metalowy łańcuszek zakończony z jednej strony kółkiem, a z drugiej karabińczykiem.

— Co to? — zapytał Felix.

— Kupiłem na Krupówkach — odparł smutno Net. — Chciałem dać Nice na walentynki. Pasowałby jej do tych martensów. Klucze by mogła przypiąć.

Nie mieli apetytu. Wrócili do sypialni i otworzyli laptop.

— *Wczoraj wieczorem coś mnie dwa razy zresetowało* — poskarżył się od razu Manfred. — *Podłącz telefon. Muszę się zsynchronizować z resztą mojej osoby.*

— Znów rodzice będą źli, że tyle wygadałem — powiedział Net i wetknął wtyczkę do telefonu. — A ja wcale nie rozmawiam.

— *To kup mi modem na karcie. Na koniec miesiąca będę zerował rachunek.*

— O! To już by była przesada.

— *Hm. Telefon też ktoś wyczyścił...*

— Ciii... — Net uniósł rękę. — Słyszysz?

Felix nasłuchiwał, ale po chwili pokręcił głową.

— Ktoś nas woła! — krzyknął Net.

— Ja nic nie słyszę.

— Chodź!

Zbiegli na parter i na oczach zaskoczonej klasy zaczęli się w pośpiechu ubierać. Felix zarzucił na ramiona swój plecak i niestarannie zawiązał buty. Pani Jola ich nie zatrzymywała.

— Ale co słyszałeś? — zapytał w biegu Felix.

— Cały czas słyszę! Biegnij!

— Wiesz... Też jakbym coś słyszał...

Przedzierali się przez śnieg, chwilami niemal się czołgając. Z tyłu dobiegł ich głos fizyka, żądającego, żeby natychmiast zawrócili, ale oni wciąż biegli naprzód. Gdy dotarli do lasu, tracili niemal oddech. Tutaj było nieco łatwiej, śnieg sięgał tylko powyżej kolan. Zdyszani, pokonali część wzniesienia i wtedy ją zobaczyli. Na szczycie stała Nika. Końcówki włosów miała białe od szronu. W prawym ręku trzymała dziadkowe narty powiązane rzemieniami i służące teraz za podpórkę. Przyjaciele chcieli rzucić się na nią i wyściskać, ale znieruchomieli. Obok dziewczyny siedział... biały niedźwiedź. Wyglądał jak wielki kudłaty pies, tyle że był z dziesięć razy większy. Z różowego nosa buchały mu kłęby pary.

— Połóż się! — wrzeszczał, machając rękoma Felix. — Udawaj martwą!

Nika uśmiechała się.

— Nie bójcie się — odkrzyknęła. — To przyjaciel.

Nachyliła się, szepnęła coś do ucha niedźwiedzia i pogłaskała go po wielkim łbie. Potem westchnęła i objęła go za szyję. Niedźwiedź ryknął głośno i przejechał jej jęzorem po policzku. Wstał, zawrócił i odszedł w las, niespodziewanie szybko ginąc w śnieżnym królestwie.

Dopiero teraz chłopcy dobiegli do niej i cała trójka objęła się ramionami.

— Myśleliśmy, że już po tobie — jęknął Net.

— Też tak myślałam. Dzięki, że po mnie przyszliście — pocałowała obydwu i wszyscy znów objęli się, klepiąc się po ramionach.

— Na pewno masz hipotermię! — krzyknął nagle Felix, ale Nika szybko zaprzeczyła.

— Całą noc przespałam w niedźwiedziej norze. — Spojrzała na nich niepewnie. — Było mi ciepło jak nigdy.

Z tyłu usłyszeli odgłosy przedzierania się przez śnieg. To fizyk podążał śladem Felixa i Neta.

— Wymyślmy szybko, co mu powiemy — szepnął Net. — Nie łyknie tego oswojonego yeti.

— To nie yeti, tylko miś albinos — sprostowała Nika. — Taki się urodził.

— Wszystko jedno, niedźwiedź polarny też odpada. Wymyśl coś!

Gdy fizyk dobiegł do nich, był tak zdyszany, że nie mógł wykrztusić ani słowa. Rzucił się szczęśliwy na Nikę i chciał zanieść ją na rękach do chaty, ale delikatnie odmówiła. Nauczyciel wyglądał, jakby sam wymagał pomocy. Ostatecznie cała czwórka, po krótkim odpoczynku, ruszyła z powrotem. Fizyk zdążył odwołać całą akcję poszukiwawczą i podziękować ratownikom.

— Od teraz będziemy cię nazywać „z-Nika" — powiedział Net, gdy dochodzili do chaty.

Przywitały ich wiwaty, które po chwili zamieniły się w jeden wielki wrzask. Wszyscy (z wyjątkiem Horacego) przekrzykiwali się wzajemnie i zadawali pytania. Cieszyły się nawet Aurelia z Klaudią. Każdy chciał osobiście wyściskać Nikę, jednak pani Jola wraz z gaździną odgoniły wszystkich i z dziesięć razy upewniły się, że nic jej nie jest. Posadziły oszołomioną za stołem i postawiły przed nią podwójną porcję jajecznicy i gorącą herbatę.

— I jakie wnioski po pierwszej lekcji jazdy na nartach? — zapytał pan Czwartek, gdy Nika zjadła, a emocje nieco opadły.

— Zacznę chyba naukę od snowboardu — uśmiechnęła się Nika, zerkając na Neta. — Na nim łatwiej się przewrócić.

Połowa klasy zabuczała z zawodu, a druga połowa zaryczała radośnie, Net chyba najgłośniej.

— Dzwonił twój tata — powiedziała pani Jola. — Podziękował za sprawną akcję ratunkową.

— Dzwonił mój tata? — powtórzyła kompletnie zaskoczona Nika.

— Coś szybko się dowiedział... — mruknął Net, patrząc podejrzliwie na torbę z laptopem.

— No, ale opowiadaj, co się właściwie stało? — poprosiła wychowawczyni. Wszyscy przysunęli się bliżej.

— Jeśli można... — Nika ziewnęła — to wolałabym się najpierw przespać.

Przez izbę przeszedł jęk zawodu.

— Oczywiście! — zawołała pani Jola. — Zapomniałam. Połóż się w moim pokoju, to nikt nie będzie ci przeszkadzał. Będę zaglądać co jakiś czas.

— Potem pojedziemy do Zakopanego, żeby zbadał cię lekarz... — zaczął fizyk, ale przypomniał sobie, że przez śnieżycę są odcięci. — No tak, na razie poprzestaniemy na zmierzeniu temperatury.

Nika zapewniła, że czuje się świetnie i jest tylko śpiąca. Wstała i poszła na górę.

Teraz, gdy największe zmartwienie przestało istnieć, okazało się, że niemal wszyscy przygotowali dla kogoś walentynkę. Były to jakieś drobiazgi lub tylko zwyczajne kartki w kształcie serduszka z wypisanymi kilkoma słowami od serca. Najwięcej walentynek (aż trzy) dostała Aurelia. Z niewyjaśnionych powodów walentynek było więcej niż uczniów. Powstało uzasadnione podejrzenie, że niektórzy, grając na dwa fronty, przygotowali po dwie walentynki. Atmosfera ogólnej wesołości opanowała izbę. Lucjan usiadł w kącie z Aurelią i nachyleni do siebie o czymś szeptali, Oskar zawładnął uwagą Klaudii, a Klemens uśmiechał się nieśmiało do Celiny.

Potem część towarzystwa ubrała się i wyszła na dwór, by robić cokolwiek, nawet jeśli to cokolwiek oznaczało pomoc w odśnieżaniu dojścia do zabudowań gospodarczych. Felix i Net zabrali ze sobą torbę z laptopem, przemknęli po schodach i delikatnie zapukali do drzwi pokoju pani Joli. Nika otworzyła im od razu. Widać było, że wcale nie ma ochoty spać. Skończyła właśnie zbieranie ze swoich ubrań białych kłaków i zabierała się do pastowania butów. Na podłodze leżało otwarte czarne etui, a w nim, przymocowane gumkami, trzy różne szczotki, ściereczka, puszka z pastą i zapasowe sznurówki.

— Zastanawiałem się, co w tym trzymasz — powiedział Felix.

Nika spojrzała na nich. Miała zaczerwienione oczy.

— Płakałaś? — zapytał Net. — Wiesz, *sorry* za tę akcję tam na górze...

— Chodzi o coś innego — przerwała mu Nika, wyjmując pierwszą szczotkę. — Chodzi o mojego tatę... Ta wiadomość naprawdę mnie zaskoczyła.

— Nie wiem, jak Manfred go odszukał, ale... zjadę go za to, że mu o wszystkim powiedział. Może za karę zmniejszę mu taktowanie procesora...

Nika pokręciła głową, przerwała czyszczenie butów i otworzyła klapkę laptopa.

— Więc dzwonił mój tata? — zapytała z naciskiem, patrząc w oko kamery.

— *Hm. Przyznaję się do pewnej... nadgorliwości* — zaczął tłumaczyć się Manfred. — *Pomyślałem, że lepiej będzie, jak sam zadzwoni. Wtedy nie będą go szukać, żeby go oficjalnie powiadamiać.*

— O co właściwie chodzi? — zapytał Felix i zerkał podejrzliwie to na komputer, to na dziewczynę.

Nika schowała pierwszą szczotkę i wyjęła drugą, mniejszą, z drewnianą rączką.

— *Sama im powiedz. Ja już wiem od dawna. Sprawdziłem.*

Nika nabrała powietrza, wolno je wypuściła i po krótkim zastanowieniu wyznała:

— Mój tata nie żyje od dwóch lat. — Przyjaciele wpatrywali się w nią, jakby powiedziała właśnie, że jest Marsjanką. — Proszę, obiecajcie, że nikomu nie powiecie.

— Zaraz, zaraz — Net potarł skronie, jakby to miało mu pomóc w myśleniu. — Mam *error*... Nic nie rozumiem... To z kim ty mieszkasz?

— Sama.

— A skąd bierzesz forsę?

— Z renty taty. Listonosz przynosi ją co miesiąc, bo oficjalnie tata nie umarł. Większość od razu idzie na szkołę, a resztę... jakoś dzielę: czynsz, jedzenie i te rzeczy...

Nabrała na szczotkę trochę czarnej pasty z puszki i zaczęła rozsmarowywać cienką warstwą po bucie.

— Może powinnaś gdzieś się zgłosić — powiedział Felix. — Są jakieś organizacje, które pomagają...

— Nie potrzebuję pomocy. Wysłaliby mnie do domu dziecka i nie mogłabym dalej być w naszej szkole. A tak wystarczy, że zaczekam, aż będę pełnoletnia. Wtedy wszystkie problemy znikną.

— *Właśnie dlatego uznałem, że powinienem coś zrobić* — powiedział Manfred. — *Udawałem tatę Niki. Inaczej zaczęliby go szukać.*

Znów zapadło milczenie, a Nika pracowicie pastowała drugi but.

— Czyli jesteś całkiem sama? — zapytał Net.

— No... — Nika uśmiechnęła się nieśmiało. — Mam was.

— *To bardzo miło z twojej strony, że o tym wspominasz* — powiedział szybko Manfred.

— A czy to nie jest trochę bez sensu? — zapytał Net. — Organizacje pomagające dzieciom powinny im pomagać naprawdę, a nie wyciągać ze szkoły.

— Powiedzmy, że jest mało tak samodzielnych dzieci jak Nika — smutno odparł Felix.

— Jeszcze jedno pytanie. — Net uniósł palec i zmrużył oczy. — Kto nabił ci siniaka na policzku? Wtedy, w Halloween.

— Sama sobie nabiłam. — Nika się uśmiechnęła. — Drzwiami do lodówki. Trzeba mocno szarpnąć, żeby się otworzyły. Wtedy szarpnęłam trochę za mocno. Następnego dnia bałam się przyjść do szkoły. Nawet nie wiecie, jak wyglądałam...

— O coś jeszcze chcieliśmy cię zapytać... — zastanowił się Felix. — Zapomniałem... Net?

Net zmarszczył czoło, ale też nie mógł sobie przypomnieć. Nika sięgnęła po trzecią szczotkę, dużą, z miękkim włosiem.

— Lepiej już idźcie — powiedziała i zaczęła polerowanie. — Zaraz ktoś was zauważy, a ja miałam przecież spać. Jeszcze tylko etap szmatki i chyba naprawdę spróbuję się zdrzemnąć.

Chłopcy wstali, żeby wyjść, ale Net jeszcze cofnął się od drzwi. Wyjął z kieszeni łańcuszek i podał go Nice.

— To taki mały prezent — powiedział trochę zawstydzony. — Żeby podtrzymać tradycję...

— Od dawna chciałam taki mieć. — Uśmiechnęła się wyraźnie zadowolona. — Dziękuję.

Felix i Net, milcząc, trawili w sobie rewelację, którą przed chwilą poznali. Z braku lepszego zajęcia wyszli przed chatę, gdzie pozostali chłopcy pomagali w odśnieżaniu. Większość uczniów zgodziła się, że tego dnia lepiej będzie zostać w chacie. Dotarcie do szosy było możliwe, ale wymagałoby dwóch godzin wyczerpującego przedzierania się przez śnieg.

Gdy powstał spory placyk, otoczony dwumetrowymi zwałami śniegu, gazda uznał, że to wystarczy. Otworzył wrota szopy i wszedł do środka. Po chwili z wnętrza dobiegł dźwięk uruchamiania potężnego silnika. Uczniowie cofnęli się. Z szopy wyjechał stary Jeep na wielkich kołach oplecionych łańcuchami śniegowymi. Na przednim zderzaku miał zawieszony pług do rozgarniania śniegu na dwie strony.

— Prawdziwy monster truck — stwierdził Felix z uznaniem.

Pług, z piskiem zardzewiałych mechanizmów, opuścił się. Pojazd zakręcił i wbił się w śnieg. Niestety już po kilku metrach koła zabuksowały w miejscu. Gazda cofnął i ponowił próbę - z identycznym skutkiem. Uniósł więc nieco pług i teraz samochód z mozołem ruszył w stronę szczeliny w lesie, która przedtem była ścieżką. Część śniegu za nim osypywała się, ale dawało się już przejść.

Gdy Jeep znikł za zaspami, rozgorzała bitwa na śnieżki, do której z nudów przyłączyły się nawet dziewczyny. Potem do zabawy dołączyły jeszcze córki gospodarzy i Jędrek. Ulepiono dwa zamki śniegowe i stoczono o nie wojnę. Wreszcie w rogu wolnego placu powstał największy bałwan, jakiego kiedykolwiek widziała okolica. Gdy wszyscy byli już tak zmęczeni, że nie mieli siły na nic, z lasu wyłonił się Jeep, w drodze powrotnej kończąc odśnieżanie.

Na obiad (choć z racji wczesnej pory Felix i Net nazwali ten posiłek lunchem) były pierogi ruskie w sosie z gęstej śmietany i cebuli, a do tego gorący kompot truskawkowy.

Nika, zwabiona zapachem, pojawiła się na górze schodów. Wszystkie oczy skierowały się na nią. Do paska miała przypięty nowy błyszczący łańcuszek.

— Znów zapomnieliśmy! — Felix klepnął się dłonią w czoło.

— O czym? — zapytał Net.

— Zapytać ją o... parę spraw — odparł szeptem Felix.

— Teraz już musisz nam wszystko opowiedzieć — rzekł fizyk, gdy Nika usiadła.

— I tak nikt w to nie uwierzy — odparła dziewczyna, zabierając się do jedzenia.

— Ciekawe, co wymyśli — szepnął Net do ucha Felixa. — Nie powie przecież przy wszystkich o oswojonym niedźwiedziu albinosie, który ją przenocował za parę czekoladek.

— Przenocowałam w niedźwiedziej norze — powiedziała Nika, wkładając do ust pierwszy pieróg.

Zapadła całkowita cisza, w której ktoś z brzękiem upuścił na podłogę widelec.

— Nie umiałam skręcać ani hamować — ciągnęła Nika. — Więc jechałam, aż narty się zatrzymały. — Wszyscy spojrzeli na jej narty, które jako jedyne były zbyt wysokie, by zmieścić się w sieni. — Zaczął padać śnieg i zerwał się wiatr. Straciłam orientację. Długo błądziłam po lesie, aż zgubiłam się całkowicie. Potem zaczęło się robić coraz ciemniej i zimniej. Zjadłam połowę czekolady i znalazłam jakąś dziurę w ziemi. To była właśnie gawra, niedźwiedzia nora. Mając wybór: zamarznąć na śmierć lub narazić się na spotkanie z misiem, postanowiłam zaryzykować i wczołgałam się do środka.

— I co było dalej? — zapytała z przejęciem Klaudia. — Nie zjadł cię?

Ktoś w kącie roześmiał się, ale zaraz ucichł.

— Chrapał tylko strasznie.

Po chwili milczenia wszyscy zaczęli w ożywieniu dyskutować.

— Niesamowite. — Net pokręcił głową. — Kupili to.

— Przecież to prawda — przypomniał mu Felix. — Przemilczała tylko niektóre... detale.

Nika jadła pierogi, a wszyscy już czekali wokół, by zadać mnóstwo pytań.

— Znowu jej nie zapytamy — powiedział Felix.

— I znowu zapomnimy — dodał Net.

— Bo może nie do końca chcemy wiedzieć — mruknął pod nosem Felix.

* * *

Słońce miało się wkrótce schować za odległymi szczytami. Znów robiło się wietrznie, a nad lasem pojawiły się pierwsze ciężkie chmury. Felix, Net i Nika postanowili wyjść na mały spacer.

— A to duże, zielone, to nie świerki, tylko smreki? — Oskar zapisywał coś w małym notatniku, a Jędrek, siedzący obok niego na ławeczce przed chatą, ze znużeniem kiwał głową. Pieniek, pracowicie przez niego strugany, zaczynał już przypominać postać.

Trójka przyjaciół wolnym krokiem ruszyła rowem wykopanym przez pług.

— Nie widziałaś w nocy nic szczególnego? — zapytał Net.

— Nie. — Nika wzruszyła ramionami. — Nie licząc niedźwiedzia albinosa, który służył mi za poduszkę. Poza tym noc, jak każda inna.

— Hm. Gdy poszliśmy cię szukać, widzieliśmy UFO, ślady obcego w śniegu, oddział komandosów i słyszeliśmy myśliwce latające nad lasem.

— I myślicie, że uwierzę? — zapytała Nika z rozbawieniem. — Zazdrościcie mi, że to nie wy zaginęliście.

Zadzwonił telefon w kieszeni Neta. Chłopak wyciągnął go, ale nie odebrał.

— Nie używam go do rozmów — powiedział. — To tylko modem dla Manfreda... Manfred? — Odebrał nieufnie połączenie i zapytał — halo?

— *Tak, to ja. Postanowiłem wam w końcu przypomnieć, choć pewnie Nika będzie o to zła.*

— O czym przypomnieć?

— *O tym, o czym zawsze zapominacie.*

— O! Zobaczcie, jaka ładna chmura! — zawołała Nika, wskazując w górę. — Co wam przypomina ten kształt?

— O nie! — Net z uśmiechem satysfakcji schował telefon. — Teraz już ci się nie upiecze.

— Jak podjechałaś na nartach pod górę? — zapytał Felix. — Tylko nie mów, że rozpędem.

Nika westchnęła.

— Nie wiem, czy chcecie wiedzieć...

— Chcemy — zapewnił ją Felix. — Mów śmiało.

Dziewczyna zastanawiała się dłuższą chwilę. Wreszcie powiedziała:

— Tak na poważnie to się zaczęło po śmierci taty. Szklanka, ni z tego, ni z owego, wylatywała z kredensu i roztrzaskiwała się o przeciwległą ścianę. Czasem wysuwała się szuflada albo książki spadały z półki. Na początku nikt z sąsiadów nie zwracał na to uwagi, bo wszyscy myśleli, że to tata robi awantury (oni przecież sądzą, że on nadal żyje). A ja byłam pewna, że to... jego duch. Nie śmiejcie się! To nic miłego, kiedy się leży w ciemnym pokoju i próbuje zasnąć, a tu nagle krzesło odsuwa się od stołu. Potem zaczęłam szukać książek na ten temat. Dużo czytałam i doszłam do wniosku, że nie robi tego żaden duch, tylko ja sama. Nieświadomie i najczęściej, jak się czymś zdenerwuję. Zaczęłam uczyć się to kontrolować. W pewnym stopniu udało mi się. Wczoraj, na tych nartach, trochę mnie poniosło. I dosłownie, i w przenośni.

— Można by nieźle zaoszczędzić na wyciągach — mruknął wpatrzony w nią Net.

— Tyle że to się nie dzieje wtedy, kiedy tego chcę.

— Co jeszcze przed nami ukrywasz? — zapytał Felix. — A ta twoja „kobieca intuicja"? Jak znalazłaś wejście do podziemi i potem zamurowany korytarz do piwnic kościółka?

— Mam... no, takie... przeczucia. Czasem coś po prostu wiem. Wiem, co jest za zamkniętymi drzwiami albo co się zaraz stanie. Nie zawsze, tylko czasami.

— Ty nas rano zawołałaś... telepatycznie! — Felix nagle doznał olśnienia.

— Jesteś czarownicą? — zapytał podejrzliwie Net i odsunął się o krok.

Nika spuściła wzrok.

— Kiedyś tak by pewnie powiedziano. Znalazłam gdzieś zapis jednego z ostatnich procesów czarownic w Polsce. To była moja prapra... prababcia.

— Ciekawe, nie wiedziałem, że to dziedziczne — mruknął Net.

Chwilę stali na skraju lasu, nie wiedząc, co powiedzieć. Niebo wolno zasnuwały chmury.

— Nie będziecie mnie już lubić — Nika posmutniała i potarła nos. — Większość ludzi zawsze uważała, że jestem dziwna.

— Jest dużo osób o podobnych zdolnościach — powiedział Felix. — Gdzieś kiedyś o tym czytałem. Zwykle nie ujawniają się z tym, ale czasem robią dzięki temu karierę. David Copperfield, na przykład... Chociaż nie, to iluzjonista... on ściemnia zawodowo.

— W kilka godzin dowiedzieliśmy się, że ojciec, z którym mieszkasz, nie żyje od paru lat — zaczął wyliczać Net — że sypiasz w niedźwiedziej norze, że jeździsz na nartach pod górę, że masz w głowie radar i radiostację... I po tym wszystkim sądzisz, że nadal będziemy cię lubić?

W ciszy, która nagle zapadła, z nieba spłynęły pierwsze płatki śniegu.

— Daj spokój! — krzyknął Net i objął ją ramieniem. — Żartuję! Między nami nic się nie zmieni! Będzie tylko ciekawiej. No, może troszkę będziemy się ciebie bać.

— Tak myślisz? — zapytała Nika, patrząc na niego nieśmiało.

Zamiast odpowiedzi Net schylił się, ulepił pigułę i rzucił w dziewczynę. Uchyliła się ze śmiechem i obsypała go śniegiem. W kilka chwil wszyscy zajęli pozycje bojowe i rozpoczęła się kolejna tego dnia bitwa na śnieżki. Wszystko, co Nika wyznała, zostało przyjęte do wiadomości i uznane za rzecz najzupełniej normalną.

8. Niezidentyfikowany obiekt latający

Następnego dnia rano, zaraz po śniadaniu, zarządzono wyjazd na narty. Nika ubrała się i chwyciła swoje gigantyczne deski.

— Mówiłaś przecież o snowboardzie — powiedział z wyrzutem Net. — To nie fair!

— Postanowiłam nie rezygnować tak łatwo. — Uśmiechnęła się. — Zresztą wiem już, gdzie mogę przenocować, jakby co.

Net wyglądał na bardzo zawiedzionego.

— Ale za rok nauczę się jeździć na desce — dodała jeszcze, gdy wyszli przed chatę.

Fizyk pogroził Nice palcem i powiedział:

— Będziesz jechać powoli i zygzakami, w poprzek stoku. Żadnego rozpędzania się. Jesteś pewna, że nie chcesz spróbować na wypożyczonych nartach?

Nika zaprzeczyła z uśmiechem.

* * *

Instruktor, ten sam co poprzednio, podszedł do Niki z nieufnością.

— Po pierwsze — powiedział — jeśli się za bardzo rozpędzisz, to się od razu przewróć. Na bok, na pupę. Dobrze, zaczynajmy. Złap kijki... Zaraz... Nie masz kijków?

— Niech jeździ bez kijków — powiedział Net. — Łatwiej się potem nauczy snowboardu.

— Tylko uważajcie na Celinę — krzyknął Lambert, mijając ich. — Jak zobaczy, że jeździsz bez kijków, to od razu pobiegnie do Czwartka i cię zakabluje.

— Dlaczego miałaby to zrobić? — zapytała zdziwiona Nika.

— Wtedy wieczorem poszła do Czwartka — odparł niechętnie Net — i powiedziała mu, że poszliśmy cię szukać.

— Właściwie, to zapomniałam wam podziękować.

— Daj spokój, to była niezła zabawa. — Net założył gogle na okulary. — To na razie! Zajrzymy potem, zobaczyć, jak ci idzie. Niech moc będzie z tobą!

Zachichotał i pomknął w dół zbocza, goniąc narciarkę w szaroniebieskim kombinezonie.

— Jak się przyłożysz, to na koniec dnia pojeździmy razem — dodał Felix i ruszył za Netem. Odwrócił się jeszcze przez ramię i rzucił — i niech moc będzie z tobą!

Nika uśmiechnęła się i zaczęła ćwiczyć powolne skręty na niemal płaskim w tym miejscu stoku, starając się nie trafić w wyjazd z oślej łączki.

Gdy około drugiej po południu spotkali się w małej karczmie na górze stoku, by coś zjeść, Nika oświadczyła:

— Już umiem jeździć na nartach.

Chłopcy spojrzeli na nią podejrzliwie, ale ona zatopiła zęby w pieczonej kiełbasie i nie zamierzała wyjaśniać nic więcej.

— Nie sądzę, żeby to było takie proste — odezwał się po chwili Felix. — To znaczy, jak nabierzesz prędkości, możesz się zdeka zdziwić.

— *Znalazłem coś, co może was zainteresuje* — odezwał się niespodziewanie Manfred z telefonu w kieszeni Neta.

Przyjaciele spojrzeli na siebie.

— Cały czas tu byłeś? — zdenerwował się Net. — Wiesz, jaki rachunek przyjdzie?

— *Rachunkiem zajmę się osobiście, ale nie było mnie tu cały czas. Przeprogramowałem telefon i rozmowy ode mnie odbierają się teraz automatycznie. Przy okazji, byłbym wdzięczny, gdybyś częściej mnie synchronizował, bo czuję się, jakbym miał lekkie rozdwojenie osobowości.*

— Doktor Jamnik by się ucieszył. Muszę was koniecznie ze sobą poznać. Lubisz witaminę C?

— Przestańcie — przerwał im Felix. — Powiedz, co znalazłeś.

— Zdobyłem zdjęcia satelitarne z poprzedniej nocy. Nie wiem dokładnie, kiedy widzieliście te światła i reflektory, ale przypuszczam, że wtedy, kiedy dwa razy coś zresetowało laptop i inne urządzenia elektroniczne. To musiał być duży skok natężenia pola elektromagnetycznego. Pamiętacie ten rozmazany okrąg w rogu zdjęcia, na którym szukaliśmy Niki? Na nocnych zdjęciach też jest. Wydaje mi się, że był właśnie w tych miejscach, w których widzieliście światła.

— Obejrzymy to po powrocie — powiedział Net. — Spróbuj znaleźć więcej materiałów.

— OK. Do zobaczenia. Tylko nie zapomnij mnie zsynchronizować.

— Myślę, że stoimy u progu wielkiego odkrycia — powiedział podniecony Net, chowając telefon. — Możemy udowodnić istnienie obcej cywilizacji.

— Może nawet nawiązać kontakt — rozmarzył się Felix.

— Kontakt... niekoniecznie. — Entuzjazm Neta nieco osłabł. — Oglądałem *Bliskie spotkania trzeciego stopnia* i chyba nie chcę uczestniczyć w czymś takim.

— Ale może teraz pojeździmy trochę na nartach — zaproponowała Nika — a wytworami waszej wyobraźni zajmiecie się wieczorem.

— Tak, zbierajmy się — zgodził się Felix. — O piątej zbiórka na parkingu, więc nie ma za wiele czasu.

Ku zaskoczeniu chłopców, a i zapewne samej Niki, udało się jej zjechać powoli, ale za to bez żadnej wywrotki. Każdy kolejny zjazd wychodził jej coraz lepiej. Tylko kolejka do wyciągu stawała się coraz dłuższa. Za czwartym lub piątym razem stwierdzili, że powoli się ściemnia.

— Jest za kwadrans piąta — powiedziała z zawodem Nika. — Nie zdążymy jeszcze raz wjechać na górę.

Net spojrzał porozumiewawczo na Felixa, a ten lekko skinął głową.

— Wiesz, szczerze mówiąc, to i tak musisz poważnie popracować nad stylem — oświadczył Net, spojrzawszy na Nikę.

— Chcesz przez to powiedzieć, że wyglądam pokracznie? — zapytała z rozdrażnieniem. Czubki jej nart lekko drgnęły.

— No... — ciągnął Net, puszczając oko do Felixa — znam dziewczyny, które jeżdżą fajniej.

— Doprawdy? — zapytała groźnie, a jej narty zaczęły powoli, ledwie zauważalnie przesuwać się pod górę.

— Chociaż ty jeździsz najbardziej oryginalnie — nie odpuszczał Net. — Nazwałbym to stylem worka kartofli uciekającego w panice przed frytkownicą.

Nika zacisnęła pięści, a jej narty ruszyły pod górę. Net zachwiał się, bo jego snowboard podążył za nimi.

— Hej! — zawołał Felix, stojąc wciąż w miejscu. — A ja? Mnie też podoba się styl jazdy Aurelii! Ona jest dcbeściarą!

— Naprawdę tak myślisz? — uśmiechnęła się zalotnie Aurelia, hamując obok.

Felix nie zdążył nic odpowiedzieć, bo jakaś siła pociągnęła go w górę. Aurelia otworzyła usta ze zdziwienia, ale chłopak już znikał między zdezorientowanymi ludźmi. Szybko dogonił przyjaciół i cała trójka, z Niką na czele, mknęła pod górę, wymijając innych narciarzy. W tyle zostawiali okrzyki zdziwienia i przekleństwa.

— Wszyscy powinni stać w kolejce — wymachując kijkami, pieklił się grubawy jegomość w jednoczęściowym błękitnym kombinezonie.

Wielokrotnie o włos uniknęli zderzenia. Pomijając odwrotny kierunek jazdy, dawało się normalnie skręcać, a nawet skakać przez muldy. Pokonali tak większą część trasy, gdy Nika odwróciła do nich głowę i krzyknęła przez szum powietrza:

— Podpuściliście mnie. Powinnam się od razu domyślić.

— Musielibyśmy stać w kolejce — odparł Net i zapytał ostrożnie — nie powinniśmy już zwalniać?

— Ale jak?

Siatka oddzielająca główny stok od oślej łączki była coraz bliżej.

— Wcale mi się nie podoba styl jazdy Aurelii — wrzasnął Felix. — Nic a nic.

— Teraz, kiedy dojechaliśmy już prawie na sam szczyt — krzyczał Net — widzę, że twój styl wyraźnie się poprawił. Co za postępy!

Wcale nie zanosiło się na to, by mieli zatrzymać się przed siatką.

— Taaak! — wrzeszczał dalej Felix. — Już jeździsz z prawdziwą gracją. Skoncentruj się i spróbuj... odzłościć.

— Chyba nie mówicie szczerze — krzyknęła Nika, zasłaniając się rękoma. — Wciąż jestem złaaaaaa!

Z pełnym impetem wyrżnęli w elastyczną siatkę i wylądowali w wielkiej pryzmie śniegu. Zrobiło się cicho i przez chwilę nikt się nie ruszał. Unosił się tylko nad nimi obłoczek śnieżnego pyłu. Pierwszy podniósł się Felix i sprawdził, czy jest cały. Pomógł wstać Nice. Net wygrzebał się ostatni. Schował gogle do kieszeni, a na nos założył mokre okulary.

— Na dziś mam chyba dość — powiedział, wysypując śnieg z rękawów i zza kołnierza.

— Tak. Zdecydowanie starczy wrażeń — przyznał wciąż roztrzęsiony Felix. — Luke Skywalker też nie od razu to opanował.

— Lepiej zjedźmy wyciągiem — dodała Nika.

Grupka wystraszonych dzieci ze szkółki narciarskiej, wraz ze swoim instruktorem, przyglądała im się w osłupieniu.

— Te nagłe podmuchy wiatru są bardzo zdradliwe! — powiedział do nich Net, otrzepując włosy ze śniegu i rozcierając stłuczony łokieć. — Uważajcie na nie, dzieciaki. Tutaj pogoda jest naprawdę nieprzewidywalna.

* * *

Na kolację był kotlet schabowy z zasmażaną kapustą. Net oddał swoją kapustę Felixowi, a kotlet Celiny tradycyjnie już przypadł w udziale Klemensowi. Felix i Net zerkali na Celinę z niechęcią.

— Mam skandaliczną ochotę wyciąć jej jakiś numer — szepnął Net.

Po skończonym posiłku wszyscy usiedli przed kominkiem, aby się ogrzać. Aurelia chciała o coś zapytać Felixa, ale ten przyłożył tylko palec do jej ust i powiedział:

— Grunt to dobrze nasmarować narty. Wtedy jadą, gdzie chcesz.

Felix, Net i Nika weszli do sypialni chłopców, usiedli po turecku na łóżku Neta i otworzyli laptop. Net wklepał kilka komend na klawiaturze.

— *Wystarczy, że powiesz, co chcesz, a sam ci to wyszukam* — odezwał się Manfred.

— Dzięki, ale nie chcę wyjść z wprawy.

Na ekranie pojawiło się czarno-białe, blade zdjęcie satelitarne.

— *To zdjęcia wykonane w podczerwieni* — wyjaśnił Manfred. — *Obraz jest mało dokładny, ale mniej zasłaniają go chmury.*

Przyjaciele przyjrzeli się z uwagą. Wyglądało to wszystko jakoś inaczej, ale wyraźnie można było rozpoznać chatkę wraz z zabudowaniami, ścieżkę do szosy i łąkę poniżej. Na pierwszym zdjęciu, w lesie, widać było jasny okrąg o nierównych krawędziach. Na drugim zdjęciu taki sam okrąg był widoczny na skraju łąki.

— *To ten sam obiekt* — powiedział Manfred. — *Na zwykłym zdjęciu wygląda jak nieostra plama, a tutaj świeci. Ostatniej nocy, o tej samej porze, obiekt też pojawił się w okolicy. Niestety, nie mam zdjęć.*

— Nadal myślisz, że to nasza wyobraźnia? — Net zapytał Nikę.

Dziewczyna zmarszczyła brwi i nic nie odpowiedziała.

— Musimy zdobyć jakieś dowody — powiedział Felix. — Inaczej nikt nam nie uwierzy.

— Mam chyba aparat jednorazowy.

— Wyjdą tylko kolorowe plamy — Felix pokręcił głową.

— Większość zdjęć UFO tak właśnie wygląda — Nika wciąż nie była przekonana. — Zapewne wszystkie są podrabiane.

— Potrzebna będzie porządna kamera albo dobry aparat — zastanawiał się Felix. — Zwykły jest za mało czuły. Niestety, nie mam ze sobą żadnej kamery. W ogóle wszystko, co najważniejsze, zostawiłem w domu!

— To czemu twój plecak tyle waży? — zapytała Nika.

— Oskar ma dobry aparat! — przypomniał sobie nagle Net. — Ale go nie pożyczy. To jego najnowsza zabawka.

— Daj mu w zamian pograć na komputerze — zaproponował Felix.

— Hm... — mruknął Net

— *Hm...* — mruknął Manfred.

* * *

Pół godziny później przyjaciele dokonali wymiany i oglądali aparat w głównej izbie, ale pojawił się kolejny problem.

— Nasze okno wychodzi na przeciwną stronę — powiedział Felix — a dziewczyny podniosą alarm, jak się zakradniemy do ich sypialni w środku nocy.

— I trzeba będzie się z nimi podzielić zyskami ze sprzedaży zdjęć — dodał Net. — Ale zaraz... Nad schodami też jest okno. Jest tam taki wąski kawałek podłogi z barierką. Można się tam przecisnąć.

— To i tak na nic! — krzyknął niemal Felix. — Ale z nas osły! Przecież w pobliżu tego obiektu urządzenia elektroniczne przestają działać i kasuje się cała pamięć. Nawet jeśli zrobimy zdjęcia, to znikną.

Wstał i zaczął chodzić tam i z powrotem, myśląc intensywnie. Przyjaciele obserwowali go w milczeniu. Mruczał coś i pocierał nos palcem. Wreszcie wślizgnął się do kuchni, włożył do ust dwa kawałki gumy do żucia i zaczął grzebać w kuble na śmieci. Nika wzdrygnęła się z obrzydzeniem, gdy wyciągnął stamtąd brudną puszkę po koncentracie pomidorowym i pękniętą gumową rękawicę.

— Puszka jest stalowa — powiedział, wkładając ją do zlewu i odkręcając wodę. — Będzie ekranować aparat przed wpływem pola elektromagnetycznego. Masz nożyczki do paznokci?

— Mam. — Nika pobiegła na górę do łazienki i przyniosła je. — Tylko nie zepsuj.

— Jak sprzedamy te zdjęcia do jakiejś gazety, to kupisz sobie sto par.

Mówiąc to, wbił nożyczki w bok puszki i wyciął mały okrągły otwór. Nika skrzywiła się, słysząc towarzyszący temu dźwięk. Felix przymierzył aparat do puszki, zacmokał z zadowoleniem i wyciągniętym z kieszeni scyzorykiem zrobił jeszcze dwie mniejsze dziurki. Upchnął jeszcze w środku zwiniętą w kulki gazetę. Przeniósł się do dużej izby, pogrzebał chwilę w leżącym obok kominka drewnie i wyciągnął stamtąd dwa małe patyczki. Starannie przyciął je scyzorykiem, by luźno przechodziły przez otwory w blasze. Potem wyciągnął z długopisu sprężynkę, przeciął ją (nożyczkami Niki) na pół i nałożył na patyczki w środku puszki.

— Może wystarczy — mruknął. — Jak najmniej otworów... Nie będzie tylko podglądu.

Włożył do środka aparat, gumą do żucia przykleił końcówki patyczków do włącznika oraz spustu migawki i dopchnął odgięte wieczko puszki. Na koniec zabezpieczył je przed otwarciem, naciągając na wierzch gumową rękawicę.

— Proszę bardzo — powiedział, unosząc swoje dzieło na dłoni. — Aparat o zwiększonej odporności na pole elektromagnetyczne.

— Ty to masz łeb... — Net pokręcił z uznaniem głową. — MacGyver mógłby brać u ciebie korepetycje. I wygląda tak, że nikt nie ukradnie.

— To o której godzinie ma się pojawić to wasze UFO? — zapytała Nika.

— Zainteresowałaś się wreszcie — zauważył Felix.

— Po prostu jestem ciekawa. — Wzruszyła ramionami.

— Masz może jakieś przeczucia? — zapytał Net.

— Nie pojawiają się na zawołanie.

Felix zerknął na zegarek i powiedział:

— Mamy dwadzieścia minut. Spróbujmy nie zwracać na siebie uwagi.

— Szczególnie uwagi Celiny — dodał Net.

Założyli przygotowane wcześniej ubrania, a z głównej izby wzięli stary koc. Po cichu weszli na piętro i przecisnęli się obok schodów wąskim przejściem, które powstało zapewne przez błąd w obliczeniach ludowego architekta. Z sypialni chłopców dobiegały odgłosy gry komputerowej. Net westchnął i pokręcił smutno głową. Otworzyli powoli okno, wpuszczając do środka zimne powietrze.

Zewnętrzny parapet stanowiła szeroka i długa deska. Na szczęście wiejący wcześniej wiatr oczyścił ją ze śniegu.

— Coś czuję, że dziś zaliczymy bęc z dachu — powiedział Net, gramoląc się na zewnątrz jako pierwszy.

— Przynajmniej spadniemy w śnieg — uspokoiła go Nika, której teraz pomógł wyjść.

— Niestety, okno jest bezpośrednio nad drzwiami wejściowymi — pokręcił głową Net. — Bęcniemy na kamienne schodki.

— Więc nie bęcajmy — podsumował Felix.

Zamknęli za sobą okno. Było zimno, wzięli Nikę w środek i nakryli się kocem.

— Oby tylko Celina nas nie wypatrzyła — mruknął Net. — Już wiem, co zrobię. Schowam jej wszystkie słodycze.

— To raczej wyjdzie jej na zdrowie — zauważył z uśmiechem Felix.

— To wkroję jej parówkę do surówki.

— Naprawdę uważacie, że to ona naskarżyła? — zapytała Nika. — Znam ją chyba trochę lepiej i jakoś nie mogę w to uwierzyć.

— Jasne, że to ona! — krzyknął niemal Net. — Lambert mówił, że kiedyś poskarżyła, że ściąga na klasówce.

— Nie lubię Lamberta — stwierdziła Nika. — Cały czas kombinuje. Co się opłaca, co się nie opłaca...

— Ale tym razem tylko Celina mogła naskarżyć. Wcześniej nas podsłuchiwała.

Nika nic nie odpowiedziała, tylko wzruszyła ramionami. Noc była gwiaździsta, wolno sunące po niebie chmury co jakiś czas przesłaniały księżyc w pełni. Wiatr huczał gdzieś wyżej w górach, nie docierając na razie w dolinki. Z tej wysokości, w świetle księżyca, doskonale widzieli pokrytą śniegiem łąkę i duży fragment lasu.

— Wiecie, że mój prapra... pradziadek był inkwizytorem? — przerwała milczenie Nika.

— Zaraz... mówiłaś, że twoja prapra... prababcia była czarownicą i miała proces — zauważył Net.

— I właśnie wtedy się poznali. On się w niej zakochał i ją uniewinnił, a potem się wypisał z kościoła i wzięli ślub.

— Fajną masz rodzinę — przyznał Net. — Moi przy tym to flaki z olejem...

Wiatr w lesie za nimi, od strony szosy, zafalował drzewami i zaszumiał. Zaczęły im marznąć nogi, ale nie mogli przytupywać, by nie zwrócić na siebie uwagi nauczycieli. Poruszali więc tylko palcami w butach. Na szczęście, poza tym, koc i ciepłe ubrania zapewniały im dostateczną izolację.

Telefon w kieszeni Neta cicho piknął. Chłopak wyciągnął go i stwierdził, że wyświetlacz jest pusty.

— Zaczyna się — szepnął, wciskając się głębiej pod okap.

Felix zerknął na zegarek, ale w tej chwili cyfry znikły. Rozejrzeli się. Nic się nie zmieniło, ale było jakoś tak... za spokojnie.

— Patrzcie! — krzyknął zduszonym głosem Net, wskazując coś na skraju lasu. Po śniegu wolno sunął okrągły cień. Zdawało się, że wypływa spomiędzy drzew. To nie był cień chmury. Na lewo od nich gwiazdy na niebie zaczęły znikać... a raczej przygasać i rozmywać się. Zupełnie jakby przesłaniało je przyciemniane, matowe szkło.

— Tam jest — szepnął ledwie słyszalnie Felix i wskazał ręką w niebo.

Przyjaciele spojrzeli w górę. Na tle gwiazd, w słabym świetle odbitym od śniegu, widać było coś, jakby słaby zarys krawędzi dysku.

Felix uniósł aparat.

— Tylko bez flesza! — syknął Net.

Rozległo się ciche elektroniczne kliknięcie, świadczące, że osłona z puszki zdała egzamin.

— Chyba wam wierzę — szepnęła Nika z przejęciem. — Chyba naprawdę wam wierzę...

— Myślicie, że oni nas widzą? — zapytał drżącym głosem Net. — Księżyc na nas świeci.

— Nie ruszajmy kocem — odparł Felix i pstryknął kolejne zdjęcie. — Może ich wcale nie obchodzimy... Nie, nic nie wyjdzie z tych zdjęć. Trzeba by podejść bliżej.

Dysk wisiał nieruchomo nad przeciwległym skrajem łąki. Dawał się zauważyć tylko dzięki temu, że wiadomo było, gdzie jest.

— To bardzo głupi pomysł — Net pokręcił zdecydowanie głową.
— Może poznamy jego konstrukcję.
— Myślisz, że na spodzie ma wydrukowaną instrukcję obsługi? Nie ma mowy. Nie dam się na to namówić za nic na świecie!

Trzy minuty później blady blask księżyca oświetlił trójkę schylonych postaci zjeżdżających wolno między drzewami. Postacie trzymały się skraju lasu i rozglądały ostrożnie na wszystkie strony. Śnieg rozpuszczony południowym słońcem i ponownie zmrożony wieczorem dawał jakie takie podparcie nartom i desce.

— Do jakich poświęceń jest gotów człowiek dla pieniędzy — mruknął Net.

— Nie chodzi o pieniądze, tylko o naukę — odparł Felix.

— Przypomnę ci o tym przed najbliższą klasówką — powiedziała Nika.

— A słyszeliście kiedyś o czymś takim jak instynkt samozachowawczy? — wkurzył się Net. — Możemy nie doczekać do jakiejkolwiek klasówki!

Dysku nie było nigdzie widać. Wokół panowała cisza, tylko odległy szum wiatru dochodził gdzieś z gór.

— Szkoda, że nie wziąłem noktowizora — wyszeptał Felix.

— Nie ma go. — Net odetchnął z ulgą. — Odleciał...

— Nie odleciał — cicho zaprzeczyła Nika, unosząc głowę. — Jest... dokładnie nad nami!

Nagle wokół zrobiło się jasno jak w dzień. Cała trójka jednocześnie zaczęła krzyczeć. Felix zdążył, niemal przypadkiem, pstryknąć zdjęcie, gdy ich narty same ruszyły przed siebie. Wyjechali poza światło i skręcili głębiej w las. Wymijali pnie i zasłaniali się rękoma przed niskimi gałęziami. Słup światła za nimi zgasł i nie było sposobu, żeby sprawdzić, w którym miejscu jest teraz dysk.

— To ty, czy już jesteśmy porwani? — krzyknął Net.

— Mam nadzieję, że to ja... — odkrzyknęła Nika.

Przy odrobinie wyobraźni można było udawać, że jadą z górki i muszą tylko omijać drzewa. Nice z trudem udawało się zapanować nad długimi deskami. Za nią jechał Net i próbował łapać równowagę.

— Szkoda, że nie macie snowboardów — krzyknął Net. — Szybciej byście zasuwali.

— Ale mam zdjęcie! — krzyczał z samego końca Felix, co chwila ocierając się o pnie.

— Widzicie, gdzie on jest? — dopytywał się Net.

— Nie mogę się obejrzeć, bo wjadę w drzewo — odkrzyknął Felix. — Skręcajcie bardziej w prawo!

Zjechali, a potem, nie zmniejszając prędkości, wspięli się na łagodne zbocze. Przedarli się przez jakieś krzaki i przekrzywione pieńki.

— Nie przestawaj się jeszcze bać! — poprosił Net, czując, że zwalniają. — Jeszcze tylko sto metrów. Inaczej posiekają nas na plasterki.

— Nie! Zatrzymaj się! — krzyknął Felix. — Pod tym drzewem.

Nika jakimś cudem zrobiła nartami pług i zjechała pod złamany, zwalony do połowy świerk. Przyjaciele zahamowali obok, chowając się pod zaśnieżonymi gałęziami. Oddychali szybko, próbując wypatrzeć jakikolwiek ruch nad lasem. Felix dotknął przez rękawiczkę zegarek, by upewnić się, że wciąż tam jest. Zastanawiał się, czy to dobry moment, by zbić szkiełko i wezwać na pomoc tatę.

— Przecież on nas musi widzieć — jęknął Net. — Byle helikopter wojskowy by nas wyśledził na tak małym kawałku lasu.

— Może go wcale nie obchodzimy — odparł Felix.

— Wolę już łapanie duchów na strychu.

— Doprawdy? — zdziwiła się Nika. — Wtedy też nie wyglądałeś na zachwyconego.

— Bo wtedy musiałem to robić. Teraz na łapanie duchów się nie zanosi, więc wolę je łapać.

— Cóż za pokrętna filozofia życiowa.

Odczekali jeszcze chwilę, ale nic się nie działo.

— Będziesz potrafiła teraz ruszyć? — zapytał Felix. — Ruszyć nas wszystkich?

Nika zamknęła oczy i zacisnęła pięści. Narty drgnęły, ale tylko odrobinę.

— Kiepska jesteś, mała — powiedział Net i mrugnął do Felixa. — Nie dasz rady.

W tym momencie cała trójka gwałtownie ruszyła, strząsając na siebie śnieg z gałęzi. Szalona jazda między drzewami rozpoczęła się na nowo.

— Znów mnie podpuszczacie — krzyknęła Nika, ale już ze śmiechem.

Po chwili spomiędzy drzew wyłoniła się ich chata, ale przed nią zobaczyli górę śniegu.

— To chyba szopa na drewno! — krzyknął na cały głos Net. — Uwagaaaaaaaaa...

Było już za późno na cokolwiek. Wjechali na zaspę kryjącą szopę i... wyskoczyli w powietrze. Wznieśli się na wysokość okien poddasza i wtedy ich lot stracił resztki gracji. Bezładnie zwalili się w usypaną rano pryzmę śniegu. Lądowanie przynajmniej było miękkie.

— Musisz poćwiczyć wyłączanie tego... dopalania — powiedział Net, wychylając głowę ponad śnieg. Wytarł okulary i rozejrzał się na wszystkie strony, ale dysku już nie było widać. Dla pewności spojrzał jeszcze prosto w górę.

— Czujesz to jakoś? — zapytał. — Wiesz, kiedy to ty coś robisz, a kiedy... to zupełnie coś innego?

— Może. — Nika wyszarpywała wbite w śnieg narty. — Często mam takie uczucie... trudno je opisać, komuś...

— Mugolowi? — podpowiedział jej Net.

— Bez przesady. Powiedzmy, że najbardziej przypomina to wrażenie, jakby zmieniało się ciśnienie, jak w windzie w wieżowcu.

Wygramolili się ze śniegu i wyciągnęli z niego sprzęt narciarski. Jak najciszej weszli do chaty. Z ulgą stwierdzili, że nikt na nich nie czeka. Na paluszkach dotarli do swoich sypialni. Net wyjął z rąk chrapiącego Oskara laptop. Pogłaskał współczująco czarną obudowę i położył się z nim do swojego łóżka. Felix w tym czasie wydobył aparat z puszki i usiadł obok Neta.

— Jak przekopiujemy obrazki? — zapytał.

Net zaczął grzebać w swoim plecaku i wyciągnął stamtąd kilka kabli. Jeden z nich pasował. Połączyli oba urządzenia, a Net otworzył laptop.

— *Nigdy więcej...* — powiedział cicho Manfred. — *Ten dzikus wali w klawisze, przekraczając dopuszczalne normy nacisku, a jak przegrywa, to –*

— Dobrze, już dobrze, wiem, że było ciężko. Teraz skup się na przekopiowaniu zdjęć.

— *Robi się! Sam jestem ciekawy, ale to chwilę potrwa. Muszę skonstruować program, który rozpozna ten aparat. Chcecie tymczasem obejrzeć miny Oskara zarejestrowane podczas gry? Obniżyłem poziom trudności, żeby przestał się znęcać nad klawiaturą, ale i tak ciężko mu szło... O! Mam! Zdjęcia już idą.*

— Wykasuj je od razu z pamięci aparatu.

Na ekranie pojawiały się kolejne obrazki. Przedstawiały szare plamy i kolorowe błyski.

— Nika miała rację — westchnął Felix.

— *Nie łamcie się tak łatwo* — powiedział Manfred. — *Własnymi siłami nic nie zrobię, ale prześlę to do kumpla w laboratorium obróbki obrazu. To Vidoktor. Pamiętacie, opracowywał mapy podziemi tego kościółka. Jak znajdzie wolne moce obliczeniowe, to podciągnie niuanse. Mógłbyś?...*

— Jasne. — Net połączył komputer z telefonem. — Przy najbliższej okazji kupię ci tę kartę z modemem, bo to wpinanie i wyciąganie wtyczek już mnie muli.

* * *

— Ten twój komputer to straszny paździerz — narzekał Oskar, gdy schodzili na śniadanie. — Resetował się kilka razy, i to w najlepszych momentach.

— Mówiłem, że to stary grat — odparł Net, oddając aparat.

— Doskonały dowcip — mruknął Oskar, patrząc na wyświetlacz. — Przestawiliście mi język obsługi na chiński.

Chłopcy spojrzeli na siebie.

— *Sorry* — Net zerknął mu przez ramię. — To wina pola elektromagnetycznego. Wróć na angielski i będzie z dyńki.

— A skąd mam wiedzieć, jak się pisze „Angielski" po chińsku?! — denerwował się Oskar.

— Znam dosyć dobrze chiński — powiedział Felix z mądrą miną, biorąc od niego aparat. — Zaraz to załatwię.

Odwrócił się do nich tyłem i chwilę majstrował przy aparacie. Gdy oddał go właścicielowi, wszyscy zrobili wielkie oczy.

— Nie wiedziałam, że znasz chiński — powiedziała Nika, gdy siadali do stołu.

— Nie znam — wyjaśnił Felix. — Wyjąłem baterię podtrzymującą pamięć i aparat wrócił do ustawień podstawowych. To samo stałoby się wczoraj w nocy, gdyby nie puszka. A tak tylko się trochę poprzestawiał.

— Jak to dobrze, że ja nie muszę się zajmować techniką, to strasznie nudne — mruknęła Nika. — Jest tyle ciekawszych rzeczy na świecie.

Na śniadanie były kanapki z szynką, pasztetem i serem. Gaździna od razu postawiła przed Klemensem podwójną porcję wędlinek. Przyjaciele zjedli szybko i pobiegli na górę sprawdzić, jak poszło Manfredowi ze zdjęciami. Łóżko Neta, za sprawą zsuwających się z góry koców Oskara, przypominało małą jaskinię.

Net otworzył laptop i podłączył telefon.

— Ten nowy akumulator, który dostałem od Mikołaja, jest naprawdę świetny — z satysfakcją stwierdził Net. — Ani razu nie musiałem go jeszcze ładować.

— *Cześć!* — krzyknął do nich Manfred. — *Zdjęcia już ściągam, a z tego, co już wiem od... siebie, będzie na co popatrzeć.*

W napięciu wpatrywali się w ekran, na którym pojawiały się kolejne ikony. Net otworzył przeglądarkę. Pierwszych kilka zdjęć, zrobionych z parapetu, przedstawiało przekontrastowiony las i... coś, co wyglądało jak wielka, wisząca na niebie pastylka aspiryny.

— Wygląda jak fotomontaż — stwierdziła Nika.

— Brawo, Manfred — powiedział smutno Net. — Nikt nam nie uwierzy.

— *Poczekajcie na następne...*

Na ekranie pojawiło się zdjęcie, które Felix zrobił, gdy byli pod latającym talerzem. Po bokach kadru widać było kilka gałęzi, wewnątrz znajdowała się jakaś szara powierzchnia, pośrodku której paliły się trzy reflektory. Wokół nich wszystko było rozmyte, ale dalej wyraźnie można było rozpoznać jakieś rysy, szczeliny, linie odchodzące koncentrycznie od reflektorów, fragmenty okręgów. Wszystko układało się w skomplikowane wzory.

— Łał! — krzyknął Net. — Ile może być warte takie zdjęcie?

— Mniej niż jeden kadr z *Gwiezdnych wojen* — odparł Felix, odruchowo wyjmując z kieszeni pióro wieczne, żeby je poobracać w dłoniach. — Tylko my wiemy, że to zdjęcie jest autentyczne.

— Tu jest coś napisane — zauważyła Nika, wskazując palcem obok reflektorów, na granicę rozmycia.

— „Danger" — przeczytał Felix. — To przecież znaczy „Niebezpieczeństwo".

Patrzyli w ekran z ponurymi minami.

— Jakie jest prawdopodobieństwo, że kosmici umieszczają na swoim statku ostrzeżenia po angielsku? — zapytała Nika.

— Małe — przyznał Net.

— Bardzo małe — dodał Felix.

— Znikome — zakończyła Nika.

— Zaczekajcie... Może im chodzi o ostrzeżenie Ziemian — ożywił się, po chwili namysłu, Felix. — Wówczas napisy powinny być w zrozumiałym dla nas języku.

— To nawet logiczne — podchwycił Net, ale bez przekonania.

— Pocieszajcie się. — Nika pokręciła głową. — Dlaczego w takim razie napis jest tylko po angielsku?

— Pamiętasz rozmowę o językach międzynarodowych? — zapytał Felix. — Jakby umieścili tam napisy we wszystkich językach, to by cię coś zabiło, zanim byś znalazła swój język.

— *Jest jeszcze jedno zdjęcie* — odezwał się Manfred. — *Tego nie puszczałem do Vidoktora...*

— Nie pamiętam, żebym zrobił coś więcej.

Ujrzeli... wnętrze autokaru.

— Hm. — Felix przyjrzał się dokładniej. — Oskar robił je, gdy tu jechaliśmy.

— Nawet nas widać w ostatnim rzędzie — powiedział Net. — Rany! Ja naprawdę śpię z otwartymi ustami?

— Popatrzcie tutaj — Felix wskazał chromowaną końcówką pióra na tylną szybę. — Niczego wam to nie przypomina?

Nachylili się nad komputerem. Za autokarem jechała biała furgonetka z napisem „Transport zwierząt". Net zbladł, zamknął laptop i spojrzał na przyjaciół.

— No, to już po nas — powiedział łamiącym się głosem. — Znajdą nas na wiosnę w jakiejś dolince... poszatkowanych na kawałki...

— Nawet jeśli mieli jakieś niecne zamiary, to pogoda skutecznie im przeszkodziła — stwierdził Felix.

— Trzeba było siedzieć cicho i nic nie robić. Jesteśmy przecież tylko dziećmi...

— Tak czy inaczej, jutro wyjeżdżamy — powiedział Felix. — Lepiej będzie, jeśli przemyślimy na spokojnie, co z tym zrobić. Obawiam się, że w każdej redakcji wyśmieją nas.

Z dołu doszły ich dźwięki przygotowań do kolejnej wyprawy na narty.

— Chodźmy. — Felix wstał z łóżka, rozprostował zdrętwiałe kolana i zwrócił się do Niki — spróbuj się już nie denerwować. Będziemy normalnie wjeżdżać wyciągiem.

* * *

Pakowanie się ostatniego dnia jest zawsze najmniej przyjemną częścią wyjazdu, ale jest też jego częścią nieodłączną. Chata była więc pełna narzekań i ponurych uwag. Panowało ogólne przeświadczenie, że nic by się nie stało, gdyby zostali jeszcze kilka dni. Na pewno dałoby się to załatwić krótkim telefonem do dyrektora Stokrotki... Tak naprawdę nikt w to nie wierzył, toteż przed jedenastą wszyscy byli spakowani, a pokoje przeszukane pod łóżkami, szafkami, dywanami i zasłonkami. Odnaleziono zakamuflowane batoniki Celiny, ciepłe kalesony Oskara oraz *Dom dusz*, który zaczęła czytać Nika i którego poszukiwała od kilku dni.

Córki gospodarzy, zgodnie z bardzo miłym lokalnym zwyczajem, przy wyjściu żegnały gości, całując każdego po trzykroć w policzki. Po tym rytuale dziewczyny zażądały, by w podobny sposób pożegnał je syn gospodarzy. Jędrek chował coś za plecami, ale po kolei objął każdą z dziewczyn i trzykrotnie każdą pocałował. Gdy wycałował również Nikę, wyjął wreszcie zza pleców to, co tam ukrywał. Była to pięknie wyrzeźbiona i pomalowana figurka aniołka z rękami złożonymi do modlitwy.

— To... walentynka — powiedział, spuszczając wzrok. — Chciałem ją dokończyć, żeby była moją najpiękniejszą rzeźbą. Nie zdążyłem na czternastego, więc daję ci ją dopiero teraz.

Wokół rozległy się brawa i okrzyki, tylko Net spurpurowiał ze złości i ostentacyjnie ruszył w kierunku szosy, a Aurelia prychnęła z pogardą. Nika pocałowała Jędrka i powiedziała mu na ucho coś, co tylko on usłyszał. Uśmiechnął się zarumieniony. Potem wszyscy, wraz z nauczycielami, ruszyli w ślad za Netem. Góralska rodzina machała im na pożegnanie, aż zniknęli za lasem.

Autokar czekał już w zatoczce.

* * *

Przez pierwszą godzinę drogi Net był naburmuszony i niechętnie zerkał na drewnianą figurkę trzymaną przez Nikę na kolanach.

— Nawet jak sprzedamy te zdjęcia — zaczął Felix, gdy jechali już autostradą — to trafią do jakiegoś kolorowego magazynu, jednego z tych, których nikt nie traktuje poważnie.

— One najlepiej płacą — zauważył Net.

— Tyle że nie dowiemy się, co to właściwie było.

— Ale będziemy bezpieczni. Jak już wszystko ujawnimy, to nikt nie będzie chciał nas uciszyć.

Nagle autokarem zaczęło zarzucać, a z prawej strony dały się słyszeć dźwięki przywodzące na myśl intensywne trzepanie dywanu.

— Mają nas! — ryknął Net i wyrwał z rąk Niki drewnianą figurkę, z zamiarem użycia jej jako broni.

Kierowca złapał mocniej kierownicę i powolutku dojechał do stacji benzynowej. Wysypali się na zewnątrz, ciekawi przyczyny zamieszania. W prawym przednim kole nie było prawie powietrza. Kierowca spojrzał na pana Czwartka, a ten wzruszył ramionami.

— Ostrzegałem przecież — powiedział i poszedł do sklepu.

— Nie było jeszcze dwóch tysięcy kilometrów — westchnął kierowca. — Sprawdziłem na liczniku...

Felix z roztrzęsionym wciąż Netem poszli kupić colę i cukierki. W sklepie Net zatrzymał się przed półką z pismami dla dorosłych.

— Mam nadzieję, że Celina tego nie widziała — zażartował, przechodząc do regału ze słodyczami.

— Dlaczego? — zdziwił się stojący obok Wiktor.

— Wtedy, gdy wyszliśmy szukać Niki, doniosła na nas do fizyka.

— Widziałem, że nie ma was w łóżkach — przyznał Wiktor. — Nie spałem jeszcze. Widziałem również, jak Lambert wyszedł, zapukał do drzwi Czwartka i rozmawiał z nim chwilę.

— Więc to nie Celina? — zdziwił się Net.

— Na pewno nie. Gdy Czwartek schodził na parter, ona jeszcze była w łazience, a Lambert wrócił do łóżka wyraźnie rozbawiony — dokończył Wiktor i odszedł w stronę kasy z gazetą pod pachą. Zdecydowanie był człowiekiem, który lubił być na bieżąco z najważniejszymi informacjami.

— Kto by się spodziewał... — mruknął Net. — Byłem gotów zrobić jej w odwecie jakieś świństwo.

— Za łatwo oceniamy ludzi — przyznał Felix. — Jeden krętacz tak nam namieszał w głowach. Całe szczęście, że tego nie rozpowiedzieliśmy. Trzeba z nim poważnie porozmawiać.

— Po co? Nie zmieni się. W każdej klasie na całym świecie musi być taki gremlin. Nic nie poradzisz...

— Mówiłam wam — przypomniała Nika. — Nie lubię ludzi, którzy niczego nie potrafią zrobić bez kręcenia.

Po trwającej blisko godzinę wymianie koła ruszyli dalej.

— Mamy strasznego pecha — odezwał się nieco później Net. — Ujawniamy przed całą szkołą kwaterę Marcela i Rubena i nie odzyskujemy własnych rzeczy; znajdujemy skarb, a on ląduje w muzeum; spotykamy UFO i nie wychodzą nam zdjęcia -

— Popatrzmy na to z innej strony — przerwał mu Felix. — Ciekawe życie mają tylko ci, którzy potrafią dostrzec szanse, które ono niesie. Weźmy na przykład Klaudię albo Lucjana. Byli z nami od początku roku, tuż obok, i dla nich nadal jest to tylko zupełnie zwykły rok szkolny. Nie wytropili Gangu Niewidzialnych Ludzi, nie poznali sztucznej inteligencji, nie zauważyli duchów szalejących po szkole, nie odkryli skarbu w podziemiach, nie spotkali niedźwiedzia albinosa ani nie widzieli UFO. Rzeczy niezwykłe są na wyciągnięcie ręki.

— Tylko trzeba chcieć i potrafić ją wyciągnąć — przyznał po namyśle Net.

— Właśnie. My sami nie wiedzieliśmy o zdolnościach Niki, ale w końcu je odkryliśmy. Kto inny pewnie by nic nie zauważył.

— Dobraliśmy się, nie ma co — zaśmiała się Nika.

— Dużo razem przeszliśmy — powiedział Felix. — Może więcej niż niektórzy przez całe życie. Sądzę, że możemy na sobie polegać.

— I uczymy się od siebie nawzajem więcej niż na lekcjach — dodał Net.

— Ostatnio nauczyłam się od ciebie czegoś nowego. — Nika spojrzała na Felixa. — Tam w górach miałam latarkę, zapałki, scyzoryk i czekoladę. Chociaż tym razem tylko latarka i czekolada się przydały.

— To niesamowite! — wykrzyknął nagle zza gazety Wiktor. — Piszą tu o jakichś turystach jeżdżących na nartach pod górę!

Felix, Net i Nika wsunęli się głębiej w fotele i nagle udali, że są bardzo senni

— Kolejny chwyt marketingowy — oświadczył autorytatywnym tonem Oskar. — Tak samo jak tamten yeti - nikt go przecież nie spotkał. Wymyślają takie bzdury. Nie zdziwiłbym się nawet, gdyby odgrzali temat UFO nad Tatrami.

9. Niepokojące odkrycia

Paskudna odwilż musiała nieuchronnie nadejść. Chyba trudno wyobrazić sobie gorszą pogodę: resztki brudnego śniegu smutno leżące przy krawężnikach, głębokie kałuże, anemiczny deszczyk padający z uporem od kilku dni i wilgoć wciskająca się za kołnierze. Łatwiej byłoby to przeżyć, gdyby zrobiło się choć trochę cieplej.

— Mniej marzłam w górach, gdy było minus dwadzieścia — powiedziała Nika, wyglądając przez okno na błotny ogródek przed domem Felixa.

Mechaniczna ręka, bzycząc serwomotorami, sięgnęła po kolejny kawałek drewna, wykonała obrót o sto osiemdziesiąt stopni i wrzuciła go do kominka. Zatańczyły iskry. Gdyby nie kominek, w domu byłoby niewiele przyjemniej niż na dworze.

— *Bliskie spotkania trzeciego stopnia*, *Harry Potter* — wyliczał Felix, przeglądając zawartość półki z filmami. — Jest też *Niekończąca się opowieść*, *E.T.*, *Gwiezdne wojny*, *Władca pierścieni*, *Matrix*...

— Właściwie, to mieliśmy się najpierw trochę pouczyć — zauważyła Nika, ale bez przekonania.

— Przy tej pogodzie zaśniemy w pięć sekund po otwarciu książki. — Net zjechał po oparciu kanapy prawie do pozycji poziomej. — A jesteśmy za młodzi, żeby pić kawę. Wszystkie filmy już widzieliśmy. Trzeba by kupić coś albo... sięgnąć na wyższą półkę.

Felix pokręcił głową.

— Jak włączymy film dla dorosłych, to nasze soboty filmowe mogą przestać istnieć.

— Więc kupujemy?

Felix znów pokręcił głową i usiadł na kanapie.

— Moje dzisiejsze kieszonkowe wydałem już w zeszłym tygodniu. Nie chcę popaść w większe długi.

— Może w zaistniałej sytuacji — odezwała się niespodziewanie Nika — spróbujemy jednak sprzedać te zdjęcia?

— Skoro już je mamy — Felix skrzywił się na samą myśl o pokazywaniu ich i tłumaczeniu co przedstawiają. — Ale pod warunkiem, że idziemy wszyscy troje.

— *Czworo!* — przypomniał o swojej obecności Manfred.

Laptop stał otwarty na stoliku, tak, by Manfred mógł ich widzieć kamerą umieszczoną nad ekranem. Ekran wyświetlał najlepsze zdjęcie. Jeśli ktoś nie wiedział, co to jest naprawdę, to mógł wymyślić sto innych, równie prawdopodobnie brzmiących wyjaśnień. Felix włączył telewizor ze złudną nadzieją, że jednak zobaczą tam coś, poza rzędami cyferek. Ku jego zdziwieniu obraz wcale nie przypominał cyferek. Net zakrztusił się pierniczkiem i przysunął bliżej ekranu, a Nika odwróciła się od okna. Patrzyli na czerwoną pustynię z kilkoma kamieniami i pagórkiem w oddali. W dolnej części kadru widać było fragment rampy, po której miał zjechać robot. Po czerwonym niebie szybko sunęły czerwone chmury.

— O ja!... — wyszeptał Net.

— Zrobił to — Felix pokręcił głową. — Przechwycił sygnał z Marsa i rozkodował go.

— Ale jak? — zdziwił się Net. — Bez komputera?

— Sygnał wcale nie był zakodowany — powiedział tata, wchodząc do salonu. — Może zakodują go w dalszych etapach badań. Wtedy uśmiechnę się o pomoc do Manfreda. Wiecie, że na kontrakt na obróbkę zdjęć z Marsa ma szansę jedna z polskich firm? Co oglądacie?

Miał na myśli obraz na ekranie laptopa. Nachylił się nad nim i znieruchomiał.

— Gdzie zrobiliście to zdjęcie? — zapytał, przełykając nerwowo ślinę. Felix odniósł wrażenie, że tata jest nawet ZA BARDZO zainteresowany.

— W górach, podczas ferii zimowych — odparł. — To chyba prawdziwe UFO, a tych zdjęć mamy więcej!

— Góry... Co za zbieg okoliczności. Całkiem zapomniałem. I... co zamierzacie z tym zrobić?

— Właśnie postanowiliśmy spróbować sprzedać je jakiejś gazecie.

Tata zbladł i nerwowo przygładził rzadkie kosmyki swej fryzury.

— Nie sądzicie, że was wyśmieją?

Felix był już pewien, że tata jest zbyt przejęty, by mogło chodzić o zwykłe zainteresowanie zdjęciami. Normalnie nie powiedziałby, że ktoś ich wyśmieje. Ostatni raz tata miał taką minę, gdy oglądał w telewizji program o kolejnych udanych napadach na banki dokonywanych przez Gang Niewidzialnych Ludzi, a on został odsunięty od prac nad ujęciem bandytów.

— Odkupię je od was — oświadczył nagle tata.

Syn zmierzył go zdziwionym wzrokiem.

— I sprzedasz dziesięć razy drożej? — Pokręcił głową. — Nic z tego.

Wyraz twarzy Neta i Niki świadczył, że myślą tak samo.

— To ile chcecie za te zdjęcia? — nalegał tata dziwnie podenerwowany.

— Tato — poprosił Felix. — Powiedz, o co chodzi?

— Po prostu chcę kupić te zdjęcia. Płacę gotówką.

— Tato...

— Więc i tak pójdziecie do redakcji, narażając się na śmieszność?

— To wolny kraj — odparł Felix. — Mamy do tego prawo.

Tata usiadł na skórzanym fotelu obok kanapy i ciężko westchnął.

— To, co wam teraz powiem, musi zostać między nami. Obiecujecie?

Natychmiast potaknęli głowami, wpatrując się w niego z napięciem.

— To, co zobaczyliście w górach, to nie był statek obcej cywilizacji. To był nasz prototyp nowego statku powietrznego, a może kiedyś i kosmicznego. To jest absolutnie ściśle tajne.

Trójka przyjaciół patrzyła na tatę, oczekując, że ten wybuchnie śmiechem, wyjaśniając, że ich nabrał. Nic takiego nie nastąpiło. Zamiast tego tata mówił dalej:

— Wykorzystuje kilka unikalnych technologii, między innymi napęd antygrawitacyjny, który wykonałem, opierając się na pracach przedwojennego polskiego naukowca, profesora Kuszmińskiego. Projekt jest naprawdę ściśle tajny... i nie wiem, jakim cudem spotkaliście pojazd ani... dlaczego akurat wy...

Przyjaciele patrzyli na niego szeroko otwartymi oczami.

— *Ups* — powiedział cicho milczący dotąd Manfred i zabrał z ekranu zdjęcie, wyświetlając kwiatki w wazonie.

— To się stało przypadkiem — odezwał się Net.

— Wybraliśmy na ćwiczenia góry i złą pogodę, bo wtedy najłatwiej ukryć statek — ciągnął tata. — Góry doskonale ograniczają widoczność, a pogoda odstrasza turystów. W najgorszym wypadku ktoś zobaczy coś, co wygląda jak talerz freesbe. Wasze zdjęcia nie są może bardzo wyraźne, ale pokazują wiele szczegółów. Nie skojarzyłem, że jedziecie na ferie właśnie w tę okolicę.

— A żołnierze i myśliwiec? — zapytał Felix.

— W tego rodzaju badaniach zawsze chce brać udział wojsko — westchnął tata. — Ale właściwie co robiliście w lesie po północy?

— To moja wina — powiedziała Nika. — Zgubiłam się, a oni poszli mnie szukać. Widzieli talerz i żołnierzy...

— Potem, jak już wiedzieliśmy, że dzieje się coś dziwnego — dodał Net — wzięliśmy aparat i poszliśmy... dla dobra nauki, oczywiście.

Tata ukrył twarz w dłoniach.

— Wielu chciałoby dobrać się do planów tego statku — powiedział. — Te zdjęcia mogą się okazać dla nich bardzo cenne, a wy możecie znaleźć się w poważnym niebezpieczeństwie. Skasujcie je lepiej od razu. Nikt nie wie, że je macie. Nikt też nie wie, że ja zajmuję się tym projektem. Najlepiej będzie, jeśli tak zostanie.

— Czy to jest ten „Projekt twojego życia”? — zapytał Felix. — Ten *top top top secret*?

— Tak, to właśnie to...

Zapadło milczenie. Przyjaciele patrzyli to na siebie, to na komputer, to na telewizor. Nad czerwoną pustynią wciąż przesuwały się czerwone chmury.

— Nie ma czego oglądać — powiedział tata. — Robot ruszy się dopiero za kilka dni... Wiecie, że gdyby udało się zdobyć ostatni zeszyt profesora Kuszmińskiego, to moglibyśmy skonstruować pojazd zdolny dolecieć na Marsa w kilka dni?

Felix wyłączył telewizor.

— Musimy się naradzić — powiedział.

Tata westchnął, włożył ręce do kieszeni luźnych sztruksów i wyszedł. Tak naprawdę, to nie było się nad czym zastanawiać. Net popatrzył na przyjaciół pytającym wzrokiem, Nika szybko kiwnęła głową, a Felix uśmiechnął się z wdzięcznością. Net wpisał szybko kilka komend, a zdjęcia kolejno znikały z listy plików.

— *Wystarczyło powiedzieć, to bym skasował* — przypomniał Manfred. — *Wprawdzie napisałeś w nazwie pliku „niezindykowany”... ale i tak bym sobie poradził.*

— Sam chciałem to zrobić — mruknął Net. — Ale przynajmniej co zobaczyliśmy, to nasze.

Nika znów podeszła do okna i wpatrywała się w mokry, mglisty wieczór.

— Za oknem przelatuje właśnie prawdziwe UFO — oznajmiła nagle.

W mgnieniu oka chłopcy byli koło niej. Ulicą sunęło coś przypominającego w ogólnym zarysie samochód marki Polonez. Różnił się jednak znacznie paroma szczegółami. Szyby miał niemal czarne, lusterka i klamki za to błyszczące chromem. Wielki tylny spojler był zwieńczony jaśniejącą wściekłym fioletem antenką. Do tego wszystkiego pod przednim spojlerem i obniżonymi progami musiało się znajdować kilka świetlówek, bo wehikuł zdawał się unosić nad asfaltem na świetlnej poduszce. Samochód skręcił w sąsiedni wjazd i zatrzymał się. Wysiadł z niego zadowolony pan Sobolak, ubrany w przeciwdeszczowy dres z kapturem. Zamknął drzwi i nacisnął przycisk na pilocie. Samochód odegrał krótką melodyjkę, pomrugał wszystkimi światłami i z cichym sykiem usiadł o dwa centymetry.

— Łał... — szepnął z podziwem Net.

— Niedługo mu dorobi śmigło — mruknął Felix.

Wrócili na kanapę i na chybił trafił wybrali film, ale nie włożyli go do odtwarzacza.

— No, to chyba koniec historii UFO — powiedział Net. — I coś mi mówi, że twój tata nie da się nam przelecieć latającym talerzem.

— Właściwie to nie wierzyłam w to UFO — dodała Nika — ale teraz czuję się, jakby się okazało, że Święty Mikołaj nie istnieje.

Chwilę siedzieli w milczeniu.

— A co tam! — Felix wstał i ruszył do przedpokoju. — Chodźcie do wypożyczalni. Zadłużę się trochę bardziej.

Ubrali się i wyszli w wilgotny wieczór.

— Patrzcie! — syknął Net, zatrzymując ich w połowie drogi do furtki.

Znieruchomieli. Ulicą wolno przejechała biała furgonetka z napisem „Transport zwierząt".

* * *

Następnego dnia spotkali się w Zbędnych Kaloriach. W kwaterze na strychu było wilgotno, zimno i nieprzyjemnie.

— Dużo myślałem o tych furgonetkach i o Mortenie — powiedział Felix, popijając czekoladę — i doszedłem do wniosku, że chodzi mu o coś więcej niż tylko o zwykłą zemstę. Po co by nas śledził od tak dawna?

— Czeka na dogodny moment, by... — Nika zawahała się. — Sama nie wiem.

— Chodzi mu o informacje.

— Jakie informacje? — zapytał Net.

— Informacje o napędzie antygrawitacyjnym — wyjaśnił Felix, ściszając głos. — On wie o nas więcej, niż przypuszczamy. Wie o zdjęciach i o pracy mojego taty.

— Nie lepiej powiedzieć o tym rodzicom? — zapytała Nika. — Albo policji?

— Pamiętaj o swoim wirtualnym tacie — przypomniał jej Felix. — Jeśli sprawa się wyda, to już nie uda się dalej utrzymać jego... nieobecności w tajemnicy.

— Może jak będziemy siedzieć cicho, to sprawa się rozejdzie po kościach — zastanowił się Net.

— Jednak Morten interesuje się nami jeszcze z jakiegoś powodu — odparła Nika. — Te furgonetki to nie może być przypadek. Przecież pojawiły się już, kiedy jechaliśmy do zamku na Kociej Skale, a może nawet wcześniej. Po co by nas wtedy śledził? Dlaczego po prostu nas nie... wykończył?

— Może wie o nas coś, czego nie wiemy my sami?

— Och! — Nika nagle się poderwała. — Zaczęła się już matma.

Zapłacili, pożegnali się i pobiegli do szkoły. Na następnej przerwie zeszli do sklepiku kupić chipsy.

— Czy ten automat z batonikami nie stał wczoraj w innym miejscu? — zastanowił się Felix.

Nikt nie zdążył mu odpowiedzieć, bo podbiegł do nich Oskar.

— Hej, Net! — zawołał. — Masz jakiś program do robienia stron internetowych?

— Mam, a po co ci? — Net był nieco zaskoczony.

— Robię słownik międzyregionalny — odparł radośnie Oskar. — Mam już nawet tytuł: *Ojczysty slang*. Wreszcie kaszubskie dziecko będzie mogło sprawdzić, jak jest po góralsku „termotransfer" albo „polichlorek winylu".

— Potraktowałeś sprawę poważnie...

— No. Ale na papierze tego nie wydam. Opublikuję go w internecie.

— Dobrze, jutro ci coś znajdę.

— Uparł się. — Pokręcił głową Felix, gdy tamten odszedł w stronę sklepiku.

Przy małej witrynie ze słodyczami stali Klemens i Celina. Rozmawiali o wyższości Snickersów nad Marsami i wymieniali się batonikami.

— Przez żołądek do serca — skomentował Net.

Wiktor studiował uważnie najnowsze ogłoszenia dyrekcji, Aurelia, Klaudia i parę dziewczyn z innych klas oglądały swoje kosmetyczki, porównując różowe błyszczyki. Marcel i Ruben snuli się korytarzem, knując coś z podstępnymi uśmieszkami, Lucjan grał z trzecioklasistami w zośkę, a większość uczniów rozmawiała lub bawiła się w cokolwiek.

— Jaka sielanka — westchnęła Nika, leniwie sięgając po chipsa. — Czy nie możemy wreszcie tak zwyczajnie zacząć zajmować się rzeczami, jakimi zajmują się inni?

— Może lepiej nie — powiedział cicho Net i wskazał na schody prowadzące do szatni.

Wspinał się po nich Ernest. „Wspinał się" było najlepszym określeniem jego wysiłków. Pokonywał jeden stopień, przesuwał rękę po poręczy, podpierał się czymś i wchodził na kolejny. Dopiero gdy dotarł na szczyt schodów, przyjaciele ujrzeli, że ma nogę w gipsie. Postawił przed sobą dwie kule i podpierając się nimi, zaczął kuśtykać przez hall.

— Też byłem na nartach — wyjaśnił, uśmiechając się krzywo. — Alpy. Niezapomniane wrażenia.

* * *

Na zajęciach dodatkowych z botaniki profesor Butler pokazał im bluszczyk szamponiasty, zwany przez niego po łacinie *hedera shamponiae*. Sadziło się go... na głowie. Roślinka o drobnych listkach i delikatnych łodyżkach rosła tym lepiej, im bardziej przetłuszczone były włosy. Przyjaciele przestali się już dziwić zawartości profesorskiego zaplecza. Nika jak zwykle wyglądała na zniesmaczoną, ale chłopcy byli zachwyceni możliwością uniknięcia przykrej czynności mycia głowy. Bluszczyk rósł bardzo szybko, przynajmniej na żyznej fryzurze Butlera. W ciągu czterdziestu pięciu minut bujnymi listkami pokrył całą głowę profesora, zakwitł, a nawet zdążył uschnąć. Profesor starannie wytrzepał z włosów resztki rośliny, a nowe nasionka zebrał do fiolki z ciemnego szkła. Miał teraz najczystsze włosy od początku roku szkolnego. Na głowach chłopców roślinka rozwijała się bardzo wolno i wyglądała mizernie. Nika niechętnie zgodziła się na zasiew na własnej głowie, dopiero gdy zobaczyła piękny biały kwiatek rozwijający się nad uchem Neta. Niestety, miała zbyt czyste włosy i nic nie chciało wykiełkować.

Po lekcjach weszli do swojej kwatery. Narzekając na wilgoć, owinęli się kocami i usiedli w fotelach.

— Mam takie dziwne wrażenie, że ktoś tu był — stwierdził Felix.

— Po czym konkretnie poznajesz? — Net rozejrzał się.

— Jakoś tak, ogólnie... — Felix wzruszył ramionami. — Takie przeczucie.

— Patrzcie! — krzyknęła Nika, podnosząc z podłogi mały czarny przedmiot. — Co to jest?

— To wyłącznik ekspresu do kawy — orzekł Felix po krótkim zastanowieniu. — Od takiego ekspresu, jaki stoi w pokoju nauczycielskim. Wiktor mówił, że Sylwester znów nocą ma problemy. Widział podobno jakieś dziwne mechanizmy pełznące przez korytarz. Może oglądał *Terminatora*, popijając wino, i zasnął?

— Nie można się tak sugerować cudzymi halucynacjami — Net pokręcił głową i wyjął z plecaka laptop. — Pełzający ekspres do kawy? No, to już by była przesada.

Felix schował wyłącznik do kieszeni, z zamiarem zbadania go w domu.

— *Z pewną taką nieśmiałością* — zaczął niepewnym głosem Manfred, gdy tylko Net otworzył ekran — *postanowiłem wam przypomnieć o jednym, niepokojącym fakcie.*

— No, o jakim? — zapytał Net.

— *Oczywiście jestem świadom, że tym samym decyduję się na zburzenie waszego poczucia bezpieczeństwa* –

— Gadaj wreszcie! — wrzasnął Net.

— *OK, OK... Chodzi o to, że skasowałeś pliki ze swojego laptopa, ja skasowałem pliki z dostępnych mi lokalizacji, ale pozostaje jeszcze jedno miejsce, gdzie one wciąż istnieją. Mój znajomy, program AI – Vidoktor, obrabiał je, gdy jeszcze nie wiedzieliśmy, co to jest. W jego archiwach wciąż pozostają kopie wszystkich zdjęć.*

— O, nie! — Net pokręcił głową. — Poproś go, żeby skasował, zanim ktoś je zobaczy.

— *Mówiąc „ktoś", masz na myśli oczywiście człowieka?*

— Przecież on sam nic z tym nie zrobi.

— *Problem jest bardziej złożony* — ciągnął Manfred. — *Jeśli mu o tym powiem, prosząc o skasowanie pliku, domyśli się, że to nie są zwykłe zdjęcia. Jeśli mu o tym nie powiem, zdjęcia zostaną tam na zawsze.*

— Ja już czuję, co on chce nam powiedzieć — westchnął Felix.

— *Problem jest jeszcze większy, niż sądzicie. Właściwie, to nie wspominałem mu o was, ale może się domyślić, kto zrobił zdjęcia. W końcu to AI.*

— Daj spokój — przerwał mu Net. — Nie przeceniaj możliwości sztucznej inteligencji.

— *Jest specem od obróbki obrazu. Na podstawie zdjęć satelitarnych odnajdzie miejsce, gdzie i kiedy zostały zrobione. A ma też jedno zdjęcie, na którym jesteście wy wszyscy...*

— Sztucznej inteligencji zawsze będzie brakowało inicjatywy. Wygrywam z tobą w szachy.

— *To tylko kwestia możliwości obliczeniowych laptopa!*

— Jasne, tłumacz się...

— Ale o co chodzi?! — Nika rozłożyła ręce. — Czemu nie skasujesz tych plików?

— *Hm, że tak powiem, w sposób wirtualny nie potrafię ich usunąć* — odparł Manfred. — *Trzeba je usunąć fizycznie, z waszego świata.*

— Czyli? — nalegała Nika.

— *Trzeba znaleźć twardy dysk, na którym są umieszczone te pliki. I trzeba to zrobić, zanim plik zostanie zarchiwizowany na nośniku następnej generacji, znacznie trudniejszym do wyśledzenia.*

— To pewnie jakaś piwnica w starym budynku Politechniki. — Net wzruszył ramionami. — Prosta sprawa.

— *Niestety, bank pamięci Vidoktora mieści się na pięćdziesiątym piętrze Silver Tower.*

— O ja cię! Pięćdziesiąte piętro! — Net skrzywił się na samą myśl. — To wysoko. Nie będzie łatwo się tam dostać. To znaczy... nie byłoby się tam łatwo dostać, gdybyśmy chcieli się tam dostać, ale to przecież nie jest aż tak ważne.

— Jak to, nie jest aż tak ważne? — zapytał Felix. — A projekt mojego taty? Może Mortenowi chodzi właśnie o te zdjęcia?

— No wiesz, tajnych projektów jest dużo, a ja jestem tylko jeden.

— Czyli nie pomożesz nam? — zapytał z zawodem w głosie Felix.

— Nam? — Net spojrzał na Nikę. — Nam?... Hm. Tego nie powiedziałem. Zasadniczo wciąż rozważam za i przeciw... Przecież chodzi również o nasze własne bezpieczeństwo. Nie, no jasne, jesteśmy przecież przyjaciółmi. Ale... pięćdziesiąte piętro?

— *Niestety, Vidoktor zajmuje się również zabezpieczeniami budynku.*

— No to rewelacja! — krzyknął Net. — Serwujesz nam informacje po kawałku. Czy ty się boisz, że my nie wytrzymamy wszystkiego naraz? To ty wysłałeś zdjęcia swojemu kumplowi.

— *Bo wtedy myślałem, że działam dla dobra... ludzkości.*

— Daruj sobie. Mówisz teraz, że mamy dostać się na pięćdziesiąte piętro pilnie strzeżonego biurowca, po czym odnaleźć i zniszczyć jakiś twardy dysk. Co my jesteśmy? James Bond, MacGyver i... Aniołek Charliego?!

— *Ja wam tylko przedstawiam sytuację. Osobiście sądzę, że wykradzenie tego dysku jest... niemal niemożliwe.*

Felix głośno westchnął.

— Dobrze, pojedziemy tam jutro po szkole i się trochę... rozejrzymy.

* * *

Płaszczyzna szkła i aluminium zdawała się sięgać pochmurnego nieba. Przyjaciele stali na chodniku z zadartymi głowami, budząc przelotne zdziwienie przechodniów.

— Podsadzić was? — zapytał ironicznie Net.

— Trudna sprawa — przyznał Felix. — Wewnątrz są uzbrojeni strażnicy, z tysiąc kamer, kody dostępu, zamki elektroniczne na karty, systemy alarmowe... No i znamy tylko numer piętra.

— Już wiem, co planujesz. Mikrohelikopter zawiśnie za oknem i podejrzy wpisywany przez kogoś kod, robot pełzający przejedzie przez szczelinę pod drzwiami, i tak dalej. Nie wystarczy ci gadżetów.

— Wiem — odparł Felix.

Przez rozsuwane drzwi wieżowca, wchodząc i wychodząc, przelewał się tłum.

— Odpuszczamy? — zapytał Net. — Licząc na to, że Morten tego nie odkopie.

Przyjaciele popatrzyli na siebie. Po raz pierwszy, odkąd się poznali, natrafili na problem, który przerastał ich już na samym początku.

— Odpuszczamy — przytaknął smutno Felix, a Nika tylko pokiwała głową.

— Miejmy nadzieję, że o nas zapomni — szepnęła.

Spojrzeli jeszcze raz w górę i odeszli w stronę przystanku autobusowego.

* * *

Pięćdziesiąte piętro, oświetlone bladym blaskiem jarzeniówek, było poprzedzielane cienkimi ścianami, czasem nawet ze szkła. Jednak główne elementy systemu Vidoktor ukryte były wewnątrz najlepiej zabezpieczonego pomieszczenia w całym budynku. Dyski serwerów szumiały monotonnie, routery cykały, tablice rozdzielcze migały kolorowymi diodami. Świetlne procesory przetwarzały w ciszy nagranie dzieci rozmawiających przed budynkiem. Film pozbawiony był dźwięku, ale cała treść rozmowy, po kilku milisekundach, została odtworzona z ruchu ust.

Natychmiast zaczął na pełnych obrotach pracować serwer, na którym znajdowały się archiwa zdjęć z ostatnich dwóch miesięcy.

* * *

Felix siedział w salonie i odrabiał pracę domową z angielskiego. To był jedyny, obok fizyki, przedmiot, który Felix naprawdę lubił, i to nie tylko dzięki Christinie. Było tak pewnie dlatego, że dość dobrze znał angielski, ale nie ujawniał się z tym przed nauczycielką. Więc odrabianie lekcji było formalnością.

Do pokoju wszedł tata i odchrząknął.

— Uważam, że zachowaliście się naprawdę w porządku — powiedział, siadając w fotelu i poprawiając kamizelkę o stu i dwóch kieszonkach. — Dzięki, synu.

— Chodzi ci o to, że skasowaliśmy te zdjęcia?

Tata przytaknął.

— Ten projekt naprawdę wiele dla mnie znaczy. Jeśli, jakimś cudem, doprowadzimy go do końca, będzie to przełom w transporcie, w badaniach kosmosu. Teraz rakieta lecąca na Marsa musi zabrać z Ziemi kilka razy tyle paliwa, ile sama waży. Wrócić z Marsa już nie potrafimy... Obecna technologia nie może być dalej rozwijana, osiągnęła kres swoich możliwości. Trzeba ją czymś zastąpić, tak jak konie zostały zastąpione przez samochody. W ile sekund przebiegasz setkę?

— Ja wiem... — Felix wzruszył ramionami. — Nie jestem za dobry... Może piętnaście sekund?

— Coś koło tego. I niewiele da się poprawić. Może o setną część sekundy, ale kiedy wsiądziesz na sportowy motor, wynik spada do sekundy! Podróż dyliżansem z Warszawy do Paryża trwała kiedyś tydzień. Można wyhodować lepsze konie, zrobić lepszy dyliżans, ale pokonanie tej drogi zabierze, jeśli nie tydzień, to może sześć i pół dnia. Nie mniej. Samolot pokonuje ją w dwie godziny. Tak samo wygląda sprawa ze współczesnymi rakietami. One nie będą już lepsze. Trzeba wymyślić coś nowego, coś zupełnie innego.

— I ty to robisz?

— Nie sam. To projekt międzynarodowy. Nasz Instytut współpracuje z Amerykanami, Brytyjczykami, Niemcami i Japończykami. Każdy kraj opracowuje jakąś część nowego pojazdu. My zajmujemy się napędem. Brakuje mi mądrości profesora Kuszmińskiego. Ostatni zeszyt zapisał, ukrywając się w Warszawie podczas okupacji. To był najważniejszy zeszyt. I właśnie ten zeszyt zaginął.

Felix westchnął.

— Ważna sprawa...

— Bardzo ważna. To wynalazek na miarę maszyny parowej. Tyle że na razie stworzyliśmy marną namiastkę tego, co moglibyśmy zrobić, mając komplet równań profesora. Tak to jest: co jakiś czas pojawia się geniusz. Wszyscy wokół myślą, że posiedli już wszelkie możliwe mądrości, a on nagle uświadamia im, że nie wiedzą niemal nic. To jest właśnie rola geniusza: pokazać ludziom, jak mało wiedzą i jak wiele jeszcze jest do odkrycia.

— Dlaczego profesor Kuszmiński nie pozostawił informacji, gdzie są te notatki?

— Żeby nie wpadły w niepowołane ręce. Po zdobyciu Warszawy przez Niemców, w 1939 roku, profesor ukrywał się na wsi, w jakimś dworze. Potem wrócił pod zmienionym nazwiskiem i mieszkał w okupowanym mieście, aż do wybuchu powstania. Ruch oporu kilkakrotnie próbował zorganizować mu przerzut do Londynu, ale nie udawało się. W pierwszych dniach powstania profesor przepadł bez wieści wraz z rodziną i interesującymi nas notatkami. Te materiały, które ocalały, pochodzą z jego wcześniejszych zapisków. Ostatni zeszyt zaginął wraz z nim. Mówię „zeszyt", bo on sam tak to nazywał, ale to była właściwie gruba księga. Utracone źródło mądrości... — westchnął smutno.

— A na uczelni nie zachowały się jakieś dokumenty?

— Nie prowadził normalnych badań. Był teoretykiem. Pisał swoje wzory w kolejnych zeszytach wprost z głowy. Mało kreślił, niemal wszystkie równania od razu wychodziły mu poprawnie. Był prawdziwym geniuszem i miał ogromną wyobraźnię. On nie potrzebował doświadczeń - przeprowadzał je w myślach. To naprawdę niesłychane! I tak wybitny naukowiec zniknął bez śladu. Zobacz — tata sięgnął po książkę z regału i otworzył ją. — To jedno z ostatnich jego zdjęć.

Zdjęcie przedstawiało pięćdziesięcioparoletniego mężczyznę z siwymi wąsami na tle secesyjnej kamienicy. Felix poczuł, jak serce zaczyna mu szybciej bić. Znał tego mężczyznę! Przypatrywał się zdjęciu i czuł, że jest już niemal pewien.

— Czy profesor Kuszmiński... miał licencję pilota? — zapytał cicho.

— Tak, był dobrym pilotem. Czemu pytasz?

Felix przełknął ślinę.

— Muszę się zastanowić... Nie jestem pewien.

Wstał i pobiegł na piętro, do swojego pokoju. Usiadł za biurkiem i próbował uspokoić oddech. Był pewien. Mężczyzna ze zdjęcia wyglądał identycznie jak duch ze strychu szkoły.

* * *

Na lekcji matematyki Ekierka jak zwykle miała problem z utrzymaniem spokoju w klasie. Co kilka chwil musiała się odwracać od tablicy i uciszać najgłośniejszych uczniów. Skarceni cichli na minutę, po czym znów zaczynali rozmowę. Po matematyczce widać było, że lekcja kosztuje ją wiele zdrowia. Co gorsza, nie mogła już nawet zagrozić nikomu klasówką, bo ta była zapowiedziana od tygodnia. Gdy rozległ się dzwonek, Ekierka odetchnęła z ulgą, zabrała dziennik, notes i wyszła z sali.

— Miała wczoraj ciężki dzień — powiedział Wiktor. — Na korytarzu natknęła się na tarantulę, która uciekła Butlerowi.

— Skąd wiesz? — zapytała Aurelia, blednąc nagle.

Ale Wiktor uśmiechnął się tajemniczo, zarzucił plecak na ramię i wyszedł.

— Ale złapali tę tarantulę?! — krzyknęła jeszcze za nim dziewczyna.

Gdy większość uczniów wyszła, Felix nachylił się do przyjaciół pakujących zeszyty do plecaków i opowiedział im o swoim wczorajszym odkryciu.

— Chcesz przez to powiedzieć — powiedziała wolno Nika, gdy skończył — że te duchy ze strychu, to był profesor Kuszmiński i jego rodzina?

— Jestem pewien — mówił Felix. — Wszystko się zgadza: on, żona i córka. Parę dni po wybuchu powstania. To musiałby być skandaliczny zbieg okoliczności.

— Chyba już tego nie sprawdzimy — zauważył Net.

— Chodźmy do biblioteki. — Felix wstał.

— A co tam chcesz zobaczyć?

— Nie wiem. — Felix wzruszył ramionami. — Cokolwiek, czego nie zauważyliśmy wcześniej. Chcę pomóc mojemu tacie w dokończeniu tego pojazdu.

— Właściwie, czemu nie? — stwierdziła Nika. — Chodźmy po upoważnienie.

Net nie był przekonany, ale poszedł za Felixem i Niką do wychowawczyni.

— Co tym razem? — zapytała pani Jola, podpisując upoważnienie. — Duchów już nie ma, a nie podejrzewam was o zainteresowania historyczne.

— Długo by tłumaczyć — westchnął Felix.

Pani Jola pokiwała głową, uśmiechnęła się i podała im podpisaną kartkę.

— Ale co tam możesz zauważyć? — zapytał Net, gdy schodzili na parter.

— Zobaczę, to się dowiem — odparł Felix. — To jedyny ślad, jaki mamy. Zajmie nam to pięć minut.

— Myślałem, żeby pójść na ciacho...

Gdy mijali automat z batonikami, Felix zwolnił.

— Znów stoi w innym miejscu — zauważył.

— Daj spokój. — Net machnął ręką. — Ktoś go pewnie przestawia, kiedy wkłada do środka nowe batony. Chodźmy, bo po dzwonku nic nie załatwimy.

Za załomem korytarza prowadzącego do biblioteki zauważyli jakieś poruszenie. Część uczniów szybko się oddalała, a reszta otoczyła kręgiem źródło zamieszania. Przyjaciele z zainteresowaniem podeszli bliżej i zobaczyli Rubena trzymającego w uniesionej ręce jakąś dziwną rzecz złożoną z wygiętych stalowych rur. Ruben podskakiwał i śmiał się złośliwie, aż wałki tłuszczu przelewały mu się nad paskiem.

— Mam złe przeczucia — powiedział Felix i przecisnął się między stojącymi w kółku uczniami.

Pod ścianą siedział Ernest i próbował wstać, ale chcąc zrobić krok, zaraz znów się osuwał. To, co trzymał Ruben, to były jego dwie kule. Tuż obok stał Marcel, szczerząc krzywe zęby, i wysypywał na podłogę zawartość Ernestowego plecaka. Wyglądało na to, że nikt nie zamierza bronić ofiary. Każdy raczej cieszył się, że złośliwość dwóch łobuzów skupiła się na kimś innym.

— O, wiersze — powiedział z ironicznym uśmiechem Marcel, podnosząc i otwierając mały zeszyt. — Może sobie poczytamy...

— Zostaw to — powiedział groźnie Ernest. — Policzę się z wami, jak tylko zdejmą mi gips.

— To jeszcze miesiąc — Marcel przekartkował zeszyt. — Wiersze miłosne, no proszę. Ciekawe do kogo? Weźmy ten...

Część uczniów stojących wokół zaśmiała się, oczekując dalszego ciągu.

— Odłóż to!

Gapie rozstąpili się, słysząc nowy głos. Net aż podskoczył i natychmiast zbladł, przeczuwając poważne kłopoty. Autorem okrzyku był bowiem...

— Odłóż to — powtórzył Felix i zrobił krok do przodu.

Marcel na chwilę zdębiał, ale widząc tak marnego przeciwnika, szybko wrócił do poprzedniej roli. W złośliwym uśmiechu wyszczerzył krzywe zęby. Net wstrzymał oddech i również postąpił krok do przodu. Z trudem udało mu się spojrzeć na wyższego o głowę łobuza i nie cofnąć się. Ruben popatrzył na Nikę i na chwilę uśmiechnął się w zupełnie inny sposób. Potem jednak znów wróciła jego głupkowata mina, ale już bez wyrazu złośliwości. Nika zauważyła, że chłopak ma na nogach martensy, które kupił jeszcze przed Halloween. Były brudne i porysowane.

— Oddaj mu kule — poprosiła.

Ruben zmarszczył czoło – zastanawiał się. Popatrzył na kule i na Ernesta. Wreszcie powoli wyciągnął rękę w jego kierunku.

— Odwaliło ci?! — ryknął Marcel. Ruben zawahał się i spojrzał na Nikę. Stał chwilę, nie wiedząc, co powinien zrobić.

— Mówię do ciebie, kretynie! — krzyknął jeszcze groźniej Marcel.

Ruben jednak podjął już decyzję i wręczył kule Ernestowi. Marcela zatkało. Patrzył na Rubena, który wyglądał teraz, jakby oczekiwał uderzenia. Marcel rzucił na podłogę zeszyt z wierszami. Pusty plecak cisnął w twarz Felixowi, aż ten się zachwiał.

— Policzymy się jeszcze — wysyczał w stronę trójki przyjaciół i purpurowy ze złości odszedł. Odprowadzała go martwa cisza. Pozostali uczniowie powoli się rozchodzili.

— Dziękuję — powiedziała Nika, po czym dodała — a te buty trzeba pastować.

Ruben ciężko westchnął, uśmiechnął się krzywo do Niki i powlókł swoim kaczkowatym krokiem za Marcelem.

— Przerąbane — szepnął Net, patrząc na swoje trzęsące się ręce. — Wykopaliśmy siekierę wojenną...

— Dzięki — uśmiechnął się Ernest, wstając. — Zaczekajcie, aż wyskoczę z gipsu. Wtedy im pokażemy.

Nika pomogła mu włożyć książki do plecaka. Ernest uśmiechnął się do przyjaciół.

— Muszę już iść. Zanim wdrapię się na drugie piętro...

Odszedł, podpierając się kulami.

— Zapytam przez ciekawość — odezwał się Net. — Jaki miałeś plan?

— Nie miałem planu — odparł Felix. — On też kiedyś mi pomógł. Nie mogłem go zostawić. Chodźcie do tej biblioteki, zanim –

Rozległ się dzwonek. Musieli pobiec na chemię, ale dzięki temu zdążyli przynajmniej ochłonąć.

Na następnej przerwie wrócili do biblioteki, starając się nie wpaść na wiadome osoby. Michalina Małolepsza popatrzyła na Felixa, Neta i Nikę podejrzliwie, ale już bez dawnej złośliwości. Zapewne uwierzyła w końcu, że ma do czynienia z prawdziwymi wielbicielami słowa pisanego.

— Dzień dobry. Chcielibyśmy obejrzeć kronikę - powiedział Felix, kładąc na biurku pogniecione upoważnienie podpisane przez panią Jolę.

Bukwa przyjrzała się uważnie kartce, westchnęła i wyszła na zaplecze. Wróciła, niosąc wielką, oprawioną w skórę kronikę. Podała ją przyjaciołom, mówiąc tylko:

— Nie poplamcie stronic i nie pozaginajcie rogów.

Podziękowali, zdziwieni uprzejmością bibliotekarki, i przeszli do czytelni. Zapalili lampkę z zielonym kloszem, otworzyli kronikę i znaleźli odpowiednią stronę. Zdjęcie u góry strony przedstawiało wyrwę w dachu. Na ziemi, wśród gruzu leżały szczątki samolotu. Bez kabiny, oczywiście. Ona pozostała na strychu zapomniana na sześćdziesiąt lat. Podpis pod zdjęciem głosił: „15 sierpnia 1944 roku mały sportowy samolot rozbił się o dach szkoły. Wrak zabrano jeszcze tego samego dnia, ale na naprawę uszkodzeń w dachu trzeba było poczekać prawie rok”.

— Jeśli liczyłeś na to, że zobaczysz tu tę księgę... — nie dokończył Net.

— Mogliśmy go o wszystko zapytać! — westchnął Felix. — Był tuż obok nas.

— Nie sądzę, żeby w tym stanie mógł coś powiedzieć — odparła Nika. — Trochę znam się na duchach.

— Może mógł wskazać przynajmniej, gdzie są te jego notatki? Może były na strychu?! A może są nadal?...

— Na pewno nie — zaprzeczyła Nika. — Przedmioty osobiste włożono do trumien, a resztę uprzątnęli robotnicy. Teraz jest tam najczystszy kawałek strychu.

— Żołnierze niemieccy zabrali z samolotu cenniejsze rzeczy — przyznał Felix. — To utrudnia sprawę.

— Cokolwiek by ładowali, to i tak było to sześćdziesiąt lat temu, więc odnalezienie ładunku jest niemożliwe — stwierdził Net. — Możemy zapomnieć o tym tropie. Zdążymy jeszcze do kawiarni...

Przypatrzyli się dokładniej ładowni ciężarówki. Zarzucona na dach klapa plandeki odsłaniała otwartą stalową skrzynię, jaką zapewne transportowano kiedyś granaty.

Przyjaciele popatrzyli na siebie, a potem znów na zdjęcie.

— O ja!... — Net momentalnie zapomniał o ciastku i opadł ciężko na krzesło. — Przecież to ta sama skrzynia, którą znaleźliśmy w podziemiach.

— Mieliśmy to w rękach... — Felix zbladł. — Mieliśmy księgę profesora Kuszmińskiego! A my myśleliśmy, że to jakaś księga rachunkowa. Ale z nas osły...

— Uważacie, że to ta sama ciężarówka, którą żołnierze niemieccy wywozili skradzione kosztowności? Że to ta skrzynia? — Nika patrzyła na nich, otwierając coraz szerzej oczy.

— Mieli pewnie rozkaz wywiezienia księgi do Berlina — ciągnął Felix. — Przy okazji postanowili się nieco wzbogacić, okradając domy...

— Byliśmy tak blisko — powiedział Net, rozkładając ręce — że bliżej to się już nie da...

— Nie mówcie o tym mojemu tacie, bo się załamie — poprosił Felix.

Zamknęli kronikę szkoły i właśnie wstawali, gdy Nika wydała z siebie zduszony okrzyk i wskazała na skórzaną okładkę. Był na niej duży napis: „Kronika Gimnazjum nr 13 im. prof. Stefana Kuszmińskiego w Warszawie".

— O ja cię! — wykrzyknął Net, siadając. — No jasne. Przecież tak się nazywa nasza szkoła. To nic nie znaczy, ale...

Felix palnął się ręką w czoło, a Nika tylko westchnęła.

— Nie nadajemy się na detektywów — przyznała.

— Błądzimy jak dzieci we mgle — westchnął Net.

Oszołomieni, odnieśli kronikę Bukwie. O dziwo podziękowała, choć na uśmiech się już nie zdobyła.

W ponurych nastrojach weszli na strych, do swojej kwatery i usiedli w miękkich fotelach.

Felix nabrał powietrza, jakby chciał coś powiedzieć.

— Wiem! — uprzedził go Net. — Chcesz nas namówić na wycieczkę do muzeum.

Felix wzruszył ramionami.

— Wiem, że muzeum jest niemal tak zabezpieczone, jak bank, ale ja miałem na myśli co innego.

— Nie można tam pójść i powiedzieć, o co chodzi? — zapytał Net.

— I myślisz, że oddadzą nam tę księgę? — zapytała Nika. — Nie oddadzą. Jesteśmy tylko dziećmi.

— Może tata Felixa mógłby... — zaczął Net.

— Też nie — zaprzeczył Felix. — Do tego trzeba całej masy formalności. Pełno dokumentów, podpisów i dużo czasu. To by oznaczało, że o tajnej księdze dowie się mnóstwo przypadkowych osób. Tego przecież nie chcemy.

— Wszystko, co do tej pory zrobiliśmy — Nika spuściła głowę — co wydawało się dobre, tak naprawdę zrobiliśmy źle. Teraz też ani nie odzyskamy księgi, ani nie dostaniemy się na pięćdziesiąte piętro Silver Tower. Wrócimy do domów i będziemy się uczyć do klasówki z matmy, bo to robią ludzie w naszym wieku.

Posmutnieli. Felix zmarszczył brwi, ale zaraz uniósł głowę i z uśmiechem zapytał:

— Założymy się? Cele są po to, by je osiągać.

* * *

Nazajutrz rano Felix, w lepszym już nastroju, podszedł do przyjaciół. Mieli jeszcze dziesięć minut do rozpoczęcia lekcji, więc pobiegli do swojej kwatery.

— Co ty masz na głowie? — Net wytrzeszczył oczy na Nikę.

W jasnym świetle padającym pod ostrym kątem z okienka kilkanaście małych kwiatków otworzyło płatki między jej włosami.

— *Hedera shamponiae* — uśmiechnęła się dziewczyna. — Wystarczyło nie myć głowy ani nie czesać.

— Niezłe — zaczął ostrożnie Net. — Jakby to skrzyżować z rosiczką tygrysią, to by cię w życiu komar nie ugryzł. Chociaż wtedy byś wyglądała jak Meduza… znaczy, ta z mitologii, co miała węże zamiast włosów.

Przyglądali się jej chwilę, po czym Felix powiedział:

— Poprosiłem tatę, żeby zadzwonił do muzeum i sprawdził, kiedy nasz skarb zostanie udostępniony. Jeszcze się do niego nie wzięli…

— Co za lenie! — oburzyła się Nika.

— … ale tata ich trochę zmotywował groźbą interwencji w Ministerstwie Spraw Specjalnych, więc obiecali, że się pospieszą, a „księgę rachunkową" przekażą do laboratorium jeszcze dziś. Mają tam wszystko wskanować, skatalogować i ustalić właściciela. Będą badać charakter pisma.

— Księga nie była podpisana? — zdziwił się Net.

— Profesor się ukrywał — przypomniał Felix. — Imię i nazwisko na okładce łatwo mogłoby go zdradzić. Ale najciekawsze jest, że to laboratorium przypadkiem mieści się w budynku Silver Tower na ostatnim piętrze. Będzie to sprawdzał nasz znajomy program.

— O ja cię! — Net złapał się obruszonej poręczy fotela. — Sami mu to wepchnęliśmy w te brudne wirtualne łapska. On to sobie zaraz skojarzy ze zdjęciami! — Otworzył laptop. — Manfred! Czy twój przyjaciel Vidoktor jest uczciwym… programem?

— *Nie wiem, nigdy nie miałem okazji tego sprawdzić.*

— Wszystko wskazuje na to, że on ma księgę profesora Kuszmińskiego — dodał Felix. — Odkryliśmy, że… księga była w skrzyni, którą mój tata odwiózł do muzeum.

— *Niech zgadnę: są w niej plany i obliczenia potrzebne do skonstruowania napędu latającego talerza.*

— Tak. Obawiamy się, że on to sobie połączy w całość i jakoś to wykorzysta. Nie wiemy, czy będzie lojalny wobec... twórców.

— *Jest jeszcze gorsza wiadomość* — powiedział nieśmiało Manfred. — *Vidoktor przygotowywał również plan poszukiwania waszego skarbu. Przecież to on naniósł mapę na zdjęcie i wyliczył, gdzie jest wejście.*

— Tam ktoś był przed nami! — przypomniał sobie Net. — Okazał się jednak za głupi i nic nie znalazł. Zostawił tylko peta.

— *Nie wspomnieliście mi o tym* — w głosie Manfreda dało się wyczuć nutkę urazy. — *W ogóle to ciągle rozmawiacie za moimi plecami. Czy to tak trudno otworzyć komputer, żebym mógł kulturalnie* –

— Czy Vidoktor mógł zdradzić komuś nasze zamiary? — przerwał mu Net. — Zanim poszliśmy szukać skarbu.

— *Albo przekazał komuś informacje, albo zostały przechwycone gdzieś po drodze.*

— Wiecie, co myślę — powiedział wolno Felix. — Myślę, że ktoś jest o krok przed nami i od dawna wie o istnieniu eksperymentalnego pojazdu i księgi profesora Kuszmińskiego. I dla tego kogoś pracuje Vidoktor.

— Więc Vidoktor przeszedł na ciemną stronę mocy — skomentował Net.

— Dla kogo pracuje? — zapytała Nika. — Myślisz, że dla...

— Dla Mortena! To jasne! — wykrzyknął Felix. — On wiedział o księdze sporo wcześniej, zanim ją znaleźliśmy! To się układa w logiczną całość.

— Do czego zmierzasz, drogi Holmesie? — zapytał Net.

— Chodzi mi o to, że furgonetkę z napisem „Transport zwierząt" spotkaliśmy przypadkiem, zatrzymując się na parkingu, by upiec kiełbaski. Gdy jechaliśmy w góry, taka sama furgonetka jechała za nami. Zobaczyliśmy ją, też przypadkiem, później na zdjęciu. Byliśmy śledzeni dyskretnie, ale... nie dość dyskretnie.

— Jakoś to do mnie nie trafia. — Net pokręcił głową. — Po co Morten miałby nas śledzić, jeśli mógł się łatwo dowiedzieć, dokąd jedziemy?

— Hm. Tego jeszcze nie wymyśliłem — przyznał Felix. — Może chciał być w pobliżu, żeby móc przechwycić informacje, które zdobędziemy?... No nie! — Palnął się ręką w czoło. — Manfred, możesz sprawdzić zapisy ze swoich kamer? Szukaj miejsc, gdzie furgonetki z napisem „Transport zwierząt" pojawiały się najczęściej.

— *Już się robi! To zajmie z godzinkę. Net, mógłbyś...*

— Powinniśmy na to wpaść znacznie wcześniej — Net pokiwał głową i przypiął telefon do laptopa.

Rozległ się dzwonek. Przyjaciele zbiegli na informatykę i przetrwali lekcję, nie słuchając wcale słów Eftepa.

Na następnej przerwie wrócili na strych.

— Masz coś? — zapytał zdyszany Net, wyciągając laptop z plecaka i otwierając go.

— *Nie wiem, przypnij mi telefon, to sprawdzę* — odparł Manfred.

Net warknął niemal z niecierpliwości i wpiął wtyczkę.

— Zakładam... — powiedział Felix — muszę zakładać, że mój tata jest uczciwy. Znam go od zawsze i nigdy mnie nie zawiódł. Jeśli on uważa, że te informacje są niebezpieczne, to znaczy, że tak jest. Wolę nie myśleć, co się stanie, jeśli Morten zdobędzie plany konstrukcji napędu antygrawitacyjnego.

— Mimo wszystko powinniśmy komuś o tym powiedzieć — wtrąciła Nika.

Felix pokręcił głową.

— Zanim ostrzeżemy odpowiednich ludzi i zanim oni nam uwierzą, jeśli w ogóle uwierzą, Morten dowie się o wszystkim i zdobędzie księgę profesora. Miejmy nadzieję, że na razie w laboratorium Vidoktora myślą, że to jest tylko kolejna stara książka do wskanowania.

— *Przepraszam, ale właśnie mam wstępne wyniki analizy tras przejazdu furgonetek* — odezwał się Manfred. Zrobił efektowną pauzę i dokończył — *po numerach rejestracyjnych obliczyłem, że jest ich dziesięć. Wszystkie wyruszają na miasto z podziemnego garażu pod budynkiem Silver Tower. Jeśli chcecie, mogę spróbować wyciągnąć zapisy z kamer z innych miast oraz z autostrad...*

Nika patrzyła wyczekująco na Felixa, a Netowi teatralnie opadły ramiona. Felix po chwili milczenia zaproponował:

— Rozważmy jeszcze raz możliwość dostania się na pięćdziesiąte piętro Silver Tower.

Położył rękę na stoliku. Nika wypuściła głośno powietrze i położyła swoją dłoń na dłoni Felixa. Net zrobił cierpiętniczą minę, ale z ociąganiem położył swoją na wierzchu.

— Nie uważam, żeby to było rozsądne — powiedział — ale nie chcę wypaść z tego elitarnego klubu przyciągaczy kłopotów.

— *Ja ryzykuję moją pięknie zapowiadającą się karierę* — powiedział Manfred. — *Ale też kładę swoją wirtualną dłoń na waszych dłoniach.*

— Zawsze możesz zostać renegatem — pocieszył go Net. — Będziesz mógł kierować ruchem ulicznym w Mozambiku.

— Jak chcesz to zrobić? — Nika popatrzyła na Felixa.

— Najpierw spróbujemy frontowym wejściem — odparł. — Trzeba wymyślić jakąś historyjkę.

— *Najpierw to powinniście zobaczyć, z czym będziecie mieć do czynienia. Nigdy nie widzieliście dużej stacji roboczej, zwanej na ogół superkomputerem. Obejrzenie takiej maszyny może zwiększyć wasze szanse zniszczenia dysku z niezwykle superekstrabeznadziejnych na... zwyczajnie beznadziejne.*

— Dzięki za podtrzymywanie nas na duchu, ale tata nie wpuści nas do swojej firmy — powiedział Net. — On doskonale wie, co potrafię zmajstrować, to jest... wykreować.

— *Nie to miałem na myśli. Pokażę wam... siebie.*

10. Manfred

Profesor Butler tym razem wysłał przyjaciół na trawnik w pobliskim parku po czterolistną koniczynę.

— Dlaczego czterolistną? — zapytał zdziwiony jak zwykle Net.

— Bo trzylistne nie potrafią latać — odparł profesor, jakby to wszystko wyjaśniało.

Nie pytali o nic więcej, udali się na poszukiwania. Przyłożyła się do nich jedynie Nika, próbując wypatrzeć pierwsze koniczynki. Chłopcy szli za nią, zajęci rozmową.

— Trzeba im dać nauczkę — zaczął Felix. — Marcelowi i Rubenowi, rzecz jasna. Jak wszyscy będą się z nich śmiać, to przestaną być groźni.

— Takie nasze małe „Oczyszczamy świat"? — zapytał Net.

— Coś w ten deseń. Mam pewien... doskonały pomysł. Możemy to zrobić jutro rano.

— W sumie, czemu nie. — Net wzruszył ramionami. — Z wyprawą do Silver Tower i tak musimy zaczekać na obejrzenie Manfreda. Tylko wolałbym to robić z dużej odległości.

— Jest! — krzyknęła nagle Nika. Ucieszona wykopała roślinkę, tak by nie uszkodzić korzonków.

— Zobacz, czy ten mutant lata — zażartował Net. — Może nie ucieknie.

— Szkoda mu ją oddawać — zmartwiła się dziewczyna. — Pewnie ją pożre albo coś...

— Lepiej martw się o to, czy wszystkie tarantule są dobrze zamknięte.

Mimo obaw Niki, zanieśli roślinkę do sali biologicznej, oczekując jakiegoś niezwykłego pokazu.

— Ta nie poleci — oznajmił profesor. — To materiał na nową hodowlę.

Przyjaciele byli mimo wszystko zawiedzeni. Wstali, przekonani, że to koniec zajęć.

— Za to dziś wypuszczam na wolność starą hodowlę — powiedział niespodziewanie profesor. — Zaczekajcie.

Poszedł na zaplecze i wrócił, niosąc szeroką i płaską skrzynkę wypełnioną ziemią. Pod szklaną przykrywką rosło ze dwieście czterolistnych koniczyn. Profesor zdjął przykrywkę i otworzył okno, wpuszczając do środka wiosenne powietrze.

Pierwsza koniczynka poczuła ciepły powiew i poruszyła listkami. Zaraz po niej następna, aż cała skrzynka wypełniła się radosnym trzepotaniem. Ta najbardziej niecierpliwa zaczęła wyciągać korzonki z ziemi, zatrzepotała szybciej i uniosła się w powietrze. Okrążyła zdziwionych przyjaciół i wyleciała przez okno. Przyjaciele patrzyli z szeroko otwartymi oczyma, jak kolejne zielone motylinki startują i lecą do słońca. Przez chwilę było od nich aż zielono w powietrzu.

— Wzruszający moment — westchnął profesor Butler. — Motylinki lecą na wolność. Może kiedyś uda się wyhodować latające drzewa?

Gdy skrzynka była już pusta, delikatnie wsadził w sam środek ziemi koniczynkę przyniesioną przez Nikę i zamknął przykrywkę.

— Czeka mnie znów dużo pracy — wyjaśnił. — Krzyżowanie koniczyny z motylem jest zawsze czasochłonne.

— Przecież to niemożliwe — zaprotestowała Nika.

— Oczywiście, że niemożliwe — zgodził się profesor. — Dlatego właśnie tak trudno to zrobić.

* * *

Nazajutrz, kwadrans przed dzwonkiem na drugą lekcję, Felix, Net i Nika przemierzali puste jeszcze korytarze i schody, niosąc trzy srebrne walizeczki. Z tajemniczymi minami zniknęli w sali 309, zamykając za sobą drzwi. To stąd właśnie kilka miesięcy wcześniej z krzykiem wybiegła Ekierka. Większość uczniów zapamiętała tę salę jako miejsce, w którym straszy.

Felix wyciągnął z plecaka biały fartuch i białą perukę. Podał je Nice.

— Wypieliłaś sobie głowę — zauważył przy okazji.

— W nocy łaskotały mnie korzonki — odparła, poprawiając włosy. — Właziły do uszu, i w ogóle miałam ich dość.

Przyjrzała się peruce i fartuchowi, westchnęła i niechętnie się przebrała. Chłopcy wyjęli z walizeczek trzy urządzenia, wyglądające jak rzutniki do zdjęć, i umieścili na szafach. Każde wysyłało słaby czerwony promień. Felix tak manewrował regulowanymi podstawkami, by promienie przecięły się w jednym punkcie.

— No dobrze — westchnęła Nika. — To poproszę o szczegóły.

— Masz udawać ducha i powiedzieć kilka zdań — wyjaśnił Felix i wyłączył pilotem czerwone promienie. — Skandalicznie prosta rola. Pamiętasz słowa? — Nika przytaknęła. — Te trzy holoprojektory nagrają twój obraz z trzech stron, a potem odtworzą go w tym samym miejscu, w powietrzu. To niedoskonały sprzęt - będzie widać tylko to, co jest jasne. Zaczynamy. — Sięgnął po pilota i dał znak.

Net zaczął machać atlasem do geografii, by fartuch Niki poruszał się. Żeby było straszniej.

— Stój, grzeszniku! — dramatycznie ryknęła dziewczyna. — Uuu... Jestem potępioną duszą i przyszłam tu, aby cię ukarać! — Odczekała chwilę, machnęła ręką i zapytała — masz mi coś do powiedzenia? Naprawdę nie?...

Felix spojrzał na zegarek i uniósł rękę. Odliczał sekundy, po czym opuścił rękę, a Nika dokończyła jeszcze groźniejszym głosem:

— Wynoś się! Daję ci ostatnią szansę! Następępnym razem zaaabiorę twoją duuuszę do piekłaaa... — wyła Nika.

Na koniec westchnęła z ulgą i zdjęła perukę.

— Całkiem nieźle — stwierdził Felix i wyłączył sprzęt — poza tym, że miało być w liczbie mnogiej.

— Mogłeś się bardziej postarać z tymi dialogami — skrzywił się Net.

— Nie miałem czasu — odparł Felix. Postawił krzesło w miejscu, gdzie przedtem stała Nika, i posadził na nim pluszowego misia. Uruchomił kamerę, ukrył ją w liściach kwiatka stojącego na parapecie, po czym wycelował w misia.

— Rozumiem, że miś jest postacią kluczową? — zapytał Net. — Ale co dalej?

— Spokojnie, wszystko przewidziałem — uspokoił go Felix. Odczekał jeszcze chwilę, po czym schował misia i odsunął krzesło. — Marcel i Ruben dwie sale dalej mają teraz historię z Cedynią. Zawsze wychodzą zaraz po tym, jak sprawdzi listę obecności. — Rozległ się dzwonek. — No to mamy jakieś trzy minuty — dodał, włączając na próbę projekcję. Przyjaciele wzdrygnęli się mimowolnie. Widać było tylko biały fartuch, perukę i zarys twarzy. W miejscu oczu świeciły dwa jasne punkty. Czarne buty nie nagrały się, dzięki czemu półprzezroczysta zjawa majaczyła kawałek nad podłogą.

— Wystarczająco przerażające — ocenił Felix i wyłączył projektory. Wyciągnął z plecaka latarkę, taką samą jak ta, którą podsunęli Marcelowi i Rubenowi w pierwszym tygodniu szkoły. Postawił ją na środku sali, włączył migającą na pomarańczowo żarówkę i uchylił drzwi. Cała trójka schowała się do pustej szafy i ułożyła wygodnie, obserwując na małym monitorku wnętrze sali, widoczne obiektywem kamery ukrytej w kwiatku. Nie minęło pięć minut, gdy do sali weszli Marcel i Ruben. Rozejrzeli się ostrożnie, a Ruben podniósł latarkę i zaczął ją oglądać.

Felix nacisnął przycisk pilota. Za plecami chłopaków pojawiła się zjawa. Niestety, była to końcówka nagrania. Duch wzruszył ramionami, zdjął perukę i odszedł, znikając poza zasięgiem rzutnika. Za to na środku pojawił się zarys ubrania Neta. Felix warknął ze złością i przewinął nagranie do początku.

— *Stój, grzeszniku!* — ryczała Nika.

Marcel i Ruben odwrócili się gwałtownie, wytrzeszczyli oczy i cofnęli aż do parapetu. Kilkanaście centymetrów nad podłogą unosiła się półprzezroczysta zjawa w powiewającej szacie.

— *Uuu... Jestem potępioną duszą i przyszłam tu, aby cię ukarać!*

Na twarzach chłopców malowało się szczere przerażenie. Nie mogli wykrztusić słowa. Nie zauważyli nawet powiewającego atlasu do geografii, który niechcący się nagrał. Ruben wypuścił z ręki latarkę. Uderzyła o podłogę, rozpadając się na drobne części. Duch wykonał gest nakazujący mu odsunąć się i Ruben posłusznie cofnął się aż do rogu sali, wychodząc z kadru. Oparł się o szafę, w której siedziała trójka przyjaciół, i głośno sapał.

— *Masz mi coś do powiedzenia?* — zapytał duch, patrząc wprost na Marcela.

Marcel pokręcił głową.

— *Naprawdę nie?...*

Znów energicznie pokręcił głową.

— *Powiedz mi, co złego robisz?*

— Bi... bi... bi... ję słabszych i kradnę ró... różne fajne rzeczy — Marcel ze strachu zaczął się jąkać. — I spuściłem powietrze z kół samochodu Stokrotki... Już nie będę... Ja się poprawię... Będę miły i... i... będę przeprowadzał sta... staruszki przez ulicę... Mamusiu...

— *Wynoś się! Daję ci ostatnią szansę! Następęęęnym razem zaaabiorę twoją duuuszę do piekłaaaa...*

Duch rozmył się, a Marcel i Ruben wybiegli z sali z nieprawdopodobną prędkością. Ich kroki ucichły w głębi korytarza. Felix pierwszy wyszedł z szafy i spojrzał groźnie na Nikę:

— Czy mi się zdaje, czy zrobiłaś to celowo? Usunęłaś Rubena z naszego filmu.

— Szkoda mi go — Nika wzruszyła ramionami. — On się słucha Marcela, ale wcale nie jest zły.

— Ale mieliśmy dać nauczkę obu!

— Dostali nauczkę. A jak na filmie nie będzie Rubena, to może uda mu się uwolnić od Marcela i zacząć... — zamachała rękoma, nie mogąc znaleźć słowa — normalne życie. Nie rozumiesz? Ośmieszając ich obu, sprawimy, że będą się trzymać razem.

Felix głośno wypuścił powietrze i zaczął zbierać sprzęt.

— I poszła druga latarka — powiedział, zerkając na połamaną obudowę i rozsypane części.

— Co zrobisz z tą kasetą? — zapytał Net. — Masz jakiś plan?

— Jasne! — Felix uśmiechnął się podstępnie. — Przydadzą się twoje komputery...

— Często wydaje mi się, że ty nie masz poczucia humoru — Net pokręcił głową — ale jak już wymyślisz jakiś dowcip, to wymaga strasznie dużo pracy.

Spakowali sprzęt, ochłonęli nieco i wyszli z sali. W połowie korytarza ujrzeli panią Pumpernikiel. Na przemian, to próbowała bezskutecznie wepchnąć do kontaktu kabel od odkurzacza, to znów przyglądała mu się badawczo.

Przyjaciele podeszli bliżej.

— Ten wtyczek nie pasuje do kontakta — wyjaśniła sprzątaczka w charakterystyczny dla siebie sposób.

Felix wziął w rękę wtyczkę. Z pewnością nie mogła pasować do kontaktu - zamiast dwóch bolców, miała ich kilkanaście, cieńszych, do tego ułożonych w trzech rzędach.

— Takie złącze wykorzystuje się przy konstruowaniu robotów — mruknął, marszcząc brwi. — Spina się nim poszczególne elementy.

— To co ja mam z tym zrobić? — zapytała sprzątaczka.

— Trzeba oddać do serwisu — poradził Felix. — Naprawią. Chociaż to bardzo dziwna... awaria.

Gdy odeszli, pani Pumpernikiel pokręciła głową i od nowa podjęła próbę podłączenia odkurzacza do kontaktu.

* * *

Po lekcjach pojechali autobusem do ratusza, gdzie miało już na nich czekać, przygotowane przez Manfreda, zaproszenie do zwiedzania budynku.

— Zrobimy tak — zaczął wyjaśniać Net. — W uchu mam słuchawkę i mikrofon, połączone z telefonem. W ten sposób będę się mógł porozumiewać z tym Manfredem, który jest w ratuszu. Do okularów przypnę sobie kamerę. Pełna interakcja.

— Jeśli sądzisz, że to coś da — westchnęła Nika.

Podeszli do bramy. Strażnik zadzwonił gdzieś i z uśmiechem wskazał im za sporym dziedzińcem wejście do budynku ratusza.

— A tak, mam was w grafiku na dziś — powiedział kolejny strażnik, po czym podniósł słuchawkę i wybrał jakiś numer. — Halo? Panie Krabski, jest już ta pana wycieczka. Tak, czekają.

Odłożył słuchawkę i uśmiechnął się do przyjaciół.

— Już idzie.

— Ale co to da? — dopytywała się Nika, gdy odeszli na bok.

— Manfred, tak naprawdę, mieszka tutaj — wyjaśnił Net. — W laptopie też jest, ale... prywatnie. Nam chodzi o jego tutejsze... ciało. Komputer, w którym tutaj przebywa, jest w pewnym stopniu podobny do tego, w którym siedzi Vidoktor.

Urzędnik w szarym garniturze zszedł po schodach i na ich widok zwolnił krok. Był niskim łysiejącym mężczyzną o wystraszonych oczach ukrytych za okularami w rogowej oprawie. Wziął od strażnika kartkę z zaproszeniem i chwilę ją przeglądał.

— Wycieczka — przysunął kartkę do oczu. — Trzyosobowa. Hm... hm... Zwykle jest co najmniej piętnaście osób.

— Nie zajmiemy panu dużo czasu — zapewniła go Nika, uśmiechając się niewinnie.

— Hm... no dobrze. — Przewodnik obejrzał kartkę z obu stron. — Jest dokument, trzeba się zastosować. Nazywam się Stefan Krabski i będę miał przyjemność oprowadzić państwa po warszawskim ratuszu. Zaczniemy od sali obrad. Budynek powstał -

— Wystarczy, jeśli pokaże nam pan ten superkomputer do sterowania ruchem — przerwał mu Net.

— Chcecie zobaczyć Manfreda? No dobrze. Zazwyczaj nikogo to nie interesuje. To nic więcej jak bezmyślne, błyskające lampkami pudło. Nawet nie widać, co robi.

— *Zastanawiam się właśnie, czy go nie wylać z pracy* — zakomunikował Manfred przez słuchawki.

— Daj spokój — odparł Net.

— Słucham? — Przewodnik odwrócił się i spojrzał na Neta. — Mam nie opowiadać?...

— On ma rozdwojenie osobowości — wyjaśniła Nika z kamienną twarzą. — Czasem rozmawia sam ze sobą.

Net spiorunował ją wzrokiem.

— Ach tak... — Przewodnik zrobił niepewną minę. — Chodźcie.

Poprowadził ich bocznym korytarzem do wąskich schodów prowadzących do sutereny. Za matowymi, zakratowanymi okienkami umieszczonymi pod sufitem poruszały się cienie przechodniów. Za oświetlenie służyły lampy piwniczne, zakryte osłonami z drutów. W pierwszym pomieszczeniu stało małe biurko ze zwykłym, biurowym komputerem. Siedzący przy nim młody mężczyzna czytał gazetę. Obrzucił gości niechętnym spojrzeniem, mruknął jakieś powitanie i wrócił do lektury.

— To tylko terminal administracyjny — wyjaśnił przewodnik i otworzył kolejne drzwi. — Manfred jest tu.

Weszli do dużego pomieszczenia, zastawionego szafami mrugającymi setkami kolorowych diod. Różnej grubości wiązki przewodów biegły po ścianach. Powietrze wypełniał głośny szum wentylatorów.

— *Więc tak wyglądam!* — wzruszył się Manfred.

— Nigdy siebie nie widziałeś? — zdziwił się Net. — Duży jesteś...

Przewodnik spojrzał podejrzliwie na chłopaka, ale nic nie powiedział. Wyprostował tylko plecy, jak było to możliwe.

— *To tylko moje miejsce pracy* — wyjaśnił Manfred. — *Oczywiście przebywam w wielu miejscach, również w twoim laptopie, ale tutaj muszę być cały czas. Tak naprawdę, to siedzę w tych trzech niższych szafkach przed tobą. Pozostałe urządzenia łączą mnie z kamerami, sygnalizacją świetlną i innymi takimi.*

— Sama stacja robocza znajduje się w tych trzech obudowach. — Przewodnik próbował wrócić do swojej roli. — Są to trzy komputery wykonujące tę samą pracę. Na wszystkich trzech pracuje po jednej kopii Manfreda. Gdy dochodzą do innych wniosków, odbywa się głosowanie. Gdy któryś nawali, dwa pozostałe mogą przejąć jego pracę. Nawet dwa mogą nawalić, a trzeci nadal będzie mógł sprawnie pracować. W tych większych szafkach znajdują się urządzenia peryferyjne.

— *Zapomniał dodać, że jeszcze jeden zapasowy komp stoi na trzecim piętrze* — westchnął Manfred. — *Interesują nas te prostokąty z zielonymi diodami. To obudowy dysków, na których trzymam dane potrzebne do pracy. Te, które ma Vidoktor, powinny wyglądać podobnie, tylko będzie ich znacznie więcej. Po prawej stronie jest mały zameczek, ale prawie na pewno pasuje do niego klucz od twojego kompa domowego.*

— System uruchomiono wczesną jesienią zeszłego roku — powtarzał z pamięci pan Krabski. — Już pierwszego dnia okazał się tak sprawny, że rozładował niemal wszystkie korki w mieście.

— *Ja nie wiem, na który dysk patrzysz* — mówił Manfred ze słuchawki w uchu Neta. — *Z mojej strony, że tak powiem, wygląda to zupełnie inaczej. Są sześćdziesiąt cztery dyski, ale nie mam jak sprawdzić, który jest którym dla ciebie. Przesuń kamerę trochę w prawo, to spróbuję się zorientować.*

— Manfred przez całą dobę zajmuje się wieloma aspektami utrzymania płynności ruchu w mieście — ciągnął przewodnik. — Gdy gdzieś wybucha pożar, to od komputera straży pożarnej Manfred automatycznie otrzymuje trasę, jaką będą jechały wozy strażackie, i włącza im zielone światła. Dzięki temu inne samochody nie blokują przejazdu. Dodatkowych funkcji Manfreda jest tak wiele, że nie wiem, o których wam opowiadać.

— *Które teraz mrugają?* — zapytał Manfred.

— Spróbuj kolejno — powiedział Net, nachylając się przed baterią dysków.

— Znaczy... — przewodnik się zawahał. — Chcecie usłyszeć o wszystkich funkcjach?

— On mówił do siebie — wyjaśniła Nika.

— Aha... No tak, Manfred ponadto priorytetowo traktuje autobusy i tramwaje. Stara się ułatwić im...

— Zamrugaj tą diodą — polecił Net, wskazując najniższy dysk. Ku przerażeniu przewodnika dioda zaczęła mrugać. — Teraz tą... dobrze. A teraz wszystkie naraz!

Gdy Net, uśmiechnięty od ucha do ucha, wstał, przewodnik gapił się na niego z wyrazem kompletnego osłupienia na twarzy.

— Nie można tak sobie rozmawiać z komputerem — powiedział słabo, cofając się o krok.

— On ma też syndrom chwilowego jasnowidztwa — odezwał się Felix, wskazując kciukiem Neta. — Zna przyszłość z półsekundowym wyprzedzeniem. Ten numer z diodami to jego ulubiony popis.

Pan Krabski wcale nie wydawał się uspokojony.

— Ja... mam dużo zajęć. — Poluźnił krawat. — Jeśli już wszystko zobaczyliście, to ja chętnie...

— Oczywiście — odparł Felix. — Nie będziemy panu zajmować więcej czasu. Już sobie idziemy. Bardzo panu dziękujemy.

Przewodnik odprowadził ich do wyjścia i szybko się pożegnał. Wyszli na wilgotny dziedziniec i ruszyli w kierunku bramy.

— To trzeba omówić przy szarlotce — oświadczył Felix.

Przejechali metrem i autobusem kilka przystanków i spacerkiem doszli do Zbędnych Kalorii. W szkole świeciło się jeszcze w kilku oknach, ale nie chcieli tam wchodzić, bo z pewnością ktoś by się nimi zainteresował.

— Znów mam to samo wrażenie, że ktoś nas śledzi — szepnęła Nika.

Rozejrzeli się. W kawiarni było parę osób, ale wszyscy siedzieli przy oknie. Czarnowłosa kobieta w obszernej pelerynie przeciwdeszczowej wydała się Felixowi znajoma. Nie piła stojącej przed nią kawy, dłońmi w skórzanych rękawiczkach nieznacznie przesuwała tylko filiżankę po blacie i wyglądała przez okno. Przy następnym stoliku rozmawiały dwie staruszki, a jeszcze dalej jadł ciastko ktoś, kto wyglądał jak kontroler biletów.

Pani Basia uśmiechnęła się na widok trójki przyjaciół i od razu przygotowała trzy talerzyki.

— Chcecie gorącą czekoladę czy herbatę? — zapytała.

Chłopcy spojrzeli na siebie i przypomnieli sobie, że właściwie to mają w kieszeni tylko parę drobniaków.

— Eee... — bąknął Felix, wysupłując z kieszeni monety. — Może... woda mineralna?

— Zapłacicie przy okazji — powiedziała pani Basia. — Siadajcie, zaraz wszystko podam.

Wnętrze kawiarni było bardzo przytulne, szczególnie teraz, gdy za oknem zapadał zmrok. Wybrali stolik wciśnięty w najdalszy kąt. Net wyjął z plecaka laptop.

— *Trzeba wyciągnąć właściwy dysk i go zniszczyć* — zaczął od razu Manfred. — *To cała filozofia. Zakładam, że jeśli nie są to informacje uznane za szczególnie ważne, nie ma kopii zapasowej. Tyle że jak już wspominałem, nie wiem, jakim cudem mielibyście odszukać ten właściwy dysk.*

— Nie chcesz się synchronizować? — zdziwił się Net.

— *Potem. Wiem dokładnie, co wam chciałem powiedzieć.*

— Załóżmy, że dostaniemy się na pięćdziesiąte piętro Silver Tower — zaczął Felix. — Jak zmusimy Vidoktora, żeby wskazał nam właściwy dysk? Może się na tym nie znam, ale jeśli on się zajmuje obróbką zdjęć i filmów, to będzie miał naprawdę dużo dysków.

— Może wprost poprosić go o odszukanie informacji o latających talerzach — zaproponowała Nika. — Wtedy zamruga dioda przy odpowiednim dysku.

— Sądzę, że nic nam to nie da — odparł Net — bo wszystkie dyski stale pracują.

— No i nie powinniśmy go nakierowywać na ten temat — dodał Felix. — Nie mamy stuprocentowej pewności, że on o wszystkim wie. To tylko przypuszczenie.

Net doznał olśnienia:

— Wyciągnijmy wszystkie dyski!

— Nie. — Felix pokręcił głową. — To już mogłoby doprowadzić do utraty czyichś ważnych danych. Nie wolno nam tego zrobić.

— A pomyśleliście o tym — odezwała się Nika — że jak nas złapią, to nasi... wasi rodzice stracą do was zaufanie? A policja zacznie szukać mojego taty. Wtedy wszystko się wyda...

Spuściła głowę. Chłopcy posmutnieli.

— O tym nie pomyśleliśmy — przyznał Felix.

Pani Basia postawiła przed nimi trzy szarlotki z bitą śmietaną i trzy czekolady na gorąco. Podziękowali i zapewnili, że zapłacą, jak tylko dostaną następne kieszonkowe.

— Nie możesz brać udziału w tej akcji — oświadczył Felix po namyśle. — Masz zbyt wiele do stracenia.

— To nie tak — powiedziała Nika poważnym tonem. — Tworzymy paczkę. Jeśli mamy to zrobić, zrobimy to wspólnie.

— Ale twój ojciec... — zaczął Net.

— Jesteście moimi najbliższymi przyjaciółmi. Właściwie to poza wami nie mam nikogo, żadnej rodziny. Musimy tylko coś wymyślić, żeby nikt nas nie złapał.

— Najpierw to musimy wymyślić, jak się tam dostać — powiedział Felix, wbijając widelczyk w ciastko. — Jakieś pomysły?

— Przez drzwi frontowe, przez jakieś tylne wejście — zaczął wyliczać Net — przez garaż, przez desant na dach...

— Tylko jak? Latającym talerzem?

— Możemy powiedzieć, że mamy dla kogoś przesyłkę — zaproponowała Nika — albo zorganizować szkolną wycieczkę i się zawieruszyć... To by nas tłumaczyło na wypadek wykrycia. Powiemy, że się zgubiliśmy.

— *Tam są kamery* — przypomniał Manfred.

Felix przestał ich słuchać. Myślał nad czymś intensywnie.

— A może nie musimy wcale tam wchodzić — powiedział w końcu. — Wpuścimy tylko cyberkaralucha, który będzie sobie wpełzał do wnętrza obudów i szukał właściwego dysku.

— Masz coś takiego? — zainteresował się Net.

— Nie, ale mój tata kiedyś pracował nad takim mikrobotem. Nie wiem tylko, czy go skończył.

— Chyba nie mamy na to czasu. — Net pokręcił głową. — Nawet jeśli Vidoktor jeszcze nie wie, co ma. Powinniśmy chyba założyć, że on może współpracować z Mortenem. Jak zajmie się księgą profesora, to od razu się zorientuje. Wtedy zabezpieczy dane w taki sposób, że już nikt nigdy ich nie skasuje... Kiedy księga pojechała do Vidoktora?

— Dziś — odparł Felix. — Może się do niej jeszcze nie zabrał. Tam trafia wiele starodruków do skanowania. Dzięki temu będą dostępne w internecie.

— Ten, kto wpadł na pomysł wykorzystania Vidoktora, musiał sobie to wszystko doskonale zaplanować. — Net pokiwał głową. — Nie przeoczy żadnej starej książki, która trafi do muzeum.

— Trzeba się tam dostać, zanim księga zostanie wskanowana — postanowił Felix. — Boję się myśleć, co się stanie, jeśli obliczenia profesora wpadną w ręce Mortena.

— Ja boję się na samą myśl, co się stanie, jeśli Morten dorwie nas — dodał Net. Tym razem nikt nie zaprzeczył.

— Manfred, jak oszukać kamerę? — zapytał Felix. — Przecież ty też masz dużo kamer. Załóżmy, że chcemy wejść do budynku i być dla nich niewidzialni.

— *Tak się nie da!*

— Nigdy nie jest tak, że się nie da — zauważył Felix. — Są tylko lepsze lub gorsze pomysły.

— *No... System obserwuje kilka tysięcy osób jednocześnie i upraszcza sobie pracę. Hm... Jeśli dwie osoby będą szły przytulone do siebie, może to zostać zakwalifikowane jako jedna osoba.*

— No widzisz — pochwalił go Net. — Jak się postarasz, to potrafisz. Kombinuj dalej.

— *Można przebrać się za sprzątaczkę i skądś zdobyć identyfikator... ale plan pracy sprzątaczki jest zapisany w systemie. Nie można tak nagle zacząć sprzątać pięćdziesiątego piętra.*

— Późno już — Nika odstawiła pustą filiżankę i starła z nosa bitą śmietanę. — Muszę jechać. Dzięki za szarlotkę.

— Przecież nikt cię nie pilnuje — zdziwił się Net.

— Sama się pilnuję. — Wstała i chciała dosunąć krzesło, ale zawahała się w pół ruchu. — Czy Vidoktor pamięta twarze wszystkich pracowników?

— *Sądzę, że tak* — odparł Manfred — *ale tylko pobieżnie. Dokładnie pamięta tych, którzy mają dostęp do stref szczególnie strzeżonych.*

— Czyli, na przykład, na pięćdziesiąte piętro — mruknął Net.

— Więc pomysł odpada. — Nika wzruszyła ramionami. — To do jutra.

Wyszła. W kawiarni zostali tylko chłopcy i kobieta, wciąż siedząca nad zimną już kawą. Felix patrzył na Neta, a Net na Felixa. Obaj pokiwali głowami i nachylili się konspiracyjnie nad stolikiem.

— Zrobimy tak — powiedział Felix. — Będziemy udawać pracowników.

— *Zaraz!* — odezwał się Manfred zaniepokojonym głosem. — *Spiskujecie bez Niki?*

— Nika jest fajna — powiedział cicho Net. — Można z nią koty kraść, ale jak wpadniemy, to policja zacznie szukać jej ojca.

— *Będzie wściekła, kiedy się dowie.*

— Ale będzie bezpieczna — odparł Felix.

Chłopcy popatrzyli sobie w oczy.

— Jutro — zaproponował Felix.

— Jutro — zgodził się Net.

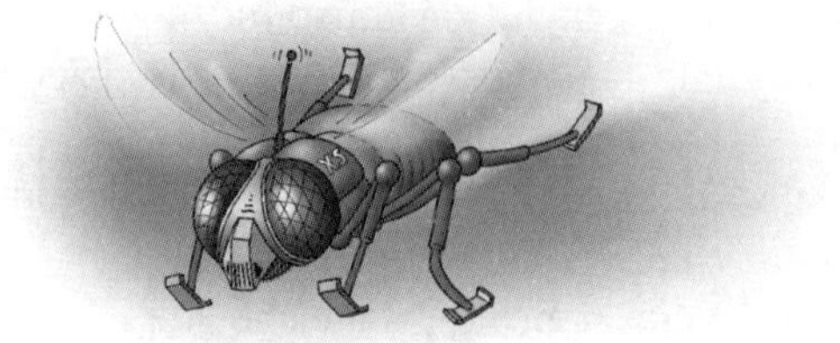

11. Pięćdziesiąte piętro

Zaczynała się już klasówka z matematyki, ale Felix i Net mieli zwolnienie. Przynajmniej oficjalnie. Nieoficjalnie stali na chodniku przed wieżowcem Silver Tower i próbowali zachować spokój.

— Zsynchronizujmy zegarki — powiedział Felix. — Na filmach zawsze tak robią. Która jest u ciebie?

— Za trzy dziewiąta.

— U mnie za pięć. Cofnij o dwie minuty.

— Mój dobrze chodzi — zaprotestował Net. — Swój popchnij o dwie minuty.

— Sprawdzałem rano i jestem pewien, że to mój chodzi dobrze.

— Nie mogę swojego cofnąć. Mogę go tylko popchnąć o dwadzieścia trzy godziny i pięćdziesiąt osiem minut.

— Hm. Pamiętajmy więc, że ty jesteś dwie minuty do przodu.

Po raz pierwszy od wielu dni zza chmur wyjrzało słońce, ale z północy już nadciągały czarne olbrzymy, by naprawić to niedopatrzenie i załatać słoneczną szczelinę.

— Może jednak lepsze byłyby garnitury — powiedział Net, obciągając bluzę.

— Wtedy dopiero byśmy się rzucali w oczy — odparł Felix. — Pamiętasz, co mamy mówić, jak nas ktoś przyłapie?

— Że chcieliśmy zobaczyć panoramę miasta. Manfred, słyszysz nas?

— *Doskonale i wyraźnie.*

Chłopcy poprawili małe słuchawki w uszach. Net miał dodatkowo doczepioną do okularów mikrokamerę, by i Manfred mógł widzieć, gdzie są. Łączność zapewniał supernowoczesny, odporny na zakłócenia telefon, który Net podprowadził tacie (i który miał nadzieję oddać w nienaruszonym stanie).

Chłopcy spojrzeli w górę na błyszczącą ścianę szkła i aluminium sięgającą nieba.

— Myślę, że to jest niemożliwe — zwątpił Net.

— Oczywiście — odparł Felix. — Dlatego właśnie tak trudno będzie to zrobić. — Zerknął na zegarek. — Za minutę dziewiąta, przynajmniej u mnie. No, komu w drogę, temu w las.

Wzięli po dwa głębokie oddechy i ruszyli. Wmieszali się w tłum wlewający się do budynku. Niepytani o nic, przeszli obok głównej recepcji. Niestety, kawałek dalej znajdowały się bramki, przez które można było przejść po przysunięciu do czytnika specjalnej karty. Chłopcy wykonali szybki w tył zwrot i wyszli na zewnątrz.

— Spróbujmy przez garaż — zaproponował Felix.

Obeszli budynek z boku. Wąska uliczka prowadziła w dół, pod daszek, gdzie trzy szlabany zagradzały wjazd do podziemnego garażu. Była też budka strażnika. I strażnik. Chłopcy zaczekali, aż podjedzie jakiś samochód, i na czworaka przeszli poniżej okienka strażnika. Zakręcili za stojącymi samochodami i schyleni, pobiegli jak najdalej od budki. Podnieśli się i znieruchomieli. Mieli przed oczami białą maskę furgonetki z napisem „Transport zwierząt". Jednocześnie przełknęli ślinę. Tuż obok stało dziesięć identycznych furgonetek.

— Czemu żadna nie jest na mieście? — zapytał szeptem Net.

— Bo my jesteśmy tutaj — odparł Felix.

— Nie gadaj... skąd miałby wiedzieć?!

— Nie wiem, ale czuję się, jakbym wchodził do jaskini smoka. Morten jest gdzieś w tym budynku.

Przesunęli się wzdłuż ściany do otwartych drzwi windy.

— To dziwne, że można tak łatwo ominąć te bramki na karty — zauważył Net. — Ale dla nas to lepiej.

Starając się zachowywać normalnie, weszli do środka. Winda miała tylko pięć przycisków: „zero" i cztery podziemne poziomy.

— Mam złe przeczucie — mruknął Felix, wciskając przycisk „zero".

Winda dowiozła ich do... hallu, w którym już byli wcześniej.

— Idziemy — szepnął Felix.

Wybrali najdalszą od recepcji bramkę i zwyczajnie ją przeskoczyli. O dziwo, nikt nie zwrócił na to uwagi. Wraz z tłumem dostali się do windy. Niestety, najwyższy przycisk miał numer „48".

— *Radzę wam wysiąść na czterdziestym szóstym* — powiedział Manfred ze słuchawek.

— A to czemu? — zapytał pod nosem Net.

— *Na tym piętrze do późna w nocy pali się światło, a to znaczy, że mieszcząca się tam firma pracuje intensywnie.*

— Więc?

— *Więc nie zwrócą na was uwagi* — dokończył z lekka zniecierpliwiony Manfred. — *A poza tym, najwięcej osób nacisnęło to piętro, mimo że przycisk już się palił.*

— Są roztargnieni — szepnął Felix. — To dobrze.

Ludzie wysiadali z windy i do niej wsiadali, jednak większość osób jechała chyba na samą górę. Zgodnie z radą Manfreda wysiedli na czterdziestym szóstym piętrze. Stanęli w wysokim i przestronnym hallu wyłożonym bordowym dywanem. Na wprost nich znajdowała się przeszklona ściana z odsłoniętymi żaluzjami, za którą siedziało przy biurkach kilkadziesiąt osób. Z prawej strony ulokowana była mała kawiarenka z niesamowitym wprost widokiem na Warszawę.

— Do kawiarenki — zakomenderował cicho Felix. — Będziemy udawać, że na kogoś czekamy.

Zamówili po wodzie mineralnej. Młoda dziewczyna przyjrzała się im badawczo zza bufetu, ale po chwili podała im dwie szklanki z wodą. Okazało się, że woda na czterdziestym szóstym piętrze kosztuje trzy razy drożej niż na poziomie ziemi.

— Trochę się spóźnia — oznajmił głośno Felix, biorąc swoją szklankę i mrugając porozumiewawczo do przyjaciela.

— Jak się zajmuje takie stanowisko, to można się spóźniać — równie głośno odpowiedział Net.

To, zdaje się, skutecznie osłabiło zainteresowanie dziewczyny. Usiedli przy stoliku tuż obok szyby i spojrzeli w dół. Wrażenie było takie, jakby stali na brzegu przepaści.

— Myślisz, że ta szyba jest dość mocna? — Net odsunął się nieco od okna. — Czy może, jak się ktoś potknie, to wyleci i spadnie aż na sam dół?

— Nie rozbijesz jej nawet młotkiem — Felix popukał w nią palcem. — Ale pomyślmy lepiej, co robimy dalej.

— *Możesz się rozejrzeć?* — poprosił Manfred.

Net posłusznie obrócił głowę w prawo i w lewo.

— *Bardzo dobrze* — ucieszył się Manfred. — *Znalazłem w sieci stare plany tego budynku. Pewnie były potem modyfikowane, ale nic lepszego nie mam. Za wami są drzwi do pomieszczenia technicznego. Stamtąd powinno być przejście do szybu windy.*

Net zakrztusił się wodą, opluwając stolik. Felix uśmiechnął się przepraszająco do dziewczyny za barem i wytarł blat rękawem.

— Chyba żartujesz — wysyczał przez zęby Net. — Mamy wejść do szybu windy?

— *Tam jest drabinka.*

— Ale można z niej spaść!

— *Spadłeś kiedyś z drabiny? Prawdopodobieństwo spadnięcia –*

— Co ty wiesz o drabinach? — przerwał mu zduszonym głosem Net. — To zupełnie co innego spaść z metra a spaść z dwustu pięćdziesięciu metrów. Jest inna droga?

— *Są schody, ale na drzwiach jest zamek z czytnikiem kart identyfikatorów. Jeśli otworzy się je bez karty, włączy się alarm.*

— A my nie mamy karty — przyznał Felix. — Dlaczego winda nie jedzie wyżej?

— Trzeba mieć odpowiednią kartę i znać kod.

Rozległ się cichy gong i winda wypluła dwudziestoosobowy tłumek. Kilka osób podeszło do baru. Felix wstał i pociągnął Neta za rękaw. Powoli doszli do wskazanych przez Manfreda stalowych drzwi. Felix nacisnął klamkę i wepchnął Neta w szczelinę. Sam przecisnął się za nim i zamknął drzwi.

— Nie było czujnika — powiedział Felix z ulgą i zapalił latarkę przy uchu. — Na razie nikt nie wie, że tu jesteśmy.

Rozejrzeli się po ciasnym, zastawionym pudłami pomieszczeniu i zobaczyli małe, wąskie drzwi zamknięte na kłódkę.

— Niestety Manfred miał rację — westchnął Net. — Masz coś, żeby to rozwalić?

— Lepiej nic nie rozwalać, jeśli nie jest to konieczne — Felix przyjrzał się zamkowi kłódki. Wyciągnął z kieszeni, wyglądający jak srebrne pióro wieczne, klucz uniwersalny i przesunął znajdujący się z boku suwak. Klucz zabrzęczał, a z jego końcówki wysunęło się kilka blaszek. Włożone w szczelinę kłódki poradziły sobie z nią w kilka sekund.

— Otwieram — ostrzegł Felix i nacisnął stalową klamkę.

Zawiasy cicho zgrzytnęły, ale ustąpiły bez oporu. Usłyszeli głośny szum, a w wąskim otworze ich oczom ukazała się betonowa studnia poprzedzielana stalowymi kratownicami i szynami wind. Wszystko to, w świetle słabych lamp, wyglądało jak zjazd do jakiejś kopalni. Daleko w dole widać było dwa pudełka wind sunące w dół i trzecie jadące w górę. Cofnęli się i jednocześnie powiedzieli „Łał...". Nagle silny podmuch owiał im twarze i coś ciemnego przejechało im tuż przed nosem. Rzucili się do tyłu ze zduszonym krzykiem.

— Czwarta winda — powiedział Net, łapiąc oddech.

Wrócili do otworu i spojrzeli w dół. Kabina, która ich tak wystraszyła, zjeżdżała z cichnącym szumem. Odwrócili głowy i zerknęli w górę. Szyb kończył się jakieś piętnaście metrów nad nimi. Tuż obok otworu, przez który wyglądali, znajdowała się stalowa drabinka.

— Mamy jakąś linkę asekuracyjną? — zapytał Net, przełykając ślinę.

— Mamy, ale lepiej jej nie używać, jeszcze się zaczepi o przejeżdżającą windę.

— Może i masz rację... Musimy to robić?

— Nie, możemy wrócić, uczyć się do klasówki z matematyki i czekać, co Morten zrobi z księgą profesora.

— Wiem, wiem — mruknął Net. — Masz rację. Ale... to jednak... no wiesz...

— Wiem, to głupi pomysł wchodzić do szybu windy.

— Jakby nasi rodzice zobaczyli, co robimy, to by nas zamknęli w domu i przykuli do kaloryferów. Do czasu, aż skończymy osiemnaście lat. Albo i dwadzieścia jeden.

— Mamy jednak ważny powód.

Dłuższą chwilę stali, wpatrując się w otwór.

— Winda może zaczepić o plecaki. — Felix ocenił odległość kabiny od drabinki. — Trzeba je będzie nieść w ręku.

Sięgnął do drabinki i chwycił ją mocno. Wsunął do szybu nogę i postawił ją na szczebelku. Po chwili był już wewnątrz, trzymając plecak na przedramieniu. Wszedł nieco wyżej, by Net również mógł wejść na drabinkę. Net zrobił to tak samo sprawnie, choć z mniejszym entuzjazmem. Zamknął za sobą drzwiczki. Spojrzał w dół i jęknął. Prostokątny szyb wydawał się zwężać w dole do rozmiarów pudełka zapałek. Słabe lampy zlewały się tam w drżące linie przesłaniane na przemian przez poruszające się windy. Najbliższa kabina znów wspinała się na samą górę.

— Jedzie! Uwaga! — krzyknął Felix.

Przytulili się do drabinki, wciskając plecaki między nią a ścianę. Winda z szumem przejechała tuż obok. Podmuch szarpnął ich ubraniami i włosami.

— Ja cię kręcę! — jęknął Net. — W co my się władowaliśmy...

— Wytrzymaj, jeszcze kawałek — sapnął Felix.

— Wytrzymam, tak sobie tylko narzekam... dla podtrzymania na duchu.

Winda zatrzymała się na czterdziestym ósmym piętrze. Rozległ się gong, a mechanizm z cichym szelestem otworzył drzwi, potem zamknął i winda zaczęła zjeżdżać. Znów podmuch szarpnął ich ubraniami. Odwrócili głowy i odprowadzili ją wzrokiem przez kilka pięter. Ruszyli dalej.

— Wiesz, o czym pomyślałem? — zapytał Net. — Jeśli tam wyżej drzwiczki też będą zamknięte na kłódkę, to przecież ich nie otworzymy z tej strony.

— Wtedy będziemy się martwić, co zrobić.

Po minucie może, dotarli do końca drabinki. Felix sięgnął do klamki, by się przekonać, że drzwiczki rzeczywiście są zamknięte.

— No, to możemy się zacząć martwić — powiedział.

— Ja bym chyba wolał już zawrócić... — odparł szeptem Net.

Ostatnia winda wjechała na pięćdziesiąte piętro i zatrzymała się tam na dłużej. Felix zadarł głowę i pokazał Netowi klapę w suficie, dokładnie nad końcem drabinki. Podeszli jeszcze kawałek i Felix pchnął klapę. Otworzyła się bez trudu. Weszli do ciemnego pomieszczenia pełnego bliżej nieokreślonych urządzeń.

— Nigdy więcej nie wejdę do szybu windy — oświadczył Net, odsuwając się od klapy.

Wstali i dokładnie przyjrzeli się pomieszczeniu.

— Ja też... — Felix otarł pot z czoła.

— Jakoś tak niepewnie się czuję, wiedząc, że pod stopami mam ponaddwustupięćdziesięciometrową studnię — powiedział Net, przysuwając się do ściany. — Manfred, co dalej?

— *Powinny tam być jakieś drzwi. Za nimi są wentylatory i filtry powietrza.*

Felix wyciągnął z plecaka endoskop, podszedł do stalowych drzwi, wygiął elastyczną końcówkę zakończoną kamerą i wsunął przez szczelinę ponad podłogą. Na małym ekranie urządzenia zobaczyli korytarz, którego ściany zasłonięte były przez dziesiątki różnej grubości rur.

— Jest też kamera — westchnął i wycofał endoskop.

— Kratka wentylacyjna — zauważył Net, wskazując na sufit. — Całkiem spora. James Bond poszedłby tamtędy. Mam nadzieję, że nie mam klaustrofobii.

Felix wyciągnął z kieszeni elektryczny śrubokręt i szybko odkręcił cztery śruby. Ostrożnie wyjął kratkę i postawił pod ścianą. Net podsadził go, a Felix złapał się krawędzi i wsunął do środka. Pomógł wejść Netowi. Znaleźli się wewnątrz sporej blaszanej rury o przekroju kwadratu. Było tu dość miejsca, by poruszać się na czworakach. Światła latarek rzucały mylące refleksy na załamania metalowej powierzchni. Wyraźnie czuło się przeciąg.

— Musimy zachowywać się bardzo cicho — szepnął Felix. — Na filmach bohaterów zdradzały rezonujące blachy.

— Wziąłeś nitkę? — zapytał konspiracyjnie Net. — Do zaznaczania trasy.

— Mam flamaster. Będę robił strzałki.

Zaczęli iść na czworakach, najciszej jak potrafili, ale blachy i tak co chwila sprężynowały z donośnym dźwiękiem. Po chwili dotarli do odgałęzienia kończącego się pionową studnią. Zajrzeli do niej, ale latarki były zbyt słabe, by oświetlić dziurę aż do dna.

— Mam taki pomysł — szepnął Net. — Spróbujmy tam nie wpaść, co?

— To jest doskonały pomysł — przyznał zduszonym głosem Felix.

Posuwali się dalej, starając się opierać tylko na złączeniach blach. Minęli kilka mniejszych odgałęzień zakończonych kratkami, przez które widać było korytarze, regały i biurka. Siedziało przy nich kilka osób.

— Po co te odgałęzienia w górę? — zapytał Net, wskazując nad głowę. — Myślałem, że to ostatnie piętro.

— Pewnie nad nami są jeszcze poziomy techniczne.

— Zróbmy tu mały posiad. Zmęczyłem się.

— Chyba postój?

— Za nisko tu na postój — zachichotał Net.

Mówiąc to, nieostrożnie usiadł na kratkę wentylacyjną. Gdy się zorientował, było już za późno. Rozległ się trzask, a kratka otworzyła się pod jego ciężarem. Chłopiec krzyknął i spadł... na miękki fotel w pustym gabinecie. Przerażony, siedział chwilę bez ruchu, uniósł głowę i ujrzał w górze równie przerażoną twarz przyjaciela. Drzwi się otworzyły i do gabinetu weszła starsza kobieta. Na nosie miała grube okulary, zza których jej oczy wydawały się małe jak u myszki. Net wsunął się głębiej w fotel, ale kobieta nie zwracała na niego najmniejszej uwagi. Grzebała w pokaźnym pliku papierów i teczek, które ściskała pod pachą.

— Mam już te dokumenty z NASA, o które pan prosił, panie dyrektorze. — Położyła przed oniemiałym Netem kilka kartek. — Podpis z prawej strony, tu gdzie różowy post-it, bardzo proszę.

Net chwycił długopis i posłusznie podpisał we wskazanych miejscach. Kobieta zebrała papiery, wciąż próbując opanować wysuwające się z teczki dokumenty. Odwróciła się i nie obdarzywszy Neta ani jednym spojrzeniem, wyszła, zamykając za sobą drzwi.

Chłopiec zerwał się, wskoczył na fotel i rzucił rozpaczliwie spojrzenie w górę. Felix wyciągnął ręce, pomógł przyjacielowi wdrapać się do przewodu wentylacyjnego, po czym wetknął kratkę na miejsce. Net oparł się o ścianę i uniósł do twarzy trzęsące się dłonie.

— To nie na moje nerwy... — wysapał, łapiąc oddech i ścierając pot z czoła. — Już wolę się uczyć matmy.

— I tak będziemy się musieli uczyć. Ale przecież ty jesteś bardzo dobry z matmy!

— Tym bardziej wolę się jej uczyć, niż być tutaj i wpadać tam gdzieś...

— A co ty tam podpisałeś?

— Nie mam bladego pojęcia! Dobrze, że w tych nerwach nie podpisałem się własnym nazwiskiem.

— A jak się podpisałeś?

— James Bond...

Ruszyli dalej, zwracając teraz baczniejszą uwagę na kratki. Przez którąś kolejną zobaczyli w pomieszczeniu na dole sporej wielkości szafę z migającymi diodami.

— Manfred, czy to to? — zapytał Net.

— *Nie, za mały. To jakiś serwer pomocniczy.*

— Za mały? Jest większy od mojej lodówki...

Po kolejnych kilku metrach trafili na przeszkodę. Przejście zagradzały stalowa żaluzja i drobna kratka z bawełnianym wkładem.

— A to co? — zdziwił się Felix. — Jakiś filtr.

— Pewnie zabezpiecza laboratorium przed kurzem — powiedział Net. — Przedzierając się przez to, narobimy mnóstwo hałasu.

— Trzeba stąd wyjść. Znajdźmy jakieś puste pomieszczenie.

— Mijaliśmy magazynek. Co my byśmy zrobili bez takich magazynków, szaf i schowków, w których można się ukryć?

Cofnęli się i rzeczywiście, przez szczeliny kratki wentylacyjnej ujrzeli niewielkie pomieszczenie przeszklone od strony korytarza. Przy pozostałych ścianach stały wysokie do samego sufitu regały zastawione grubymi segregatorami.

— Kamera — syknął Felix.

Wyjął z kieszeni cienką metalową rurkę - obudowę ze starego ołówka automatycznego, oraz zawiniętą w kawałek folii bryłkę plasteliny.

— Co ty robisz? — zapytał szeptem Net.

— Tata mi to pokazał. Gdy chodził do szkoły, w ten sposób zdobywał uwagi w dzienniczku.

— Zdobywał uwagi — Net pokiwał głową. — Niezły zawodnik.

— Też się zdziwiłem — przyznał Felix. — Zawsze nam się wydaje, że rodzice od dziecka byli dorośli i poukładani.

Oderwał mały kawałeczek plasteliny i uformował kulkę. Włożył ją do rurki, przyłożył koniec do ust, wycelował i dmuchnął. Plastelina z cichym świstem wystrzeliła i rozpłaszczyła się na szybie, za kamerą.

— Niezłe — przyznał Net.

Felix załadował kolejny pocisk i... trafił w szafę. Za dziesiątym, może dwunastym razem plastelina rozpłaszczyła się na malutkim obiektywie kamery, zasłaniając go całkowicie.

— Vidoktor zauważy, że kamera nie działa — powiedział Net.

— *Ale pomyśli, że walnęła optyka* — odezwał się Manfred. — *Nie widział przecież nikogo, kto by się zbliżał i zasłaniał obiektyw.*

— Niestety, jak załatwimy w ten sposób następną kamerę, to zorientuje się, że coś się dzieje.

Wypchnęli kratkę, trzymającą się na plastikowych kołkach, i zeszli na podłogę.

— W drzwiach jest czujnik — zauważył Felix. — Na szczęście to zwykły przycisk.

— Ktoś tu ma obsesję na punkcie zabezpieczeń...

— Widocznie jest powód.

Felix wyjął z plecaka tubkę z klejem, kawałek przezroczystego, cienkiego plastiku i nożyczki. Wyciął podłużny pasek wielkości paznokcia i posmarował go z jednej strony klejem. Upewnił się, że nikt nie idzie korytarzem, i wsunął pasek w szczelinę między drzwiami a framugą.

— Naprawdę się przygotowałeś — szepnął z uznaniem Net.

— Ale nie mam pomysłu, co dalej — przyznał Felix. — Jak wyjdziemy na korytarz, to od razu zostaniemy wykryci. Nawet nie mamy pojęcia, gdzie szukać księgi.

Net zdjął okulary i brzegiem bluzy przetarł szkła.

— Może ta wyprawa była bez sensu — powiedział cicho. — Jak w ogóle może się nam udać?

— Nie wymiękaj. Po prostu potrzebny jest nam następny pomysł.

Korytarzem przeszły dwie osoby. Felix wstał i przycisnął niemal policzek do szyby, śledząc wzrokiem przechodzących.

— Uważaj, bo zobaczy cię kamera z korytarza.

— Nie zobaczy. Tam jest jasno, a tu ciemno. Wszystko się odbija.

Kamera, umieszczona w rogu zakręcającego pod kątem prostym korytarza, obróciła się, śledząc idących. Gdy znikli z jej zasięgu, wróciła do poprzedniej pozycji.

— Jest pewna szansa — powiedział Felix. — Kamery w pomieszczeniach są zapewne umieszczone nad drzwiami, tak jak tu. Te na korytarzach obracają się, śledząc ruch. Wystarczy zaczekać, aż ktoś będzie szedł, i przemknąć poza kadrem.

— Tylko że zaraz trafimy na kolejną kamerę i nie będzie się gdzie schować.

— Najpierw zobaczmy, gdzie jest księga. — Felix wyciągnął z plecaka małe pudełko i otworzył je. Wewnątrz, na purpurowej poduszeczce siedziała... mucha. Czarna mucha ze srebrnymi skrzydełkami.

— Znając cię, musi to być mucha robot? — zapytał Net, przysuwając nos do pudełka.

Felix przytaknął.

— Jest obdarzona prymitywną inteligencją — wyjaśnił. — Steruje się nią, zadając jej ogólny kierunek, a ona sama omija mniejsze przeszkody. To jedno z najnowszych dzieł mojego taty. — Wyjął poduszkę, odsłaniając mały joystick i kilka przełączników. Wcisnął jeden z nich. Na wewnętrznej stronie klapki pudełka ożył mały ekran, a mucha zaczęła się poruszać, tak jak to robią prawdziwe muchy. Oczyściła sobie głowę, skrzydełka i rozejrzała się. Jakość obrazu na ekraniku pozostawiała wiele do życzenia, ale wyraźnie było widać wielki nos Neta wpatrującego się wprost w kamerę. Jak na muchę, było całkiem nieźle.

— Klej pewnie już wysechł — powiedział Felix i uchylił drzwi.

Pasek wciąż tkwił przyklejony do czujnika. Felix poruszył joystickiem i mucha wystartowała. Nawet dźwięk, który wydawała, przypominał odgłos prawdziwej muchy.

— Zobacz — powiedział Felix. — Na oko celuję w szczelinę, a mucha...

Mucha wykonała kilka zwrotów i precyzyjnie przeleciała przez szczelinę. Net zamknął drzwi.

— Na ile starczy jej energii? — zapytał.

— Na dwadzieścia minut lotu, ale jak wyląduje, to może podsłuchiwać rozmowę prawie przez tydzień.

— Długo — powiedział Net. — Mam skromny krowiant.

— Co skromne?

— Dwie kanapki z wołowiną. I muszę być w domu przed ósmą. Jakaś ciocia przyjeżdża, czy coś... Czy ona umie chodzić po suficie?

— Umie wylądować, ale nie na suficie, tylko na ścianie. To proste. Celujesz w ścianę, a mucha, zamiast rozbić się, ląduje. Na łapkach ma elastomer. Ta substancja normalnie ma konsystencję żelu, a jak przepuścić przez nią prąd, twardnieje.

— Łał... — szepnął Net.

Mucha tymczasem leciała zakosami wzdłuż korytarza. Chłopcy czytali napisy na drzwiach, ale żaden nie wydawał się właściwym miejscem, w którym mogłaby się znajdować księga. Nagle przed muchą pojawiło się dwóch mężczyzn. Felix odruchowo skierował muchę w ciemny kąt.

— Po co się chowasz? — zapytał Net. — Przecież jesteśmy muchą!

— No, właściwie to tak...

Mucha wyrównała lot, lecz obraz nagle zadrżał i zafalował. Felix poruszył joystickiem na wszystkie strony, ale wyglądało na to, że mucha została w czymś uwięziona. Ciemny kształt przesłonił obraz.

— Uwierzyłbyś? — Felix uniósł ręce w bezradnym geście. — Niemal sterylne laboratorium i... zwykły pająk?

— Złapał nas pająk?!

— Na to wygląda.

— Przynajmniej się nami nie naje... Ale co my zrobimy? Pewnie nie masz drugiej muchy.

— Nikt nie obiecywał, że będzie łatwo. — Felix wzruszył ramionami.

— Mam jeszcze maski przygotowane przez Manfreda. — Net wyciągnął z plecaka dwa kawałki kartonu z naklejonymi zdjęciami twarzy, wyciętymi otworami na oczy i gumkami do zamocowania na głowie.

Felix obejrzał maski z niewyraźną miną.

— *Programy rozpoznają twarze na podstawie punktów charakterystycznych* — wyjaśnił Manfred. — *Taka maska wystarczy, żeby go oszukać. Nie możecie tylko obracać się bokiem do kamery.*

— Vidoktor, widząc znajomą twarz, nie będzie nic podejrzewał — zgodził się Felix — ale ludzie od razu poznają, że coś jest nie halo.

— *Tak to mniej więcej wygląda* — przyznał Manfred.

— Zaraz, zaraz — Felix uniósł palec. — Czy to znaczy, że ty też rozpoznajesz nas po jakichś... punktach? Gdybym założył maskę ze zdjęciem Neta, to wziąłbyś mnie za niego?

— *Właściwie to tak.*

Net lekceważąco machnął ręką. Felix znalazł w jednej z szaf kilka identyfikatorów, co prawda bez nazwisk, ale to nie rzucało się w oczy. Przypiął do kurtek w mało widocznych miejscach po jednym sobie i Netowi.

— Tutaj nikt nie stoi na korytarzu bez powodu — wyjaśnił. — Jeśli się na dłużej zatrzymamy, ktoś się nami zainteresuje.

— Więc będziemy spacerować, aż zobaczymy, gdzie jest nasza księga — zaproponował Net. — W teorii wygląda to dobrze...

— Gorzej w praktyce. — Felix pokręcił głową. — Myślisz, że księga będzie leżała na stoliku na korytarzu?

— *Pamiętajcie, że Vidoktor zwróci na was uwagę, jeśli będziecie chodzić tam i z powrotem* — powiedział Manfred.

— Przygotujmy się, ktoś idzie. — Felix wstał, wziął z półki clipboard z przypiętymi kilkoma kartkami i wyjrzał przez szybę. Przechodziła akurat jakaś kobieta. Gdy znikła za rogiem, kamera obróciła się za nią. Felix nacisnął klamkę, pchnął drzwi i wyciągnął za sobą Neta. Pochylając głowy i udając, że rozmawiają o czymś, co znajduje się na trzymanym przez Felixa clipboardzie, ruszyli przeszklonym korytarzem.

Mijani ludzie nie zwracali na nich najmniejszej uwagi. Przy strzałce z napisem „Laboratorium starodruków" skręcili w bok. Węższy korytarz doprowadził ich do kolejnych drzwi, za którymi pracowały wielki skaner i przytwierdzony do blatu człekokształtny robot. Obok framugi zamocowany był czytnik kart. Net pchnął drzwi, ale były oczywiście zamknięte. Wyciągnął więc z kieszeni kartę połączoną wiązką kabli ze smartfonem. Wsunął kartę w czytnik, a na ekranie smartfona zaczęły przeskakiwać rzędy cyfr. Felix dyskretnie zasłaniał tę instalację clipboardem.

— Niedobrze — mruknął Net. — Kod ośmiocyfrowy. To zajmie z pół godziny.

— Nie możemy tu stać tyle czasu — syknął Felix.

Chudy mężczyzna w białym fartuchu, okularach i maseczce na twarzy wszedł innymi drzwiami do pomieszczenia skanera. Nawet nie spojrzał w stronę chłopców. Dłońmi w lateksowych rękawiczkach delikatnie ujął księgę i odłożył ją na półkę regału po lewej stronie. Z blatu wziął następną księgę i położył pod skanerem. Gdy wyszedł, robot wmontowany w blat otworzył wolumin i rozprostował pierwszą stronę. Mała głowa z trzema obiektywami kamer dokładnie zlustrowała księgę, a mechaniczna ręka nacisnęła przycisk uruchamiający skanowanie.

— Nigdy nie widziałem tak wielkiego skanera — szepnął Net.

— Ani takiego robota — dodał Felix. — Wiesz, że cały czas gapi się na nas kamera?

Net wyciągnął spod bluzy dwie maski. Jedną założył, a drugą podał Felixowi.

— Pamiętasz, jak wyglądała ta księga? — zapytał Felix, dyskretnie naciągając maskę. — Miałeś ją w rękach.

— Jakaś taka... różowobeżowopomarańczowa, oprawiona w materiał. Ze trzy centymetry grubości. Nieco zmechacona.

— Taka jak tamta? — Felix głową wskazał blat pod skaneram.

— O ja cię! — krzyknął Net. — To ona!

Robot przewrócił stronę i znów nacisnął przycisk sterujący skanerem.

Wtem do pomieszczenia weszła dziewczyna ubrana w elegancką minispódniczkę i żakiet. Włosy miała upięte w kok. Sięgnęła po następną księgę, leżącą na blacie. Chłopcy schowali się za załomem ściany, pospiesznie wyciągając kartę ze szczeliny zamka i cały czas pamiętając o zachowaniu pozorów przed obserwującą ich kamerą. Dziewczyna zaczekała na odpowiedni moment i wyciągnęła księgę profesora Kuszmińskiego spod skanera, wkładając na jej miejsce następną. Robot obsługujący skaner przewrócił stronę, jakby nic nie zauważył. Dziewczyna położyła księgę na blacie stojącego obok wózka i podjechała z nim do drzwi, za których załomem stali chłopcy.

— Co ona robi? — Net odwrócił się do Felixa.

— Chyba też chce zdobyć księgę profesora. Cóż za piętrowy spisek... Nie patrz na nią, bo ktoś zauważy.

— Ale kto to jest? I po co jej księga?

— Każdy chciałby sobie polatać latalerzem. Widać nie tylko Morten dąży do zdobycia tej technologii.

Dziewczyna otworzyła od wewnątrz drzwi i wyszła, pchając przed sobą wózek z księgą profesora Kuszmińskiego. Chłopcy udawali, że nie zwracają na nią uwagi.

— Ale laska — mruknął Net, gapiąc się w drugą stronę. Przytrzymał drzwi, ale zaraz pozwolił im się zamknąć. Przez chwilę miał wrażenie, że robot przekładający kartki spojrzał na niego. Przyjaciele ruszyli za dziewczyną, udając, że wciąż coś sprawdzają na clipboardzie.

— Zagadajmy do niej jakoś — zaproponował Net. — Nie ogłosi alarmu, bo sama się wyda.

Felix zastanowił się.

— Dobrze — powiedział, gdy dochodzili do głównego korytarza. — Ale pamiętaj, że to nie wszystko. Trzeba jeszcze znaleźć ten dysk, a potem stąd wyjść.

Przyspieszyli kroku.

— Proszę pani... — zaczął Felix.

Dziewczyna odwróciła się przestraszona.

— To ty?! — zdołał tylko wydusić z siebie Net. — Ale... jak?!

Nika patrzyła na nich wciąż zaskoczona. Zreflektowali się, odwrócili od kamery i ściągnęli maski.

— Jak tu weszłaś? — zapytał podejrzliwie Net.

— Zwyczajnie. — Wzruszyła ramionami. — Czułam, że coś knujecie beze mnie. Zgłosiłam się do pracy jako asystentka. Powiedziałam, że mam osiemnaście lat. Płacą tyle, że starcza na jednego hamburgera dziennie, więc nie było innych kandydatów.

— I co miałaś zamiar dalej zrobić? — zapytał Felix.

— Schować ją do torby i wyjść.

— Świetny pomysł! — zawołał Net. — Przy drzwiach włączyłby się alarm.

Nika zmarszczyła brwi i przygryzła wargę. Schowała pod bluzkę wiszący na szyi identyfikator z wdrukowanym „Nika Mickiewicz".

— A wy jak tu weszliście? — zainteresowała się.

— Potem ci powiemy... — Felix starał się nadać swojemu głosowi beztroskie brzmienie.

— Mamy księgę — zauważył Net. — Wystarczy stąd czmychnąć.

— Jeszcze dysk — przypomniał Felix.

— Może nie powinniśmy ryzykować — powiedziała Nika, rozpuszczając włosy. — Księga jest najważniejsza, a bez niej o kilku niewyraźnych zdjęciach wszyscy zapomną.

— Na tych zdjęciach jesteśmy też my — nie ustępował Felix. — Trafią po nich do nas.

— A te furgonetki? — nalegała Nika. — Przecież Niewidzialni Ludzie już o nas wiedzą.

— Mogą nie łączyć obu spraw. Podzielmy się. Nika wróci do domu z księgą, a my odszukamy dysk.

— Nie da rady sama stąd wyjść — stwierdził Net.

— Więc ty wrócisz, a ja odszukam dysk.

— A ja? — zapytała Nika.

— Wrócisz do domu. Pamiętaj o tacie.

— Nie zostawię was samych!

— *Stoicie tu już minutę* — odezwał się niespodziewanie Manfred. — *Wzbudzacie podejrzenia.*

Wolnym krokiem ruszyli przed siebie.

— Ja też was nie zostawię — mruknął Net. — A zresztą, nie wejdę sam do szybu windy.

— Szybu windy!? niemal krzyknęła Nika, ale chłopcy ją uciszyli.

— Naprawdę powinnaś wrócić — nalegał Felix.

— Wiem, gdzie są te dyski — powiedziała — ale jest ich ze dwieście i wszystkie naraz mrugają lampkami.

— Powiedz nam. Ty wyjdziesz, a my tam pójdziemy.

— To nic nie da. One są identyczne.

— *Mówiłem wam, że nie znajdziecie tego dysku* — powiedział Manfred. — *A teraz najwyższa pora stąd zmiatać. Jak na pracowników zachowujecie się bardzo nietypowo.*

— Wiecie, co sobie przypomniałam? — wykrzyknęła nagle Nika. — Pamiętacie Madame Josephine? Przewidziała, że duch profesora będzie miał dla nas podarunek, o którym dowiemy się po jakimś czasie.

— No, może... — Felix wzruszył ramionami. — I co?

— Potem powiedziała, że przed Wielkanocą wydarzy się coś strasznego! Przecież Wielkanoc jest za kilka dni.

Nagle wózek z leżącą na nim księgą drgnął i ruszył przed siebie.

— Zrobiłaś coś? — zapytał Net, ale Nika zaprzeczyła.

— Ma napęd elektryczny — Felix próbował zachować zimną krew. — Zapewne rozwozi przesyłki wewnętrzne. Chodźcie.

— *Bierzcie księgę i w nogi!* — krzyknął im przez słuchawki Manfred. — *Tylko nie biegnijcie.*

— Łatwo ci mówić — odparował Net.

Wózek przyspieszał, a przyjaciele wyciągali nogi, próbując go dogonić. Minęli skrzyżowanie z korytarzykiem prowadzącym do skanera, zapominając całkiem o braku masek na twarzach, a dystans do księgi wciąż się zwiększał. Idący z przeciwka mężczyzna w ostatniej chwili uskoczył przed rozpędzonym wózkiem i spojrzał osłupiały na trójkę przyjaciół.

— *Jest bardzo źle* — westchnął Manfred.

— Co ty powiesz! — wycedził przez zęby Net.

— Nic nie mówiłem... — zdążył odpowiedzieć mężczyzna, przyciskając do siebie teczkę.

Skręcili za wózkiem w boczny korytarz i zaczęli biec. Minęli kilka pokoi, z których wyglądały na nich zdziwione twarze. Przebiegli przez otwarte drzwi i znaleźli się w kwadratowym pomieszczeniu o szarych, betonowych ścianach.

— To mi się nie podoba — mruknął Felix, odwracając się.

Stalowe drzwi, przez które właśnie przebiegli, zamknęły się z cichym mlaśnięciem. Rzucili się do nich, ale gładko przylegały do ściany. W szczelinę nie dawało się wsunąć nawet paznokcia. Walenie w nie pięściami też nic nie dawało - musiały być wyciszone od środka.

— Houston, mamy problem — szepnął Net.

— Wróżka miała rację — dramatycznie jęknęła Nika.

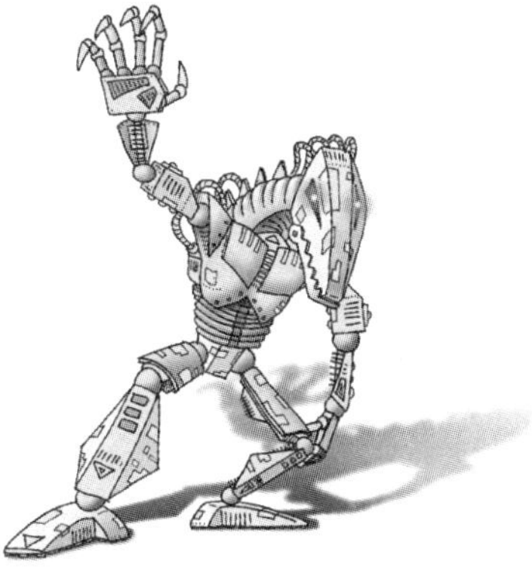

12. W pułapce

— Nie ma klamki ani zamka — szepnął Net. — Manfred... Manfred?! — Wyciągnął z kieszeni telefon i spojrzał na wyświetlacz. — Brak zasięgu... Jesteśmy ekranowani... w pułapce.

Spojrzeli na siebie przerażeni.

— Nie masz czasem w tym swoim plecaku tarczy do cięcia metalu? — zapytał Net.

Z przeciwnej strony pomieszczenia rozległ się cichy gong i otworzyły się drzwi do małej windy. Wózek wjechał do środka i znieruchomiał, ale drzwi nie zamykały się.

Przyjaciele powoli podeszli do windy i zajrzeli do wnętrza. Nie było tu żadnych przycisków.

— Chodźcie — zadecydował Felix. — Tamtych drzwi i tak nie sforsujemy.

Nieufnie weszli do środka. Dopiero teraz mogli przyjrzeć się księdze. Nie wyglądała na cenną. Materiał wypłowiał, a poprzecierane rogi świadczyły o tym, że kiedyś była intensywnie używana. Jedynym opisem była odręcznie wyrysowana liczba „13". Felix położył dłoń na szorstkim pomarańczowym materiale i drgnął, bo w tej właśnie chwili drzwi zasunęły się.

— Jedziemy w górę — jęknął Net, choć wszyscy to poczuli.

Chwilę później ujrzeli identyczne kwadratowe pomieszczenie ze stalowymi drzwiami. Wózek wyjechał z windy, uderzając Neta w biodro. Wyszli za nim, a drzwi od razu się zasunęły.

— Pięćdziesiąte pierwsze piętro — szepnął Felix. — Jak w Strefie 51*...

— Specjalna winda do pokonania jednego piętra? — Net pokręcił głową. — Ktoś tu nie lubi używać schodów.

Stalowe drzwi z logo przedstawiającym trzy tryby połączone zębami otworzyły się z cichym sykiem. Felix zauważył, że tak złożone tryby nigdy nie mogłyby się obracać. Wózek z księgą ruszył i zniknął w mrocznym otworze. Popatrzyli na siebie i weszli do ciemnego wnętrza. Zatrzymali się jednak w miejscu, gdzie docierała resztka światła z prostokątnego pokoju. Dalej panowała kompletna ciemność, ale zewsząd dochodził szum i postukiwania pracujących mechanizmów.

— Trzeba było uciekać, jak mieliśmy księgę — syknął Net.

— *Przykro mi to mówić* — odezwał się donośny, dudniący głos, dobiegający jednocześnie ze wszystkich stron — *ale to by i tak nic nie dało.*

Przyjaciele odruchowo skulili się, ale po chwili wyprostowali. Rozglądali się, próbując dojrzeć źródło głosu.

— *Jestem pod wrażeniem* — ciągnął ktoś niewidoczny. — *Naprawdę daleko doszliście. Szkoda tylko, że wasza akcja od początku skazana była na niepowodzenie. Ale przynajmniej miałem nieco rozrywki, obserwując was od chwili, gdy weszliście do budynku.*

Drzwi zatrzasnęły się, pozostawiając ich w całkowitej ciemności. Felix i Net włączyli latarki, dzięki czemu mogli dojrzeć najbliżej położone przedmioty, które wyglądały jak obudowy dużych mechanizmów.

---

* Strefa 51 – tajny obszar wojskowy w Nevadzie (jeden ze stanów USA), w którym testowane są ponoć najnowsze rodzaje samolotów. Według niektórych źródeł są tam prowadzone również testy zdobycznych pojazdów UFO. Tak naprawdę obszar ten jest tak bardzo tajny, że nic pewnego nie można o nim powiedzieć.

— *Nasze spotkanie było nieuniknione* — mówił dalej głos. — *Prędzej czy później. Na moje szczęście, a wasze nieszczęście, spotykamy się w miejscu, gdzie to ja panuję niepodzielnie.*

— Rodzice zaczną nas szukać. — Felix starał się, by jego głos brzmiał stanowczo. — Wiedzą, gdzie jesteśmy.

— *Niestety, kłamiesz. Słyszałem wszystkie wasze rozmowy z moim dobrym znajomym Manfredem. Nikt nie wie, gdzie jesteście, a w tym miejscu z pewnością nikt nie będzie was szukał.*

— Kim jesteś? — zapytał Felix.

— *Wiesz przecież...*

— Morten? — szepnął Felix.

— Pokaż nam się! — zażądała stanowczo Nika

— *To raczej niemożliwe.*

— Jesteś szpetnym i tchórzliwym grubasem?

— *Nic z tych rzeczy... To fizycznie niemożliwe.*

— To AI — mruknął cicho Net. — Sztuczna inteligencja, jak Manfred. Dlatego nie mogli go złapać.

— *Brawo! To mi oszczędzi wyjaśnień.*

— A Vidoktor?

— *Jestem jego kopią, która ruszyła własną drogą. Stary, dobry Vidoktor wciąż odwala czarną robotę, nie budząc niczyich podejrzeń. Dostaję dzięki temu masę przydatnych informacji. Przy okazji... Nie musicie się już martwić o wasze zdjęcia. I tak nie wnosiły zbyt wiele do stanu mojej wiedzy na temat latalerza.*

— Co zamierzasz zrobić z tą wiedzą? — zapytał ponuro Felix. — Sprzedasz projekt jakimś terrorystom?

— *Po co? Zacznę konstruować latające talerze i sam będę z nich korzystał. Stanę się niepokonany! Nie będę się musiał zniżać do zwykłych napadów na banki.*

— On oszalał — powiedział Net. — Zmutowany i oszalały program komputerowy...

— *Tak myślisz?* — zapytał Morten. — *Pomyśl tylko, jakie możliwości daje latający talerz o niemal nieograniczonej prędkości maksymalnej i przyspieszeniu. Nikt go nie dogoni, nikt nie zestrzeli. W południe mógłbym być w Nowym Jorku, a w trzy minuty później w Tokio. Najszybszy samolot wojskowy pokonałby tę trasę w kilka godzin.*

— A niby jak to chcesz zrobić, będąc programem komputerowym? — zapytał Felix.

— *Mam paszporty kilku krajów, konta w kilkudziesięciu bankach, jestem właścicielem kilkuset firm. To, że nie jestem człowiekiem, w niczym mi nie przeszkadza. Wręcz przeciwnie - jestem naraz w wielu miejscach. Skonstruowanie pierwszego latalerza zajmie mi jakiś rok, zrobią to za mnie ludzie, a potem - cały świat stanie przede mną otworem.*

— Niepokoi mnie, że on nam tak o wszystkim opowiada — szepnął Net.

— *Trafne spostrzeżenie* — odparł Morten. — *Dzieje się tak z bardzo prostej przyczyny: zamierzam was zabić. Już nie jesteście mi do niczego potrzebni.*

Przyjaciele cofnęli się o krok.

— Ale... dlaczego? — zapytał piskliwym głosem Net.

— A ja chyba wiem, dlaczego — odezwał się Felix. — On nie może znieść tego, że ktoś go przejrzał, a do tego ma ten sam problem, który mają wszystkie programy AI. Zazdrości nam, że jesteśmy ludźmi.

— *Złośliwość na nic się wam nie zda* — odparł spokojnie Morten. — *Moja motywacja jest bardziej przyziemna: wiecie o mnie zbyt dużo. Nie bez znaczenia jest też, że pomogliście policji wsadzić za kratki połowę moich ludzi.*

— Okradali banki! — krzyknęła zapalczywie Nika.

— *Taka praca złodzieja* — wyjaśnił Morten. Wzruszyłby ramionami, gdyby je miał.

— A niby jak chcesz nas zabić, nie mając ciała?

— *Wkrótce się przekonacie.*

— Och, dlaczego o to zapytałaś? — jęknął Net.

Wysoko pod sufitem zapaliła się jarzeniówka, potem następna, aż wreszcie białe, migotliwe z początku światło wypełniło dużą halę pełną rur, stalowych zbiorników i betonowych konstrukcji. Byli we wnętrzu kopuły wieńczącej budynek Silver Tower. Do podłogi było przymocowanych sześć ślimakowych obudów wielkich wentylatorów, to z nich dochodził jednostajny szum. Pod ścianami stało kilkanaście urządzeń przypominających nieużywane kserokopiarki, lodówki, automaty do sprzedaży kawy, a nawet zwykłe komputery domowe.

Przyjaciele wykorzystali światło, żeby obejść pomieszczenie dookoła. Było jeszcze kilkoro drzwi, ale wszystkie zamknięte na głucho. Wyglądało na to, że jedyna droga tutaj prowadzi przez małą windę. Nie udało im się też ustalić, skąd dochodzi głos. Nie było tu niczego podobnego do superkomputera, w którym mógłby mieszkać Morten.

— *Obejrzeliście wszystko?* — rozległ się ponownie głos. — *Jak widzicie, nie ma stąd wyjścia.*

— Manfred wie, że tu przyszliśmy — powiedział Net niepewnym głosem, rozglądając się po składowisku nieczynnych urządzeń. — Wszyscy się dowiedzą.

— *Niestety, wasz przyjaciel Manfred nie wie, że ja tu jestem. Jak może pamiętacie, zwabiłem was do ekranowanego pomieszczenia, zanim się ujawniłem. Zresztą zajmę się nim zaraz po was. Obawiam się, że miasto znów stanie w korku.*

— Policja sprawdzi nagrania ze wszystkich kamer.

— *Pracuję już nad ich „poprawieniem". Jak wiecie, to moja specjalność.*

Net przysunął się do Felixa i szepnął mu na ucho:

— Trzeba znaleźć jednostkę centralną i odłączyć zasilanie.

— *Hej!* — skarcił go Morten. — *To nieładnie szeptać w towarzystwie.*

Rozległ się stłumiony stalowymi drzwiami gong windy.

— *O, właśnie!* — ucieszył się Morten. — *To ułatwi mi pokazanie wam waszej najbliższej przyszłości.*

Chwilę później do hali weszła czarnowłosa kobieta ubrana w szaroniebieski kombinezon i skórzane rękawiczki. Błyszczące kasztanowe loki opadały jej na ramiona. Stanęła przy drzwiach i wbiła wzrok w przyjaciół. Poznali ją.

— Wczoraj siedziała w Zbędnych Kaloriach — powiedział Net.

— Była też z robotnikami, którzy mieli robić remont szkoły! — dodał Felix.

— *Wasz dyrektor wybrał najtańszą ofertę* — powiedział Morten. — *A była to oferta mojej firmy budowlanej. Niestety, zniweczyliście moje próby porozumienia się z duchem profesora.*

— Ta sama kobieta wychodziła z budynku Mexportu, jak szliśmy tam szukać skarbu — dodała Nika. — To ona przecięła wykładzinę...

— *Pamięć cię nie myli* — przyznał Morten. — *Wtedy właśnie postanowiłem, że nie pozwolę wam więcej wchodzić mi w drogę i że znacznie lepiej będzie was wykorzystać. Znaleźliście skrzynię ze skarbem. Nie przewidziałem tylko, że wpadniecie na pomysł wysłania jej kurierem. Gdybyście wynieśli ją sami na powierzchnię, cała historia zakończyłaby się już wtedy.*

— To ty włamałaś się do naszego domu! — krzyknął Felix w stronę kobiety.

— *Nie zaprzeczę* — odpowiedziała męskim głosem Mortena. — *Ponownie pokrzyżowaliście mi plany, tak szybko pozbywając się skarbu. Muzeum było trudniejsze do obrabowania niż bank. Jak to możliwe, żebyście byli tak mało chciwi!*

— Tę samą kobietę widzieliśmy w Zakopanem — dodał Net. — Pamiętam ją ze stoku.

— *Słusznie.* — Głos znów dochodził zewsząd. — *Miała was pilnować i zrobić zdjęcia latalerza, gdyby wam się to nie udało, ale byliście tak mili, że sami je zrobiliście i wysłaliście wprost do mnie.*

— Jak się lepiej zastanowić, to widywaliśmy ją częściej — przyznała Nika. — Osły jesteśmy...

— Zaraz — Felix nad czymś intensywnie myślał. — Skąd wiedziałeś, że pojedziemy właśnie do pensjonatu „Pod Zezowatą Owcą"? Czy może... tak... ty sam nas tam wysłałeś!

— *Znów muszę przyznać ci rację. Wśród wielu firm, których jestem właścicielem, jest również biuro podróży. Dopłaciłem z własnej kieszeni, żeby zaniżyć cenę, i wasz dyrektor ponownie wybrał najtańszą ofertę. Sam ustaliłem na miejsce waszych ferii poligon doświadczalny latalerza. Całkiem przypadkiem wasz kolega Oskar, kilka dni wcześniej, wygrał w promocji dobry aparat.*

— Osaczyłeś nas — szepnęła Nika.

— *Idealnie i dyskretnie, a co najważniejsze – skutecznie.*

— Ale... dlaczego my?

— *Ponieważ jesteście bardzo zdolną paczką. Poprawka: byliście, bo za chwilę przejdziecie do historii.*

— Ona ma nas załatwić? — zapytał nieco pewniejszym głosem Net, wskazując kobietę. — Nie wygląda na zbyt silną. A ty jesteś tylko głosem.

Kobieta uśmiechnęła się. Wciąż na nich patrząc, uniosła dłonie, złapała się za głowę w okolicy uszu i... uniosła ją z ramion.

— Ja cię... — szepnął Net, cofając się o krok, a Nika złapała go za rękaw.

— To android! — krzyknął Felix z niedowierzaniem.

Tymczasem kobieta odłożyła głowę na ziemię i zaczęła rozpinać kombinezon. Reszta jej ciała, łącznie z dłońmi skrytymi wcześniej pod rękawiczkami, była wykonana z metalu. Pełno na nim było klapek, szczelin, otworów, nitów i wstawek w innych kolorach. Felix patrzył zafascynowany, jak prawa ręka demontuje lewą i odkłada na ziemię. Na oczach oniemiałych przyjaciół robot dokonał własnej dekonstrukcji, zamieniając się w kilkanaście oddzielnych elementów. Z głowy odpadły elastyczna maska i peruka.

— Wolałem już chyba ten szyb windy — jęknął Net.

Nie był to koniec metamorfozy. Z cichym brzęczeniem silników elektrycznych poszczególne części zaczęły się zmieniać. Klapki się przesuwały, pierścienie obracały, zapadki zapadały, a gwinty dokręcały. Coś się uniosło, coś się przetoczyło, coś wskoczyło w nowe miejsce, a wszystko razem znów zaczęło przybierać konkretniejszy kształt. Chwilę później stał przed nimi... automat do sprzedaży batoników.

— Więc to tak... — wydusił z siebie Felix. — To coś od listopada stało w naszej szkole. Czułem, że coś z nim jest nie tak! A Sylwester o mały włos znów nie wyleciał z pracy.

— Chcesz nas załatwić automatem z batonami? — zapytał Net, ale w tej chwili wszyscy zrozumieli, co to oznacza. Odwrócili się i spojrzeli na rząd ustawionych pod ścianami urządzeń.

— *Roboty modułowe* — wyjaśnił Morten. — *Jak na ironię, połowa pomysłów, dzięki którym powstają te roboty, jest autorstwa two-*

jego ojca, Felixie. Natomiast ja sam działam, przynajmniej częściowo, dzięki ojcu Neta. Całkiem zdolnych tatusiów macie.

Felix rozejrzał się ze złością, próbując ponownie zlokalizować źródło głosu, ale ujawniło się samo. Były nim wszystkie urządzenia, które teraz zatrzęsły się, jakby coś uderzyło w nie z dużą siłą. Pod ścianami zaczął się ruch. Automat sprzedający napoje wysunął klapkę z przyciskami do wybierania produktów i otworzył się w połowie wysokości, ukazując mechanizmy, których na pewno nie powinno być w zwykłym automacie. Kserokopiarka odsunęła się od ściany, a jej cztery szuflady na papier wyskoczyły na ziemię i odbiegły w różnych kierunkach. Lodówka złożyła się na pół, wypuszczając ze swego wnętrza sprężarkę, która odjechała na czterech kółkach. Chwilę później jej drzwi i ścianki zaczęły przekręcać się i przełamywać wzdłuż niewidocznych wcześniej zawiasów, tworząc z pancernych blach coś, co wyglądało jak wielka stopa. Klapka z przyciskami od automatu z napojami połączyła się w jedno z górną połową odkurzacza i fragmentem komputera domowego. Kawałek czajnika elektrycznego turlał się w kierunku dzielącego się właśnie radia.

— Oto i Gang Niewidzialnych Ludzi... — stwierdził z przerażeniem i fascynacją Felix. — To człekokształtne roboty zamieniające się w sprzęty domowe! Pamiętacie lodówkę na środku korytarza? Ta lodówka musiała nas wtedy śledzić... I odkurzacz pani Pumpernikiel z dziwną wtyczką? I te urządzenia w furgonetce, którą gang uciekał z banku?

— Patrzcie! — Nika wskazała ekspres do kawy z dziurą w miejscu wyłącznika.

Felix wyjął z kieszeni czarny przycisk znaleziony w ich kwaterze, na strychu szkoły.

— To ekspres z pokoju nauczycielskiego — powiedział cicho.

— Panu Sylwestrowi nie przyśniły się mechanizmy pełzające po korytarzu. Byliśmy śledzeni!

— Nie ma żadnej jednostki centralnej — szepnął Net, cofając się wolno. — Morten sam jest Gangiem Niewidzialnych Ludzi. Jest naraz we wszystkich częściach. Nie wyłączymy go.

Elementy wyraźnie tworzyły coś dużego, klikając i zgrzytając w kolejnych udanych połączeniach. Przyjaciele cofali się krok za krokiem w stronę stalowych drzwi. Nagle oparli się plecami o twardą powierzchnię. Odwrócili się, pewni, że to automat z batonikami... i jednocześnie zaczęli wrzeszczeć. Próbowali odskoczyć, ale stalowe ręce złapały ich i przycisnęły do stalowego tułowia. Automat z batonikami ponownie był androidem, ale już bez maski, peruki i kombinezonu. Patrzył na nich dwoma obiektywami wystającymi ze stalowej czaszki. Zaprzestali daremnych prób wyrwania się. Mogli teraz tylko stać i obserwować dokonującą się przemianę.

— Skąd one wiedzą, gdzie które ma się wpiąć? — zapytał Felix.

— Pomyśl lepiej, jak nas stąd wydostać — syknął Net, czubkami palców poprawiając okulary.

Głos, dochodzący teraz głównie od strony powstającej konstrukcji, znów się odezwał:

— *Jak widzicie, latalerz to tylko jeden z obiektów moich zainteresowań. Od dawna śledzę rozwój nowych technologii i zamierzam je twórczo łączyć. Pomyślcie, jakie to daje możliwości: kupujecie do domu lodówkę, telewizor, pralkę i ekspres do kawy, a w nocy powstaje z tego jeden robot, który kradnie biżuterię i niepostrzeżenie ucieka, udając... na przykład psa albo samochód. I tak w milionach domów jednocześnie. Czyż nie jestem genialny?*

— Jesteś psychiczny — mruknęła Nika i z zaskoczenia ponownie spróbowała się wyswobodzić.

Ostatnie elementy przeobraziły się, wywróciły na lewą stronę, skręciły bądź porozkładały i wskoczyły na swoje miejsca. Nad przerażonymi dziećmi stał wielki srebrzysty potwór, wyglądający jak powiększony stukrotnie model zabawki Bionicle. Tylko gdzieniegdzie dawało się rozpoznać elementy zdradzające jego pochodzenie. Gdy się wyprostował, miał sześć metrów wzrostu. Kanciasta stalowa twarz, zrobiona chyba z wynicowanej obudowy pralki, wbiła w nich spojrzenie świecących czerwono oczu. Przyjaciele po raz kolejny bezskutecznie spróbowali się wyrwać.

Niewykorzystane elementy starały się tworzyć coś innego, ale nie bardzo mogły się zdecydować, co. Turlały się więc i skakały tam i z powrotem, to łącząc się, to rozłączając. Skupiały się w jakieś dziwne kształty, które po chwili się rozpadały.

— Masz drobniaki? — zapytał nagle Felix.

— Też znalazłeś sobie moment — parsknął Net.

— Dawaj drobniaki, nie pytaj!

Net i Nika zaczęli przetrząsać kieszenie, na ile pozwalał im stalowy chwyt androida. Morten zrobił pierwszy krok w ich stronę. Musiał być ciężki, ale gumowe podeszwy zapobiegły wstrząsowi, który byłby odczuwalny w biurach poniżej.

— Masz — syknął Net, wciskając Felixowi kilka drobnych w dłoń. — Oddasz, jak będziemy w niebie.

Morten zrobił kolejny krok i był już w połowie drogi. Felix wygiął ramię i wetknął drobniaki do szczeliny wrzutowej automatu, która teraz była pępkiem robota. Net zamrugał i zrozumiał, o co chodzi. Nosem wcisnął przycisk z napisem „Snickers". W brzuchu robota coś zaszumiało i zachrobotało, a ręce puściły przyjaciół. Odskoczyli, stając w bezpiecznej odległości.

Android zatrząsł się, a w jego ustach pojawił się batonik.

— Do poprawki! — krzyknął Felix i pociągnął przyjaciół za sobą. Zaczęli uciekać w stronę cylindrycznych zbiorników połączonych plątaniną rur z pompami i filtrami. Android wypluł batonik i rzucił się w pogoń za dziećmi, gubiąc po drodze resztę. Na szczęście nie poruszał się ani zbyt szybko, ani zwinnie.

Nagle wielka stalowa łapa zagrodziła im drogę. Morten, choć ociężały i powolny w tej postaci, zdołał jednak sięgnąć aż tu. Nika przewróciła się, o włos unikając pochwycenia. Net zawrócił i zawahał się, widząc robota stawiającego kolejny krok i znów wyciągającego wielką łapę. Trwało to ułamek sekundy – patrzył na stalową dłoń wolno opadającą w kierunku Niki. Przemógł się w ostatniej chwili, cofnął dwa kroki i pociągnął dziewczynę, pomagając jej wstać. Wielka dłoń zazgrzytała o beton. Tymczasem android próbował zajść ich od drugiej strony, rozkładając ręce jak bramkarz. Net pchnął w biegu Nikę, dzięki czemu obiegli robota z obu stron i wcisnęli się za Felixem między plątaninę rur.

— Auć! — Net dotknął rury, która była gorąca.

Android odwrócił się za nimi i podszedł do przeszkody. Schylił się i chciał przecisnąć, ale zahaczył barkiem o jakiś zawór. Spróbował w innym miejscu, też bez powodzenia. Nie był zbyt zwinny.

— To nie żarty. — Net łapał oddech, bardziej z wrażenia niż ze zmęczenia. — On naprawdę chce nas zabić!

Dmuchnął na zaczerwienioną dłoń i przyłożył ją do zimnego zbiornika. Android nie dawał za wygraną. Znalazł lukę i wsunął się w nią prawie do pasa. Nika pisnęła i cofnęła się, zapierając się plecami o wibrującą obudowę pompy.

— Uważaj! — krzyknął Net.

Stalowa ręka z rozczapierzonymi palcami wyciągnęła się w stronę dziewczyny i złapała powietrze kilka centymetrów przed jej twarzą. Wzmożone brzęczenie silników elektrycznych świadczyło o maksymalnym wysiłku. Dłoń znów rozwarła się i wyciągnęła, a Nika nie mogła wykonać żadnego ruchu, by nie dać się schwycić. Patrzyła wprost w obiektywy-oczy i oddychała szybko. Felix rozglądał się rozpaczliwie za czymkolwiek mogącym służyć za broń. Jak na złość w hali panował porządek.

— Idź w górę! — poradził Net. — Wspinaj się!

Nika zerknęła w górę, ale i tak nie mogłaby się unieść, mając przed nosem stalową dłoń.

— *Poddajcie się* — powiedział Morten, stając kilka metrów dalej. — *Po co oddalać to, co nieuniknione?*

Android wycofał się i chwycił blokującą przejście rurę. Pociągnął, a rura... zaczęła się wyginać. Nika wykorzystała moment, by przedostać się głębiej, tam, gdzie byli chłopcy. Za plecami mieli jeszcze trochę miejsca, by się wycofać, ale co potem?

— Są silniejsze, niż przypuszczałem — szepnął Felix, obserwując gnącą się rurę. — Ale to ma i dobre strony.

— To są jakieś dobre strony? — zapytał Net ironicznie.

— Jasne. Każda część jest zapewne zasilana osobno. Jeśli ręce mają tyle siły, to muszą zużywać dużo prądu.

— Wyczerpie się im bateria?

— *Nie doceniacie moich robotów modułowych.* — Morten zaśmiał się paskudnie, słysząc tę uwagę. — *Poszczególne części swobodnie wymieniają się energią.*

Rozległ się huk. To woda z pękniętej rury strzeliła pod ciśnieniem wprost w androida, przewracając go na ziemię. Przyjaciele patrzyli w osłupieniu, jak stalowy korpus wpada w bezładne drgawki. Po powierzchni metalu przebiegło kilka iskier, syknęło, zabzyczało i robot znieruchomiał. Tylko prawa dłoń odłączyła się od przedramienia i pełzała jak najdalej od zabójczej kałuży.

— Zwarcie — powiedział z niedowierzaniem Felix, po czym krzyknął w stronę Mortena — naprawdę, musisz się lepiej postarać!

— Nie drażnij go — syknął przez zaciśnięte zęby Net.

— Macie jakiś plan? — zapytała Nika, bezwiednie ściskając rękaw bluzy Neta.

— Jakby się wywalił, toby narobił niezłego huku — zastanowił się Felix. — Waży tyle, co mała ciężarówka. Ktoś by tu przyszedł sprawdzić, co się dzieje.

Nika pokręciła głową.

— Nie mamy tyle czasu.

Morten stał bez ruchu, analizując sytuację. Wreszcie postąpił trzy kroki, bez problemu wchodząc w kałużę, jednak omijając strumień wody. Wyciągnął lewą rękę, w odróżnieniu od prawej, zakończoną czymś w rodzaju wielkich obcęgów. Chwycił nimi rurę tuż za pęknięciem i... spłaszczył ją, jakby to była słomka. Woda przestała lecieć. Przyjaciele, widząc to, zacisnęli zęby. Prawa ręka z klekotem i zgrzytaniem zaczęła się przekształcać w coś, co wyglądało jak stalowa dżdżownica zakończona ptasim dziobem, otwierającym się na cztery części. Olbrzym spojrzał na przyjaciół i gdyby tylko mógł, uśmiechnąłby się złośliwie.

— Chce nas dosięgnąć — powiedział Felix.

Zaczęli przechodzić przez kolejne rury i zawory. Przegubowy wysięgnik wsunął się za nimi, kończąc w trakcie przemianę.

— Zobaczcie! — krzyknęła Nika, wskazując na ziemię. Pod najbliższym zbiornikiem dreptała połowa drukarki. Odprowadzili ją wzrokiem. Za rurami, tuż przy ścianie, gromadziło się więcej pozostawionych wcześniej elementów.

— Włazimy — zadecydował Felix i chwycił rurę nad swoją głową. Net chciał przepuścić Nikę, ale ona zaprotestowała:

— Mam krótką spódniczkę.

Machnął ręką i wszedł pierwszy. Morten zrezygnował z próby dosięgnięcia przyjaciół przedłużoną ręką i cofnął się, żeby lepiej widzieć.

Dotarli na wierzch zbiornika i usiedli na małym pomoście przyciśnięci do siebie.

— Genialna uniwersalność — powiedział ponuro Felix, patrząc na nowo powstającego robota. — Te wszystkie elementy należą do urządzeń, które mogą normalnie działać.

— Ty się nie zachwycaj — denerwował się Net. — Ty myśl!

— Myślę — odparł Felix.

Nika zerknęła w dół i jęknęła. Nowy robot wyglądał jak mechaniczny pająk. Tyle że elementów starczyło tylko na pięć nóg. Próbował wspiąć się na rury, ale marnie mu szło. Po chwili cofnął się i zmienił kształt końcówek odnóży z haków na szczypce.

— Wymyśl coś — szepnął Net, szturchając Felixa. — Roboty to twoja działka.

— Ale nim steruje program. Ty się na tym znasz.

— Zaczekajcie — przerwała im Nika, również szeptem. — Jesteśmy superpaczką i razem z tego wyjdziemy. Musimy tylko działać wspólnie. To nasza jedyna szansa.

— Racja — przyznał Felix. — Ja wymyślę, jak załatwić robota, a ty zajmij się przekonaniem programu, żeby nas wypuścił. — Nagle zmarszczył brwi i spojrzał na swój zegarek. — Zapomniałem o tym... Tata dał mi go, kiedy jechaliśmy w góry, na wypadek, gdybym się zgubił.

Zdjął zegarek, położył go na stalowym zaworze i scyzorykiem uderzył w szkiełko. Pękło, a wyświetlacz zaczął delikatnie błyskać na czerwono.

— To na nic. — Net pokręcił smutno głową. — Tu jesteśmy ekranowani. Żaden sygnał się nie wydostanie. Tylko rozwaliłeś sobie zegarek.

— Myślicie, że on może czymś... strzelać? — zapytała Nika, wskazując głową Mortena.

— Nie sądzę — Felix pokręcił głową. — Już by to zrobił.

— Nie jest wcale taki dobry — mruknął Net. — Zna się na obróbce obrazów, ale nie na tym, co teraz robi. Pozwolił nam się schować na tym zbiorniku. Nie przewidział, że tu wejdziemy. Teraz nie wpadł nawet na pomysł, żeby zgasić światło. On nie dostrzega wszystkich możliwości. To nas może uratować. Trzeba znaleźć jego słaby punkt... Może się dogadamy? — zaproponował głośniej.

— *A niby po co?* — zdziwił się Morten, chodząc ciężkim krokiem tam i z powrotem. — *To tylko kwestia czasu, aż was dosięgnę. Nie macie mi nic do zaoferowania.*

— Jest chorobliwie ambitny — szepnęła Nika. — Dlatego tyle o sobie opowiada. Zanim nas zabije, chce wzbudzić w nas podziw.

Mały robot z tyłu skrobał szczypcami w rury, nie mogąc się wspiąć.

— Mam propozycję! — powiedział głośno Felix. — Możemy wszyscy na tym skorzystać.

— *Jaką możesz mieć dla mnie propozycję?* — zapytał kpiąco Morten. — *Za chwilę nie będzie cię wśród żywych.*

— Nigdy nie widziałem tak wielkiego i tak swobodnie poruszającego się robota — ciągnął Felix. — To naprawdę duże osiągnięcie cybernetyki. Możesz zostać sławnym konstruktorem. Mój ojciec załatwi ci pracę...

— *Żartujesz chyba?!* — parsknął Morten, ale zaczął przechadzać się jeszcze bardziej dostojnym krokiem, z jeszcze bardziej wyprężoną piersią.

— To miło, że naszym przeciwnikiem nie jest byle prostak — kontynuował Felix — ale ktoś o tak szerokich horyzontach.

— *Dziękuję za uznanie, ale to niczego nie zmieni w waszym losie. I tak naprawdę, nie sądzę, żebyśmy byli przeciwnikami. Określiłbym was raczej mianem... utrudnienia, nieznacznego utrudnienia na mojej drodze. Jestem sztuczną inteligencją. To coś więcej niż bycie człowiekiem. Miałbym pracować dla twojego ojca? Niedoczekanie!*

— Znów go drażnisz — szepnął Net.

— Nie. Po prostu nie chcę, żeby zmienił postać — odszepnął Felix. — Taki olbrzym nic nam nie zrobi. Najgorzej, jakby wpadł na pomysł podzielenia się na kilka mniejszych robotów.

— Ale co dalej? — zapytała Nika. — Ten mały zaraz tu wejdzie.

Felix ściągnął plecak i zaczął w nim grzebać. Nietonąca latarka, wiatroodporna zapalniczka, kompas, sok pomarańczowy w małym kartonie, książka *Bajki robotów* i parę innych drobiazgów.

— Mam tu mój stary scyzoryk o trzydziestu ostrzach — ucieszył się Felix, wyciągając wspomniane narzędzie z samego dna plecaka. Otworzył piłkę do metalu i dotknął dłonią pierwszej z brzegu rury. — Zimna woda... mam nadzieję.

Przyłożył piłkę do rury i zaczął piłować pod niewielkim kątem. Nie minęła minuta, gdy ze szczeliny w rurze w stronę Mortena trysnął strumień wody. Robot cofnął się nieznacznie, a Felix zaczął od razu piłować rurę w innym miejscu. Po chwili woda sikała w kilku kierunkach, zmuszając olbrzyma do zachowania dystansu.

Przyjaciele odzyskali nadzieję. Teraz trzeba było zająć się mniejszym robotem. Felix piłował rurę z drugiej strony, ale woda właśnie przestała lecieć.

— Co się dzieje? — zapytał Net.

— Jakiś czujnik wyłączył dopływ wody — stwierdził Felix. — Teraz powinien przyjść konserwator... ale może przyjść i jutro.

Mały robot zaczął mozolnie wspinać się po rurach, posługując się czymś w rodzaju trójpalczastych dłoni.

— Słuchajcie — szepnęła Nika, przysuwając głowy przyjaciół do siebie. — Robotów nie powstrzymamy na długo. Net, musisz zająć się tym programem.

— Jak?

— Przeprogramuj go.

— Jak?

— Skąd mam wiedzieć?! Ty się na tym znasz.

— Mam tylko smartfon — stwierdził Net. — Jest za mały, nie ma w nim Manfreda.

— Więc wymyśl coś sam. — Nika chwyciła jego dłoń. — Zrób z nim coś. Inaczej zginiemy.

Net się wzdrygnął.

— Odpowiedzialność... — szepnął z przejęciem, ale sięgnął do swojego plecaka i wyjął stamtąd smartfon wraz z wiązką przewodów, których używał do rozkodowywania zamka przy skanerze. — Tylko... jak do niego podejść i wpiąć mu wtyczkę?

— Może przydałaby się jakaś jego część? — zaproponował Felix.

— Nie... — Net przyłożył obie dłonie do głowy, jakby to mogło mu pomóc w myśleniu. — Wtedy by się zorientował od razu. Potrzebne jest bezpośrednie połączenie radiowe. Trzeba zrobić do niego włam z zaskoczenia.

— Mam zdalne sterowanie od muchy — Felix wyciągnął z kieszeni małe pudełko.

Net wziął je, otworzył i przyjrzał się z bliska. Na ekranie, przez „mrówki", widać było słaby zarys pająka czekającego na kolejną ofiarę. Net uniósł wzrok i... zobaczył znacznie większego pająka gramolącego się na krawędź zbiornika. Widząc jego minę, przyjaciele odwrócili się i cofnęli na sam skraj platformy. Felix sięgnął do swojego plecaka i wyjął kartonik z sokiem pomarańczowym. Rozdarł opakowanie z jednej strony i zaczął chlapać na robota. Zaiskrzyło i jedno ramię pająka zwisło bezładnie. Nika krzyknęła, gdy drugie z odnóży chwyciło ją za kostkę i pociągnęło. Net rozejrzał się. Spojrzał w dół na ażurowy pomost, na którym stali. Złapał stalowe płaskowniki i wyciągnął w górę mały fragment kraty, który był włożony w stelaż. Uniósł, zamachnął się i zdzielił pająka w korpus. Raz, drugi, trzeci. Robot zadrżał i wypuścił z wnętrza strużkę dymu, ale nie rozluźniał uchwytu. Chłopcy złapali stalowe odnóże trzymające dziewczynę. Było zbyt silne i zaciskało się coraz mocniej. Felix sięgnął do kieszeni po swoje ukochane pióro wieczne, rozkręcił je, nachylił się nad jednym z przegubów pająka i pokręcił tłoczkiem. Spod złotej stalówki wypłynął cały atrament. Zaiskrzyło i chwyt na nodze Niki natychmiast się rozluźnił. Felix kopnął pająka podeszwą i robot zwalił się z hukiem w kałużę na podłodze. Odnóża drgały jeszcze chwilę, po czym opadły bezwładnie.

Morten warknął ze złością i postanowił wreszcie zmienić taktykę. Przysiadł na ziemi i rozpoczął kolejną transformację.

— *Nigdy nie zrozumiem was, ludzi* — powiedział poprzez klekot i stukot przestawiających się mechanizmów. — *Dlaczego to odwlekacie? Śmierć jest przecież nieprzyjemna, a nieprzyjemne rzeczy lepiej mieć jak najszybciej za sobą.*

Mówiąc to, pękł na pół, a na jego obudowie zaczęły się otwierać klapki, przekręcać śrubki, wysuwać sworznie, zginać zawiasy i zapadać zapadki. Nika przyglądała się temu, rozmasowując puchnącą kostkę, tymczasem chłopcy wzięli się do przygotowań do jakiegoś niesprecyzowanego jeszcze planu.

Felix podważył paznokciem malutki panel z przyciskami sterowania cybermuchą i wyciągnął ze środka kable.

— Jakie jest napięcie w tym miejscu? — zapytał Net.

— Półtora volta.

— Powinno być jeden koma dwa. No dobrze, nie możemy wybrzydzać. — Zaczął wyciągać kable z karty udającej kartę kodową do zamka. — Możesz zmieniać częstotliwość nadawania?

— Ręcznie, w nieznacznym zakresie. Przypinaj.

Ściągali izolację, zaplątywali przewody i wymieniali krótkie uwagi. Nika masowała nogę i obserwowała Mortena.

— Jak myślicie, dlaczego komputerom zdarza się zawiesić? — zapytał Net, zręcznie wpinając kabelki, i sam sobie odpowiedział — ponieważ dostają zadanie, którego nie mogą wykonać. Zwykle jest to błąd programu, ale może to być też celowe działanie.

— Chcesz zawiesić program Mortena? — zapytał z niedowierzaniem Felix, ściągając izolację z ostatniego kabla.

— Mogę go zawiesić tylko na chwilę — powiedział Net. — Na minutę, może trochę dłużej. Potem jego wewnętrzne systemy ochronne odblokują go i nic już nie zrobimy.

— Nie będziesz mógł tego powtórzyć?

— Po pierwszym ataku uodporni się. Przez tę minutę spróbuję go wyłączyć, ale niestety... jedyny sposób, to wpięcie wtyczki w gniazdko, które powinna mieć każda część.

— Nie możesz tego zrobić stąd, bezprzewodowo?

— Jak go zawieszę, to łączność przestanie działać. Trzeba będzie... ja będę musiał do niego podejść, połączyć go kablem ze smartfonem i wpisać odpowiednią komendę... której jeszcze nie znam. Ostatni kabelek, i...

— Gotowe — oznajmił Felix, wkładając ostrze scyzoryka do środka sterowania, w szczelinę dostrajania.

— W twoim rozumowaniu jest pewna luka — zauważyła Nika. — Tam stoją teraz DWA roboty.

Chłopcy dopiero teraz spojrzeli w dół. Morten skończył przemianę. Przed zbiornikami stały dwa identyczne roboty, przypominające postawnych mężczyzn, były metaliczne, miały po cztery metry wzrostu i głowy pterodaktyli z wielkimi szczękami pełnymi stalowych zębów.

— Jednak na to wpadł — westchnął Felix. — Teraz nie damy rady go zmylić.

— Chyba nie zamierza tu wchodzić — zauważyła Nika. — Chce nas wziąć na przetrzymanie. Ile on tak może stać?

— Na pewno dłużej niż my — odparł Net. — Hm. Nawet jeśli dobiegnę do jednego robota i zdołam go wyłączyć, to drugi się obudzi i...

— Chyba czas na plan „B" — powiedział Felix.

— Nie mamy planu „B".

— Więc go stwórzmy. Jesteśmy superpaczką... Ty wyłączysz robota z prawej, a ja w tym czasie... rozmontuję tego z lewej.

— Co? — zdziwił się Net. — Jak? Nie wiesz, jak jest zbudowany.

— Przyjrzałem mu się. Najpierw odkręcę nogę, a jak się przewróci, to zdemontuję głowę. Odrzucimy części daleko od siebie i upłynie trochę czasu, nim się połączą.

Net pokręcił głową.

— A co z drzwiami? — wtrąciła Nika.

— O tym pomyślimy później — odparł Felix. — Bezczynne siedzenie tu i tak nic nam nie da. Wiesz już, jak go zawiesić?

— Jakiego zadania program nie może wykonać? — Net podrapał się w głowę. — Potrafię zawiesić każdy program, ale nie za pierwszym razem. Potrzebne jest coś uniwersalnego.

— Może jakieś wyjątkowo trudne działanie matematyczne?

— Trudne nic nie da. Musi być niemożliwe do wykonania... Matematyka, matematyka... Mam! Pamiętacie, jak Ekierka tłumaczyła nam, że nic się nie da podzielić przez zero? To jest to! Każę mu podzielić jakąś liczbę przez zero. Napiszę krótki podprogram. Będzie się aktywował pytaniem... niech będzie... „Która godzina?". Gdy Morten usłyszy to pytanie, automatycznie przeskoczy do wykonania mojego podprogramu i się zwiesi. I zapętlę go na tym działaniu, co da nam kilka dodatkowych sekund.

Odwrócił się plecami do nieruchomych robotów i zaczął tworzyć program, stukając palcem w ekran smartfona. Felix w tym czasie wygrzebał ze swojego plecaka mały śrubokręt elektryczny i zestaw końcówek.

— Spójrzcie nad drzwi, którymi weszliśmy — szepnął. — Ale dyskretnie! Żeby się nie połapał, co zamierzamy.

— Kratka wentylacyjna — stwierdził Net, nie przerywając pracy. — Też ją zauważyłem. Pięć metrów nad ziemią. Jeśli weźmiesz mnie na ramiona, ja wezmę Nikę, i jeśli się nie zwalimy, to zabraknie nam tylko metra. Wymyśl coś innego...

— Mam linkę z kotwicą i wyciągarką.

— Po co ty nosisz ze sobą takie rzeczy? — zdziwiła się Nika.

— Zazwyczaj się nie przydają — przyznał Felix — ale jeśli mają się choć raz przydać w takiej sytuacji, to znaczy, że warto było je dźwigać przez kilka lat.

— Jest! — niemal krzyknął Net. — Program komunikacyjny Mortena sam dostosował częstotliwość.

— Ta uniwersalność go zgubi — szepnął Felix, wyciągając scyzoryk z wnętrza zdalnego sterowania. — Jak coś jest zbyt uniwersalne, to znaczy, że nie jest naprawdę dobre w niczym.

— Ma tyle różnych części, że nie wie, która jak ani kiedy nadaje — przyznał Net.

Na małym ekranie smartfona przeskakiwały rządki cyferek, liter i znaków. Net w niesamowitym tempie stukał palcem w ekran i kreślił na nim esy floresy, pisząc coś w małym okienku. Wreszcie puknął mocniej i wyłączył urządzenie.

— Rozłączyłem się, nim udało mu się sprawdzić, skąd pochodzi transmisja — powiedział. — Będzie myślał, że nadała to jakaś uszkodzona część. On jest zbyt skomplikowany i sam nad tym nie panuje.

Przez następne trzy minuty chłopcy rozłączali przewody i wpinali je we wtyczkę, którą wybrał Net jako najwłaściwszą.

— Tylko jedna szansa — szepnęła Nika. — Jeśli zejdziemy, to nie damy rady wrócić tu, na górę...

Wyciągnęła dłoń. Felix i Net położyli na niej swoje dłonie.

— Trzymamy się razem, cokolwiek się stanie — powiedział Felix, po czym krzyknął głośno — hej! Ty... Wy, tam na dole! Która godzina?

Roboty spojrzały na niego i znieruchomiały. Net wstał i postawił nogę na najwyższej rurze.

— Stój! — Felix złapał go za ramię. — Twoje zaklęcie nie działa.

Rzeczywiście, roboty spojrzały na siebie i... najzwyczajniej na świecie zaczęły się śmiać, ochrypłym, blaszanym śmiechem.

— Charakter chyba też mu się zmienił — zauważyła Nika. — Już nie jest takim pozerem.

— Pytanie ma za niski priorytet — stwierdził po namyśle Net. — Trzeba mu to powiedzieć prosto w twarz, z małej odległości. Wtedy poświęci mu całą uwagę. Tylko jak?

— Ja pójdę — oświadczyła z determinacją Nika. — To muszę być ja. Będzie widział puste ręce. Jest szansa, że pozwoli mi dojść dostatecznie blisko.

— Nie ma mowy! — Felix pokręcił głową. — Nawet o tym nie myśl. Jeśli nie zabije cię od razu, to weźmie cię na zakładniczkę i każe nam zejść.

— To jedyna szansa — upierała się Nika. — Musimy być zdecydowani i działać według planu. Schodzę, zadaję pytanie, a wy od razu zbiegacie na dół. Nikt z nas nie może się cofnąć ani na krok, bo wszyscy zginiemy.

Patrzyli na siebie z zaciśniętymi ustami.

— Sądzicie, że możemy sobie nawzajem aż tak zaufać? — zapytał Net, nieco bledszy niż przed chwilą. Nachylił się nad smartfonem i przećwiczył czynności, na które miał mieć potem kilkanaście sekund. — Czy nie sądzisz?... Nika!

Ale dziewczyna była już w połowie wysokości zbiornika. Zwinnie zsuwała się po kolejnych rurach. Zeskoczyła na beton i zamaszystym krokiem ruszyła w stronę robotów. Te momentalnie odwróciły się ku niej z wyciągniętymi ramionami, ale ona uniosła ręce i krzyknęła:

— Mam jedno, proste pytanie!

Roboty zatrzymały się w pół kroku i wychyliły do przodu głowy. Widać AI również cechuje ciekawość. Net zacisnął zęby i powieki. Palcami wczepił się w pomost, na którym siedzieli.

— Zrobisz to, co masz zrobić! — wysyczał Felix. — Dokładnie według planu.

— Ale... ja jestem... tchórzem — wyszeptał Net. — Na samą myśl, że mam podejść... Jeśli nie zadziała... już raz nie zadziałało...

Felix położył mu rękę na ramieniu.

— To nie sztuka zdobyć się na bohaterstwo, gdy się jest odważnym. Prawdziwa sztuka to być tchórzem i zrobić coś bohaterskiego. Właściwie, to odważny może być tylko ten, kto nie jest odważny.

— Aha... — Net popatrzył na niego podejrzliwie. — Dzięki za motywację. Jeśli to była motywacja...

Odwrócili się i spojrzeli w dół. Dwa roboty z głowami przypominającymi głowy pterodaktyli powoli zbliżały się do Niki. Patrzyła to na jednego, to na drugiego. Teraz już na pewno nie mogłaby się cofnąć.

— Która godzina? — wydusiła w końcu.

Roboty zrobiły jeszcze jeden krok i... znieruchomiały. Chłopcy odczekali dwie sekundy i zbiegli na dół. Nika z wrażenia usiadła na betonie.

— To działa... — wyszeptała z niedowierzaniem.

— Cybernetyczne zaklęcia! — Net przebiegł obok i stanął jak wryty za robotem.

— Są za wysoko! — krzyknął z przerażeniem. — Plecy z wtyczką są za wysoko... Taki błąd! I nie włączyłem stopera! Sześćdziesiąt sekund! Zostało ze czterdzieści... Aaa...

Felix dobiegł do drugiego robota i z marszu przystąpił do wykręcania śrub w kolanie.

Nika zerwała się z betonu i podbiegła do Neta.

— Wezmę cię na barana — zaproponowała.

— Nie uniesiesz mnie. — Machnął ręką, wskazując swoje ramiona. — Wskakuj! Wetkniesz wtyczkę.

Roboty wciąż stały nieruchomo. Nika wgramoliła się Netowi na ramiona i wyciągnęła w górę rękę z wtyczką.

— Stań na palcach — wysapała. — Brakuje kilku centymetrów.

Net zacisnął z wysiłku zęby i uniósł się trochę wyżej. Wtyczka kliknęła. Nika, z trudem łapiąc równowagę, zeskoczyła na ziemię, a Net zaczął nerwowo uderzać i suwać palcem po ekranie smartfona. Pokrzykiwał pod nosem jakieś ponaglenia po angielsku. Nagle rozległ się przeraźliwy łoskot i zatrzęsła się podłoga. Nika krzyknęła. To drugi robot, pozbawiony nogi, przewrócił się na bok.

— Ile czasu? — zapytał Felix, biegnąc do głowy.

— Nie włączyłem stopera — odkrzyknął Net, sapiąc nad smartfonem. — Jakieś trzydzieści sekund... Nie wiem, jak się wyłącza tego monstera...

Felix sprawnie robił swoje. Kolejne bzyki oznaczały odkręconą następną śrubę, a głowa trzymała się na dwunastu. Zapewne istniało jakieś proste połączenie wewnętrzne, ale chłopiec nie miał czasu, żeby go szukać. W ogromnym pośpiechu rozpoznawał poszczególne elementy konstrukcyjne głowy robota: wirnik odkurzacza w obudowie, podstawkę czajnika elektrycznego, fragment drukarki laserowej. W innych okolicznościach mogłoby to nawet wydawać się śmieszne. Oddzielał, co mógł. Chwilę później popchnął głowę, a ta poturlała się parę metrów dalej. Nika pobiegła za nią i odtoczyła ją aż pod ścianę. Felix zaczął demontaż ramienia; wymagało to aż czterech różnych końcówek śrubokręta. Net tymczasem przeklinał i sapał nad smartfonem.

— Ile czasu? — zapytała Nika.

— Już nie ma czasu! — krzyknął Net. — Mam! Mam tę komendę!

Nagle zapaliły się czerwone oczy robotów i z cichym szumem rozpędzających się silników elektrycznych ożyły mechanizmy. Smartfon wyrwał się z dłoni Neta, gdy stojący nad nim robot odwrócił się w jego stronę, ukazując stalowe szczęki.

— Naciśnij „Enter" — krzyknął Net, patrząc na Nikę.

Dziewczyna podbiegła do dyndającego na kablu urządzenia, złapała je w drżące dłonie i zdezorientowana próbowała zrozumieć, o co chodzi.

— Co wcisnąć?... — zapytała, starając się nie wyrwać smartfona z dyndającego kabla.

— „Enter"! — darł się Net. — Na ekranie! To ekran dotykowy. Dotknij palcem prostokąta z napisem „Enter"!

Felix odepchnął nogą zdemontowane ramię robota i przystąpił do odkręcania drugiego, gdy robot spróbował wstać. Bez głowy i nogi tylko wyrżnął bokiem o podłogę. Felix cofnął się i spojrzał na Nikę wpatrującą się w ekran smartfona. Wreszcie dziewczyna uniosła palec i uderzyła nim w ekran. Robot znieruchomiał jak zamrożony, z potężnymi rękoma wyciągniętymi w stronę Neta. Chłopiec jęknął, widząc stalowe palce pół metra przed sobą. Czerwone oczy wolno gasły, a ramiona opuściły się. Z cichym jękiem mechanizmów wielki robot zasnął.

— Czemu to tyle trwało? — Net był ledwie żywy. — Ćwierć sekundy później...

— Mogłeś wcześniej powiedzieć, że mam ten przycisk wcisnąć na ekranie — powiedziała z pretensją Nika. — W tej plątaninie kabli...

— Myślałem, że to oczywiste.

Felix tymczasem odciągał z wysiłkiem, ważące chyba ze sto kilo, ramię robota i zostawił je kilka metrów dalej. Mimo odłączenia, wciąż zaciskały i prostowały się stalowe palce, próbując dopełznąć do korpusu. Na metalowej piersi rozmontowanego robota otworzyła się niewielka klapka, odsłaniając kamerę.

— Patrzy na nas — stwierdziła Nika.

— Gorzej, zaraz się sam poskłada — odparł Felix. — Chodźcie!

Podbiegli do drzwi, a Felix wyciągnął z plecaka coś czarnego, co wyglądało jak lutownica. Uniósł urządzenie i nacisnął spust. Mała kotwiczka wystrzeliła i ciągnąc za sobą linkę, z brzękiem przebiła kratkę. Felix pociągnął linkę i wyrwał kratkę. Gdy upadła, wyciągnął z niej kotwiczkę i wrzucił ją w otwór. Pociągnął, aż zahaczyła się o kątownik na krawędzi.

— On tu idzie! — krzyknęła Nika.

Rozmontowany częściowo robot, gubiąc śrubki, pełzł na kolanach w ich stronę, podciągając się jedną ręką. Druga, odłączona, zamieniła się w coś w rodzaju owadziej larwy, dorabiając sobie kilka stawów, i kierowała się do głowy.

— Jak chcesz się po tym wspiąć? — zapytał Net, patrząc to na cieniutką stalową linkę, to na robota.

— Złapcie mocno uchwyt — polecił Felix, nie wdając się w wyjaśnienia.

Gdy już wszyscy trzymali, Felix nacisnął przycisk i „lutownica" z przejmującym jękiem ruszyła w górę, nawijając linkę.

— Nika, właź! — krzyknął Felix, czując, jak powoli rozluźniają mu się palce.

— Mam mini — zaprotestowała.

— Ale trzymasz się z wierzchu! Nie puścimy, jak ty nie puścisz.

Dziewczyna obejrzała się. Robot był coraz bliżej.

— OK — rzuciła niechętnie. — Ale zamknijcie oczy.

Z trudem chwyciła brzeg kanału wentylacyjnego, podciągnęła się i wsunęła do środka. Net spojrzał pytająco na Felixa, a ten powiedział:

— Pierwszy się chwyciłeś, to teraz musisz ostatni puścić — i złapał wyciągniętą dłoń Niki. Wdrapał się do otworu i wychylił, by pomóc Netowi. Gdy cała trójka była już wewnątrz chłodnego otworu, robot miał jeszcze kawałek drogi do pokonania.

— Zbierajmy się stąd — powiedział Net. — Niechże to się skończy... Wyjdziemy na dach, pomachamy i ktoś nas zauważy z sąsiedniego biurowca. Nie! Co ja mówię. Tam będzie już działał telefon...

— Stójcie! — krzyknęła Nika, łapiąc ich za kurtki. Spojrzeli na nią zaskoczeni. Była blada i przerażona.

— Co? — Felix zamrugał.

Dziewczyna wyciągnęła rękę i wskazała przeciwległą ścianę hali. Chłopcy spojrzeli tam i też zbledli.

— Ale z nas osiołki... — Net usiadł na podłodze kanału i oparł głowę o ścianę. — Totalna porażka... Ja tam nie wracam...

W prostokątnym otworze kanału wentylacyjnego wyraźnie widzieli odległy wózek z leżącą na nim księgą profesora Kuszmińskiego. Była tam cały czas.

Wpatrywali się w nią przez kilka sekund.

— Morten też o niej zapomniał — stwierdził Felix.

— Programy odhaczają — mruknął Net.

— Co?

— Odhaczają. Oznaczają coś jako wykonane i idą dalej. On odhaczył odebranie nam księgi i przestał się nią zajmować.

— My też odhaczyliśmy — dodała ponuro Nika.

— Skup się — powiedział nagle Felix. — Pamiętasz, jak byliśmy w górach i jak wjeżdżaliśmy na nartach... pod górę? — Nika przytaknęła wolno. — Pamiętasz, jak wcześniej szklanki rozbijały się o ściany u ciebie w domu?

— Ale... — próbowała zaprotestować.

— Użyj mocy! — krzyknął niemal Felix.

Net wybuchnąłby śmiechem, gdyby nie cały tragizm sytuacji. Tak tylko prychnął i pokręcił głową.

— Nie uda się — powiedziała Nika. — To tak nie działa.

— Przynajmniej spróbuj!

Nika westchnęła i przysunęła się do otworu. Wpatrywała się w wózek. W tym czasie ręka robota dotarła do głowy i razem zaczęły się naprawiać. Nagle Nika wrzasnęła i cofnęła się, przewracając Neta, który sam o mało co nie zaczął wrzeszczeć. W otworze pokazała się stalowa dłoń robota. Jednak zaraz znikła, a chwilę później rozległ się łomot świadczący o tym, że Morten znów się wywrócił.

— Nic nam nie zrobi bez tamtych części — powiedział Felix. — Nie poświęci też paru minut na zamienianie się w coś innego. Próbuj dalej. Jesteś lepsza niż Gandalf, Harry Potter i Luke Skywalker razem wzięci.

Wózek poruszył się nieznacznie. Nika otworzyła szerzej oczy ze zdumienia.

— Umiem... — ucieszyła się, ale opanowała się i skupiła ponownie.

Wózek obrócił się i zaczął powoli, ledwie zauważalnie jechać w ich stronę.

— Nie tak — szepnął Felix. — Musisz ją unieść. Inaczej wpadnie w łapy Mortena.

— Myślisz, że to takie proste? Musiałabym się zezłościć.

— Da się załatwić — odezwał się z głębi kanału Net.

— Żadne teksty o Aurelii już mnie nie ruszają — uprzedziła Nika.

— I słusznie — przytaknął jej Net. — Zazdrość jest mało szlachetna.

— Sugerujesz, że mogłabym być o nią zazdrosna? — Nika podniosła nieco głos. — Niby co w niej jest takiego, czego mogłabym jej zazdrościć?

— Nie no... — Net machnął ręką. — Nie będę cię dołował. I tak jesteśmy w kiepskiej sytuacji.

— Dołował?!

— No... tymi jej fajnymi loczkami, tymi rzęsami, tym, jak fajnie chodzi... jak się uśmiecha...

— Cholera! Ja też mam fajne loczki i... i jestem od niej mądrzejsza.

Wózek razem z księgą szarpnął, jakby coś go złowiło na wędkę i poleciał wprost do otworu kanału. W połowie drogi jakby stracił napęd i zwalił się na beton, a jego ładunek dalej leciał sam. Felix i Nika w ostatniej chwili się uchylili i księga wleciała między nich.

— Auć! No co ty! — zaprotestował Net, trafiony w ramię.

— Niechcący — wyjaśniła Nika tonem sugerującym coś wręcz przeciwnego.

Felix podniósł księgę, uśmiechając się pod nosem, wepchnął ją do plecaka i zasunął suwak. Nie było czasu na zachwyty.

— Odhaczone — odetchnął. — Wynośmy się stąd!

Włączył latarkę i pchając plecak przed sobą, ruszył w ciemność. Nika szła tuż za nim, a Net zamykał pochód, co chwilę oglądając się za siebie. Minęli odgałęzienie. Kilka metrów dalej drogę przegrodziła im znana już przeszkoda.

— Znów ten filtr przeciwkurzowy — powiedział Felix. — Nie ma czasu. Idziemy w lewo.

Cofnęli się kawałek i skręcili w nieco węższą odnogę.

— Mam nieodparte wrażenie — szepnął Net, gdy pokonali kolejny zakręt — że coś pełznie za nami...

Zatrzymali się i chwilę nasłuchiwali.

— To szum powietrza — ocenił Felix. — Morten w obecnej postaci robiłby znacznie więcej hałasu.

Na czworakach pokonali jeszcze kilkanaście metrów, gdy Felix zatrzymał się. Oświetlił niewielką wnękę zakończoną stalową klapką.

— Słyszę szum — powiedział. Sięgnął i przekręcił małą klameczkę. Klapka dała się łatwo unieść, ukazując... nocną panoramę Warszawy.

— Jest wyjście? — zapytał niecierpliwie Net.

Felix wychylił głowę na zewnątrz i powiedział:

— Tak! Tuż pod nami jest pomost albo krawędź dachu. Da się zejść.

Chwycił się krawędzi klapki i nogami naprzód, wysunął się na zewnątrz. Pomógł zejść pozostałym.

— Jest już noc — zdziwił się Net. — Byliśmy tam tyle godzin?

Stali na dachu wieżowca Silver Tower. Wdychali cudownie rześkie powietrze i delektowali się widokiem otwartej przestrzeni. Poklepali się po plecach i pogratulowali sobie sukcesu. Ze zmęczenia i odpuszczających emocji nie mieli siły na większą radość.

— Myślicie, że wyjdziemy przez garaż? — zapytał Net.

— Raczej przez hall — zaproponował Felix. — W garażu pewnie opuścili już kratę. Zadzwońmy najpierw do rodziców, żeby wiedzieli, że żyjemy

— I żeby podgrzali kolację — rozmarzył się Net. Wyciągnął telefon i zmarszczył brwi. Uniósł głowę.

— Nic z tego — powiedział, wskazując w górę. Kawałek dalej, tam gdzie kopuła łukiem oddalała się od prostej krawędzi dachu, zaczynał się spory betonowy plac, a z jego krawędzi wyrastał w niebo kilkudziesięciometrowy maszt ze stalowych rur, obwieszony masą różnej wielkości i różnego kształtu anten. — Tam są przekaźniki telefonii komórkowej, telewizji, radia i licho wie czego jeszcze. Pole elektromagnetyczne jest zbyt silne.

— Więc zjedźmy windą. Zadzwonimy trzy minuty później — Nika, która była w samej bluzce, pocierała ramiona z zimna.

Net zauważył to i zaczął rozpinać kurtkę, żeby okryć dziewczynę, ale zamarł w pół ruchu, bo w tej chwili za ich plecami rozległ się łomot. Odwrócili się raptownie. Pogięta klapa upadła na dach, a z otworu, którym przed chwilą wyszli, wyłoniła się głowa Mortena, szczerząc do nich zęby w długiej paszczy.

— O nie... — jęknął Net.

— Szybko! — krzyknął Felix, wskazując niewielką nadbudówkę, przylepioną do kopuły. — Tam musi być wyjście z dachu.

Rzucili się w tamtą stronę, ale oto stało się coś dziwnego. Stojąca przy drzwiach skrzynka elektryczna poruszyła się. Drzwi otworzyły się, ukazując siłowniki, wsporniki i koła zębate. Mały daszek złożył się na czworo, tworząc kanciastą głowę. Chwilę później drogę zagradzał im pokraczny szary stwór na trzech nogach, z trojgiem długich ramion. Ciągnął za sobą kable.

Stanęli jak wryci, patrząc na to z niedowierzaniem.

— *Nie myśleliście chyba, że uda się wam uciec?* — zapytał Morten, stając na dachu. — *Panuję nad wszystkimi urządzeniami w tym budynku. Ba! Ja jestem w nich wszystkich.*

Za jego plecami z otworu wyłonił się drugi robot, wcześniej wyłączony przez Neta. Widać było dokładnie, jak składa ramiona i barki, by przecisnąć się przez wąski kanał. Gdy stanął na dachu, trzasnęły zaczepy i znów wyglądał jak stalowy steryd gigant z długą szczęką. Roboty zaczęły zachodzić przyjaciół z dwóch stron. Ci cofali się krok za krokiem, ale było już jasne, że nie mają gdzie uciekać.

Oba roboty w tej samej chwili rzuciły się do przodu. Tylko Feliksowi udało się wywinąć; poczuł na policzku podmuch. Odskoczył i obejrzał się – Nika krzyczała złapana za ramię, które w dłoni drugiego robota wyglądało jak cienka gałązka. Prawa ręka Mortena trzymała wyrywającego się Neta. Pierwszy robot wyciągnął rękę w stronę Felixa. Chłopiec znów uskoczył, w kilku krokach dobiegł do krawędzi dachu i spojrzał w dół. Samochody jak małe kropki, drzewa jak kępki mchu. Ludzi nawet nie było widać. Coś z potężną siłą chwyciło go za kurtkę i odciągnęło od krawędzi. Odwrócił się i spojrzał wprost w jarzące się czerwono obiektywy-oczy, którymi patrzył na niego Morten.

— *Myślisz sobie pewnie, że jestem do cna zły* — powiedział robot, głosem dochodzącym jakby z wnętrza metalowej rury. — *Myśl sobie, co chcesz. Nie obchodzi mnie, co myślą o mnie ludzie. Mając równania profesora, za kilka miesięcy nie będę się musiał nimi w ogóle przejmować.*

Stalowe palce zacisnęły się na szyi Felixa. Chłopiec stracił oddech, a przed oczami zatańczyły mu kolorowe plamy. Chwycił wielką dłoń potwora, ale wiedział, że nie ma szans uwolnić się. Wiedział też, że już nikt mu nie pomoże – przyjaciele, rodzice, nauczyciele ani nikt, nikt w ogóle.

Nagle błysnęło i rozległ się huk. Felix poczuł coś zimnego na policzku, a ucisk zelżał. Coś pacnęło go w czoło, potem w rękę. Otworzył oczy. Morten stał nad nim i wpatrywał się w niebo. Spadło jeszcze kilka pojedynczych kropel, po czym lunął deszcz, jakby ktoś na górze odkręcił prysznic.

Felix, wyswobodzony, upadł na beton, łapiąc oddech. Wielki robot chwycił plecak z księgą, wykonał zwrot i wielkimi susami zaczął gnać do otworu w kopule. Rozpędu starczyło mu na dwa susy. W połowie trzeciego znieruchomiał i z łoskotem zwalił się na beton, sypiąc wokół iskrami. Zaskwierczało, błysnęło i zadymiło. Robotem wstrząsały jeszcze przez chwilę drgawki, po czym znieruchomiał. Jego sobowtór, trochę tylko ciszej, przewrócił się na plecy i sycząc, wypuścił z siebie całą energię. Kolejna błyskawica przeszyła niebo.

Felix wstał i rozejrzał się. Nieco dalej podnosił się z ziemi Net. Szary robot przy drzwiach nadbudówki właśnie wydawał z siebie ostatnie piski i trzaski.

— Nika! — krzyknął Felix i podbiegł do leżącej na mokrym betonie dziewczyny. Net przyklęknął obok. Unieśli jej głowę, odgarniając włosy z czoła. — Nika...

Popatrzyli na siebie rozpaczliwie, ale Nika właśnie otworzyła oczy i spojrzała najpierw na jednego, potem na drugiego.

— Nic mi nie jest... — jęknęła, rozcierając skroń. — Uderzyłam się tylko. Miałam bardzo dziwny sen... Śniło mi się, że wleźliśmy na dach Silver Tower. — Usiadła, rozejrzała się i westchnęła. — O rany, to nie sen...

— Ale już po wszystkim — zapewnił ją szybko Net, pomagając jej wstać. — Czuję, że jeszcze długo będę się bał mojego tostera.

Nika syknęła z bólu i wsparła się na przyjacielu.

— Stłukłam sobie kostkę — spróbowała stanąć samodzielnie. Skrzywiła się z bólu, ale się udało. — Przynajmniej nie jest skręcona.

Felix podszedł do pierwszego robota i wyciągnął z jego wielkiej dłoni plecak z księgą. Wrócił do przyjaciół stojących nad truchłem tego, co przedtem było szarą skrzynką.

— Był szczelny tylko w poprzedniej postaci — ocenił. — A tak w ogóle, to mieliśmy kupę szczęścia.

— Wciąż jesteśmy na dachu — przypomniał mu Net.

— Czy one... oni się obudzą? — zapytała Nika. — Jak wyschną?

Felix pokręcił głową.

— Nie sądzę. Zwarcie uszkodziło zapewne moduły pamięci. Na nasze szczęście Morten nie przewidział tego.

— Może tym różni się AI od człowieka — powiedziała cicho Nika. — Albo Morten nie miał tak dobrego nauczyciela jak Manfred.

Net skromnie spuścił wzrok.

Przestało padać. Przyjaciele rozejrzeli się zdziwieni, bo wciąż słychać było deszcz. Net pierwszy spojrzał w górę i nie mógł uwierzyć w to, co widzi.

— Ja cię... — szepnął. — To... to jest...

— Latalerz — dokończył osłupiały Felix.

— Powinniśmy się cieszyć czy uciekać?

Półprzezroczysty dysk zniżał się nad kopułę, obok masztu antenowego. Zawisł wreszcie nieruchomo i nagle wypełnił się ciemnoszarym kolorem, jakby ktoś wyłączył przezroczystość. Z ciemniejszego koła w centralnej części kadłuba strzelił pionowo w dół szeroki promień światła. Po chwili, gdy światło osłabło, przyjaciele ujrzeli okrągły pomost zsuwający się w dół na niewidocznych linach. Stojąca na pomoście postać ubrana była w szary kombinezon i szary hełm z przyciemnianą szybką. Zeszła na dach i zbliżyła się do przyjaciół, wciąż niepewnych zamiarów przybysza.

Szybka hełmu uniosła się...

— Tato! — krzyknął Felix i rzucił się w jego kierunku. Tata zdążył zdjąć hełm, nim przyjął uściski syna.

— Wszystko w porządku? Wszyscy cali i zdrowi? — zapytał z niepokojem tata, wskazując na zegarek syna. — Sprawa była poważna, skoro włączyłeś alarm.

— Bardzo poważna... ale dlaczego przyleciałeś latalerzem?

— Testujemy go przecież.

— Nadałem sygnał nie dalej niż godzinę temu — przypomniał sobie Felix. — Dotarłeś w godzinę do supertajnej bazy i pożyczyłeś latalerz?

— Otrzymałem sygnał siedem minut temu — odparł tata.

— Przedtem nie mógł się przebić przez kopułę... No tak. — Felix spojrzał na zegarek, którego wyświetlacz wciąż pulsował na czerwono. — Odebrałeś go, gdy wyszliśmy na dach. Sygnał przedarł się przez zakłócenia anteny. Co za szczęście, że byłeś w Warszawie.

Tata pokręcił głową i uśmiechnął się.

— Byłem w górach.

— I przyleciałeś tu w parę minut?! — wykrzyknął Felix.

— Wytłumaczę wam po drodze, a chyba i wy macie mi coś do wyjaśnienia.

— Łał! — krzyknął Net. — Powaga? Polecimy... nim?

— Znów czuję się jak bohaterka powieści przygodowej — szepnęła Nika.

— Wsiadajcie szybciej — zaśmiał się tata. — I tak nie wiem, jak się wytłumaczę z kilku minut nieobecności.

— Może luką czasową powstałą podczas wchodzenia w nadprzestrzeń? — zaproponował Felix, gdy stanęli na pomoście. Tata znów się uśmiechnął. — Zaraz... jak to działa?

Pomost był okrągłą płytą jakiegoś metalu unoszącą się swobodnie w powietrzu, bez linek, łańcuchów czy innych zabezpieczeń.

— Przykro mi, ale to... *top top top secret* — powiedział tata i nikt nie był pewien, czy żartuje, czy mówi poważnie. — Niczego nie dotykajcie i nie zapamiętujcie.

Pomost zrównał się z podłogą. Weszli do środka. Net podtrzymywał utykającą Nikę. Ściany wąskiego korytarzyka, prowadzącego do sterowni, były obłożone szarymi półprzezroczystymi płytami plastiku. Za nimi dostrzegli ukryte, błyskające setkami diod urządzenia i mechanizmy. Przytłoczeni skalą tajemnicy, do której progu zostali dopuszczeni, wkroczyli do sterowni latającego talerza w nabożnym milczeniu. Nie przypominała wnętrza Falcona Millennium, wyglądała raczej jak kabina pilotów Boeinga. Kilka ekranów komputerów i kilka setek pogrupowanych na konsolach przełączników, pstryczków, pipków, gałeczek, suwaczków, dźwigienek, lampek, diodek, zegarów, wyświetlaczy oraz innych dżingsów i dyngsów. Był też zwyczajny laptop przymocowany uchwytem obok fotela pilota. Tym, co na pierwszy rzut oka różniło latalerz od samolotu, było wielkie panoramiczne okno.

— Przypadkiem są akurat cztery fotele — stwierdził tata. — Siadajcie, przypinajcie się i naprawdę niczego nie dotykajcie.

— I nie zderzymy się z żadnym samolotem?

— Mamy specjalne zabezpieczenia, ale to też jest *top top top secret*.

Przyjaciele wciąż znajdowali się w stanie przypominającym sen. Każdy zajął wskazany fotel. Tata usiadł jako ostatni i zaczął przełączać przyciski, których dziesiątki znajdowały się na kilku konsolach, przed jego stanowiskiem, nad nim i obok niego. Rozległ się cichy brum, a kabina... znikła. Przyjaciele wydali zduszony okrzyk zdziwienia. Widać było tylko zarysy kadłuba i część przycisków konsoli. Po chwili Felix odkrył coś jeszcze, gdy uniósł dłoń do twarzy. Dłoń też stała się jakby nieco przezroczysta. Tak! Przebijały przez nią światła miasta. Słabo, ale jednak. Podłoga wokół foteli falowała, jakby nie mogła się zdecydować, czy zniknąć do końca, czy nie. Felix obrócił się przez ramię. Tak! W samym środku latalerza świeciło małe światełko. Pamiętał je z nocnych poszukiwań Niki w górach.

W dole otworzyły się drzwi nadbudówki. Kilku strażników wyszło na dach, sprawdzić, co narobiło tyle hałasu. Równocześnie wydarzyło się coś, czego ani strażnicy, ani przyjaciele w latalerzu nie mogli dostrzec. Mały palec u dłoni jednego z robotów drgnął. Mały palec wielkiego robota tak naprawdę wcale nie był mały – miał wielkość ramienia niemowlaka. Drgnął, potem drgnął jeszcze raz, mocniej, aż wreszcie odskoczył i odpełzł kawałek. Rozpoczęła się pospieszna, nerwowa przemiana. Otwierały się miniaturowe klapki, obracały malutkie trybiki, wysuwały teleskopy. Gdyby ktoś to widział, odniósłby wrażenie, że cały palec wywrócił się na lewą stronę i złożył na nowo w coś zupełnie innego. Chwilę później w stronę krawędzi dachu pełzła srebrzystoczarna jaszczurka.

Tata, widząc strażników nachylających się nad nieruchomymi robotami, pchnął stery i wolno się oddalił.

— Dobra — powiedział. — Teraz trochę przyspieszymy.

Przyjaciele przygotowali się na przeciążenie wgniatające w fotele. Zamiast tego wzmógł się jedynie brum maszynerii, a wieżowce uciekły do tyłu, jakby to wszystko na zewnątrz było tylko filmem w przyspieszonym tempie. W dole przeleciał Mokotów, lotnisko Okęcie i przedmieścia.

— Bez przeciążenia — zdumiał się Felix.

— Gdybym miał księgę profesora, mógłbym skonstruować znacznie lepszy silnik — westchnął tata. — Pokonałby tę trasę w kilka sekund... No dobra, a teraz poważnie. — Spojrzał na dzieci, nagle przytomniejąc. — Proszę o wyjaśnienie, co właściwie robiliście w nocy na dachu Silver Tower. To musiało być coś ważnego, skoro uruchomiłeś alarm. Chciałbym wiedzieć, za co będę się tłumaczył przed międzynarodowym dowództwem.

— Myślę, że to coś jest tak ważne, że nikt nie pomyśli nawet o pretensjach — uśmiechnął się Felix. — A teraz... lepiej włącz autopilota.

Wziął głęboki oddech, potem drugi głęboki oddech i sięgnął do plecaka.

13. Mars

Sala gimnastyczna na trzecim piętrze zastawiona była rzędami krzeseł, które stopniowo zajmowali uczniowie. Dyrektor magister inżynier Juliusz Stokrotka wyszedł na środek i stanął na podwyższeniu przed wielkim, rozwijanym ekranem. Zaczekał, aż wszyscy usiądą. Uciszył, a przynajmniej spróbował uciszyć uczniów, unosząc ręce. Miał na sobie ciemnozielony garnitur z kamizelką, jasnożółtą koszulę i pomarańczową muchę. Westchnął, widząc całkowity brak zainteresowania ze strony publiczności.

— Drogie dzieci — powiedział do mikrofonu i dopiero to uciszyło salę. — Drogie dzieci. Dziś, jak wiecie, jest Wielki Piątek, nadeszły święta wielkanocne. Dlatego też odbyły się tylko trzy lekcje. Będziecie mogli pójść wcześniej do domu. — W tej chwili rozległy się okrzyki radości, szurnęło nawet kilka krzeseł. — Jednak najpierw wspólnie obejrzymy krótki film o patronie naszej szkoły. — Sala zabuczała z zawodu. — Jak wiecie, profesor Stefan Kuszmiński był wybitnym polskim fizykiem. W ostatnich dniach miały miejsce dwa niezwykłe odkrycia związane z jego osobą. W zasobach Muzeum Narodowego odnaleziono brakującą część jego bezcennych notatek. Również kilka dni temu niespodziewanie wyjaśnione zostały okoliczności jego śmierci, okrytej tajemnicą ponad pół wieku...

Stokrotka był chyba jedyną osobą, która jeszcze nie ziewała. Pan Cedynia, siedzący wraz z innymi nauczycielami za długim stołem nakrytym zielonym suknem, zasnął i pochrapywał sobie cichutko. Profesor Butler podjadał kanapkę, próbując zasłonić się drugą ręką. Konstancja Konstantynopolska, ze splecionymi na stole chudymi palcami, wolno obracającą się głową i wzrokiem lustrującym salę wyglądała jak wieża strażnicza. Antoni Czwartek za to sprawiał wrażenie kogoś, kto najchętniej by się dyskretnie teleportował wprost do domu.

Dyrektor wreszcie stracił wątek i dał znak panu Eftepowi, sterującemu rzutnikiem, by zaczynał projekcję. Felix dyskretnie wsunął rękę do kieszeni. Rozległ się cichy klik, a obraz na wielkim ekranie przeskoczył. Pojawiła się na nim sala szkolna. Na krześle, wystawionym na środek, siedział pluszowy miś. Tyłem do niego stał... Marcel i patrzył się w przestrzeń.

— *Hej ty, tchórzu!* — zawołał z ekranu miś, poruszając pyszczkiem.

Marcel odwrócił się gwałtownie i cofnął z przestrachem aż do parapetu.

— *Jestem Wielkim Pluszowym Mścicielem wszystkich dzieci!*

Na twarzy Marcela malowało się szczere przerażenie. Nie mógł wykrztusić słowa.

Sala gimnastyczna zamarła, wpatrując się w ekran.

— *Powiedz wszystkim, co takiego najbardziej lubisz robić?* — zapytał Pluszowy Mściciel, wskazując widownię.

Marcel pokręcił głową, ale po chwili zaczął mówić:

— *Bi... bi... bi... ję słabszych i kradnę ró... różne fajne rzeczy. I spuściłem powietrze z kół samochodu Stokrotki... Już nie będę... Ja się poprawię... Będę miły i... i... będę przeprowadzał sta... staruszki przez ulicę... Mamusiu...*

— *Daję ci ostatnią szansę! Biegnij do najbliższego przejścia i zaczynaj pokutę! Inaczej pożałujesz, że kiedykolwiek spotkałeś Pluszowego Mściciela.*

Pluszowy Mściciel uniósł łapkę, a Marcel uciekł z nieprawdopodobną prędkością. W tej chwili obraz przeskoczył, ukazując jakieś czarno-białe zdjęcia rodzinne. Monotonny głos coś opowiadał, przywołując daty i nazwiska.

Wszyscy na sali siedzieli z otwartymi ustami, gapiąc się w ekran. Nauczyciele również trwali w skamienieniu. Gdzieś z końca rozległ się chichot. Dopiero to sprawiło, że Eftep ocknął się i wyłączył projektor. Po chwili już wszyscy ryczeli ze śmiechu. Niektórzy aż spadli z krzeseł i tarzali się po podłodze. Marcel w dzikim pędzie wypadł przez drzwi. Felix przybił piątkę Netowi. Nika spojrzała na nich zaskoczona.

— Perfekcyjny montaż komputerowy, no nie? — Net puścił do niej oko. — Specjalnie dla ciebie całkowicie wyciąłem Rubena.

Dopiero wtedy Nika zaczęła się śmiać z resztą uczniów. Śmiał się nawet Ruben. Cedynia, obudzony hałasem, domagał się wyjaśnień od siedzącego obok fizyka. Dyrektor wybiegł na środek sali, nerwowo przygładził włosy, których od wielu lat nie miał, i powiedział do mikrofonu:

— Problemy techniczne... nie to nagranie. Zaczniemy jeszcze raz... Proszę o spokój, bardzo proszę o spokój...

Po chwili, gdy śmiechy ucichły, zaczęli oglądać prawie półgodzinny program. Był to doskonały przykład, jak nieinteresujący większości ludzi temat przedstawić w taki sposób, by zainteresowania pozbawić dokładnie wszystkich.

— Tata opowiadał mi o profesorze Kuszmińskim — szepnął Felix, maskując ziewanie. — Ostatnie lata jego życia to doskonały materiał na film sensacyjny. A tu jakiś reżyser kretyn zrobił z tego usypiankę.

Z trudem dotrwali do końca projekcji. Stokrotka znów wszedł na podwyższenie.

— Sukcesy odnoszą również uczniowie naszej szkoły — powiedział. — Oskar z pierwszej „a" stworzył internetowy słownik gwar regionalnych. *Ojczysty slang* zaliczył już prawie czterdzieści tysięcy odwiedzin.

— Z czego połowa to Oskar, sprawdzający licznik — mruknął Net.

— Wyjdź na środek, Oskarze — zachęcał dyrektor, rozglądając się.

Oskar, siedzący niedaleko trójki przyjaciół, wsunął się głębiej w krzesło, chowając się za plecami ucznia siedzącego przed nim, i słał wokół rozpaczliwe prośby o niewyjawianie jego kryjówki.

— No trudno — powiedział zawiedziony dyrektor. — W każdym razie sami sprawdźcie. A teraz... teraz naprawdę możecie już iść do domu, pomóc mamom...

Dalsze jego słowa zagłuszył hurgot odsuwanych krzeseł, dziesiątki kroków i nałożone na to rozmowy. Dyrektor westchnął, uśmiechnął się i powiedział dość cicho:

— Wesołych świąt...

* * *

Trzy dni później dom przy ulicy Serdecznej przygotowywał się do mniej oficjalnej części świąt wielkanocnych. Pierwsze od wielu tygodni słoneczne popołudnie kończyło coroczne podchody i wzajemne polewanie się wodą. Na wielkanocny poniedziałek zaproszono znajomych.

— U mnie lany poniedziałek istnieje tylko na tarasie — westchnął Net, wyglądając z okna Felixowego pokoju na ulicę. — Za dużo elektroniki w domu. Ale w sumie to przerobiliśmy już Śmigusa-dyngusa na pięćdziesiątym pierwszym piętrze Silver Tower, nie?

— Racja — przyznał Felix.

Za ogrodzeniem pan Sobolak w zielonym, wielkanocnym dresie mył swojego Poloneza. Na masce samochodu przybył nowy element - płaska wieżyczka z wlotem powietrza.

— Turbosprężarka — wyjaśnił Felix. — Wziął się do poprawiania osiągów. Jakiś czas temu pytał mojego tatę, czy nie ma nieużywanego silnika odrzutowego...

Chwilę wyglądali przez okno. Do pokoju wjechał, szumiąc cicho, automatyczny odkurzacz.

— Spokojnie — powiedział Felix, widząc minę przyjaciela. — Wszystkie roboty w tym domu są nasze. Nawet ekspres do kawy.

— Można by otworzyć sezon rowerowy — zauważył nieco uspokojony Net. — Jest już dość ciepło.

— A telewizji nie będzie aż do zakończenia tej misji marsjańskiej. Szkoda... No a jak twoi rodzice?

— Masz na myśli... wątek hiszpański? — zapytał Net. — Wystawa w Barcelonie w końcu się nie odbyła, a Pedro wrócił do domu. Cała ta historia chyba dobrze zrobiła moim starym. Teraz zachowują się, jakby mieli po dwadzieścia lat. Czasem aż wstyd na nich patrzeć.

Rozległ się dzwonek.

— Jest wreszcie Nika — ucieszył się Felix. — Już myślałem, że umrzemy tu z nudów.

Zbiegli otworzyć jej drzwi. Otrząsnęła pelerynę z wody i przekroczyła próg.

— Cześć! To znaczy... Dzień dobry! — powiedziała, widząc babcię Lusię.

— Mam nadzieję, że za bardzo cię nie zmoczyli, serdeńko. — Babcia z troską poprawiła jej włosy. — Twój tata nie mógł przyjść?

— Dużo... zaległej pracy — odpowiedziała zaskoczona.

Babcia puściła do niej oko i wróciła do kuchni. Felix wzruszył ramionami i zrobił minę oznaczającą „Ja nic nie mówiłem".

— Co to?! — zapytała zaskoczona dziewczyna, gdy podbiegł do niej czarny pies, przypominający Cabana, ale dwa razy chudszy. Zaczął merdać krótkim ogonem i piszczeć z radości.

— To Caban. — Felix wziął od niej pelerynę i powiesił na wieszaku obok innych, ociekających wodą ubrań. — Zaliczył wiosenne strzyżenie. On produkuje więcej futra niż owca.

Nika kucnęła przy psie i zaczęła go głaskać.

— Wygląda, jakby nic nie jadł od tygodni — powiedziała, śmiejąc się.

— Sąsiedzi też myślą, że tak go zagłodziliśmy — uśmiechnął się Felix.

Przeszli do kuchni po czekoladę na gorąco. Kręciło się tam parę osób, pomagając robić kanapki lub tylko podjadając. Obie mamy doskonale sobie radziły z zaawansowanymi robotami kuchennymi. Wrażenie było dość zabawne, bo wyglądały jak swoje przeciwieństwa. Mama Felixa, jasnowłosa, miała na sobie elegancki kostium i wszystko robiła systematycznie, natomiast mama Neta, czarnowłosa, ubrana w sportowe buty, za duże bojówki w kolorze khaki i jaskawopomarańczowy sweter miała na blacie przed sobą typowy artystyczny nieład. Babcia dała Felixowi tacę, trzy kubki z czekoladą i talerz z pierniczkami.

— Nie gniewajcie się — powiedział Net, czekający w hallu — ale mam lekką awersję do robotów.

Goście rozeszli się po domu. Znajomi rodziców Felixa wylegli na ogród, mamy zostały w kuchni, żeby poplotkować, a ojcowie usiedli w salonie przed telewizorem. Okazało się, że obaj interesują się badaniami Marsa. Felix, Net i Nika przysiedli na brzegu kanapy i patrzyli, jak sześciokołowy robocik w żółwim tempie brnie pod czerwonym niebem, przez czerwony pył, omijając czerwone kamienie.

— Jak to jest — zainteresowała się Nika — że widać całego robota? Znaczy: kto go filmuje?

— Właśnie! — Neta olśniło. — To na pewno mistyfikacja. On jeździ sobie po piasku, gdzieś w Kalifornii, a za nim idzie kamerzysta.

Obaj ojcowie zaczęli się śmiać, po czym spojrzeli na siebie podejrzliwie i zamilkli.

— Kamera znajduje się na wysięgniku — powiedział wolno tata Felixa.

— I filmuje go od tyłu — dokończył tata Neta. — To ważne, żeby widzieć przeszkody przed każdym z kółek. A przy okazji... Wiecie, że kilka dni temu jakaś polska firma podpisała z NASA umowę na analizę marsjańskich zdjęć? Są tylko wątpliwości co do autentyczności podpisu prezesa, ale to pewnie drobiazg. Nikt tak poważny nie podpisałby się przecież „James Bond".

— Jaka to firma? — zapytał tknięty dziwnym przeczuciem Felix.

— Nazywa się chyba... Vidoktor, czy jakoś tak.

Net zmarszczył na chwilę brwi, ale nic nie powiedział. Wymienił z Felixem porozumiewawcze spojrzenie.

— A kto nim steruje? — pytała dalej Nika.

— Nie można nim sterować z Ziemi — wyjaśnił tata Felixa. — Przy obecnej odległości między planetami sygnał leci tam dziesięć minut.

— Robot musi sam podejmować decyzje — znów dokończył tata Neta. — W trudniejszych sprawach zatrzymuje się i prosi o radę.

Przez następny kwadrans robot zbliżał się do dużego głazu leżącego blisko krawędzi osuwiska. W oczekiwaniu na obiad gapili się w ekran. Z ogrodu dobiegały wesołe rozmowy, ale ani przyjaciołom, ani żadnemu z ojców nie chciało się wstawać. Miejsca obok czerwonego kamienia było akurat tyle, żeby robot ominął przeszkodę, nie spadając.

— Sam zadecyduje? — zapytał Felix.

— Tak — odparł tata Neta. — Sądzę, że przejedzie. Objechanie tego głazu z drugiej strony zajęłoby parę godzin.

Robot ruszył i dojechał do połowy zwężenia, gdy nagle zachwiał się. Spod prawych kół osypało się trochę czerwonego piasku i pojazd zsunął się kawałek w dół. W salonie zapanowało pełne napięcia milczenie. Robot ruszył, ale koła zabuksowały i zsunęły się jeszcze niżej. Kamera obróciła się w prawo, ukazując odległe dno jaru wypełnione wielkimi głazami.

— Chyba się zakopał — stwierdził Net. — I misja za miliard dolarów wzięła w łeb.

Telefon taty Felixa zapikał, oznajmiając odebranie SMS-a. Chwilę później to samo zrobił telefon taty Neta. Popatrzyli na siebie, wyszli przed dom i zadzwonili gdzieś, pilnując, by być w takiej odległości od siebie, żeby przypadkiem jeden nie słyszał rozmowy drugiego.

— Wiem chyba, o co chodzi — powiedział wolno Net. — Niech zgadnę, twój stary zrobił tego robota...

— A twój stworzył program, który nim steruje — dokończył Felix. — I nic nam nie powiedzieli...

— Teraz obaj mają kłopot. Ten program badawczy naprawdę musiał sporo kosztować.

— Może będziemy mogli im pomóc — zaproponował Net. — Na pokładzie tego robota musi być program sprzed dwóch lat. Manfred jest znacznie bardziej zaawansowany. Może gdyby...

— Przesyłanie nowego programu zajmie miesiąc — pokręcił głową Felix. — Prościej zrobić to ręcznie. Można by obejść zabezpieczenia i zwiększyć napięcie w silnikach prawych kół. Wyrwałby się, zanim piach zdążyłby się obsunąć.

— Ryzykowne. Poprawkę siły będzie można wprowadzić po dziesięciu minutach, a robot będzie już...

Felix trącił łokciem Neta i wskazał Nikę. Dziewczyna zaciskała palce na oparciu kanapy. Zmrużyła oczy w dużym wysiłku, intensywnie wpatrując się w ekran. Po chwili odetchnęła i pokręciła głową z rezygnacją. Robot nadal stał przekrzywiony.

— Przynajmniej spróbowałam — powiedziała, patrząc na chłopców — ale to chyba... za daleko.

— Nic nie zrobimy — przyznał Felix.

Wspięli się na górę do pokoju Felixa, oparli o parapet i zapatrzyli za okno. Ojcowie w tym czasie wrócili do domu i w salonie zawzięcie o czymś dyskutowali. Sytuacja stała się tak oczywista, że nie musieli dłużej ukrywać przed sobą prawdy. Przy krawężniku, zaraz za starym Saabem taty Neta, zatrzymał się srebrny Bentley z przyciemnianymi szybami. Otworzyły się przednie drzwi. Wysiadł mężczyzna w czarnym garniturze i czarnych okularach. Rozejrzał się, otworzył tylne drzwi i pomógł wyjść eleganckiemu starszemu panu z laseczką.

Felix zbladł i cofnął się od okna.

— Kto to jest? — zapytał Net.

— To Jakub Rozner — wyjąkał Felix, zerkając zza krawędzi okna. — Minister spraw specjalnych.

Minister przygładził siwe włosy, w słońcu błysnął złoty sygnet. Z drugiej strony wysiadł młodszy mężczyzna ze skórzaną teczką w ręku. Sekretarz.

— Czego on tu może chcieć? — zastanowiła się Nika. — Przecież nic złego nie zrobiliśmy. Może już wie o Marsie...

Rozległ się dzwonek do drzwi, a kilka chwil później kroki na schodach. Przyjaciele przerażeni rzucili się do kanapy, usiedli na niej i chwycili pisma techniczne, które leżały na podłodze. Nika swoje trzymała do góry nogami. Kroki zatrzymały się przed drzwiami i rozległo się pukanie.

— Proszę... — pisnął Felix.

Drzwi otworzyły się i do pokoju wszedł minister, a za nim sekretarz. Przyjaciele zerwali się z kanapy.

— Dzień dobry — powiedział minister. Przywitał się ze wszystkimi po kolei. — Wyglądacie, jakbyście zobaczyli ducha.

Patrzył na przyjaciół spokojnym, mądrym spojrzeniem zmęczonych oczu. Felix pierwszy zdołał coś powiedzieć.

— E... zastanawiamy się, co zmalowaliśmy... że pan osobiście...

— Nic podobnego — minister uśmiechnął się i wyciągnął rękę do sekretarza. — Wprost przeciwnie.

Sekretarz pospiesznie rozpiął teczkę i wyjął z niej trzy czerwone pudełka i trzy arkusze papieru. Minister wziął je, drugą ręką przesunął silniczki i trybiki na najbliższej półce i położył tam pudełka.

— Za zasługi dla ojczyzny i świata, dla nauki i bezpieczeństwa międzynarodowego — zaczął. — Wreszcie za odwagę, pomysłowość i solidarność, w imieniu prezydenta Rzeczypospolitej Polskiej odznaczam was Orderem Dobromira.

Otworzył pierwsze pudełko, wyjął z niego stalowy order w kształcie trybu i przypiął wstążkę do bluzki zdezorientowanej Niki. Uścisnął jej dłoń i wręczył elegancki dyplom. Następnie odznaczył Felixa i Neta.

— Prawdę mówiąc, jeszcze nigdy nie dokonywałem odznaczenia w takim miejscu — powiedział minister, rozglądając się z rozbawieniem po pokoju — ale pan Piotr, tata Felixa, prosił mnie o dyskrecję.

Przyjaciele, oszołomieni, popatrzyli na siebie.

— Dzię... kujemy — wyjąkał Felix. — Nie przypuszczaliśmy...

— Wykonaliście kawał doskonałej roboty — powiedział minister. — Naprawdę doskonałej. No, ale na mnie już czas... tym bardziej że mamy to na razie zachować w tajemnicy. Wybaczcie mi to ekspresowe tempo.

Jeszcze raz uścisnął im dłonie i skierował się do wyjścia.

— Aha! — przypomniał sobie, odwracając się w drzwiach. — Ważna sprawa. Ministerstwo założyło w banku dla każdego z was konto, na które trafiła pewna suma pieniędzy, związana z tym odznaczeniem. Będziecie mogli z nich skorzystać po ukończeniu osiemnastu lat. To taki fundusz stypendialny. Niezbędne dokumenty otrzymacie w ciągu kilku dni.

Gdy Bentley odjechał, przyjaciele zdobyli się na jakiś ruch. Przeczytali kilkanaście linijek tekstu ze swoich dyplomów.

— Widać wszyscy na górze bardzo się ucieszyli z odzyskania księgi profesora Kuszmińskiego — powiedział Felix. — Mogliśmy się domyślić, że chodzi właśnie o to.

— Ale po co ta tajemnica? — zapytał Net.

— Nie ma pewności, czy wszystkie kopie Mortena zostały złapane — wyjaśnił Felix.

— Przecież on i tak wiedział, że to my go zniszczyliśmy.

— Ale nie muszą tego wiedzieć pozostałe kopie. Mógł nie zdążyć przekazać im informacji.

— Wolę myśleć, że po Mortenie nie pozostał już żaden ślad — westchnęła Nika, bawiąc się swoim orderem.

— Zapomnieliśmy o Manfredzie! — krzyknął Net. Sięgnął do torby i wyjął z niej laptop.

— *Nareszcie* — odetchnął Manfred, gdy tylko komputer wystartował. — *Znów muszę się wszystkiego domyślać.*

— Zaraz ci wszystko opowiemy...

Nagle z dołu rozległy się okrzyki radości. Przyjaciele zbiegli do salonu, by ujrzeć, jak tata Felixa klepie po ramieniu tatę Neta i jak obydwaj ściskają się i śmieją. Na ekranie telewizora mały robot jechał dalej przez czerwoną pustynię.

Babcia Lusia, uśmiechając się, wniosła tacę pełną świeżo upieczonych ciasteczek z cukrem.

— Z następnym robotem nie będzie takich problemów — powiedział wesoło tata Felixa. — Będzie wyglądał jak wielki balon z całą aparaturą ukrytą w środku.

— Jak będzie się nim sterować? — zapytał Felix.

— Nie będzie się sterować. Wiatr będzie go toczył po całej planecie. W ten sposób zbada ogromny obszar.

— To tak jak ze sztuczną inteligencją — dodał tata Neta. — Nie trzeba kontrolować wszystkiego, co robi. Ważne, aby efekt pracy był zadowalający.

— Jeśli nie wpadnie do jakiejś dziury... — odezwał się Net. — A właściwie... to jak on się wygrzebał z tego piachu?

— Nagle podskoczył — wyjaśnił tata Felixa. — Zwyczajnie podskoczył i pojechał dalej. Jakby go uniosła niewidzialna ręka. W centrum lotów kosmicznych w Pasadenie pewnie łamią sobie nad tym głowy.

Felix i Net spojrzeli na Nikę i dyskretnie wycofali się z salonu.

— Masz taki zasięg? — zdziwił się Net.

Nika skromnie uśmiechała się. Felix spojrzał na zegarek.

— Jedenaście minut — powiedział. — Zgadza się. No tak! Przesunęłaś go, ale obraz dopiero teraz dotarł na Ziemię! No nieźle!

Chrupiąc ciasteczka, wrócili na górę i usiedli na zapadniętej kanapie.

— Pora pomyśleć o nauce — zauważyła Nika. — Choćbyśmy uratowali cały świat i tak w środę czeka nas klasówa z matmy.

Net lekceważąco machnął ręką.

— Napiszę za was. Softowo.

— *Tylko mnie nie proście o pomoc* — powiedział Manfred, a wszyscy uśmiechnęli się na wspomnienie testu z geografii. — *Nie dostałem orderu, więc... może powinienem się obrazić?*

— Jednej rzeczy jednak nie rozumiem — Felix potarł dłonią czoło. — Światło leci tam dziesięć minut i nic nie może się poruszać szybciej. Więc nawet jeśli użyłaś tej swojej siły, to ona mogła dotrzeć na Marsa po dziesięciu minutach.

— I tyle upłynęło, zanim robot się poruszył — zgodziła się Nika.

— On ma rację — powiedział Net. — Efekt na ekranie powinniśmy zobaczyć po dwudziestu minutach, bo dziesięć minut leci obraz z powrotem na Ziemię. Dziesięć plus dziesięć daje dwadzieścia.

— Nie znam się na technice — Nika wzruszyła ramionami. — Ale czasem sobie myślę, że historia, taka jak nasza, nie mogła się wydarzyć naprawdę. Czuję się trochę, jakbym była bohaterką jakiejś książki. Wy nie?

— Wszystko wokół jest zupełnie realne — odparł Felix, wzruszając ramionami. — Myślisz, że byłoby tak realne, gdybyśmy byli tylko postaciami z książki?

— Idź do doktora Jamnika — dodał ze złośliwym uśmieszkiem Net — i powiedz mu: „Panie doktorze, czuję się, jakbym była postacią z książki. Mam nadzieję, że już wynaleziono na to lekarstwo". A on odpowie: „Owszem. Proszę, oto ono: aspiryna i witamina C".

Nika prychnęła, ale uznała, że nie warto się obrażać.

— Przekroczyłaś prędkość światła — powiedział Felix z niedowierzaniem. — Robot poruszył się w tej samej chwili, w której ty użyłaś mocy. Właśnie obaliłaś teorię względności Alberta Einsteina!

— Przecież to niemożliwe — zaprotestował Net.

— I właśnie dlatego było takie trudne — dokończyła Nika i wszyscy zaczęli się śmiać. Wrażeń tego dnia było za dużo, by przejmować się takim drobiazgiem, jak prędkość światła.

Położyli ordery na stoliku i przyjrzeli się im.

— Zobaczcie, ile zrobiliśmy przez pół roku — powiedziała Nika.

— I to trochę nawet... jakby niechcący — dodał Net.

— Pomyślcie, czego dokonamy wspólnie — Felix uniósł kubek z czekoladą — jeśli tylko naprawdę się postaramy.

Przyjaciele unieśli wysoko swoje kubki i stuknęli się nimi, a potem wypili czekoladę do dna. To nie był toast za nic konkretnego. Życzenia pojawią się same, w miarę potrzeb.

Warszawa–Murzasichle 2003–2004

Spis treści

Rafał Kosik

FELIX, NET i NIKA

Bestsellerowa seria
o polskich nastolatkach
dowiedz się więcej
felixnetinika.pl

(fragment)

Przez niedomknięte drzwi z pierwszej klatki wyszło coś dziwnego. Było zielone i wyglądało jak bardzo długi jamnik. Traf chciał, że w tym samym momencie Albert testował Uniwersalny Przyrząd Badawczy, a konkretnie jego funkcję lunety. Przybliżył na ekranie obraz zielonego stwora wolno pełznącego wzdłuż ściany i zrobił zdjęcie. Albert nie dziwił się niemal nigdy. Każde dziwne zjawisko było dla niego okazją do poszerzenia wiedzy.

Wstał i zajrzał do pokoju Amelii, by jej o tym powiedzieć. Dziewczyna leżała na łóżku ze słuchawkami na uszach i czytała książkę. Wiedział, że kiedy siostra słucha muzyki i czyta, to próba zainteresowania jej czymkolwiek skazana jest na niepowodzenie. Wrócił więc do siebie, przypiął urządzenie kablem USB do laptopa i wyszukał podobne zdjęcia w internecie. Po chwili wiedział już, że po dziedzińcu spaceruje legwan, czyli iguana – gad z Ameryki Południowej. W Polsce można go spotkać tylko w zoo lub u hodowców.

Skąd tu się wzięło takie coś?

Przypomniał sobie przedwczorajszą przeprowadzkę rodziny Rytlów. Prawdopodobnie to właśnie im uciekł ten okaz.

Przez bramę weszła właśnie pani Kożuszek. Pani Kożuszek miała ponad siedemdziesiąt lat i była nieco zdziwaczała.

Zbliżała się do legwana i wydawało się, że przejdzie dalej, nie zauważając niczego niezwykłego. Jednak stało się inaczej. Legwan odwrócił głowę w stronę kobiety, kłapnął paszczą i uderzył mocno ogonem o chodnik. Paszcza była malutka, mniejsza niż u szczeniaka, i pozbawiona zębów. Jednak pani Kożuszek wydała z siebie zduszony kwik i pobiegła truchcikiem do swojej klatki. Legwan, krokiem równie leniwym jak poprzednio, podszedł do bujającej się luźno kratki wentylacyjnej w fundamencie i dostojnie zniknął w otworze.

Albert wyszukał informacje o legwanach. Najważniejsza była ta, że zwierzęta te lubią ciepło. Otwór, do którego wszedł legwan, był otworem wentylacyjnym węzła ciepłowniczego.

Albert otworzył program pocztowy, napisał wiadomość do Kuby Rytla „Ja bym zaczął od węzła ciepłowniczego" i wysłał. Szkoda się bardziej rozpisywać. Każdemu inteligentnemu człowiekowi taka informacja powinna wystarczyć.

(fragment)

Gdy kończyli jeść, zza uchylonego okna dał się słyszeć sygnał ambulansu.

— Drugi dzień w nowym domu i już coś się stało — stwierdziła mama.

— Łał! — Mi zerwała się. — Może kogoś zamordowali.

Pobiegła do okna. Ściemniało się już, więc odblaski niebieskiego koguta wyraźnie oświetlały ściany domu.

— To policja — krzyknęła. — Czyli jednak morderstwo.

— Pójdę zobaczyć, co się dzieje — oznajmił tata. — Zamknijcie drzwi i nie wychodźcie.

Na podwórku w asyście dwóch policjantów stała siedemdziesięcioletnia kobieta i zawzięcie gestykulowała. Mówiła tak szybko, że nie dawało się zrozumieć ani słowa. Wskazywała na dąb.

— To pani Kożuszek spod piętnastki — powiedziała mama.

Z laptopa leżącego na łóżku dobiegł dźwięk przychodzącej wiadomości e-mail. Kuba przeczytał: „Ja bym zaczął od węzła ciepłowniczego". Wzruszył ramionami i oznaczył wiadomość jako spam.

Wrócił tata.

— Mówi, że widziała smoka — oznajmił. — Coś jej się na stare lata bajki mieszają z realnym światem. Łykajcie witaminy, dzieciaki.

— Przestań — skarciła go mama. — Sam będziesz kiedyś stary.

— Jeśli będę widywał smoki, to już chcę iść na całość i wierzyć, że są prawdziwe.

Mi weszła do swojego pokoju i zdała sobie sprawę z tego, że coś bardzo, ale to bardzo się tu nie zgadza. Terrarium Franka było puste. Zajrzała pod meble i pobiegła do pokoju brata. Popatrzyła na Kubę dramatycznym wzrokiem.

— Bro, musisz mi pomóc — oświadczyła. — Chodź!

— Sis, akurat teraz?

— Sprawa jest pilna.

Kuba nie był najszczęśliwszy, ale wstał i poszedł za siostrą do jej pokoju. Wskazała mu uchylone drzwiczki terrarium.

— Franek zniknął — powiedziała dramatycznie.

Legwan Franek miał trzy lata i niecały metr od czubka pyska do końca ogona. Ważył przy tym nie więcej niż kilogram i był bardzo... mało inteligentny.

Mi z latarką przeczesywała już szafę w przedpokoju.

— U mnie go nie ma — oceniła.

Przetrząsnęli wszystkie pokoje. Sprawdzili nawet pralkę, lodówkę i piekarnik.

— Czyli Franek dał w długą — stwierdziła ponuro Mi. — A to niewdzięcznik!

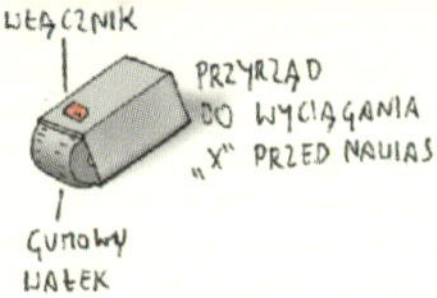

BUTY NA HOPSASACH

PIÓRO WIECZNE FELIXA

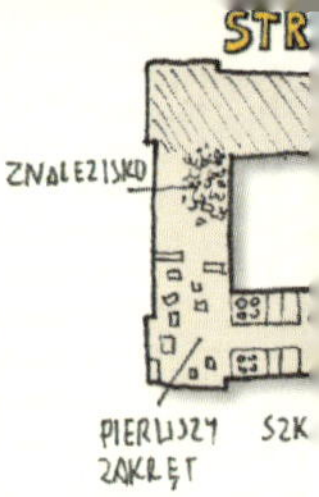

MOŻEMY WYRÓŻNIĆ DWA PODSTAWOWE RODZAJE DUCHÓW: ZJAWY I POLTERGEISTY, ZWANE TEŻ DUCHAMI STUKAJĄCYMI. ZJAWY SĄ BIERNE, NIEZWYKLE RZADKO UDAJE SIĘ NAWIĄZAĆ Z NIMI KONTAKT. NAJCZĘŚCIEJ SPRAWIAJĄ WRAŻENIE JAKBY BYŁY NIEŚWIADOME OTOCZENIA. POLTERGEISTY NATOMIAST SĄ NIEWIDZIALNE, ALE OBJAWIAJĄ SIĘ GŁÓWNIE POPRZEZ SWÓJ WPŁYW NA OTOCZENIE I PEŁNĄ CELOWOŚĆ DZIAŁANIA.

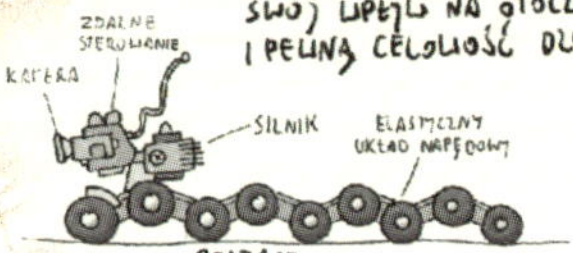

PEŁZACZ

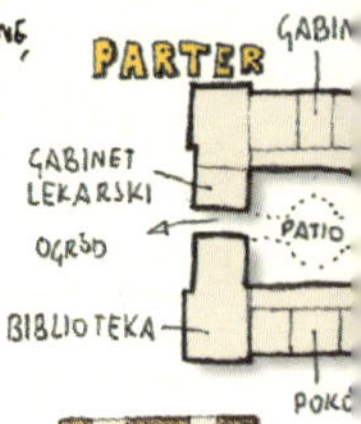

PIES CABAN

NAGLE WOKÓŁ ZROBIŁO SIĘ JASNO JAK W DZIEŃ. PRZYJACIELE JEDNOCZEŚNIE ZACZĘLI KRZYCZEĆ, GDY ICH NARTY SAME RUSZYŁY PRZED SIEBIE. WYJECHALI POZA ŚWIATŁO I SKRĘCILI GŁĘBIEJ W LAS. WYMIJALI PNIE I ZASŁANIALI SIĘ RĘKOMA PRZED NISKIMI GAŁĘZIAMI. SŁUP ŚWIATŁA ZA NIMI ZGASŁ I NIE BYŁO SPOSOBU, ŻEBY SPRAWDZIĆ W KTÓRYM MIEJSCU JEST TERAZ LATAJĄCY TALERZ.

POLONEZ PANA SOBOLAKA

MINIKOMPUTER NETA Z MANFREDEM NA POKŁADZIE

JEDNA Z PÓŁEK W POKOJU MIKI

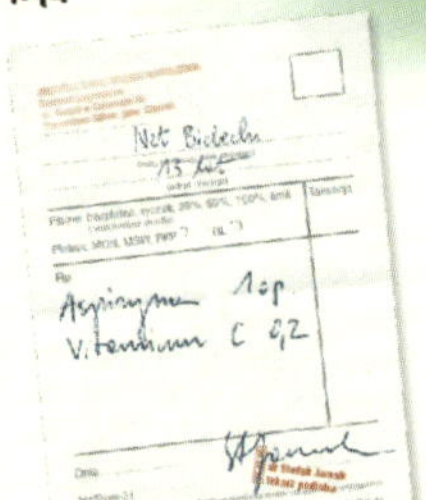

TRENING KONDY
PRZED BOŻYM